Peter Geipel

entre dos tierras

zwischen zwei welten

Begegnungen, Erzählungen aus aktueller und vergangener Geschichte, Ereignisse um den 11. September 2001, authentische Berichte aus den Medien, Songtexte nationaler und internationaler Interpreten.

www.tredition.de

© 2020 Peter Geipel

Umschlag, Foto, Illustration:	Peter Geipel
Lektorat, Korrektorat:	Maja Kunze
	Bärbel Philipp
Übersetzung:	Peter Geipel

ISBN

Paperback	978-3-7469-4839-3
Hardcover	978-3-7469-4840-9
e-Book	978-3-7469-4841-6

Verlag & Druck: tredition GmbH, Halenreie 40-44, 22359 Hamburg

Inhaltsverzeichnis

So innig können sie miteinander tanzen

Villefranche-sur-Mer

Heute ist wieder so ein Tag, der mir vertraut ist. Es ist schon dunkel draußen, ich sitze draußen und denke an Denkwürdiges, längst Gedachtes. Denke an Dinge, die denkwürdig sind - in der Vergangenheit liegen, in mir liegen und längst Gegenwart sind. Der kleine Balkon wird immer schöner, pittoresker - mit seinen dunkelgrünen Lamellentüren und seinem italienisch diagonal geflickerten Kachelfußboden. Das verspielte Eisengeländer, fast Barock - ein heimliches Plätzchen, an dem gedacht wird, grün, manchmal braun, fast schon rot. Ja, schön ist das schon hier, ganz, ganz schön - dunkelblau, violett, fast schon rot.

„Pack your memories and leave", tönt es im Hintergrund aus einer kleinen Quäke, die lieblich Gedachtes dahin quakt. „Girl, you must have been blind! La, la, la, di, da, di, da - try to look behind - oh girl, you must have been blind!" Vielleicht möchte ich schon jetzt unter einer orangegelben runden Kugellampe stehen und ein Liebes zärtlich umarmen und küssen, in Gelb und in hellem Moosgrün. Da unten, so weit unter mir, so ganz dicht am Wasser, dem salzigen, den leisen Tönen, die es macht, Mauricio Kagel täte sein Übriges, um diese Melodie zu spielen, in seiner Weise. Vielleicht ganz, ganz vorsichtig mit hellgelber, leichter sanfter Hand durch die

Haare streichen. Ganz so, dass es ein bisschen kitzelt, die Haare, die braunen oder blonden oder gar roten?

Hier unten am Pier, wo die orangegelben runden Hafenlampen hupfen und springen, hin und her, als könnten sie laufen, tanzen und singen. Auch hupfen und springen und tanzen die gelben Fensterscheiben lustig auf dem Wasser. Als wollten sie ein Tänzchen wagen mit den orangegelben, kugeligen Hafenlampen. Oder tun sie es? Tatsächlich - die gelben, rechteckigen Fenster der Häuser geben den orangegelben, kugeligen Hafenlampen die Hände und tanzen lustig miteinander. Es sieht ganz so aus, als hätten sie es gelernt, das mit dem Händehalten und dem Tanzen, die Rechteckigen mit den Runden. So innig können sie miteinander tanzen, dass einem ganz sinnlich wird. So lautlos, so still - die orangegelben, kugeligen Hafenlampen mit den gelben, rechteckigen Häuserfenstern. Ach! Hier hupfen und zucken, zirbeln und zacken, zicken und wippen die Mücken um die orangegelben, runden Hafenlampen mit ihrem behaglichen Schein. So als gäbe es hier richtig etwas zu feiern, eine so große Anzahl von hupfenden, taumelnden, zickenden und zackenden, zirbelnden und wippenden Mücken um jede dieser orangegelben, runden Hafenlampen.

Das sind ja richtige Mückenkonferenzen, Mückenkonzerte, wahre Massenmückenkonzerte, ticken und tacken da an all diesen Lampen, zack, boing, dong, zong, knack, plepp, plipp, plapp. Eine wahres Mückenkonferenzkonzert. Gott sei Dank haben all diese kleinen

Mücken eine Schutzhelmpflicht dank des neuen europäischen Mückensicherheitsgesetzes, das sie dann bei all dieser Aufregung und dem Hin und Her und Her und Hin dann doch vor zu heftigen Aufprallern oder Zusammenstößen deutlich schützt.

Hier unten am Pier, bei all den Konferenzen, ein Liebes in den Armen halten, den feinen Flaum der Arme spüren, ganz, ganz fein, leicht hellgelb, so als ob es fast nicht wär'. Der Handrücken streicht vorsichtig über die Stirn, silbergelb. Finger berühren die Brauen und folgen ihrem Lauf, lila, über Schläfen und Wangen, hellblau, berühren die Lippen, folgen ihrem Lauf. Trotz oder gerade wegen all dieser Mückenkonferenzen ist es besonders schön hier.

Ganz arg vorsichtig tun sie es, zart, hell-violett, fein, ruhig. Schweigsam, lautlos, denn es gibt keine Worte, denen es erlaubt wäre, in dieser Gegenwart zu sprechen. Dazu ist die Gegenwart viel zu stark, viel zu mächtig, viel zu respektvoll.

Mir wird ganz heiß

Jetzt hat sich der Saxophonspieler wieder an seinem Platz eingefunden mit seinem Freund, dem Gitarrenspieler. Und sie spielen und spielen auch längst Gedachtes. Sie spielen längst Gedachtes in ihre Hüte hinein, die immer voller und voller werden. Sie passen gut hierher, und sollten auch gar nicht weggehen, die sollen einfach hierbleiben und immer und immerfort spielen, spielen und spielen, bis sie so ganz arg müde sind, dass sie nimmer spielen können. Und dann sollen sie immer noch weiter spielen - wenn sie nur wüssten, für wen sie da spielen. Der Saxophonspieler und der Gitarrenspieler.

Wenn sie es nur wüssten, für wen sie längst Gedachtes in ihre Hüte hineinspielen, sie spielen gemünzelte und getönte Töne in ihre Hüte hinein und wippen mit ihren Körpern ganz im Takt der kleinen Wellen, die das Wasser macht – aber sie wissen es nicht, deshalb werden sie auch bald aufhören zu spielen. Weil das Gemünzelte, Gespielte jetzt reicht und die Hüte voll gemünzelter gespielter Münzel sind. Sie sind vollgemünzeltmietet.

Als ich dann so ganz arg müde bin und seit Langem wieder einmal in einem richtig schönen Bett liege, in meinem mir viel zu großen Bett liege, mich so richtig strecke und recke, mich fast nicht mehr spüre, da, ja da fangen die beiden Musiker wieder an zu spielen; das Saxophon mit der Gitarre, die Gitarre mit dem Saxophon, und dann spielen sie dieses mal nur für mich ganz allein.

Nur für mich - der Freund und sein Freund. Was für eine Freude.

Dann, ja dann spiele ich einfach mit - ich spiele mit der Mundharmonika einfach mit, auch ich fange jetzt an, mit meinem Körper zu wippen, ganz im Takt der kleinen Wellen, die das Wasser macht da unten. Ich spiele Bratsche und Geige, dann Tuba und Trompete, Harfe und Cello. Was für ein Orchester. Was für Töne, welch' eine Komposition.

Antonio Vivaldi, Francis Poulenc, John Rutter, ich sitze bei allen dreien, spiele und singe Gloria. Gloria in excelsis Deo et in terra pax hominibus bonae volutatis. Ehre sei Gott in der Höhe und auf Erden, Frieden den Menschen, die guten Willens sind.

Ich sitze auf dem grauen Kopfsteinpflaster und schütte mir die gespielten, gemünzelten Dukaten in den Schoß. Nun liegen die Noten auf dem grauen Asphalt unter mir und auf meiner Hose. Ich greife hinein in meinen Schoß und auf den Asphalt und werfe die gegriffenen Töne hoch in die Luft. Mit beiden Händen greife ich in die Töne, greife wie ein Dirigent in das Orchester, ich greife in die Partitur und werfe die Töne mit aller Kraft in die Luft. Was für eine Melodie, was für ein Orchester.

Jetzt greifen alle nach den Münzen und werfen sie in die Luft. Das sind ja alles Dirigenten. Sie greifen nach den Instrumenten und werfen sie in die Luft, sie fliegen hoch und weit, sie drehen und schrauben sich bogenförmig in den lauen Sternen-Nachthimmel hinein. Sie scheinen gar nicht mehr herunterkommen zu wollen, ihr Flug verlangsamt sich jetzt, ihre Drehungen, Schraubungen und Windungen, Wendungen verlangsamen sich zu einem phantastischen Oratorien-Zeitlupenbild der Instrumente, die sich schrauben und winden und drehen und turbeln und taumeln, bis sie auf dem Boden aufschlagen. Was für Töne, was für ein Oratorium. Stockhausen?

Was für Töne das macht. Die Instrumente beginnen von alleine zu spielen und zu spielen und zu spielen, eine gar sonderbare Musik, die das macht, was für ein Orchester, was für ein Oratorium. Alle lachen, die beiden Freunde, ich und die Gäste, für die sie spielen - keiner, der böse guckt oder mürrisch ist. Sie freuen sich und sind in besonderer Stimmung. Was für eine Komposition. Alle lachen, die beiden Freunde, ich und die Gäste, für die sie spielen, ich spendiere für das rumliegende Geld ein paar Flaschen Rotwein, ein Côtes du Rhône, mis en bouteille dans la Propriétaire. Wir trinken miteinander, lachen, feixen und lachen, sind fröhlich und ausgelassen, leicht ist es jetzt, himmelblau, in dunkler, lauer, klarer Sternen-Himmelsnacht.

Jetzt spiele ich ein wenig Saxophon in den lauen, klaren, dunklen Sternenhimmel von Villefranche-sur-Mer. Ich springe auf den Tisch, einfach weil mir danach ist, und spiele und spiele und spiele und sie hören mir zu. Der Gitarrenspieler und der Saxophonspieler, und die anderen Gäste an den Tischen. Ich schließe dabei die Augen, um besser dort sein zu können, wo ich spielen will. Mir wird ganz heiß, so heiß, als hätte ich zu lange in der Sonne gesessen.

Als ich die Augen wieder aufmache, höre ich in der Ferne einen Zug fahren; als ich auf die Uhr sehe, ist es früh am Morgen, so gegen vier - es ist mir jetzt nach einem Glas Wein, einem guten, der guttut, so ein bisschen.

Gerade so - als ob es noch wär'

Heute lasse ich die Zeit mal von den anderen machen, ich liege im Sand, es ist noch warm, aber ich spüre deutlich die Vorboten dessen, was wir als kühle Kälte kennen. Das Wasser ist nicht mehr so warm, dass man es warm nennen könnte, aber kalt ist es auch noch nicht, es ist grau - es ist gerade so, als ob es gerade noch wär, gerade noch - zu alledem ist es auch noch leicht eingetrübt, das Salzige - heute.

Das bunt gemusterte Handtuch mit all den vielen kleinen Rauten und Rhomben in Orange und Rot, in Lila und Rosa, in Blau und Braun und den vielen gleichmäßigen Zickzacklinien auf dem Rand - mit seinen Dreiecken und Quadraten, Rechtecken und Kreisen, rund und rund - zick und zack, zick-zack, rund und rund und zack und zack, zick.

Es duldet meine müde Schwere nach gestriger Nacht in seiner erhellenden Farbenpracht. Das Handtuch scheint sich mit seinen gemalten Farben entschuldigen zu wollen, dass es einfach nur schweigend so daliegt, in seinen vielen gemalten Formen und der gemalten Formenpracht, in all den bunten Farben, Rot und Rosa, Lila und Hellblau, Hellgrün und Dunkelgrün, Gelb, Orangegelb, Orangerot und Purpurrot und Sonnengelb. Das Handtuch erlaubt mir, ausnahmsweise die Zeit einmal von den anderen machen zu lassen. Ich gebe der Macht des Handtuchs nach, das mich auf sich herunterzieht. Völlig erschöpft sinke ich auf all diese Töne nieder, mit dem nötigen Respekt lege ich mich darauf, um sie nicht zu erdrücken, all diese Töne und Farben, einfach nur hinlegen, ausruhen von all den Strapazen der letzten Wochen. Die Sonne wärmt noch deutlich meine Septemberhaut. Ein Tag im September, an dem ich die Zeit von den anderen machen lasse. Ich fühle mich wohl und beschützt in dieser angenehmen Wärme, ich freue mich darüber. Ich freue mich darüber, meinem Handtuch endlich einmal so nahe gekommen zu sein, ohne etwas dafür tun zu müssen, endlich, endlich, endlich, rutscht mir doch endlich alle mal den Buckel hinunter! Ich danke Dir, Gott und ich danke Dir, Handtuch dafür. Langsam sinke ich ab und sinke in den wohlverdienten, unbezahlten Sinkschlaf, sinke und sinke und sinke.

Plötzlich liege ich völlig versunken auf einem Berg im Baskenland, Berg der Mariposas, ganz in der Nähe von Hondarribia

Fuenterrabia, Hondarribia, Spanien, Calle San Pedro

Plötzlich liege ich völlig versunken auf einem hohen Berg im Baskenland, die Fuenterrabia Sonne verwöhnt mich in gleicher Weise mit ihrem warmen, weichen Schein. Ich liege so weit oben, wo es schon nimmer und nimmer weitergeht, ich erwache langsam aus einem schönen und warmen Sinkschlaf. Ich reibe mir die Augen, strecke und recke meine Glieder. Ich will weiter und weiter hochsteigen, doch mit dem Hochsteigen klappt es nicht, ich bin ja schon ganz oben, liege und gucke auf das Meer und auf die kleinen Städte und Dörfer, auf die kleinen, überschaubaren Wälder, auf die grünen Wiesen, auf denen die Schafe friedlich grasen, grün und grün, mit ihrem niederen Gesträuch und Büschen, dornig. Ich kucke von oben auf die Ufer des Bidasoa, dem Fluss, der die Grenze zwischen Frankreich und Spanien markiert.

Lange Stille, langes Schweigen - endloses Schweigen, endlose, tiefe Stille, die tiefste Stille der Stille, endlose Zeit, die zärtlich in eine tiefe Sinkstille nahtlos übergeht. In die sinkstillste Sinkzeit, der Sinkzeit - endlos und wunderbar, wunderstill, wundersinkstill. Da pikst kein Stückchen Stroh in meinem Schuh, auch keine Dornen piksen die sanfte Haut, es liegt auch kein Schafsmist herum, der die Hose hätte dreckig machen können, die blaue Jeans, Grasflecken gibt es hier oben auch nicht. Da reibt kein Fels die Haut mehr wund, das Knie reibt sich auch nicht mehr wund – so still ist es hier, ganz still - eine endlose, unendliche große und mächtige, helle Stille breitet sich da aus, hellgelb und hellblau, hellrot und rosarot, lilarot und purpurrot.

So viel Stille auf einmal, dass stille Töne auftauchen, seltsam stille Töne, sonderbare, nie gehörte Stillentöne - sie tauchen einfach auf und so einfach, wie sie seltsamerweise aufgetaucht sind, verschwinden sie wieder. Töne schwellen langsam an, langsam - bunte Töne - bunte, bunte Töne, die manchmal in schneller Folge erklingen, manchmal in ganz langsamer Folge, erklingen sie, und die schnellen, bunten Töne mischen sich mit den langsameren Tönen zu einer richtigen Komposition. Sie breiten sich aus und legen sich einfach in die Landschaft, einfach so. Es breitet sich ein richtiges Oratorium, ein Gloria Oratorium in der Landschaft aus. Es füllt jeden Raum, es schwillt aus dem Nichts herauf zu einem großen Orchester, fast barock, manchmal gotisch, blüht auf und dann verhallen sie wieder im Nichts, verklingen langsam wieder in der lauten Stille des Nichts, bis die Schafe mit ihren hellen, klaren Glöckchen die Führung wieder übernehmen.

Große Stille, langes, langes Schweigen, endloses, zeitloses Schweigen, zeitloses Sinkstillschweigen und dann plötzlich geht es da doch noch weiter den Berg hinauf, einen Weg, den ich zuvor noch nie gesehen hatte, ich steige doch noch etwas höher den Berg hinauf, es geht tatsächlich doch noch etwas weiter und weiter, es geht sogar so weit hinauf, bis ich unten fast nichts mehr erkennen kann, fast nichts. Das irdische Geschehen da unten ist so klein geworden, dass es sich fast zur Bedeutungslosigkeit verloren hat. So weit oben bin ich jetzt angekommen.

Auf nach Biarritz - Mariposas

Ich werde durch etwas gestört - eine sanfte Stimme. „Auf nach Biarritz - nach Biarritz. Nach Biarritz! Nach Biarritz ist es nur einen Katzensprung." Das Café, in dem ich mich wiederfinde, ist zypressig, es ist viel zu zypressig gerahmt. Ein gemütliches Zypressen-Straßencafé an einer fast menschenleeren kleinen Dorfstraße mit einem Kellner, der sich für diese Jahreszeit etwas zu langsam bewegt. Er lässt Andra und mich einfach sitzen und warten. Nicht das normale Warten, das gebührliche. Der gemütliche Sich-Wohlfühl-Warte-Moment, der an dieser Stelle auf unerhörte Weise überdimensional ausgeweitet wird, so, dass wir uns fast schon lächerlich vorkommen in dieser Wartezeit. Das Café ist bis auf uns menschenleer. Es gibt also keinen Grund, uns nicht zu bedienen nach einer kleinen Wohlfühlpause. Dieser Schuft. Der schuftet sich gar nicht mehr ab. Der septembert sich ab. Dieser blöde Schuft, der blöde. Statt dass er sich abjunit oder abjulit, flott, flott, hopp, hopp, mit dem Junigemünzel oder dem Juligemünzel, nein, was macht der, er quatscht Gethektes mit seinen Kollegen und septembert sich ab. Der blöde Kerl, der blöde. Wir überlegen zu gehen, aber Andra kann so schön in mein Gesicht lachen, dass es mir leichtfällt, über dieses unerhörte, ignorierende und unverschämte Verhalten über das Wohlfühlmoment hinaus die Zeit des Wartens zu genießen. Ich genieße den lauen Septembernachmittag und den leeren Tisch vor mir in vollen Zügen. Andra scheint es mit mir zu genießen, denn sie macht es mir leicht, Hellgelb und Zitronengelb und auch ein helles, helles Blau. Engelsleicht gestaltet sie den Moment. Ach, da ist ja doch noch eine Bedienung, ein Kellner, aber was für einer. Kommt der doch dermaßen überheblich und abfällig daher, dass ich am liebsten in Grund und Boden versinken sollte, so toll ist der Septemberkerl. Dieser nebensächliche, strafende, abfällige, strenge Blick, das ist doch die Höhe, der Gipfel des Unverschämten und Geringschätzigen. Ein typischer Biarritzer Septemberkerl ist das. Eigentlich ist mir jetzt die Lust auf den Espresso bereits vergangen, aber Andra kann mit dieser eigentlich unmöglichen Situation sehr gut umgehen. Denn ihr Wesen ist auf solche Situationen gut vorbereitet. Wir trinken trotzdem genüsslich unseren wohlverdienten, schwer und leicht erwarteten September-Espresso in dem kleinen Zypressen-Straßencafé in der lauen Luft und verlassen es anschließend schweigend.

Sie wagt sich weit hinaus in das Septemberwasser

Biarritz, Spanien

Der Strand von Biarritz ist felsig und sandig zugleich. Das Septemberwasser strömt heftig auf das Land zu. Andra wagt sich weit in das Septemberwasser hinaus, zu weit für mich. Der Wind ist zu laut, das Gebrause des Wassers ist zu laut, aber wir können den braun gebrannten Mann in den kurzen Hosen aus dem weißen Holzhäuschen auf den Strand laufen sehen, und die Trillerpfeife ist nicht mehr zu überhören. Ich rufe: Andra, Andra. Der Lärm des Wassers und des Windes ist zu laut, als dass sie mich hören kann. Sie blickt zurück und lacht mich an, breitet die Arme nach oben aus, was ist? Andra läuft im knietiefen Wasser weiter hinaus. Andra läuft weiter in das Septemberwasser hinein. Mir fällt es schwer, meine Füße zu bewegen, die Kraft des Wassers ist zu stark, als dass ich es als ein gemütliches Septemberbaden nennen kann.

Das Wasser zerrt an meinen Füßen hin und her. Der schwarz-weiße Badeanzug verschwindet im Septemberwasser. Der Trillerpfeifenmann pfeift mich zurück, ich bin ihm dankbar, weil die unbändige, drohende, ziehende Kraft, die an mir zerrt und zieht, endlich nachlässt. Andra ist verschwunden. Der Delfin ist verschwunden. Der Delfin weiß sich im kräftigen Wasser zu bewegen, denke ich. Er ist fort, rosarot und hellblau, sonnengelb und hellgrün. Ich mache mir Sorgen und bin ängstlich. Einige

Meter neben mir taucht der Delfin wieder aus dem kräftigen Wasser auf und lacht mir entgegen. Ça va. Sie nimmt mich in die Arme und küsst mich auf den Mund. „Wenn du die Strömung kennst, hast du keine Angst mehr vor dem Ziehen und Drücken. Komm, komm, probier es." Der Delfin schwimmt noch einmal hinaus und kommt zurück, mit Leichtigkeit. Mir bleibt schier das Herz stehen über solchen Mut. Aber ein Delfin kennt keinen Mut, er kennt nur die Strömung. Ich kenne die Strömung noch nicht, aber ich bin auch kein Delfin. Deshalb verlasse ich mich lieber auf das sichere Sandige. Es zieht und drückt. Es reißt mir schier die Beine weg. Ich kann mich kaum noch halten.

Und wieder ist der Delfin hinausgeschwommen. Der Trillerpfeifenmann läuft nervös am Strand herum. Er nimmt sein Fernglas in die Hand und guckt. Aber es ist nichts zu sehen von dem schwarz-weißen Badeanzug. Wo ist der Delfin hin? Ah, da ist er wieder, aufgetaucht, plötzlich und so nah.

Wir legen uns nach dieser Aufregung auf unsere Handtücher und ruhen uns ein wenig aus. Ich lege vorsichtig meinen Arm auf ihren Rücken, es fühlt sich schön an. Die leicht angewärmte Haut, ab und zu ein Sandkorn; doch ein kleines Sandkorn kann diese schönen Sekunden nicht zerstören. Sie ist eingeschlafen, wahrscheinlich hat sie nicht einmal meinen zärtlichen Anflug bemerkt, denn er war zu flüchtig und zu vorsichtig, als dass sie ihn hätte bemerken können.

Ein getrocknetes, leicht eingerolltes Ahornblatt

Villefranche-sur-Mer, Frankreich

Uff, ich wache auf, mir ist plötzlich warm geworden, so warm, dass ich aus meinen Träumen aufgewacht bin, meine Stirn ist nass. Ich fühle mich unwohl, warm. Der Platz neben mir ist leer, es liegt niemand mehr auf dem Handtuch. Ich sehe mich nach allen Richtungen um, aber ich kann Andra nicht sehen, die mit weit geöffneten Armen da steht und mir entgegen lacht. Ach, sie ist sicher wieder im Wasser, der Delfin, aber dort ist auch nichts zu sehen.

Ich rufe laut: Andra! Mein Schrei verhallt im Nichts.

Eben liegt Andra in ihrem schwarz-weißen Badeanzug noch neben mir. Jetzt ist der Platz leer. Ich bin das letzte Souvenir hier am Strand, das eben einmal eingeschlafen ist. Langsam realisiere ich, dass ich wohl etwas länger eingeschlafen bin. Ich bin meiner Müdigkeit zum Opfer gefallen. Ich habe mich wohl eingeseptembert in den Schlaf.

Ach, ich sinke wieder auf mein bunt gemustertes Handtuch zurück. Ich zolle meinem Handtuch noch einmal allen Respekt, dass es das alles so tapfer aushält. Hut ab. Danke, mein allerliebstes, mein bestes, mein schönstes Handtuch aller Handtücher. Fast möchte ich sagen, es ist ein kleines Weltmeisterhandtuch im Aushalten. Ja, weil du das alles aushältst und weil du das alles ausgehalten hast und schon so lange, lange geschwiegen hast, für so langes Schweigen, so, so lange schon, ja dafür hast du dir einen Orden verdient, was? Einen Orden? Dafür hast du eine Goldmedaille verdient! Eine Goldmedaille für Marathonaushalteschweigen?

Und die verleihe ich dir jetzt feierlich. Ich blinzele ein wenig und öffne nur ein klitze-, klitzekleines bisschen mein obenliegendes linkes Auge, dass ich so gerade etwas neben mir erkennen kann. Müde hebt sich mein Arm langsam in Richtung Steine und ich hebe einen neben mir liegenden weißen, leicht glitzernden, mittelschweren Stein auf, einen mit einem Loch drin, gebohrt von einer Steinbohrermuschel, die in mühsamer Kleinarbeit den Stein an dieser Stelle einfach aufgegessen hat. Einen Stein einfach aufessen, einen Stein, das ist nicht zu fassen! Und den lege ich als Dankeschön behutsam auf das Handtuch, wenn auch mit einem müden Arm. Welch eine Ehrung! Ein Stein mit einem Loch mittendrin. Dabei denke ich mir listigerweise aus, dass das Handtuch ja nicht weiß, was eine Goldmedaille ist, wenn es zuhören und zusehen könnte, würde es vielleicht wütend werden, weil es sich nur um einen kleinen, weißen, leicht glitzernden, mittel- schweren Stein handelt, auch noch sinnloserweise mit einem Loch mittendrin, das in mühseliger Kleinarbeit von einer Steinbohrermuschel einfach hineingefressen wurde. Welch eine Ehrung! Von einer simplen Steinbohrer- muschel, genau an dieser Stelle, nicht eben einen halben Zentimeter weiter links oder zwei Zentimeter weiter rechts, nein, genau da hat sich die Steinbohrermuschel an dieser Stelle zu schaffen gemacht und hat den Stein einfach aufgegessen. Einmal ganz abgesehen davon, dass es hier am Strand Abertrillionen dieser Steine gibt und weitere Trillionen Löcher in den Steinen, alle von Steinbohrermuscheln in listiger, mühsamer, zeitaufwendiger, jahrelanger Arbeit, Tag und Nacht gegessen und gegessen, bis schließlich dieses Loch entstand. Warum sollte dann also ausgerechnet dieser kleine, weiße, leicht glitzernde, mittelschwere Stein mit dem Steinmuschelloch eine Goldmedaille sein?

Ich lächle ein wenig und spüre eine leichte, aber doch deutliche Überlegenheit meinerseits dem Handtuch gegenüber. Es versetzt mich schon in eine etwas privilegierte Situation. Hatte ich doch eben erst noch das Handtuch mit der Goldmedaille für Weltmeistermarathonaushalteschweigehandtücher in der Disziplin des Weltmeistermarathonaushalteschweigens ausgezeichnet. Ich hingegen in meiner kleinen bescheidenen Daseinsform bin noch nie derart geehrt und ausgezeichnet worden. Oder habe gar eine Goldmedaille verliehen bekommen oder sonst irgendeine Auszeichnung für etwas erhalten. Nun gut.

Ich glaube, nun fühlt sich mein mich über viele, viele Jahre hinweg begleitendes, weit gereistes, leicht ausgeblichenes und schon etwas ausgewaschenes Handtuch doch schon etwas geehrt. An seinen Rändern sind bereits die einzelnen Fäden zu sehen. Ich könnte sie zählen! Aber ich tue es nicht. Fast sieht es so aus, als seien die Fransen an den Rändern absichtlich eingesetzt, um das

Handtuch etwas lieblicher zu gestalten. Die Fransen haben ihr Spiel mit dem Wind aufgenommen und tun ihr Nämliches, nämlich flattern. Ja, etwas berühmt fühlt es sich schon an, das Handtuch, jetzt nach all diesen Strapazen - eine Ehrung, eine Goldmedaille. Es ist mittlerweile ein etwas stärkerer Wind aufgekommen und ich bin der Goldmedaille dankbar, dass sie mein Handtuch so fest im Griff hat, sodass es von den Böen nicht weggepustet werden kann. Denn sonst müsste ich jetzt aufstehen und meinem geliebten Handtuch hinterher springen und es wieder einfangen, wo ich mir doch vorgenommen habe, hier eine Weile im Sinkschlaf zu verweilen, um mich auszuruhen. Angeregt durch so viel Ehrung wollte es sich mir nichts, dir nichts von mir lossagen. Das ginge dann doch etwas zu weit, nach all diesen Jahren der Zweisamkeit. Die Goldmedaille hat das Handtuch fest im Griff, sodass sich die Aufregung und der Schaden dann doch noch in Grenzen halten. So kann ich auf meinem Zweithandtuch ruhigen Gewissens weiter im Sinkschlaf verweilen, ohne mir über irgendetwas Sorgen oder Gedanken machen zu müssen.

Ein braunes, getrocknetes, leicht eingerolltes Ahornblatt kommt angeflogen und möchte unbedingt und nachdrücklich sich einfach unter meinem mit viel Ehrung ausgezeichneten, bunt gemusterten Handtuch verstecken, oder es will sich zum Winterschlaf verkriechen, ohne mich vorher darüber informiert oder gefragt zu haben. Geschweige denn das Handtuch gefragt zu haben. Das geht dann doch etwas zu weit. Ich beobachte aber den unerhörten Vorgang fast heimlich und ganz genau! Ich blinzele mit meinem obenliegenden Auge ganz leicht, so dass mir das Vorhaben des braunen, getrockneten, leicht eingerollten Ahornblattes nicht entgehen kann. Das braune, getrocknete, leicht eingerollte Ahornblatt hat sich sicherlich gedacht, mich in meinem Sinkschlaf heimlich zu überlisten und sich von mir ganz unbemerkt unter meinem bunt gemusterten, etwas ausgewaschenen Handtuch zu verstecken. Das geht dann doch etwas zu weit. Langsam strecke ich meinen müden Arm nach der Goldmedaille aus. Das unentrinnbare Schicksal des braunen, getrockneten, leicht eingerollten Ahornblattes scheint unabdingbar vorgezeichnet zu sein, bis in seine letzte Konsequenz. Mit der unter mir liegenden Hand fasse ich vorsichtig mein bunt gemustertes Handtuch an. Mit der oberen Hand greife ich fest nach der Goldmedaille. Mit einem Schwupps ziehe ich völlig unerwartet und plötzlich an meinem bunt gemusterten Handtuch. Da liegt der Störenfried in seiner vollen Pracht. Völlig schutzlos ist das braune, getrocknete, leicht eingerollte Ahornblatt meinem Willen jetzt ausgeliefert. Seiner vollkommenen Zerstörung ins Auge sehend, unentrinnbar. Ich hebe mit fester Hand die Goldmedaille und drücke sie in leidenschaftsloser Gleichgültigkeit auf das braune, getrocknete, leicht eingerollte Ahornblatt. Es ist vollbracht. Der Störenfried ist ein für alle Mal ausgelöscht und vernichtet, unwiederholbar, ein einzigartiger Vorgang in der Geschichte des kommenden Europas.

Zufrieden und doch etwas hochmütig, streife ich mein hochdekoriertes Handtuch genüsslich, ja, mit etwas Genugtuung glatt, lege die Goldmedaille an ihren vorbestimmten Platz und lege mich nach diesem unerhörten Vorfall wieder auf meinem Zweithandtuch zur Ruhe.

Da schieben sich gerade zwei Zeiten zart und leise, aber doch deutlich vernehmbar, übereinander. Sie liegen übereinander, weil sie nichts mehr trennen kann - voneinander. Die eine Zeit ist da, die andere auch, aber sie ist auch noch nicht weg. Die eine will von der anderen noch nicht so recht etwas wissen. Die eine nimmt die andere noch nicht ernst genug. Die eine Zeit spielt vorsichtig mit der anderen, sie probiert sich an ihr aus, wie sie ihr denn stehen würde, die andere Zeit. Ich würde sagen, die Zeit ist in einer akuten Septemberlaune, die wärmenden Strahlen der Sonne sind noch deutlich vernehmbar, doch auch ist die unentrinnbare Kälte mehr zu ahnen als zu spüren, die da zweifellos auf die Zeit zukommt.

Ich wache auf, strecke und recke mich, mir ist so, als könne ich ganz Paris umarmen, groß und wahr ist mir. Ich täte jetzt gerne Dinge, die in der Tat groß, wahr und schön sind, vielleicht violett oder rot und besonders grün sind, ein schönes, sanftes Grün. Ganz so grün, als könnte es ein weicher Pullover sein, auch so, als könnte es eine weiche Hose sein oder auch ein hellgrüner Rock, ein blasses, grünes Kleid, weich und sanft.

All das wichtige Gehänge und Gebommele

Nizza, Frankreich

Ich lege mich der Länge nach auf die Promenade des Anglais, um sie mein ganzes Gewicht spüren zu lassen, ganze acht Kilometer lang. Ich lasse mir ganze acht Kilometer Sonne auf meine Haut scheinen, oh, ach, wie das wärmt und guttut. Alle Promenierenden müssen über mich drüber laufen und können ihre Haut zur Schau stellen und ihre Kleider und mit all dem, was sie so zur Schau stellen wollen, so gern - wie das kitzelt und katzelt, wenn sie so über mich drüber laufen. All diese kleinen Füßchen mit ihren Schuhsohlen aus Leder, aus Kunststoff mit Noppen so dran und Profilen und Strohsohlen, wie das kitzelt und katzelt. Wie sie so über mich drüber laufen und manchmal stehenbleiben und gucken - aufs Meer - auf das Meer. Auf der anderen Seite all diese Hotels und Banken und Noten und Geschäfte und Uniformen?

Uniformen und Banken, die teuren Gewichte, so wichtig bommeln sie da und bommeln und bummeln - an den Ohren und Hälsen und gucken die Bommeln - und die Gucker, so wahnsinnig wichtig gucken die da, das sind ja alles Direktoren und Manager. Und die Jogger mit ihren tollen Sonnenbrillen und die Piloten und die tollen Stirnbänder. Ach, das alles, das alles, es macht mich krank. Die Fitten und die Cocktailspanier und die ganz wichtigen Pudel. Lange, lange Fingernägel gucken da, rote und lila, gucken da, piksen ganz wichtig in mein Fleisch, als sie über mich drüber laufen, auf der Promenade des Anglais, ganze acht Kilometer lang. Au - das tut weh! Mensch! Mensch! Au! Au! Das pickst ganz schön in meiner Haut, wenn die da so über mich drüber laufen. Au! Au! Wau! Wau! Haare, lila und lila-rot und leuchtend rot, ganz arg hoch, das Haar ganz arg. Manche setzten sich auch hin und stützen so ihre Hände ab, so nach hinten, wenn sie sitzen, wie das kitzelt und katzelt, diese kleinen Finger und die Hände und diese kleinen Pos, die da auf mir sitzen.

Es liegt Licht dort auf dem Meer

Stimme 1   Es liegt Licht dort auf dem Meer…
            Heute morgen lag ein toter Hund da…

Stimme 2   Ich habe ihn gesehen.

Stimme 1   Ich dachte mir, dass Sie ihn gesehen haben…
            Das Meer hat ihn weggespült.

            Schweigen.

Stimme 1   Es regnet dort drüben, hinter dem Licht.
            Immerzu dieser Geruch, von Algen und von
            Regen…

            Schweigen.
            Zurückgekehrter Schmerz

Stimme 1   Sie liebte ihn mehr als alles auf der Welt.

Stimme 2   Sie konnte sogar verstehen, dass er sie
            verlassen hat. - Getötet.

            Schweigen.

Stimme 2   Worüber weinen Sie?

Stimme 1   Über das Ganze…

                     Schweigen.

Stimme 1   Welche Liebe das war…
                 Umfassend…
                 Tödlich…
                     Schweigen.

Nicht exklusive Abdruckgenehmigung für:

Textauszug aus: Marguerite Duras, Nathalie Granger und die Frau vom Ganges.

Aus dem Französischen von Andrea Spingler. S. 133

Ich laufe an der Nichtzeit entlang

Villefranche-sur-Mer, Frankreich

Ich schaue von unten auf den kleinen pittoresken Balkon, mit seinem grünen Geländer, die Schiebetüren hinter den grünen, leicht geöffneten Lamellenläden sind weit geöffnet, salzige Luft streicht durch die Räume, es ist warm. Von unten kann ich deutlich die Stühle auf dem kleinen, grünen, schmalen Balkon mit den lustigen geflickerten Kacheln, den italienischen, und den kleinen grünen Tisch erkennen. Eine leise, melancholische Stimmung beschleicht mich unausweichlich.

So laufe ich unten am Wasser ganz dicht an den gelben Kugellampen entlang, an denen ich neulich gerne gestanden hätte, mit Andra, die mir so vertraut ist. Nun komme ich mir doch etwas verloren vor, hier unten am Wasser, so dicht an den gelben, runden Kugellampen. Dort wo die Schäkel an die Masten klicken. Sie tun es noch. Die Lampen leuchten jetzt nicht mehr. Es gibt nichts mehr zu beleuchten, was ihnen würdig wäre, ins Licht gerückt zu werden. Auch sind da keine Mückenschwärme mehr zu sehen, die da taumeln und kreiseln, hüpfen und hupfen. Wahrscheinlich sind die kleinen Mücken gerade mit ihren Vorbereitungen für heute Abend beschäftigt. Sie putzen sich gerade adrett heraus, bemalen sich die Fußnägel, damit sie wieder in ganzen Gruppen hupfen und kreiseln, hüpfen und taumeln können, im gelben Schein der Kugelhafenlampen. Die Mücken ziehen wahrscheinlich gerade ihre kleinen Mückenausgeschuhe an und binden sie ganz arg fest zu, damit sie sie nicht verlieren, wenn sie wieder um die gelben Kugelhafenlampen hüpfen und hupfen, taumeln und zicken. Sie schnallen sich ihre kleinen Mückenrucksäcke auf den Buckel, in dem sie die Vesperbrote eingepackt haben und auch eine kleine Mückenthermoskanne. Einige, und es sind nicht wenig, machen gerade in einer Mauerritze unten am Pier ein kleines Schläfchen und ruhen sich einfach ein wenig von ihren Strapazen aus, müde – von dem ewigen Hin- und Herfliegen. Dem dauernden Zicken und Taumeln, dem Hupfen und Hüpfen, das kann schon ganz schön anstrengend sein. Mit dem schweren Mückensturzhelm und all dem Gepäck. Da sitzt nun die kleine Mücke in der Mauerritze und macht eine wohlverdiente Mückenpause, sie ist schläfrig und ruht sich einfach aus.

So verloren komme ich mir jetzt vor. Da macht sich heimlich, still und leise, und doch so laut, eine feuchte, klamme, kalte Einsamkeit in mir breit, dass ich es ihr eigentlich nicht erlauben würde. Aber ich kann mich ihrer nicht erwehren, ihr nicht ausweichen, unerbittlich steigt sie langsam, behutsam und vorsichtig in mir empor. Sie ergreift Besitz. Unerbittlich ist die unbeugsame Einsamkeit, der ich nicht entkommen kann. Ich kann einfach nicht vor ihr flüchten.

Es ist eine Einsamkeit, in der die Zeit davonzulaufen scheint, in ganz arg schnellen Schritten - ich bekomme das

Gefühl, ich stehe hier und die Zeit rast an mir vorbei und ich bin ihr völlig schutzlos ausgeliefert. Bewegungslos, fast erstarrt, stehe ich hier am Pier und starre auf die kleinen, sanften Wellen auf der fast glatten Oberfläche des Wassers. Die gelben Kugellampen machen nur weiche, sanfte, kleine Bewegungen auf dem Wasser. Das Klicken der Schäkel an die Masten ist nur noch ab und zu zu vernehmen, das Tempo hat sich deutlich verlangsamt. Auch ist das Klacken der Seile auf den Booten nur noch gelegentlich zu vernehmen.

Das Nachdenkliche scheint mich erdrücken zu wollen in einem so kurzen Leben. Ich schreie laut. Spätestens jetzt ist auch die letzte Mücke aus ihrem Ruheschlaf gerissen worden.

So übermächtig machtvoll höre ich jetzt mein Herz schlagen, bumbum, bumbum, bumbum, bumbum, bumbum. Es ist arg still um mich herum, ich kann mich nur noch selbst hören, ein Moment der Ewigkeit? Schweigen - Schweigen - Schweigen!

Als ich weiter an der Nichtzeit entlanglaufe, merke ich, dass dort, wo ich laufe, gar keine Laternenlampen mehr stehen, die da eigentlich scheinen sollten, mit ihrem gelben, runden Kugellampenschein. Jetzt beschleicht mich auch noch eine leise, laue Melancholie, heimlich, leise kriecht sie ganz vorsichtig in mir hoch, um mich ja nicht zu berühren, kriecht sie vorsichtig und leise in meinen Körper hinein und breitet sich vorsichtig, aber machtvoll, langsam, unnachgiebig in mir aus, so als sollte ich es zunächst gar nicht merken, von ihr in Besitz genommen zu werden, heimlich erobert zu werden.

So dicht an dem Salzigen, das leise und sanft an die Hafenmauer klopft, hatte ich mich nicht ein bisschen anlehnen wollen an die runden, orangegelben Kugellampen am Pier? Wollte ich mich nicht ein bisschen geborgen fühlen? Behaglich fühlen wollen und Kraft für Kommendes schöpfen, es gelingt mir nicht. Wollte ich nicht den Duft der fein gebratenen Fische und Krabben einatmen, den Stimmen und Stimmchen lauschen, die da alle so fröhlich und ausgelassen plappern und schnattern und plappern und schwatzen, Schwitziges und Geschwätziges plappern.

All diese Soßen riechen und das Gegrillte, das da so aus der Küche dampft, all diese Gerüche, wunderbar. Fischbraten, Muschelduft und Krabbenduft in geborgener Nähe des Gewohnten, grün und rot, lila und hellrot, violett und zitronengelb.

Unten auf der Kopfsteinpflasterstraße, dort unten wo die orangegelben, runden Hafenlaternen stehen und man das leise, sanfte Rauschen des Meeres hören und spüren kann, dort wo die Laufrollen der Boote an die Masten klicken und klacken, hölzern und metallisch, dort, wo die Lichter so lustig auf dem Wasser tanzen, orangerot und hellgelb. Dort, wo sich leise Stimmen unter Stimmen mischen, manchmal lauter, fröhlich lachend und schwatzend und plappernd, dort, wo auch etwas Musik in der Ferne zu hören ist. Von den Musikern, dem Gitarrenspieler und dem Saxophonspieler, dort, wo die

Mücken so lustig hupfen, kreiseln und zacken, zicken und ticken, taumeln und baumeln in den Spinnennetzen, die sinnvollerweise in der Nähe des Lichts installiert wurden, in seinem behaglichen Schein, da ist jetzt niemand mehr, dort unten ist alles leer, menschenleer, es ist alles sehr einsam und still, da unten. Verloren sieht es aus. Oh, diese bezaubernde Stille. Oh, diese stillste Stille der Stille.

Ich schreie laut. Ich glaube, ich war eben sehr unhöflich zu all den erschöpften und müden Mücken, all den schlafenden Arbeitern und den schlafenden Spinnen gegenüber, die morgens schon so früh ihr Tagwerk beginnen müssen, aber in dieser Situation ist es mir gleichviel. Ich rufe laut: Andra. Die mir so offen mit ausgebreiteten Armen in mein Gesicht gelacht hat. Wo bist du? Du kannst doch nicht einfach so hinausschwimmen, das kannst du nicht. Komm jetzt gefälligst zurück. Hierher.

Verstehst du, hierher zurück. Sie versteht mich nicht, sie ist schon viel zu weit draußen auf dem Meer. Sie ist nur noch ein winziger, kleiner Punkt da draußen.

Im kleinen Hotelzimmer sieht es gar nicht mehr so heimelig aus

In dem kleinen Hotelzimmer sieht es gar nicht mehr so heimelig schön aus, es ist laut, unten eine kleine Diskothek mit schlechter Live-Musik, da zieht der Geschmack von schlechter Luft, gemischt mit Tabak und fahlem Bier, durch meine Nase - Gejohle und schnödes Geplapper - plipper, plapper, plipper, plapper, helle junge, zu junge Stimmchen schlippern und schlappern da fröhlich und lustig drauflos, noch nicht ahnend, worauf die sich da einlassen, verloren und verlogen klingt das alles, falsche, unerfahrene, nach wilder Bestätigung suchende Stimmchen plappern da Sinnloses in die schlechte Luft hinein, und wollen doch so gute reine Luft atmen.

Ich bin müde von den hellen Stimmchen, dem Geplapper und Geplipper, müde von den vielen gelben und den orangegelben Laternen unten an Pier. Auch von dem Geklickse und Geklackse der Wanten an die hölzernen und metallenen Masten. Ich habe zu viel von dem allen. Müde von der Suite und ihrem Balkon und den großen Schiebetüren, und von mir. Ich bin ganz arg müde von mir, so dass ich den längsten Schlaf der Schläfe, einen bezaubernden Sinkschlaf jetzt bevorzugen will. Schlafen und schlafen, so müde bin ich, jetzt nur noch schlafen, danach ist mir jetzt. Das zu große Bett ist mir geblieben. Ich sitze am geöffneten Fenster und gucke auf die gegenüberliegende Hauswand ohne Fenster, Dunkelheit, milde, weiche, aber schöne Dunkelheit starrt mich da an. Noch habe ich mich nicht ganz ausgezogen, und sitze so still und versunken an meinem Fenster in der Suite, in der Rue Villefranche-sur-Mer, und blicke auf die milde, weiche Dunkelheit, da kriecht ganz langsam ein Gefühl in mir hoch, das mich befreit, es befreit mich von den hohlen Stimmchen und dem blöden Geplapper, von dem Tabakgeruch und dem fahlen, abgestandenen Biergeruch und von der fensterlosen dunklen Hauswand gegenüber.

Es öffnet sich eine endlose Weite, eine Weite, die mir bekannt ist, der Himmel mit seinen Abertrilliarden Sternen scheint immer stärker in die enge Gasse hinein, er drückt die Wände auseinander, er schiebt sie behutsam auseinander, die Häuser, bis auch die Gasse nicht mehr eine Gasse, sondern eine weite, breite Straße geworden ist, mit vielen, vielen Bäumen und Sträuchern und Mücken und Grillen, die in ihnen hocken. Sie zirpen laut und deutlich in die klare Septembernacht. Ein wahres Streichkonzert in den tollsten Tönen hoch und höher, tief und langanhaltend. Kurz und hoch mit deutlichen Pausen, schrill, fast zerrend und hoch, leise und nur zip-zip, kurz und knapp, mit vielen Pausen, zip-zip, Pause, zip-zip. Ganz so, als wollte die Grille gar nicht auffallen in dem ganzen Stimmengewirr. Alles in klingenden Septemberfarben, es mischen sich viele Menschen in diese abendliche Atmosphäre zwischen Promenade und Spaziergang. Um noch ein wenig frische, milde, weiche Septemberluft zu schnappen, bevor sie sich in ihre

Wohnungen und Häuser begeben, in denen sie die späte, leise Sommerwärme erwartet.

Langsam drückt das Sternenlicht mit dem Mondlicht zusammen vorsichtig und behutsam die Häuser zur Seite, eins ums andere, ganz langsam, damit die Menschen, die sich vielleicht noch in ihren Häusern aufhalten, nicht erschreckt werden. Damit bei all dem vorsichtigen Geschiebe auch nichts vom Tisch fällt. Es ist nichts mehr da, was mir den klaren Blick auf das Wasser verstellen könnte. Da ist es in seinem dunklen, murmelnden, leisen Gerausche - tschschsch, tschschsch, tschschsch, wieder und wieder. Fast klingt es wie eine beruhigende Hand, die mir leicht über die Stirn streicht, leicht und sanft, wieder und wieder. Als wolle mich das Wasser trösten und mir Mut zusprechen, leicht und sanft, wieder und wieder.

Ich glaube, ich bin längst eingeschlafen über dem ganzen leisen Gerausche da. Träume schon längst vom Saxofonspieler und dem Gitarrenspieler.

Es pikt mich etwas an meinem Fuß, es drückt nicht wie ein verirrter Kieselstein, es pikt richtig, ich kann es einfach nicht ignorieren, denn es scheint sich zu einem deutlichen Schmerz auszuweiten, nicht nur ein einfaches Piken, das man überfühlen könnte, nein. Ich muss nachsehen – und als ich da so richtig nachsehe, ich hätte es fast übersehen können, da finde ich ein kleines Stückchen, ein klitze-, klitzekleines Stückchen, so klein, dass ich es fast übersehen könnte, es aber nicht übersehen kann. Wie ich das Piken nicht überfühlen kann, weil es mehr ist als nur ein einfaches Drücken eines

Kieselsteinchens, weil es zu sehr pikt, da finde ich ein klitze,- klitzekleines Stückchen Stroh, es klebt so an meiner Ferse und pikt. Es ist gepresst, geknickt und pikt. Ich nehme meinen Fuß und halte dann ganz still und gucke so mit richtigen Stielaugen auf die Stelle, auf die Ferse, auf das gepresste und geknickte Stückchen Stroh, auhhh, auhh, das renkt und zieht an den einzelnen Fasern und Muskeln, Beuteln und Gelenken. Ich muss es aber noch genauer sehen, ich löse eine Hand, fast schnappt der Fuß wieder in seine gewöhnliche Lage zurück, da wende ich noch einmal vorsichtig alle Kraft auf, um ihn mit nur einer Hand zu halten, mit der anderen Hand forme ich mit Daumen und Zeigefinger ein kleines O, die drei anderen Finger strecken so in die Höhe, damit sie ja nichts Unbedachtes berühren können, und fasse vorsichtig und langsam an die pikende Stelle; plötzlich ein lautes schrilles Lachen von unten aus der Bar.

Ich bin so erschrocken, dass ich fast den Fuß losgelassen hätte, oh Gott, all diese gedehnten Sehnen und Beutel und Bänder, das wäre fatal, wenn sie so auf einmal zurückschnappten. Ich starte einen neuen Versuch, dieses Mal gelingt er mir, tirili, tirilo, tirili. Mit der einen Hand halte ich meinen Fuß, den verdrehten, versehnten, verbeutelten, so ganz arg dicht vor meine Nase, mit der anderen bilde ich zwischen Zeigefinger und Daumen ein O, die anderen drei Finger halte ich so, dass sie nichts Unbedachtes anrichten können. Ich halte in meiner Hand ein klitze-, klitzekleines gepresstes, geknicktes Stückchen Stroh. Die andere Hand lasse ich nun los. Vorsichtig, langsam, damit sich Verbeuteltes, Versehntes wieder entspannen und in seine ursprüngliche Lage bewegen kann. Langsam stehe ich auf, ganz langsam, behutsam stehe ich auf, damit ich es nicht verliere, das kleine, das liebe, das böse, das Pikchen, und gehe vorsichtig und langsam an mein zu großes Bett, langsam und vorsichtig setzte ich mich auf das Bett, sinke etwas in die etwas zu weiche Matratze hinein - es fühlt sich gut an, das feine Leinen an meinen Beinen; noch halte ich das kleine O ganz fest verschlossen mit dem Daumen und dem Zeigefinger, die drei anderen Finger halte ich immer noch bedeutsam in die Höhe, so dass nichts Unbedachtes passieren kann.

Jetzt bekomme ich so richtig Lust, Lust, das O endlich zu öffnen, es mir doch endlich anzusehen, das Pikchen, das gemeine. Ich führe meine Hand ganz dicht vor meine Augen, ganz dicht, und freue mich noch mehr auf das liebe Pikchen, das ich nun gleich zu Gesicht bekommen werde, es bestaunen und begucken kann, so ganz gemütlich. Ich gehe mit den Augen also ganz dicht an das kleine O, ganz dicht ist es jetzt vor meinen Augen, ach, mit erwartungsvoller Lust öffne ich langsam und leicht, zuerst den Zeigefinger, das kleine O, am Anfang nur ein kleines winziges bisschen, nur ein klein wenig öffne ich das O, und gucke so zwischen dem kleinen Spalt, zwischen Zeigefinger und Daumen, hindurch, als ob es da was Neues zu entdecken gilt. Auwei, da liegt es, das böse, böse Pikchen, das liebe, das da so böse auf die blanken Nerven gepikt hat. Nun liegt es in seiner ganzen Größe vor mir, so dicht, so nah, so unendlich nah. Auweia, so blank und bloß.

Ei, ei, mit der anderen Hand straffe ich das auf dem Nachttisch liegende rote Deckchen, damit in den Falten nichts verloren gehen kann. Die andere Hand führe ich vorsichtig und behutsam in Richtung Deckchen, lege das Pikchen schließlich auf das rote Deckchen. Zufriedenheit löst die Spannung und wie ein erfolgreicher Bombenentschärfer betrachte ich nun Vollbrachtes. Ich lehne mich etwas zurück und betrachte erfolgreich und zufrieden das Liebe, das Böse. Zufrieden wie ein Gewinner, der mit stolz geschwellter Brust auf seinen Gewinn blicken kann, der keiner ist.

Oh, ich schrecke hoch, ich bin wohl eben etwas eingedöst, etwas nachdenklich sitze ich auf dem Bett. Ich hatte eben einen sehr merkwürdigen, seltsamen Traum.

Ich ziehe mich langsam aus und lege meine Kleider auf den Stuhl neben mir. Jetzt höre ich die schlecht gespielte Live-Musik wieder ein wenig und auch das Gröhlen der Stimmchen und der Stimmbrüchchen ein wenig, auch rieche ich wieder die Luft mit dem verbrauchten Rauchgeschmack und dem fahlen Biergeruch. Auf dem kleinen Schrein neben mir steht eine Vitrine, mit einer Glashaube drüber aus dickem, festen Glas, innen mit rotem Samt ausgeschlagen und mitten drin, so ganz in der Mitte drin, liegt ein kleines Stückchen Etwas, liegt ein kleines Stückchen gepresstes und geknicktes Stroh. Es ist schon merkwürdig - träume ich noch oder bin ich schon wach?

Ich lege mich etwas nachdenklich zurück und krieche mit den Beinen unter die leichte Decke, decke mich langsam zu. Dann strecke ich mich zufrieden in meinem zu großen Bett und spüre mich selbst, recke und strecke mich so richtig. Meine Augen fallen langsam zu, mein Blick wird langsam klar, es ist ganz, ganz still um mich geworden, jetzt, jetzt sind sie wieder da, die Bilder, die so klar und präsent sind. Es herrscht die größte Stille der Stille und da beginnt es wieder, ein wahrlich phantastisches Orchester, eine phantastische Phantasie der Töne, nie Gehörtes und nie Geahntes, nie Gesehenes, nie Gespürtes, Gefühltes bricht da los.

Man könnte meinen, das Weltenorchester setzt ein - spielt in seiner Weise wunderbar. Das Weltenorchester - neben mir die Vitrine mit dem roten Samt und seinem Böschen, drinnen. Das Rauschen des Wassers, die Wellen kratzen zaghaft über mir - über den Sand, Temperaturen mischen sich unter Temperaturen, schieben sich behutsam übereinander, wallen noch einmal auf, die eine will sich der anderen noch nicht so recht ergeben - die Zeit geht mit der Nichtzeit Hand in Hand durch den Pinienwald. Wetter neigen sich zu Wetter und Wetter gegen Wetter, Nass verdrängt das Trockene, Tropfen des Regens mischen sich unter Tropfen des Regens, die Tropfen mischen sich mit der Nichtzeit entlang der Zeit.

Bald legt sich Weihnachten an Silvester und Silvester, der gute, lehnt sich an Weihnachten, das brave. Sie neigen sich beide den Wellen entgegen. Die Wellen des Meeres im Zwielicht, die Wolken folgen dem Zwielicht, Wolkenfetzen treiben Wolkenfetzen, die Sonne ist noch droben, die grauen, schwer behangenen Klumpenwolken ziehen zäh ihren mühsamen Gang, bäumen sich auf und stellen sich zwischen mich und das Licht, stellen sich zwischen die Zeit und die Nichtzeit. Als hätten sie einen Preis zu gewinnen, der keiner ist. Oben sind die Wolken noch schneeweiß, unten fast schwarz, manchmal lassen sie eine leichte, feine Lücke zwischen mir und dem Licht, ich sehe in die blaue, klare Nichtzeit hinaus. Ganz so, als sei es ein Privileg ganz für mich allein.

Die Halle, Abend

Sirenen in S Thala. Die Worte werden durch das Heulen der Sirenen hindurch gesprochen.

Der Reisende   Ich werde nicht wiederkommen.

                             Lange Pause.

Der Junge   Nie?

Der Reisende   Nie.

Die Sirenen hören auf. Setzen wieder ein.

Das kleine Mädchen   Warum?

Keine Antwort des Reisenden. Sirenen.

Der Junge   Warum?

Die Antwort kommt langsam, aber sehr klar.

Der Reisende   Ich will nichts mehr.

Die Sirenen werden lauter, unerträglich.
Die Mutter schreit. Man versteht schlecht.

Die Dame   ...was ist das…?

Kinder unbeweglich, dem Vater zu gewand, taub für die Sirenen.

Der Junge	Leute sind gekommen.
Das kleine Mädchen	Das ist wegen dem Brand.
Die Dame	...gehen wir hier weg...kann nicht mehr... Los kommt... ich habe Angst...kommt...aber schließlich... Sie...kommt...Angst...

Nicht exklusive Abdruckgenehmigung für:

Textauszug aus: Marguerite Duras, Nathalie Granger und die Frau vom Ganges.

Aus dem Französischen von Andrea Spingler. S. 170
© Surkampverlag Frankfurt am Main 1994

Was macht er?

1. Stimme

Was macht er?

2. Stimme

Wissen Sie, er hütet.

1. Stimme

Das Meer?

2. Stimme (zögernd)

Nein...

1. Stimme

Die Bewegung des Lichts?

2. Stimme (ebenso)

Nein...

1. Stimme

Die Bewegung des Wassers

2. Stimme (ebenso)

Nein.

1. Stimme

Die Erinnerung...?

2. Stimme

Ach, vielleicht ... vielleicht ...

Nicht exklusive Abdruckgenehmigung für:

Textauszug aus: Marguerite Duras, Nathalie Granger und die Frau vom Ganges.

Aus dem Französischen von Andrea Spingler. S. 147

© Surkampverlag Frankfurt am Main 1994

Eine sehr denkwürdige Fahrt

11. September 2001

Gerade fahre ich auf der Autobahn Richtung Île
d'Oléron, als ich das Radio etwas lauter stelle - plötzlich
zieht es meine ganze Aufmerksamkeit auf sich - ein
Flugzeug hat das World Trade Center gestreift. Heißt es.
Wie, was, wie geht denn das? Unmöglich, denke ich. Das
kommt schon sehr komisch daher. Es ist schon viel
passiert, aber das kommt mir doch etwas komisch vor.
Nochmal, ein Flugzeug streift das World Trade Center. Ich
begreife es nicht. Wie ist das möglich? Das gibt's doch
nur im Film, das ist doch nicht die Realität. Eine gute Idee
für einen Film, aber mehr auch nicht. Es ist kurz nach
14.00 Uhr. Ein denkwürdiger Tag, denke ich. Ich bin auf
dem Weg nach Frankreich und ein Flugzeug streift das
World Trade Center. Na ja, gut, in ein paar Tagen ist das
wieder vergessen. Die Gazetten haben einen dollen
Aufmacher und am nächsten Tag wird wieder über die
Haushaltsdebatte diskutiert und geschrieben und
gewörtert.
Da wird jetzt ein paar Tage los gewörtert und es endet
in der Alltäglichkeit des Alltags. Die Musik dudelt ihr
Gedudeltes, längst Gedachtes, so vor sich hin. Gedanken
schießen mir durch den Kopf - ich denke an eine kleine
Cessna oder so etwas, die vielleicht einen Schaden hatte,
und dass es so zu diesem Unglück kam. Es interessiert

mich aber doch etwas mehr. Normalerweise stelle ich auf solchen Fahrten all diese äußeren Kommunikationsfaktoren ab, um endlich zur Ruhe zu kommen, damit der ewig andauernde Stress, diese von außen auf mich einprasselnden, ständig bedudelnden Wörter und Töne, Töne und Wörter, dieses geplapperte, inhaltslose Plappern, gedachtes Plappern, endlich ein Ende hat. Damit das Getönte etwas aufhört. Endlich etwas ausruhen, stop it all, and all and all, stop it, nur Ruhe.

In etwa überschlage ich die Stunden, die mir bleiben, damit ich neue Informationen bekomme. Was ist das, was trifft mich da? Mein Wagen fährt mit ruhigen 140 km/h über die Autobahn. In circa zwei Stunden werden die Informationen dann doch etwas, Gott sei Dank, etwas rarer sein - ich bin in einer fröhlichen und ausgelassenen Stimmung, die mir Spaß macht, denke ich - verflucht! In zwei Stunden lassen die deutschsprachigen Informationen nach, schießt es durch meinen Kopf.

Freiburg, Mülhausen, Belfort, Besançon, dann wird es wirklich schwierig, einen Sender zu finden. Ich denke noch mal über meine Route nach. Zwanzig-Uhr-Nachrichten sehen können. Das wäre schon schön. Das klappt aber nicht - ich habe noch 500 km vor mir. Über die Rue Nationale, das ist unmöglich, das schaffe ich nie. Kurze Zeit später, ich drehe den Knopf etwas lauter. Ein zweites Flugzeug streift das World Trade Center, heißt es.

Das gibt's doch nicht. Jetzt begreife ich gar nichts mehr. Ein Gedanke schießt mir durch den Kopf: Das ist kein Zufall! Nein, ach was, jetzt haben sich die schnellen

Nachrichten vertan. Über DPA ist wahrscheinlich die eine Meldung reingekommen und die andere über AFP. Das hat sich jetzt überschnitten und da ist eine Dublette reingerutscht. Eine klassische Feriendublette der Anfänger. In der Ferienzeit ist so was schon mal möglich, denn dann sitzen die Hospitanten an den Tickern und nehmen die Meldungen entgegen. Der unwissende Hospitant kennt doch den Unterschied von DPA und AFP nicht so genau. Der überbordende Eifer und die tolle Schlagzeile der neuesten Nachricht, die Begeisterung des Neuen können schon mal aus eins zwei machen. Es sei ihnen vergeben.

entre dos tierras

te puedes vender
cualquier oferta es buena

si quieres poder
qué fácil es
abrir tanto la boca para opinar
y si te piensas echar atrás
tienes muchas huellas que borrar

déjame
que yo no tengo la culpa de verte caer
si yo no tengo la culpa de verte caer

pierdes la fe
cualquier esperanza es vana

y no sé qué creer
pero olvídame,
que nadie te ha lamado,

y ya estás otra vez

déjame
que yo no tengo la culpa de verte caer
si yo no tengo la culpa de verte caer

entre dos tierras estás
y no dejas aire que respirar
entre dos tierras estás
y no dejas aire que respirar

déjalo ya
no seas membrillo y permite pasar
y si no piensas echar atrás
tienes mucho barro que tragar

déjame
que yo no tengo la culpa de verte caer
si yo no tengo la culpa de verte caer

entre dos tierras estás
y no dejas aire que respirar
entre dos tierras estás
y no dejas aire que respirar

déjame
que yo no tengo la culpa de verte caer
si yo no tengo la culpa de verte caer

entre dos tierras estás
y no dejas aire que respirar
entre dos tierras estás
y no dejas aire que respirar

Du kannst Dich verkaufen

Du kannst Dich verkaufen,

wenn Du Macht willst,

ist jedes Angebot recht,

ständig die Klappe aufreißen

und deinen Senf dazugeben,

das ist einfach.

Aber wenn Du etwas rückgängig machen willst,

dann musst Du erst mal Deine Spuren verwischen.

Also lass mich in Ruhe.

Ich bin nicht schuld,

wenn Du auf die Schnauze fällst.

Du verlierst den Glauben und Deine Hoffnungen.

Ich weiß auch nicht mehr,

was ich glauben soll.

Aber vergiss das wieder.

Ich hab Dich nicht um Hilfe gebeten.

Und Du stehst trotzdem schon wieder bei mir auf der Matte.

Du schwebst zwischen zwei Welten.

Da ist wenig Luft zu atmen.

Also reiß Dich endlich am Riemen.

Sei nicht so lasch und sorge dafür,

dass endlich etwas passiert.

Auch wenn Du das Ruder nicht selbst rumreißt,

wirst Du noch genug Scheiße fressen müssen.

Ich lasse mich von meiner guten Stimmung nicht abbringen

Ich lasse mich von meiner guten und ausgelassenen Stimmung nicht abbringen. Ich genieße die Landschaft in vollen Zügen. Der leise, schnurrende Motor trägt mich mit einer Leichtigkeit des europäischen Seins, mit leichten 140 Dieselstundenkilometern durch die Landschaft. Es ist etwas zu warm. Die Klimaanlage lasse ich noch aus. Denn das ist Luxus. Ich will erst noch ein bisschen vor mich hin schwitzeln. Das leise Surren des Fensterhebers unterstützt meine Gelassenheit. Ab und zu lasse ich ihn einfach nur mal so surren. Einfach weil es Spaß macht und ich genieße es, dieses Surren. Das ist mein erster europäischer Surrer, den ich da in Besitz genommen habe. Genauer gesagt ist es ein französischer Dieselsparsummer. Noch genauer ein französischer Dieselsparsummer als eher spartanisch ausgebautes großräumiges Canapé. So umklappbar und umlegbar, dass ein 1-Meter-90-Mann ganz bequem die Füße ausstrecken und sich bequem hinlegen kann. Ein Canapé du sable. Ein großräumiges Strandsofa. Es macht schon ein wenig europäische Vorfreude auf das Kommende.

Nochmal. Nochmal zurück. Wie geht denn das jetzt? Ein zweites Flugzeug. Nein. Das ist doch wieder eine von den Enten, die uns da ständig vorgedudelt werden. Um uns Hörer zum Narren zu halten. Immer wieder, um wirklich lustig zu sein, werden solche nachgemachten

75

oder verfälschten, verdrehten, verwitzelten Beiträge erfunden. Ich lasse mich von meiner ausgelassenen Stimmung nicht abbringen.

Die Nachrichten sind jetzt rar und sehr begrenzt, sie wirken zurückhaltend. So bekomme ich den Eindruck, da wird jetzt erst mal richtig sondiert und gespart mit den Informationen. Jetzt wird richtig gearbeitet im Hintergrund. Das kannst du richtig fühlen. Die Dudelmaschine dudelt ruhig vor sich hin. Die Minuten, bis so ein blöder Schlager endlich vorbei ist, sind unerträglich lang. Ich zappe durch die Sender. Wieder nichts. Nach Frankreich – in die Einsamkeit, um all dem zu entkommen, was einen so plagt. Am Strand entlang spazieren, den Wind ins Gesicht blasen lassen, mich etwas freier fühlen als sonst. Essen, mit guten Freunden, plaudern, am Kamin sitzen, ein gutes Glas Rotwein trinken, Gedanken austauschen, um Gedanken zu sammeln.

Endlich die Ruhe genießen, kein Telefon, keiner der vorbeikommt und irgendetwas von mir will. Einfach den Tag Tag sein lassen, nach all, all dem, was da so plagt.

Eine Ahnung beginnt zu wachsen

Eine Ahnung beginnt zu wachsen. Jetzt bin ich bereits in den Vogesen und der Empfang meines Radio wird immer öfter durch Unterbrechungen bestimmt. Verdammt noch mal, gibt es denn kein Radio - ich hasse es, das über die Landesgrenzen hinaus in Deutsch dudeln kann? Jetzt haben wir noch gut drei Monate, bis wir im vereinten Europa leben, und ich kriege es nicht mal fertig, einen Sender in deutschen Sprache zu finden. Ich fluche ein wenig über das neue Europa.

Habe ich erst mal das Elsass hinter mir und bin über die Vogesen, dann bleibt mir nur noch wenig Zeit, wie ich an die Informationen komme. Ich ändere meine Route, ich bleibe auf der Autobahn, um etwas Zeit einzusparen. Besançon West lasse ich liegen, fahre weiter auf der Autobahn. Kurz danach - da ist der Sender wieder - ein Flugzeug stürzt in das Pentagon. Jetzt begreife ich gar nichts mehr. Bin ich in einem Film oder unterwegs nach Frankreich? Gedanken schießen mir durch den Kopf. Was wird da kommen? Wie? Noch mal - zwei Flugzeuge in das World Trade Center, eins ins Pentagon. Ich werde nervös. Was ist da draußen los? Das ist kein einzelnes Ding, das da passiert. Krieg, denke ich unweigerlich. Das gibt Krieg. Ich weiß nicht, was es ist, aber das ist zu viel, zu viel auf einmal. Verdammt noch mal, da sitze ich in meinem Wagen mit festem Ziel und kann nur zuhören, kann nicht eingreifen, kann nichts ändern. Ich will schneller sein als mein Wagen, keine Chance. Was soll ich tun? Ich fahre halt einfach weiter und weiter, meine Route hat sich geändert. So gewinne ich etwas Zeit. Das Mittagessen lasse ich ausfallen, ich fahre weiter, rechne noch einmal nach, wie weit es ungefähr ist, was soll ich denn sonst machen? Bis Dole ist es noch weit, geschweige denn bis Paray-le-Monial. Oh, wäre ich doch schon in Paray-le-Monial, dort kenne ich jeden Handgriff, denn schon seit vielen Jahren ist das mein erster Haltepunkt in Frankreich. Immer häufiger plagen mich jetzt die Unterbrechungen der deutschen Sender. Noch mal: Ein Flugzeug stürzt in das World Trade Center, ein zweites Flugzeug stürzt in den zweiten der Twin Tower. Ein drittes stürzt auf das Pentagon, ich kann es nicht fassen. Ich zappe von Sender zu Sender. Es mischen sich die französischen Sender unter die deutschen Sender, die deutschen unter die französischen. Das Deutsche mischt sich unter das Französische. Was ist das mit dem Europa? Ich sitze in meinem Wagen, fahre quer durch Europa und kann nicht einmal Informationen in deutscher Sprache empfangen. Verflucht sei das Europa. Oder liegt das gar an meinem Radio? Was ist das mit dem Fortschritt? Was ist das mit der Zukunft, schießt es durch meinen Kopf. Es wird jetzt immer schwieriger, einen Sender klar zu bekommen. Ich ändere den Sender auf Langwelle. Nur spärlich kommt ein Sender durch, ganz schwach und ziemlich weit weg, aber ich kann wenigstens noch, wenn auch nur schwach, die deutsche Sprache hören.

Stopp, wie, was? Ich verstehe nicht

Die nächsten Nachrichten es ist nicht zu fassen. Stopp, wie? Was? Ich verstehe nicht. Das kann doch nicht sein. Oder doch? Zwei Flugzeuge vom Typ Boeing 767 rasten in das World Trade Center und ein Flugzeug, eine Boeing 575, in das Pentagon und ein weiteres Flugzeug, eine Boeing 575, ist in Pennsylvania abgestürzt. Das scheint mir jetzt aber eine gewaltige Nummer zu sein. Jetzt, so langsam, fangen die Meldungen an, sich zu überschlagen. Nach der etwas ruhigeren Phase der Zurückhaltung mit den Informationen geht jetzt so richtig die ganze Maschinerie der Information in Gang. Es prasselt so richtig los, es prasselt und trommelt Gedachtes vor sich hin. Es ist eine wahre Schlacht. Es fällt mir auf, dass kein Zusammenhang zwischen all den Meldungen hergestellt wird. Wie groß ist eigentlich das World Trade Center (417 und 415 Meter)? Wie groß ist eine Boeing?

Langsam dringt in meinem Hirn nach vorne: Da müssen wohl auch noch Menschen dringesessen haben. Die Musik hat sich jetzt geändert, sie ist viel ruhiger geworden, der ganze aufgeregte Pop-Kram ist mit einem Mal verschwunden. Es wird da von Liebe gesungen und von Frieden. Jetzt setzten sie den Dämpfer drauf, denke ich. Das ruhige Dämpfer-Gedudele geht mir ganz schön auf die Nerven.

Der Chefredakteur der Stuttgarter Nachrichten, Jürgen Offenbach, hat einmal zu mir gesagt, als ich sein neues

Zuhause besichtigte, was in einem Jumbo möglich ist, muss doch auch in so einer Wohnung möglich sein. Er zeigte mir gerade die Winzlings-Gästedusche und die Winzlings Gästetoilette im oberen Stockwerk. Tatsächlich hat das Format der langgestreckten, doppelstöckigen Wohnung das Format eines Jumbos einschließlich des Obergeschosses, in dem sich sein Büro befindet. Das ist enorm. Das hat was von Größe.

Zwischen den Songs werden vage Vermutungen laut. Es könnte sich um ein Attentat handeln. Es ist nicht zu fassen. Immer wieder schießen Gedanken durch meinen Kopf. Wer macht das, und warum? Es gibt wieder Krieg. Mein Gott, was ist nur los?

Quelle horreur! Qu'est-ce qui s'est passé?

Jetzt ist es schwierig geworden, die Langwelle klar durchzubekommen. Die Informationen setzten langsam aus. Ungefähr 100 Kilometer liegen noch vor mir, bis ich Paray-le-Monial erreiche. Hoffentlich reicht es zu den 20.00 Uhr Nachrichten im Fernsehen. So bekomme ich wenigstens die Bilder mit, der Rest der Sprache, der lässt sich schon finden. Ich finde meinen Weg nicht mehr, alles neu, völlig neue Straßen, Auffahrten, Abfahrten, vierspurig, auf einmal überall Leitplanken, wo eben noch die gemütliche Rue Nationale gewesen ist, ist jetzt eine hochmoderne, vierspurige Anlage entstanden. Europa lässt grüßen. Ich verliere völlig die Orientierung, die alte Rue Nationale hat sich völlig verändert.

Vier Flugzeuge sind in so kurzer Zeit hintereinander verunglückt. Das ist aber ein merkwürdiger Zufall. Warum hat sie denn niemand zurückgehalten? Auf dem Radar hätte es doch auffallen müssen. Da sitzen hochbezahlte Menschen an den Geräten und keinem fällt auf, dass sich da eventuell eine Katastrophe anbahnt. Die Wahrzeichen der USA stehen im Fadenkreuz und keinem fällt was auf? Niemand merkt etwas? Nicht das geringste bisschen? Sonderbar! Die Luftkontrolle ist doch sonst die beste von allen. Die Lotsen an den Bildschirmen beobachten doch jedes Flugzeug und dessen Rute ganz genau. Bei der geringsten Auffälligkeit nehmen sie mit den Maschinen Kontakt auf und begleiten sie, damit es zu keinen Kollisionen kommt. Warum ist das hier nicht passiert? Selbst die Höhe der Flugzeuge wird kontrolliert. Wenn ein Flugzeug in 10.000 Meter Höhe seinen Kurs ändert und rapide an Höhe verliert, das soll niemand bemerkt haben? Das fast zeitgleich bei vier Flugzeugen? Es gab keine Landeerlaubnis oder so etwas, die das rechtfertigen könnte? Wenn ein Flugzeug einer Grenze zu nahe kommt, ohne autorisiert zu sein, dann sind die Abfangjäger innerhalb von zehn Minuten in der Luft und kümmern sich darum, was da los ist. Im schlechtesten Fall wird das Flugzeug abgeschossen, wenn es nicht angemessen reagiert. Es gibt eine Sicherheitszone über dem Pentagon! Es ist der Hauptsitz des amerikanischen Verteidigungs-ministeriums.

Charollais, das müsste doch eigentlich da vorne sein, ich finde es nicht. Ein sicheres Zeichen war immer ein kerzengerades Stück der Rue Nationale mit dem Einsetzten der Dunkelheit, ich bin ja mehr oder weniger immer um dieselbe Zeit an dieser Stelle. Um diese Zeit kann man schon etwa drei Kilometer vorher einen neon-leuchtenden Charollais-Bullen erkennen. Das gilt immer als sicheres Zeichen, es gleich geschafft zu haben.

Aber das muss doch hier irgendwo sein. Gott sei Dank ist es noch etwas heller als sonst. So kann ich mich wenigstens etwas orientieren. Verdammt noch mal. Es müsste doch eigentlich viel tiefer liegen, ahh, jetzt geht's runter, immer wieder und wieder, ein neuer Rond-Point - so sehr ich diese Rond-Point liebe, einer nach dem anderen. Aber langsam werden es zu viele. Ich bin falsch. Charollais liegt direkt an der Rue Nationale, das kann ich doch nicht verfehlen. Die lange Auffahrtsstraße geht direkt von der Rue Nationale ab. Verflucht. Europa? Nein. Ein bisschen nein. Wo ist das? Charollais. Wo ist mein liebes, kleines Hotel? Auch wenn es dunkel ist, den grünen Neon leuchtenden Charollais-Bullen auf dem Holzschild kann man doch schon weit entfernt gut erkennen. Jetzt geht es aufwärts, das kann schon gar nicht sein. Der Kanal liegt doch unten. Jetzt wird's völlig falsch. Ich drehe um. Schon wieder verfluche ich das neue Europa. So ein Mist. Ich trete auf das Gaspedal und fahre irgendwohin - direkt nach Paray-le-Monial hinein. Ich muss irgendwie nach unten kommen zum Kanal. Von dort aus kann es nicht mehr weit sein, von dort aus finde ich mich schon zurecht. Jetzt drängt die Zeit. Zurück - wieder all diese Rond-Point, Rond-Point, Rond-Point - ich liebe sie, diese Rond-Point, flugs rein und wieder raus, rein und wieder raus und flugs rein und wieder raus. Kein Warten, keine Ampel, kein Strom, kaum ein Schild. Rein und wieder raus. Ganz schlicht und einfach. Drinnen, der hat Vorfahrt und Ende der Durchsage. Keiner muss jemals lange warten. Das ist endlich mal ein richtig schöner voreuropäischer Rond-Point-Gedanke. Wunderbar und herrlich in seiner Schlichtheit und in seiner einfachen Gangart.

Mir bleibt nicht mehr viel Zeit. Vor mir ein Clio, zu langsam für mein Vorhaben. Wieder trete ich kräftig das Gaspedal durch, überhole, obwohl ich über dem hohen Gras schon erkennen kann, dass mir einer entgegenkommt. Ich wage es trotzdem, durchhalten, die Nerven behalten, ruhig bleiben und ordentlich das europäische Gaspedal durchtreten, oh, der kommt aber schnell, runter schalten, los, gib Gas, oh man, puh, geschafft.

Nur irgendwie zurück. Oh man. Auf diese neue Straße. Da. Da ist sie, endlich, jetzt aber los. Ich bin wieder auf der neuen Rue Nationale. Da ist eine Ausfahrt. Das Schild - ich erkenne es nicht richtig, denn ich überhole gerade einen ziemlich langen Brummi, genau an dieser Stelle verdeckt er das Schild. Zu spät. Vorbei, das wär's gewesen, die Ausfahrt. Nein, bitte, das darf doch nicht wahr sein. Oh bitte, das jetzt nicht auch noch. Das war doch eben schon genug Verirrung. Ich schaue nach links.

Yes that's it. Das wär's gewesen. Da unten liegt Charollais. Das große Holzschild ist nicht zu übersehen. Die lange Auffahrt mit dem weißen Rangerzaun, die Trauerweide, der See, in der Mitte der hohe Springbrunnen. Jetzt bin ich vorbei. Ah, nein, ich glaub es einfach nicht. Ich schaue auf die Uhr - viertel vor Acht. Es hätte alles so gut klappen können - nächste Ausfahrt, dann raus und zurück. Endlos scheinen mir die Kilometer. Mein Gott, wie lange geht denn das jetzt noch, bis endlich die nächste Abfahrt kommt?

Gedanken jagen durch meinen Kopf

Gedanken jagen durch meinen Kopf, Krieg, Zerstörung, Leid, Religionen, die Abfahrt, wann kommt sie denn nun endlich? World Trade Center, Pentagon, Pennsylvania. Da ist was Großes im Gange, was ganz Großes. Es kommt mir wie eine Ewigkeit vor. Die Zeit scheint aufgehört haben zu laufen, so langsam läuft sie jetzt. Aber endlich in Sicht. Way out. Aber was ist das - immer weiter werde ich von der Rue Nationale weggeführt. No way to turn. Out, out, out, out. Das geht mir dann doch etwas zu weit. Ich habe einen dicken Brummi hinter mir, der drückt. Ich muss doch etwas heftig abbremsen, damit ich nicht von der Bahn abkomme. Ich denke an den Brummi hinter mir. Irgendwie muss ich jetzt zurück. Aber die Straßenführung ist nur nach way out organisiert. Jetzt muss ich etwas tun, um abzukürzen. Ich reiße das Steuer herum, über die weiße Linie, mir kommt nichts entgegen, Gott sei Dank, nur der Brummi hinter mir, bloß weg. Er hupt wie verrückt mit seiner überdimensionalen Doppelhupenhupe, irrsinnig laut, ich bin richtig zusammengefahren. Laut war es schon, aber diesmal habe ich keinen Blick in den Rückspiegel riskiert. Ich merke nur, wie ich das Genick ein wenig einziehe und ganz leicht gegen die Kopfstütze drücke, um den etwaigen Aufprall besser abfedern zu können. Jetzt, oh nein - ich habe richtig das Steuer herumgerissen und halte es ganz fest, versuche gleichzeitig, angemessen abzubremsen, um auch nicht ins

Rutschen zu kommen. Mein rechter Vorderreifen pumpt auf die Bordsteinkante, bloß kein Plattfuß oder gar Schlimmeres, bitte jetzt nicht, nur jetzt nicht. Das hätte gerade noch gefehlt. Geschafft. Puh. Zumindest für den ersten Augenblick.

Zumindest bin ich jetzt wieder auf der Straße und kann die Richtung halten. Hähä - jedenfalls habe ich dem provisorischen Europa ein kleines, weißes Schnippchen geschlagen, indem ich über die weiße Linie gefahren bin, um mir den Weg etwas zu enteuropäisieren. Pas mal - oh, in Sicht die gute alte Rue Nationale - ohh man, geschafft, jetzt aber los, noch zehn Minuten. Jetzt nicht überreagieren, vorsichtig, ich höre das dumpfe Geräusch des Vorderrades an der Bordsteinkante. Langsam, bloß nicht rasen, runter mit der Geschwindigkeit. Alles bleibt ruhig. Ich kann also noch etwas beschleunigen. Gut. Alles bleibt ruhig. Ich verharre so noch etwas, reduziere meine Geschwindigkeit weiter, um sicherzugehen, dass auch wirklich nichts passiert ist. Rien du tout. Mais oui, q'est qui se passe? Wieder diese endlos erscheinenden Kilometer. Jedenfalls sind hier kaum Brummis unterwegs, über die ich mich ärgern könnte. Keinem kann ich jetzt die Schuld geben, an irgendetwas schuldig zu sein. Ojemine. Trotz allem – ein Blick in die Gegend, ein Blick auf den Tacho, ein Blick auf die Uhr. Alles noch im regelbaren Bereich, denke ich. Denn gesehen habe ich das Hotel ja schon. Der Blick in die Gegend will mir nicht recht gefallen, ich sehe nicht, was ich da sehe. Häuser, Wiesen, Felder, Wege, Bäume. Alles liegt in der untergehenden Abendsonne. Es schleicht sich eine heimliche, leise Angst und eine heimliche, leise Trauer in meine Gedanken. Was geschieht denn nur da draußen? Wer macht da so viel Tod?

Medeas Zorn ist vergleichsweise milde ausgefallen gegen diese Rache. Die junge und schöne Kreusa, Jasons neue Geliebte, verbrennt in ihrem neuen Hochzeitskleid, ein Geschenk Medeas. Auf ihrer Flucht zerstückelt sie ihre Kinder und verstreut die einzelnen Teile in der Landschaft, damit ihr Jason vor lauter Entsetzten nicht so schnell folgen kann.

Wer erlaubt sich das, über so etwas zu entscheiden? Wer ist der Totmacher? - Das darf nicht sein. Peer Gynt schießt mir in den Kopf - Quatsch. Vergiss es! Ich muss mich auf die Straße konzentrieren. Gedanken jagen durch den Kopf. Peer hatte ganz andere Probleme. Auf einer Planke musste er sich mit seinem Koch auseinandersetzten, der hat Kinder, Peer hat keine. Der hat sich ganz klar für sich entschieden. Peer aber ist im Kampf mit einem Koch auf einer Planke, um sein eigenes Leben zu retten. World Trade Center.

Mein Opfer wäre doppelt groß

Peer Gynt

Peer: Mein Opfer wäre doppelt groß, denn ich bin kinderlos.
Koch: Ich bin noch jung, sie lebten, Herr.
Peer: Spute dich; sink - du bist so schwer.
Koch: So weichen sie! Das Gott erbarm. Um sie trägt keine Seele Harm - ich sinke!
Peer: Noch halt ich dich am Schopf, dein Vaterunser sprich.
Koch: Ich komm nicht drauf - mir schwindelt schon!
Peer: Das Wichtigste ganz schnell, mein Sohn.
Koch: Brot gib uns heut.
Peer: Rasch weiter, Koch.
Koch: Brot gib uns heut.
Peer: Dasselbe Lied! Du warst ein Koch einst, wie man sieht.
Koch: Brot gib uns heute.
Peer: Amen, Knecht! Du bliebst dir treu: so ist es recht. Wer lebt, darf hoffen. Nun, es sei - Tod.

Peer Gynt

Henrik Ibsen

Oh, gleich, jetzt ist die richtige Ausfahrt in Sicht, gleich bin ich da, nicht mehr lange. Eine ungewisse, beklemmende Freude kommt auf. Jetzt noch die Schleife und unter der Brücke durch, jetzt kann mich kein Brummi mehr täuschen, denn die Einfahrt ist deutlich zu sehen, auch der grüne, Neon leuchtende Charollais Bulle ist nicht mehr zu übersehen. Glutrot ist die Sonne jetzt. Der Himmel leuchtet tiefrot und orange und rot und rot und rot, als wäre im Hintergrund eine riesige Feuerwand, so als würde eine ganze Stadt brennen. Ja, es ist schon so, ein wenig. Es scheint so, als ob hinter der Dorfkulisse von Paray-le-Monial die ganze Landschaft in Flammen steht. Feuerrot und tot und rot und Tod. Gedanken jagen durch den Kopf - verbrannte Erde - Krieg - viel Elend, viel Leid und ein ängstliches Gefühl, dem nicht entkommen zu können, unentrinnbar. Kommt der Tod. Eigentlich ist es ein wunderschöner Anblick, es ist ein gewaltiges, schönes Kunstwerk. Es scheint so, als betrifft es mich selbst. Ich fühle mich ziemlich beklommen und etwas traurig, der Himmel glutrot, rot, rot, rot, glutrot. Götterdämmerung. So muss es wohl gewesen sein, als die Götter im Zwist und in wilder Raserei das ganze Himmelszelt entzündeten. Die ganze Erde steht in Flammen. Menschen kommen um in den Flammen, im grauenhaften, abersagenhaften Inferno. Kein Mensch und kein Tier, nichts bleibt. Aber um welchen Gott geht es eigentlich?

Jetzt befinde ich mich bereits auf der Auffahrt meines Hotels. Deutlich spüre ich, dass es sehr, sehr knapp wird, meine Anspannung ist bis in die letzte Faser meines

Körpers zu spüren. Die Gedanken türmen sich turmhoch auf, Gebäude stürzen ein. Kein Stein bleibt auf dem anderen. Könnte ich jetzt auf die Knie sinken und beten, ich würde es tun, aber ich sitze in meinem kleinen, großräumigen, europäischen Auto und kann nicht auf die Knie sinken.

Gloria in excelsis Deo

et in terra pax hominibus bonae volutatis.

Qui tollis peccata mundi, miserere nobes.

Qui tollis peccata mundi, suscipe deprecationem nostram.

Ich bitte dich von ganzem Herzen, mein Gott. Gnade. Mach das andauernde Tod-Bringen zu Ende. Lass es aufhören.

Niobe umgeben von in Stein verwandelten Bewohnern der Stadt Theben. Vor ihr die vierzehn blutbefleckten getöteten Kinder. Enorme Stille. Lautloser Gesang Niobes

Mut. Wer leben blieb der hat noch seine Pflicht. Die Erde Steingehärtet verweigert die zu schlucken. Mut. Der Mensch bestimmt die Ordnung seines Tags. Welche Ordnung in welchem Tag der schlaflosen Nacht. Vermischt sich alles in einem Neubeginn von Nichts? Tag 1. Nach dem Massaker. Mein Schmerz ein Schrei ohne Echo. Tag 2. allein ohne Helfer kratzen die Hände vergebens. Steinerde. Es liegen die Toten ohne Bestattung. Tag 3. Kommen die Vögel und pflücken das Fleisch von den Körpern. Mein Kampf beginnt um die Erhaltung der Toten. Tag 4. Vergessen die Tage zu zählen. Die Arme zu heben. Wo. Die Götter überrascht von dieser Zukunft beginnen zu schweigen. Niobe im Trümmerfeld ihrer sie umgebenden blutbefleckten getöteten Kinder. Der Mensch (sich selbst) ein Versuchsmaterial. Die Bewohner der Stadt vom langem zuschaun des guillotinierens zu Stein erstarrt. Niobe ein Ort voller Zuversicht. Wo das Entsetzen allein umgeht ohne das Leid teilen zu können. Niemandem zugehörig. Weder den Toten noch den Versteinerten Zuschauern. Ein langes Warten auf Götter zwischen den Toten Fronten. Allmählich verwesen die Leichen. Die Bewohner zerfallen zu Sand. Niobe allem angehörig ist endlich. In der Heiterkeit der Jahrtausende. Ihr Lachen ein Blutsturz.

Niobe am Sipylos, Jochen Berg

Paray-le-Monial, Hotel

Hotel, Frankreich

Der geschusterte Asphaltweg ist der gleiche, das hohe Sprühen des Springbrunnens im See ist das gleiche, die gleiche große Trauerweide taumelt im leichten Wind so vor sich hin, der weiße, niedrige Rangerzaun ist der gleiche, der geschusterte Asphaltweg geht in den gleichen groben Kiesweg über. Die leere Kinderschaukel links neben dem Frühstücksraum ist die gleiche. Leicht vom Wind bewegt schaukelt sie vor sich hin. Die Rhododendren links neben dem gläsernen Eingangsportal sind etwas gewachsen, aller Hitze zum Trotz haben sie sich ganz gut herausgemacht. Ein Blick auf die Uhr, fünf vor acht. Jetzt möge alles gut gehen, denn dieses Mal habe ich nicht reserviert. Aber so viele Autos stehen nicht vor den Flats.

Die Chefin des Hauses, eine schwarzhaarige, schmale, schlanke Schönheit, ihr Gesicht ist mit etwas zu viel Make-up getönt, es wirkt nicht künstlich oder gar hässlich, aber die Spuren der vergangenen Saisons sind nicht zu übersehen. Sie wirkt etwas abwesend, im Hintergrund dudelt die Dudelmaschine. Ich kann aber nicht erkennen, was da läuft. Ich bemühe mich, konzentriert zu wirken, begrüße sie freundlich und versuche mich in den ersten öffentlichen französischen Sätzen. Links im Frühstücksbereich une petite fille, mein Gott, ist die gewachsen, oder hat die dunkelhaarige, schlanke Schönheit vielleicht doch zwei Kinder? Ich traue mich nicht, sie zu fragen. Und das ist die ältere von beiden? Ihr langes, lockiges, hellbraunes Haar fällt ihr über die Schulter, als sie mit dem Knie auf den Stuhl steigt, um auf dem Tisch nach etwas zu greifen. Das Haar macht sie vielleicht etwas älter als sie wirklich ist. Ich kann es nicht wirklich erkennen. Die Chefin wirkt auf mich abwesend und etwas verstört, ja fast etwas unfreundlich. Die Chefin des Hauses deutet mir den Preis auf einer kleinen Tafel rechts auf dem entrée. Verdammt - als ob ich nicht lesen kann. Und erkannt hat sie mich wohl auch nicht mehr. Na ja, es sind halt zu viele Merkgesichter, die so über das Jahr hinweg an der Theke stehen und sich den Schlüssel abholen, um ihn am nächsten Morgen dann wieder abzugeben. Das letzte Mal jedenfalls gab es noch andere Preise. Da bin ich dann doch etwas erstaunt über die Höhe des Preises. Oui, d'accord. S'il vous plaît, il est possible de réserver une chambre à l'arrière, bemühe ich mich, ihr zu verstehen zu geben, es stört mich der laute Verkehr der Brummis, die nachts und frühmorgens über die Rue Nationale entlang donnern. Auf der Rückseite des Hauses bin ich wenigstens durch das Gebäude geschützter vor dem Lärm.

Oui, bien sur. Je vous donner le Nr. 1.

Das ist okay, oui, je sais bien. Chaque année j'ai dors ici pendant la voyage.

Sie wirkt abwesend, zu keiner Konversation bereit. Sie gibt mir den Schlüssel, fragt noch nach meinem Namen, trägt ihn in ihr Reservierungsbuch ein. Es ist kurz vor acht.

A quelle heure il y a le pétit déjeuner?

Depuis sept heures trente et dix heure. Antwortet sie mir.

Je vous souhaite une bonne soirée.

Ich verabschiede mich, nehme den Schlüssel in die Hand und gehe zufriedener zu meinem Wagen, als ich es vorher war. Ich öffne die Türe des Wagens, der Schlüssel steckt noch. Ich schließe die Tür und drehe den Schlüssel, das Radio ist noch an.

Baby just come to me. Baby I love you so. Baby I never let you go. Cause I love you so. Waiting for wormer place. And I am in the space. Use your sole. I love you so.

I can see your face to strong. I wona let you go. I'am in the sole. Tell me what's going on. I never think you be alone. Tell me what's going on.

Be what you want to be. Using your sole. I never think you are not alone.

I'm not lucky, I don't crying. Baby I love you so.

Als ich losfahre und das Licht einschalte, hoppeln die kleinen Hasen dutzendweise nach rechts und links weg. Sie sind zu schnell, als dass ich sie verletzen könnte. Auf der Rückseite ist alles leer - kein einziger Wagen steht vor den Türen. Ich suche nach meinem Flat, Nummer 12, 11, 10, gleich ist's geschafft. 7. 6. 5. Also ganz vorne. Nr. 1 der erste Flat. Eh bien, il est là. Je suis arrivé sain et sauf et rien ne s'est passè. Ich greife nach dem Essenskorb und dem Getränk, schnappe noch ein paar Kleinigkeiten. Die Tür des Wagens lasse ich offen. Im Flat suche ich als Erstes nach der Fernbedienung. Die ersten Bilder. Kein Ton. So ein Mist. Der Ton. Wo sind die Töne? Die kleinen Dinger da, mit ihren vielen Tasten, können mich manchmal zum Wahnsinn treiben. Ich tippe und tippe und tippe. Diese Tipperei. Es passiert nichts. Verzweifelt gehe an meinen Wagen und hole noch ein paar Sachen. Es ist ein nervöser Hin- und Her-Gang, eher sinnlos, aber ich tue es. Wieder im Flat. Es muss in diesem provisorischen Europa doch möglich sein, so ein kleines Ding in die Hand zu nehmen und den Fernseher lauter zu stellen. Ich drücke immer und immer wieder auf den Lauter-Knopf. Es passiert einfach nichts. Übe dich in Geduld. Ich drücke nachdrücklich auf diese vielen Knöpfe, ich kann meinen Blick nicht von diesem kleinen Ding da lassen. Ich studiere voller Konzentration die einzelnen Wörter, wenn ich doch besser Französisch könnte, was heißt denn das alles? Ich drücke wieder und wieder und es passiert nichts, nochmal lese ich die Wörter und ich muss mich jetzt richtig konzentrieren, die kleinen Zeichen und denke, was bedeuten sie denn nur, nur endlich lauter, ich will die Texte hören, und schaffe es nicht, meinen Blick von diesem kleinen Ding da zu lösen. Ich schaffe es nicht. Immer wieder und wieder lese ich diese klitzekleinen Wörter und versuche, ihre Bedeutung zu erkennen. Es wird und wird nicht lauter. Immer wieder und wieder muss ich, muss ich dann doch einen Moment innehalten, weil die Bilder, die ich sehe, zu mächtig sind, als dass ich wegsehen könnte. Endlich - es passiert etwas, Töne, oh Gott sei Dank, endlich kann ich leise Töne hören, ich beginne, sie deutlicher zu vernehmen. Töne, oh Gott sei Dank, endlich kann ich leise Töne hören, ich beginne sie deutlicher zu vernehmen. Gott sei Dank.

Mit ruhiger Hand auf die Knöpfe drücken

Ach soooooo - langsam mit diesen europäischen Knöpfen, mit ruhiger Hand auf die Knöpfe drücken, hat Kanzler Schröder gesagt, nicht hastig und übereilt. Ach so! Pas mal. Ça marche. Ce ça. Mit ruhiger Hand drückt er also auf die europäischen Knöpfe und erhöht ganz ruhig in Absprache mit Finanzminister Eichel erst mal die Steuern. Nicht die Mehrwertsteuer. Auch nicht die Terrorsteuer. Auch nicht die Europäische Vereinigungsabgabensteuer, nein, er erhöht erst mal die Versicherungssteuer, weil die europäischen Verunsicherungen erst mal versichert werden müssen. Damit man, sich seiner versichert, in die europäische Euroverunsicherung eintreten kann. Nachdem der Nudist Scharping nicht einfach erst mal die Nudistensteuer erhöhen kann, um sich aus seinem Verunsicherungsdebakel heraus debakeln zu können. Eine kleine Frauenerhöhungssteuer vielleicht. Eine Wasserfrauenerhöhungssteuer. Ja, eine bunte Wasserfrauenerhöhungssteuer. Jetzt leben wir erst mal in einem europäischen unterversicherten Haus mit unterversicherten Renten und unversicherten Sozialabgaben, einem kollabierenden Krankenversicherungskollaps. Jetzt haben sie alle erst mal viel Tabaksteuer bezahlt. Das Geld ist verprasst. Jetzt müssen wir die Menschen nur noch möglichst kostengünstig entsorgen, damit der Etat für die Terrorsteuer frei wird. Das Geld ist verprasst. Jetzt müssen wir erst mal den Etat für den Terrorminister und sein

Equipment irgendwo aufbringen. Wo ist der Lautstärkeregler? Mich nerven gewaltig die Töne. Wieder und wieder tippe und tippe ich auf dem kleinen Ding da herum und kriege die Lautstärke nicht weg.

Es ist alles zu viel. Zu monströs, zu kollabierend. Und es wird nicht leiser. Nur laute Töne, vor lauter lauten Tönen kann ich nichts mehr hören. Es ist einfach alles nur zu laut. Zu bunt, zu künstlich, obwohl in der Ruhe große und schöne, bunte und ästhetische Kunstwerke entstehen können. Majestätische, machtvolle, kraftvolle, pikante Bilder voller Anmut und Grazie, vollkommen in der Melancholie der Endlichkeit.

Es sind grazienhafte, fulminante, manchmal 12-tönige, dissonante, schräg abgehackte, lückenhafte, löchrige und wieder flächigbunte, gedeckte, brausende Bilder

Es sind grazienhafte, fulminante, manchmal 12-tönige, dissonante, schräg abgehackte, lückenhafte, löchrige und wieder flächig bunte, gedeckte, brausende Bilder.

Angelus Domini nuntiavit Marie.
Et concepit de Spiritu Sancto.
Ecce ancilla Domini,
fiat mihi secundum verbum tuum.
Et Verbum caro factum est.
Et habitavit in nobis.

Ohne Rücksicht auf irgendetwas. Irgendwo muss der Essenskorb stehen. Der Käse will nicht mehr so richtig schmecken, auch das Baguette ist nicht mehr in allerbester Form. So mümmele ich daran herum, stochere in Mitgebrachtem. Der Geschmack des Weines, er hat sich nicht verändert. Nur mein Zustand hat sich etwas verändert.

Arrière, Satan, arrièrre!
Donne-moi les couleurs.

Ich tippe und tippe auf diesem kleinen, provisorischen, europäischen Ding da herum, inmitten von Paray-le-

Monial, liege auf meinem viel zu großen französischen Bett mit einer dicken, bunt gemusterten Steppdecke da herum und kriege die Bilder nicht mehr aus meinem Kopf. Sie wollen einfach nicht mehr aufhören, diese ständigen Wiederholungen. Alles ist unterbrochen in meinem Kopf. Eben sehe ich noch hinter Paray-le-Monial einen bezaubernden, freudig leuchtenden, melancholischen Sonnenuntergang verglühen, jetzt brennt die ganze Landschaft glutrot und orange. Die ganze Landschaft brennt. Götterdämmerung, glutrot und tot und rot und tot.

Jetzt versuche ich einen richtigen klassischen französischen Krimi zu erwischen. Es ist alles zu viel, von allem zu viel. Tipp, tipp, tipp.

Qu'est-il arrivé? Je ne le comprends pas.

Ich glaube, ich bin wirklich betrunken, habe zu viel europäische Vorfreude getrunken, zu wenig gegessen. Die Bilder beginnen sich zu wiederholen, ständig und ständig, immer die gleichen Bilder, wieder und wieder. Ich habe den Eindruck, als gäbe es nur noch einen Sender, einen Absender. Aber was ist das für ein Sender, der die schnell gemixten, lange geplanten Bilder absendet. Was ist das für ein Science-Fiction? Ich kriege den Ton nicht leiser. Tippe und tippe, tippe, quelle peur, ce n'est pas vrai. Oui, je connais ce film. Ce n'est pas vrai. Alle, aber wirklich alle tanzen nach seiner Pfeife. Des Senders Pfeife, tanzen sie auf der ganzen Welt, jeder nach seiner Façon. Welcher Gott hat sich das ausgedacht? In der Schlichtheit eines Rond-Point. Ohne Ampel. Rot, halten, gelb, Achtung, Grün, fahren. Nichts von alldem. Einfach nur den Rond-Point, benutzen, aufpassen, rein und wieder raus. Ein Rond-Point ist wesentlich energiegünstiger, weil er keine Energieressourcen verbraucht. Er passt sich einfach den schneller gewordenen Systemen an. Rein und raus. Er verbraucht keine gigantischen Summen an Etats und Energie. Er braucht keine logistischen Produktions-fabriken und Produktionsmaschinen und Produktions-bewegungsmaschinen, um den Umsatz zu erhöhen, um den Absatz zu erhöhen.

Der Rond-Point ist sich selbst genug. Natürlich ist sich auch der europäische Euro-Rond-Point genug. Weil viele davon genügend profitieren. Aber das ist auch mit gigantischem Elend und Leid verbunden, unter uns, mitten unter uns. Weil der Rond-Point unzählige Arbeitsplätze vernichtet. Der Bildersender besorgt unendlich viel Leid und viel, viel, viel Tod. Ein Totmacher. Ein Rond-Point vernichtet Arbeitsplätze und beschleunigt den Verkehr, aber er tötet nicht.

Ich glaube, ich habe zu viel Wein getrunken

Ich glaube, ich habe zu viel Wein getrunken. Ich kann das Programm nicht mehr richtig erkennen. Da sind sie wirklich fürsorglich und haben das Fernsehprogramm in jede Stube gelegt und ich bin zu betrunken, um mir einen französischen Krimi ranzuzappen. Ich bin nur noch in der Lage, provisorische, europäische Einheitsbilder ranzuzappen. États-Unis bestimmen mein hören. États-Unis, États-Unis. Tippe und tioooe ich jotoho tippe ich. Alle Sender sind durcheinander gemischt. Das ist der gute, schlechte, französische, europäisierende Einheitswein. Commune de la ETC. Jetzt habe ich endlich einen Spielfilm erwischt, einen richtigen Mammut-Science-Fiction. Wow. TF 1 und RF 2 scheinen den gleichen Film zu senden, nur etwas zeitversetzt, aahh, um die Konkurrenz anzuheizen. Was ist das? FR 3 hat auch den gleichen Spielfilm. Als Antizapper genieße ich das Zappertum. I feel so different. Cool – das hört gar nicht mehr auf. I feel so different. Je me couche dans mon grand lit et zappe. Oui, j'ai trouvé ma science-fiction. Bien sur. Donc, c'est une belle soireé pour moi. Finalement, après tout, j'ai fait un bon choix. Jetzt habe ich zu guter Letzt doch noch meinen klassischen Krimi erwischt.

Gigantische Bilder. Spielberg hat da bestimmt als Vorlage gedient. Er war der erste, der diese gigantischen Animationen geschaffen hat. Derjenige, der sich diesen

Spielfilm ausgedacht hat. Hat eine völlig neue Dimension geschaffen. Das ist ja irre. Eine weltumspannende Dimension des Denkens und des Handelns. Was für ein Drehbuch, was für ein Autor. Die Welt wird bestimmt werden von diesem Film, denke ich, für eine gewisse Zeit? Deshalb wird er wahrscheinlich auch auf allen Programmen ungefähr zur selben Zeit gesendet. Je mets dans mon gand lit. Ein Spiel, das an Größe und Grausamkeit nicht zu überbieten ist. Ich mag diesen Spielfilm nicht, das ist zu viel für mich. Ich wollte doch nur einen schmalen, schlanken, französischen Krimi sehen. Aber der Film, den ich sehe, ist an aufgehobenen Grenzen nicht mehr zu überbieten. Das ist ein gigantischer Wirtschaftsankurbelungs Film.

Die Menschlichkeit, der Respekt, die Achtung vor dem anderen, all das, all das spielt in diesem Film überhaupt keine Rolle mehr.

Das Tor zur Hölle wird noch weiter aufgestossen

Das Tor zur Hölle wird noch weiter aufgestoßen, als ich es je für möglich gehalten habe. Et après? Der böse Teufel ist nicht mehr ein religiöses theoretisches Gebilde. Es ist kein Bild mehr von Hieronymus Bosch. Er hat Fuß gefasst in der Realität und mordet und tötet und foltert. Die Bilder von Hieronymus Bosch wirken lächerlich dagegen. Eine gigantische Menschenwanderungswelle wird entstehen. Mit all ihren Folgen, Hunger, Krankheit und Tod. In dem Folgespielfilm. Und die, die da zusehen, die sich die rechteckige Blickweise der Bilder ansehen, können nicht mehr in ihren Sesseln sitzen bleiben und einfach nur zusehen.

Die Islamisten sind alle lieb. Das sind liebe Menschen mit einer guten Religion. Sie haben Allah, aber welche Bilder liefern die Absender da? Gewalt, Mord und Totschlag, sind das schöne Bilder von einer guten Religion, Glaube, Nächstenliebe und Hoffnung? Nein - was für einen Film sehe ich da nur?

Also geht es um etwas anderes. Ich verstehe es nicht mehr. Ich zeige euch mal, wie intelligent und toll ich bin. Mit wenig Geld und einfachen Methoden kippe ich euer kapitalistisches System, bringe es ins Wanken, ich zerstöre es einfach? That's it? Was für ein Drehbuch! Ganze Bündnisse von Armeen und Strategien sind dazu nicht notwendig. Mit wenigen Federstrichen male ich euer

System auf die rechteckigen Bilder, in jedes Wohnzimmer und in jeden Kopf. Und zwar weltweit. Voilà.

Das hat sich Gott so nicht ausgedacht. Oder doch? Dann bitte, die Würfel sind gefallen, dann mordet und tötet und plündert und bereichert euch, ohne Maß und Moral. Was sehe ich da für einen Film? Ich verstehe nichts mehr.

Grad so wie ihr es wollt. Bringt doch euren Nachbarn um. Der nervt sowieso schon lange. Warum nicht? Nimm dein Küchenmesser und haue es ihm in sein Herz. Wenn nichts mehr gilt, kein Rot, kein Gelb und kein Grün. Na dann los. Es ist doch kein Problem des Geldes. Also was hindert wen, das Leid und die Folgen in einem Land noch besser zu organisieren? Bringt sie doch einfach um, macht sie tot. Und dann?

Fühlst du dich besser?

Bei den Geldsummen bezahle doch einfach das Doppelte, das Dreifache oder das Zehnfache, warum nicht das Hundertfache.

Was für ein Drehbuch? Wenn du den Mut hast, dann mach doch deine nächste Organisation bitte ein bisschen raffinierter, denn es sind ja nicht viele Menschen beim letzten Mal umgekommen. Sechs- oder siebentausend? Oder dreißigtausend? Was ist das schon.

Sagt das Drehbuch. In Afrika hat der letzte Krieg gerade mal eine halbe Million Menschen ausradiert. Richte doch deine nächsten Ziele etwas genauer aus. Auf die Atomkraftwerke in Amerika, in Kanada, in Frankreich, in Deutschland, in Russland, China und Japan. Kapere doch einfach vier große Flughäfen, da stehen doch genügend Maschinen herum. Zwei Flughäfen für die Kamikaze-Typen. Und die beiden anderen, um die islamischen Führer abzuholen und dort zu installieren, wo du sie haben möchtest. Das kostet doch nicht viel.

Jetzt ändert sich das Drehbuch. Die Stimme: Es kostet auch nicht viel, dich in deinem Versteck aufzutreiben. Was meinst du, wie viel Zeit bleibt dir noch? Auf geht's zu neuen Taten.

Jetzt wird das Drehbuch aber doch etwas merkwürdig und makaber. Ich zappe mich weg, es wird mir zu monströs. Aber immer wieder und wieder, ich zappe, steige ich in dasselbe Drehbuch ein, nur etwas früher oder etwas später. Der Ton, der Ton wird nicht leiser. Was ist das für ein gigantischer Spielfilm. Der kann doch eigentlich nur von Steven Spielberg sein.
Ich glaube wirklich, dass ich zu viel Wein getrunken habe.

Die Müdigkeit überkommt mich und ich kann nicht mehr folgen, was da los ist. Ich krieche unter meine Decke in meinem viel zu großen Bett. Irgendwie erwische ich noch den Ausknopf.

Die Fahrt im Sonnenwagen – Phaetons Sturz – Ovid

Epaphos gleich an Stolz und Jahren war der Sohn des Sonnengotts Phaethon. Als dieser einmal prahlte und übermütig wegen seiner Abkunft von Phöbus Apollo hinter jenem nicht zurückstehen wollte, nahm das der Enkel des Inachos nicht hin und sprach:

Epaphos
Deiner Mutter glaubst du alles, du Narr, und brüstest dich mit einem falschen, eingebildeten Vater!

Hoch auf stolzen Säulen erhob sich der Palast des Sonnengottes, die Augen blendend durch schimmerndes Gold und den feurigen Widerschein golddurchmischter Bronze. Glänzendes Elfenbein zierte das Dach, und silberhell strahlte das Portal mit doppelten Flügeln. Prächtiger noch als das Material war die Kunst der Gestaltung: Vulcanus hatte nämlich darauf in getriebener Arbeit das weite Meer abgebildet, wie es das Land in der Mitte umschlingt, dazu den Erdkreis und über dem Erdkreis den Himmel.

Götter mit blauschwarzem Haar hat das Meer, den Trompete blasenden Triton, Proteus, den Wandelbaren, Aigaion, den Riesen, der sich mit seinen hundert Armen auf die Rücken ungeheurer Wale stützt, Doris dazu mit ihren Töchtern, von denen einige zu schwimmen, andere, auf Klippen sitzend, ihr grünes Haar zu trocknen, wieder andere auf Fischen zu reiten scheinen. Nicht alle sehen sich ähnlich, doch sind sie auch nicht grundverschieden – sie sind sich so ähnlich, wie es sich eben für Schwestern gehört.

Die Erde trägt Menschen und Städte und Wälder und wilde Tiere und Flüsse, Nymphen dazu und die anderen Götter des Feldes. Darüber spannt sich, sternenübersät, das Abbild des Himmels – sechs Sternbilder auf dem rechten Türflügel und ebenso viele auf dem linken.

Sobald Klymenes Sohn Phaethon auf steilem Pfad hierher gelangt ist und das Haus seines Vaters, der nicht sein Vater sein soll, betritt, lenkt er sogleich die Schritte vor dessen Angesicht, muss aber in einiger Entfernung stehen bleiben, denn er vermag den Glanz aus der Nähe nicht zu ertragen.

Gehüllt in ein Purpurgewand, saß Phöbus auf seinem Thron, der von herrlichen Smaragden funkelte. Zur Rechten und zur Linken standen die Götter von Tag und Monat und Jahr, Jahrhunderte gar, und im gleichen Abstand die Stunden.
Da stand auch der junge Frühling, mit Blüten bekränzt, da stand nackt der Sommer, einen Ehrenkranz um die Schläfen, da stand der Herbst, bespritzt vom Saft zertretener Trauben, und der eisige Winter mit struppigem Grauhaar.

Von seinem Platz in der Mitte nahm mit allsehenden Augen Phöbus den Jüngling wahr, den die ungewohnte Umgebung erbeben ließ, und rief ihm zu:

Phöbus

Was führt dich hierher? Was suchst du in diesem Palaste, Phaeton, mein Sohn, den der Vater niemals verleugnen wird?

Phaeton

Du Licht des unermesslichen Weltalls, das für alle erstrahlt, Phöbus, mein Vater, sofern du mir gestattest, dieses Wort zu gebrauchen, und sofern nicht Klymene mit Lug und Trug eine Schuld verbirgt! Gib mir ein Pfand, mein Erzeuger, damit man mir die Abkunft von dir glaube, und nimm aus meinem Herzen die Zweifel!
Da nahm der Vater die glänzende Strahlenkrone vom Haupt, ließ ihn nähertreten und umarmte ihn mit den Worten: Weder darf man von dir behaupten, du seist nicht der Meine, noch hat Klymene unwahr von deiner Abkunft gesprochen. Damit du nun kein Zweifel mehr hegst, so begehre von mir, was du nur willst, als Geschenk – es soll dir gewährt sein.

Kaum hatte er seine Rede beendet, da bat schon Phaethon um den Sonnenwagen und die Erlaubnis, einen Tag lang die Rosse mit den geflügelten Hufen lenken zu dürfen. Nun reut den Vater der Schwur. Drei- und viermal schüttelt er sein leuchtendes Haupt und spricht:

Phöbus

Unbesonnen ist mein Wort durch das deine geworden. Ach, dürfte ich nur mein Versprechen zurücknehmen! Ich gesteh es, dies allein würde ich dir, mein Sohn, versagen! Abraten darf ich jedoch, denn äußerst gefährlich ist dein Vorhaben. Du verlangst etwas Großes, Phaeton, stellst dir eine Aufgabe, die deine Kraft übersteigt, du bist ja noch so jung! Sterblichkeit ist dein Geschick. Unsterblichkeit heischt, was du forderst. Ja sogar nach mehr, als selbst Himmlischen zusteht, trachtest du in deinem Unverstand. Mag immer ein jeder von denen sich noch so viel einbilden: Auf dem Feuerwagen kann doch keiner stehen außer mir. Selbst der Beherrscher des weiten Olymps, der mit seiner schrecklichen Rechten die wilden Blitze schleudert, vermag wohl nicht, diesen Wagen zu führen, und was haben wir Größeres noch als Jupiter?

Steil ist am Anfang die Bahn

Steil ist am Anfang die Bahn, kaum dass sie am Morgen die Rosse, die doch noch frisch sind, erklimmen. Schwindelnd hoch ist sie in der Mitte des Himmels. Mich selbst überfällt oft Grauen, wenn ich von da auf Meer und Erde hinabblicke, und vor banger Furcht pocht mir das Herz. Jäh neigt sich am Ende der Weg; da bedarf es eines sicheren Lenkers. Sogar Tethys, die Göttin des Meeres, die unten in den Wellen mich aufnimmt, sorgt sich beständig, ich könnte stürzen.

Nimm noch hinzu, dass der Himmel sich stets im wilden Wirbel dreht, die hohen Gestirne mit sich fortreißt und in eilendem Umlauf kreisen lässt. Dagegen kämpfe ich an, mich erfasst nicht wie alles sonst, dieser Wirbel, ich fahre heraus, entgegen dem rasenden Kreislauf. Denk dir, du hättest den Wagen! Was wolltest du wohl beginnen? Kannst du dich der Drehung des Himmelsgewölbes entgegenstemmen, dass sie dich nicht schnell mit sich fortträgt. Vielleicht stellst du dir vor, es gäbe dort oben Wälder und Städte der Götter. Aber nein! Durch Gefahr führt dein Weg und durch Bilder von Bestien.

Denn wenn du auch auf rechter Bahn bleibst und auf keinen Irrweg gerätst, kommst du doch durch die Hörner des Stiers, der sich dir in den Weg stellt, durch den Bogen des Schützen aus Thessalien, durch den Rachen des wilden Löwen, durch den Skorpion, der die grässlichen

Scheren in weitem Bogen krümmt, und den Krebs mit anders sich krümmenden Scheren.

Auch die Rosse, die jenes Feuer beseelt, das sie in der Brust haben, das sie aus Maul und Nüstern schnauben, vermagst du schwerlich zu lenken. Kaum mich wollen sie leiden, wenn hitziger Übermut in ihnen aufflammt und wenn ihr Nacken sich gegen den Zügel sträubt.

Du aber, mein Sohn, lass es nicht so weit kommen, dass ich dir ein verhängnisvolles Geschenk machen muss, und ändere – noch ist es Zeit – deinen Wunsch! Natürlich, damit du glauben kannst, du seist Blut von meinem Blut, verlangst du sichere Beweise. Ich aber gebe dir sichere Beweise durch meine Furcht, und durch väterliche Besorgnis erweise ich mich als Vater. Da, blicke mir ins Gesicht! Ach, könntest du deine Blicke bis in mein Herz dringen lassen und darinnen die Angst deines Vaters erkennen!

Ja, sieh dich nur um nach allem, was die reiche Welt in sich fasst, und aus so vielen herrlichen Gütern vom Himmel, Erde und Meer fordere irgendeins: Kein Nein sollst du hören!

Nimm nur das eine, ich bitte dich, aus, das in Wahrheit Strafe und keine Ehre ist. Strafe, mein Phaethon, verlangst du statt eines Geschenks. Was legst du mir, Ahnungsloser, die Arme schmeichelnd um den Nacken? Zweifle nicht, du wirst erhalten, was du dir wünschst. Ich habe bei den Wassern der Styx geschworen – du aber wünsche nun klüger!

Phöbus war mit seiner Ermahnung am Ende, doch jener verschließt sich den Worten, bleibt bei seinem Vorsatz und brennt vor Verlangen nach dem Wagen

Phöbus war mit seiner Ermahnung am Ende, doch jener verschließt sich den Worten, bleibt bei seinem Vorsatz und brennt vor Verlangen nach dem Wagen.

Also führt der Vater – er hatte so lange wie möglich gezögert – den Jüngling zum Geschenk des Vulcanus, dem hohen Wagen. Golden war die Achse, die Deichsel golden, golden die äußerste Rundung des Rades, der Kranz der Speichen aber von Silber. Am Joch spiegelten Goldtopase und zierlich angeordnet Edelsteine den Sonnengott und warfen funkelnde Strahlen zurück.

Während Phaeton großen Mutes das Werk voll Staunen betrachtet, siehe, da öffnet, früh erwacht, im sich rötenden Osten die purpurnen Tore Aurora, die Göttin des Morgens, Hallen voll Rosen. Es entfliehen die Sterne. Ihren Zug beschließt der Morgenstern und weicht von seinem Posten am Himmel als Letzter.

Als der Sonnengott sah, wie die Sterne zur Erde sanken, die Welt in rosiges Licht getaucht war und die Sichel des Mondes vom Rand her verblasste, befahl er den flinken Horen, die Rosse anzuspannen. Flugs vollbringen die Göttinnen den Befehl: Sie führen die feuerschnaubenden, von Ambrosiasaft gesättigten Renner weg von den hohen Krippen und legen ihnen das klirrende Zaumzeug an. Nun salbt der Vater das Antlitz des Sohnes mit heiliger Salbe und schützt es so vor der verzehrenden Glut, setzt ihm die Strahlenkrone aufs Haupt, und während er aus bekümmerter Brust tief aufseufzt, spricht er so zu ihm.

Schone, mein Sohn, die Geißel! Um so kraftvoller halte die Zügel!

Phöbus

Wenn du kannst, so folge wenigstens jetzt dem Rat deines Vaters:

Schone, mein Sohn, die Geißel! Um so kraftvoller halte die Zügel! Die Rosse eilen von selbst. Mühe kostet's, ihr Drängen zu dämpfen. Lass es dir auch nicht gelüsten, den Weg geradeaus durch die fünf Himmelszonen zu wählen. Schräg verläuft in weitem Bogen die kürzere Bahn, die sich mit drei Bereichen begnügt, den südlichen Himmelspol meidet und auch den Großen Bären im Norden mit seinen eisigen Stürmen.

Hier also sei dein Weg: Du wirst deutliche Räderspuren erblicken! Und damit Himmel und Erde die gleiche Wärme erhalten, so lenke den Wagen weder zu tief hinab noch durch den Äther hoch droben! Steigst du zu hoch, so steckst du die himmlischen Wohnungen in Brand, senkst du dich aber zu tief, so verbrennst du die Erde.

In der Mitte fährst du am sichersten. Lass dich auch nicht vom Wagen zu sehr nach rechts tragen, hin zur geringelten Schlange, noch nach links zum Kleinen Altar. Halte dich zwischen beiden! Dem Glück befehl' ich das andre. Es stehe dir bei und rate dir besser als du dir selbst. Das ist mein Wunsch – doch während ich spreche, hat schon am Gestade im Westen die taufeuchte Nacht ihre Wendemarken erreicht. Nicht mehr steht es uns frei, noch zu zögern. Wir sind gefordert, Aurora erstrahlt, die Finsternis ist vertrieben. Nimm also die Zügel in die Hand oder, wenn sich dein Herz noch umstimmen lässt, so nimm meine Warnung an, nicht meinen Wagen - so lange du noch kannst, noch auf festem Boden stehst und noch nicht über den Achsen, wie du es dir in deiner Torheit zu deinem Schaden gewünscht hast! Damit du es in Sicherheit schauen kannst, lass mich der Welt das Licht bringen!

Aber mit jugendlicher Kraft schwingt sich jener auf den leichten Wagen, steht darauf, ergreift mit Wonne die dargebotenen Zügel und dankt von droben dem Vater, der solchen Dank nicht will.

Unterdessen erfüllen Pyrois, Eoos und Aithon, die geflügelten Rosse der Sonne, dazu Phlegon als viertes mit feurigem Wiehern die Lüfte und stampfen mit ihren Hufen gegen die Schranken.

Als die Meergöttin Tethys, die das Geschick ihres Enkels nicht ahnt, die Bahn freigibt in die Weiten des Weltraums, rasen die Rosse dahin, ihre Hufe wirbeln durch die Luft und zerreißen entgegentreibende Wolken. Von ihren Schwingen getragen, eilen sie dem Ostwind davon, der auf derselben Richtung weht.

Allein zu leicht war die Last, als dass die Sonnenpferde sie hätten spüren können, und dem Joch fehlte das gewohnte Gewicht.

So wie ohne die rechte Belastung geschweifte Schiffe schlingern und unstet, weil allzu leicht, übers Meer hintreiben, so macht frei von der üblichen Last,

Luftsprünge der Wagen und wird in die Höhe geschleudert, nicht anders, als wäre er leer.

Sobald sie das merken, stürmen die Rosse davon, verlassen die ausgefahrene Bahn des Vierergespanns und laufen auch nicht mehr in der früheren Ordnung.

Phaethon selbst erschrickt, weiß nicht, wie er die ihm anvertrauten Zügel führen soll, nicht wo der Weg ist – und wüsste er es auch, so könnte er die Pferde doch nicht bändigen.

Da wurde zum ersten Mal das kalte Siebengestirn des Großen Bären von den Stahlen der Sonne erwärmt und versuchte vergeblich, in das Meer zu tauchen, das ihm verwehrt ist.

Auch die Schlange, die ihren Platz ganz nahe am eisigen Pol hat, die sonst träge ist wegen der Kälte und für niemand ein Grauen, taute nun auf und sog aus der Hitze unerhörte Wut.

Du auch sollst bestürzt geflohen sein, du Hüter des Großen Wagen, wenn du auch langsam warst und dein Fuhrwerk dich aufhielt! Als aber aus der Höhe des Äthers auf tief, tief unter ihm liegende Länder der unselige Phaethon niederblickt, da erbleicht er, ihm zittern in jähem Schrecken die Knie, und bei so viel Licht deckt Dunkelheit seine Augen.

Schon wäre es ihm lieber, er hätte nie seines Vaters Pferde berührt, schon reut es ihn, dass er seine Herkunft erfuhr, dass sein Bitten etwas vermochte – jetzt möchte er gern nur der Sohn des Meropos heißen!

Er wird fortgerissen gleich einem Schiff, das der stürmische Nordwind dahintreibt

Doch er wird fortgerissen gleich einem Schiff, das der stürmische Nordwind dahintreibt: Ihm überließ der Lenker entkräftet das Steuer und befahl das Boot den Göttern und seinen Gebeten. Was soll Phaeton tun? Eine große Strecke am Himmel liegt schon hinter ihm, noch mehr aber hat er vor Augen. Im Geist misst er beide, und bald blickt er dorthin, wohin das Geschick ihn nicht gelangen lässt, nach Westen, bald zurück, zum Aufgang der Sonne. Was er zu tun hat, weiß er nicht, er ist wie gelähmt und lässt weder die Zügel fahren noch hat er die Kraft, sie zu halten.

Auch die Namen der Pferde kennt er nicht mehr.
Aber da und dort am sich wandelnden Himmelsgewölbe sieht er mit Zagen wunderbare Gebilde und die Gestalten ungeheurer Scheusale. Es gibt da einen Ort, wo in doppeltem Bogen der Skorpion seine Scheren krümmt und mit seinem Schweif und den beidseits gebogenen Armen weit seine Glieder streckt, hin über den Raum von zwei himmlischen Bildern.

Als der Jüngling diesen sah, wie er troff von schwarzem Giftschweiß und ihm mit krummem Stachel Wunden zu schlagen drohte, da ließ er, außer sich vor kalter Todesfurcht, den Händen die Zügel entgleiten, sobald sie im Fallen auch nur den Rücken der Pferde berührten, brechen diese aus. Von niemandem gehalten, stürzen sie fort in unbekannte Bereiche der Lüfte und rasen regellos, wohin sie ihr Drang treibt.

Gegen die Sterne rennen sie an, die unverrückt am hohen Himmelsgewölbe stehen, und reißen den Wagen mit sich dahin auf ungebahnten Wegen. Bald steigen sie hoch hinauf, bald durcheilen sie Hals über Kopf auf jäh abstürzendem Pfade allzu nah der Erde den Raum. Das tief unter ihren eigenen die Pferde des Bruders laufen, sieht mit Staunen die Göttin des Mondes.

Die versengten Wolken dampfen, Flammen erfassen gerade die höchsten Gipfel, der Erboden durchzieht sich mit Rissen und verdorrt, da ihm alle Feuchte genommen ist. Aschgrau werden die Wiesen, es brennt mit seinem Laube der Baum ab, und das trockene Kornfeld bietet selbst den Stoff zu seiner Vernichtung.

Eines beklage ich noch:

Große Städte gehen samt ihren Mauern zugrunde, ja, es verwandelt das Feuer ganze Länder und Völker in Asche, Wälder mit ihren Bergen brennen, es brennt der Athos, der kilikische Taurus, der Öta und – jetzt ausgedörrt – der sonst an Quellen so reiche Ida, der von göttlichen Jungfrauen, den Musen, bewohnte Helikon, dazu der Hämus, der noch nicht nach des Orpheus Vater benannt war.

Es brennt unermesslich mit zweierlei Feuer der Ätna, der Parnass mit dem doppelten Gipfel brennt, der Eryx, der Kynthos und Othrys, sogar das Thodopegebirge, das nun endlich einmal seine Schneefelder verlieren soll, dazu Mimas, Dindyma, Mykale und der für heilige Feiern bestimmte Kithairon.

Nichts nützt dem Skythenlande sein Eis, der Kaukasus brennt, der Ossa samt dem Pindos und, höher als beide, der Olymp, die ragenden Alpen und der wolkenverhangene Apenin.

Ja, nun sieht Phaeton die Erde allenthalben in Brand stehen und vermag so große Hitze nicht auszuhalten. Feuerluft wie aus dem Inneren eines Ofens atmet er ein, er fühlt, wie sein Wagen glüht. Schon kann er die aufwirbelnde Asche, den Funkenflug nicht mehr ertragen. Heißer Dampf umwallt ihn ganz. Wohin er fährt, wo er ist, das weiß er nicht, denn pechschwarzes Dunkel umgibt ihn. Nach Willkür reißen ihn die geflügelten Rosse dahin. Damals, so glaubt man, trat bei den Völkerschaften Äthiopiens das Blut bis in die äußerste Haut, und so hätten sie ihre schwarze Farbe bekommen. Damals wurde Libyen in dürre Wüste verwandelt, weil ihm die Hitze jegliche Feuchtigkeit raubte, Damals weinten die Nymphen mit aufgelöstem Haar um ihre Quellen und Seen.

Böotien vermisst seine Dirke, Argos die Amymone, Korinth die Flut der Pirene. Selbst Flüsse, denen weit voneinander entfernte Ufer zuteil wurden, blieben dadurch nicht geschützt. Inmitten seiner Fluten saß dampfend der Flussgott Tanais, der alte Peneios und der Kaikos in Mysien, der schnelle Ismenos, der Erymanthos in Arkadien, der Xanthos, der noch ein zweites Mal in

Flammen stehen sollte, der gelbe Lykormas und er, der in verschlungenem Lauf sein Spiel treibt, Mäander, dazu in Thgrakien der Melas und der Eurotas in Lakonien. Es brannte auch der babylonische Euphrat, es brannte der Orontes, der geschwinde Thermodon, der Ganges, der Phasis, die Donau.

Kochend braust der Alpheios, des Spercheios Ufer stehen in Flammen, und was der Tagus in seinem Strom mit sich führt, das schmilzt, das Gold, in den Flammen

Kochend braust der Alpheios, des Spercheios Ufer stehen in Flammen, und was der Tagus in seinem Strom mit sich führt, das schmilzt, das Gold, in den Flammen. Sie auch, die mit ihrem Gesang die Ufer des Kaystros in Lydien erfüllten, seine Vögel, verglühen inmitten des Stroms.

Der Nil floh erschreckt bis ans Ende der Erde und verbarg dort sein Haupt

Der Nil floh erschreckt bis ans Ende der Erde und verbarg dort sein Haupt, das noch immer versteckt ist. Seine sieben Mündungsarme füllt Staub, sie führen kein Wasser, sieben Täler sind ohne Fluss!

Ein gleiches Geschick lässt in Thrakien den Hebros samt dem Strymon vertrocknen, dazu die Ströme des Westen, den Rhein, die Rhone, den Po und ihn, dem Weltherrschaft verheißen war, den Tiber. Überall reißt die Erde auf, in den Tartarus dringt durch die Spalten Licht und versetzt den Herrscher der Tiefe mit seiner Gattin in Schrecken.

Auch das Meer geht zurück. Eine Fläche trockenen Sandes ist, was eben noch See war. Berge, die hoch die Flut bedeckte, steigen herauf und vermehren die Zahl der zerstreuten Kyklade.

Die Fische suchen den Grund. Nicht mehr wagen es die Delfine, sich über den Meeresspiegel wie sonst in die Luft zu erheben.

Auf dem Rücken treiben leblos die Leiber von Robben über die Tiefe dahin. Selbst Nereus und Doris samt ihren Töchtern, so berichtet die Sage, hielten sich in Grotten verborgen, wo die Hitze noch nicht so heftig war. Dreimal hatte Neptun mit grimmiger Miene die Arme aus dem Wasser zu strecken gewagt, und dreimal vermochte er nicht, die glühende Luft zu ertragen.

Aber die nährende Erde, vom Meer ja noch immer umgeben, war inmitten der Wasser der Seen und der sämtlichen Quellen, die sich im Innern der schattenspendenden Mutter geborgen hatten, doch trocken bis zum Hals. Sie erhob nun ihr erschüttertes Antlitz, legte die Hand an die Stirn, ließ alles in heftigem Beben erzittern, sank dann ein wenig zusammen, lag nun gedrückter da als gewöhnlich.

Wenn es dir gefällt und wenn ich das verdiene, o was säumen dann deine Blitze, höchster der Götter? Soll ich schon der Macht des Feuers erliegen, so sei mir gewährt, durch dein Feuer zugrunde zu gehen. Wenn du es sendest, wird mir mein Untergang leichter. Kaum können sich meinem Mund diese Worte entringen. Qualm hatte ihre Stimme erstickt.

Da sieh, versengt mein Antlitz. Ist das der Lohn, das der Dank für meine Fruchtbarkeit, für meine Dienstbereitschaft, dass ich der krummen Pflüge und der Hacken Wunden ertrage und das ganze Jahr nicht zur Ruhe komme? Dass ich dem Vieh, Laub und Gras, dem Menschengeschlecht als friedliche Nahrung Getreide und sogar euch Göttern Weihrauch spende? Doch hätte ich auch den Untergang verdient, was haben die Wasser, was dein Bruder verschuldet? Warum schwindet das Meer dahin, das durchs Los ihm zufiel, warum ist es nun weiter vom Äther entfernt? Rührt dich aber weder die Neigung zum Bruder noch zu mir, so erbarme dich doch deines Himmels. Schau nur umher! Es rauchen beide Pole; wenn diese das Feuer zerstört hat, stürzen auch eure Paläste! Siehe, selbst Atlas leidet und kann kaum noch die glühende Achse auf seinen Schultern halten! Wenn das Meer, wenn Erde und Himmel vergehen, dann sinken wir wieder in das alte Chaos zurück. Entreiße den Flammen das, was noch etwas übrig ist, und schaffe Rat für das Ganze!

Donner lässt er dröhnen, hebt den Blitz bis ans rechte Ohr und schleudert ihn dann auf den Lenker des Wagens, stürzt ihn entseelt herunter

Also sprach Mutter Erde – sie konnte nicht länger die Hitze ertragen und auch nicht mehr reden und vergrub ihr Gesicht in sich selbst, in Höhlen, ganz nah bei den Toten.

Doch der allmächtige Vater ruft alle Götter und auch den, der den Wagen gab, als Zeugen, dass wenn er nicht helfe, alles dem schweren Verhängnis zum Opfer falle. Darauf ersteigt er die Zinne der hohen Burg, von wo aus er gewöhnlich die weiten Länder mit Gewölk überzieht, wo er Donner erregt und die zuckenden Blitze schleudert. Allein, er hatte nun weder Wolken, um sie über die Erde zu ziehen, noch Regen, um ihn vom Himmel zu senden. Donner lässt er dröhnen, hebt den Blitz bis ans rechte Ohr und schleudert ihn dann auf den Lenker des Wagens, stürzt ihn entseelt herunter und dämpft durch wütendes Feuer das Feuer.

Da scheuen die Pferde und sprengen davon in verschiedene Richtungen, streifen vom Nacken das Joch und lassen in Fetzen die Zügel. Hier liegt das Gebiss, dort, von der Deichsel gerissen, die Achse, dort die Speichen der geborstenen Räder und, weit umher verstreut, die Trümmer des zerschmetterten Wagens. Phäethon aber, das Haar gerötet von rasender Flamme, stürzt wirbelnd vom

Himmel durch den weiten Luftraum herab, so wie manchmal ein Stern vom heiteren Himmel, der, wenn er auch nicht fiel, doch den Anschein erweckt, er sei gefallen. Fern von seinem Vaterland, am anderen Ende der Erde, nimmt den Jüngling der riesige Strom des Eridanos auf und wäscht ihm das rauchende Antlitz. Die Najaden des Westens bergen den Leichnam im Grab, noch qualmt er, vom dreigezackten Blitz getroffen, und setzen die folgende Schrift auf den Stein:

Hier ruht Phaethon; er lenkte den Wagen des Vaters. Meisterte er ihn auch nicht, fiel er doch bei gewaltigem Wagnis.

In quälende Trauer versunken, verhüllt der unglückliche Vater sein Antlitz. Daher soll – kann man es glauben? – ein Tag ohne Sonne vergangen sein. Die Brände ersetzten das Licht, und so brachte das Übel noch einigen Nutzen.

Klymene ihrerseits irrt, nachdem sie sich alles von der Seele gesprochen hat, was man in so tiefem Leid noch sagen kann, trauernd und wie von Sinnen, die Brust zerrissen, über den ganzen Erdkreis und sucht erst die entseelten Glieder, dann die Gebeine des Sohnes. Sie findet doch nur die Gebeine, an fremdem Gestade begraben, sinkt an der Stätte nieder, netzt den Namen, den sie im Marmor liest, mit ihren Tränen und wärmt mit entblößter Brust den kalten Stein.

Verlangen macht einen reich, wenn man ihm entsagt

Habsucht macht einen glücklich, wenn man sie bezwingt.

Nicht minder betrübt sind die Töchter des Sonnengottes und weihen dem Toten als vergebliche Spende ihre Tränen, schlagen die Brust mit Händen, rufen Tag und Nacht nach Phaeton, der doch ihre jammervollen Klagen nie mehr hören wird, und werfen sich über das Grabmal.

Viermal schon hatten die Hörner des Mondes sich vereint und die volle Scheibe gebildet, und jene hatten nach ihrem Brauch – denn zum Brauch war ihr Tun schon geworden – Klagegeschrei erhoben. Als aus ihrer Mitte Phaethusa, die älteste Schwester, sich zu Boden werfen will, da jammert sie plötzlich, dass ihre Beine erstarrten. Zu ihr wollte Lampetie, die Strahlende, eilen, doch plötzlich hält eine Wurzel sie fest. Und als die dritte sich anschickt, ihr Haar mit den Händen zu raufen, reißt sie Blätter ab! Diese verspürten die Schmerzen, wie ein Stamm ihre Schenkel umschließt, jene, wie ihre Arme zu langen Zweigen aufschießen, und während sie noch über dieses Geschehen bestürzt sind, wächst schon Rinde um ihre Weichen und verbreitet sich nach und nach über Unterleib, Brust, Schultern und Hände. Nur der Mund bleibt noch frei und ruft nach der Mutter.

Was soll sie tun, ihre Mutter? Nur dahin und dorthin eilen, wohin ihre Liebe sie treibt, nur Küsse geben, solange sie noch kann? Das ist ihr nicht genug, sie will die Leiber den Stämmen entreißen und bricht mit den Händen die zarten Zweige ab – aber da rinnen, wie auf einer Wunde, blutige Tropfen. Ach schone mich bitte! Unser Leib wird ja mit den Stämmen zerrissen! Lebe nun wohl!

Nach diesen letzten Worten kommt die Rinde. Aus ihr dringen die Tränen, träufeln herab von den jungen Zweigen und werden, in der Sonne erstarrt, zu Bernstein, den der klare Strom aufnimmt und Latiums Töchtern als Schmuck bringt.

Der Schwan

Ein Zeuge dieses Wunders war Kyknos, des Sthenelos Sohn, dir, Phaethon, zwar verwandt von der Seite der Mutter, doch noch verwandter im Geiste. Er hatte sein Reich verlassen – denn der Ligurer Völker und großer Städte Herrscher war er gewesen – und das grüne Gestade des Eridanos mit seinen Klagen erfüllt, dazu den Wald, der vermehrt war um seine Schwestern, als ihm auf einmal die Stimme schwach wird, weißes Gefieder sein Haar deckt, von der Brust sich lang der Hals emporstreckt, die sich rötenden Zehen eine Schwimmhaut verbindet, Flaum seine Flanken bekleidet und sein Mund sich in einen stumpfen Schnabel verwandelt. Er wird zu einem neuen Vogel, zum Schwan, doch traut er nicht Jupiter und seinem Himmel, denn er erinnert sich an zu Unrecht entsandten Feuerstrahl. Teiche sucht er auf und weite Seenflächen, und da ihm das Feuer verhasst ist, wählt er Ströme zu seinem Aufenthalt, Feinde der Flammen.

Qualm hatte ihre Stimme erstickt. Da sieh, versengt ist mein Antlitz

Qualm hatte ihre Stimme erstickt. Da sieh, versengt ist mein Antlitz! Ist das der Lohn, das der Dank für meine Fruchtbarkeit, für meine Dienstbereitschaft, dass ich der krummen Pflüge und der Hacken Wunden ertrage und das ganze Jahr nicht zur Ruhe komme? Dass ich dem Vieh Laub und Gras, dem Menschengeschlecht als friedliche Nahrung Getreide und sogar euch Göttern Weihrauch spende? Doch hätte ich auch den Untergang verdient, was haben die Wasser, was dein Bruder verschuldet? Warum schwindet das Meer dahin, das durchs Los ihm zufiel, warum ist es nun weiter vom Äther entfernt? Rührt dich aber weder die Neigung zum Bruder noch zu mir, so erbarme dich doch deines Himmels. Schau nur umher! Es rauchen beide Pole; wenn diese das Feuer zerstört hat, stürzen auch eure Paläste! Siehe, selbst Atlas leidet und kann kaum noch die glühende Achse auf seinen Schultern halten! Wenn das Meer, wenn Erde und Himmel vergehn, dann sinken wir wieder in das alte Chaos zurück. Entreiße den Flammen, wenn noch etwas übrig ist, und schaffe Rat für das Ganze!

Phöbus

Unruhevoll genug war mein Geschick seit Anbeginn der Zeit, und müde bin ich der ehr- und endlosen Plagen.

Mag ein anderer, wer da will, den lichtspendenden Wagen führen! Will niemand, und bekennen alle Götter ihr Unvermögen, so soll er selbst es versuchen, Jupiter und wenigstens solange, wie er meine Zügel hat, die Blitze aus der Hand legen, die Väter der Söhne berauben. Sehen wird er dann, was es heißt, das Gespann mit den feuerstampfenden Hufen zu lenken, und dass der nicht gleich den Tod verdiente, der es nicht gut zu leiten vermochte.

Alle Götter bitten flehentlich, die Welt nicht in Finsternis zu hüllen

Während der Sonnengott so redet, umringen ihn alle Götter insgesamt und bitten ihn flehentlich, die Welt nicht in Finsternis zu hüllen. Selbst Jupiter entschuldigt sich für den geschleuderten Blitzstrahl und fügt nach Königsbrauch zu den Bitten noch drohende Worte. Endlich fängt er die verstörten, vor Schreck noch scheuenden Rosse Phöbus wieder ein und wütet in seinem Schmerz mit Stachel und Geißel, wütet und legt ihnen immer wieder den Tod seines Sohnes zur Last.

Auftritt des Neidgottes, immer wieder an verschiedenen Stellen taucht er auf.

Liebe, Gift und Galle

Aglauros und Herse

Es erhob sich der Gott mit dem Heroldstab auf seinen beiden Schwingen in die Lüfte und sah im Flug auf die attischen Fluren hinab, auf das Land, das Athene so teuer ist, und auf den gepflegten Park des Lykeions.

Zufällig trugen an jenem Tag nach Brauch keusche Mädchen auf ihren Häuptern in bekränzten Körben reine Opfergaben zur festesfrohen Burg der Pallas. Auf ihrem Rückweg von dort erblickt sie der geflügelte Gott, und gleich lenkt er seinen Flug nicht mehr geradeaus, sondern bewegt sich im Kreise. So wie ein Raubvogel, ein Geier, beim Anblick von Eingeweiden, solange er noch etwas zu fürchten hat und die Helfer des Priesters in der Menge das Opfer umstehen, seine Kreise zieht und nicht weiter wegzufliegen wagt, sondern das Ziel seiner Wünsche voll Gier mit Flügelschlägen umrundet, so schlug der wendige Gott über der Burg von Athen einen Bogen und kreiste immer wieder im selben Luftraum.

Um wie viel heller als andere Gestirne der Morgenstern glänzt, und wie viel heller als du, Morgenstern, die goldene Göttin des Windes, umso viel herrlicher als alle anderen Mädchen ging Herse einher und war die Zierde des Festzugs und ihrer Begleitung. Starr vor Staunen über ihre Schönheit war Merkur, und bei seinem Flug durch die Luft erglühte er nicht anders als eine bleierne Kugel, entsandt von balearischer Schleuder. Sie fliegt, erhitzt sich im Fluge und, was sie nicht besaß, das findet sie unter den Wolken, das Feuer.

Merkur verlässt seine Bahn, kehrt um und senkt sich vom Himmel zur Erde hernieder. Doch seine göttliche Gestalt legt er nicht ab; so großes Vertrauen setzt er auf seine Schönheit. Indes, so berechtigt dieses Vertrauen auch ist, hilft es dennoch durch Putz etwas nach: Faltenwurf passt, das der Saum und der ganze Goldschmuck ins Auge fällt, achtet auch darauf, dass auf Hochglanz in seiner Rechten, der Stab poliert sei, mit dem er den Schlaf sendet und fernhält, dass an sauberen Sohlen die Flügelschuhe erstrahlen.

Im Innern des Königspalastes lagen, mit Elfenbein und Schildpatt geschmückt, drei Gemächer, wovon du, Pandrosos, das rechte bewohntest, Aglauros das linke und das mittlere Herse. Die, der das linke gehörte, bemerkte als erste die Ankunft Merkurs und wagte es, nach dem Namen des Gottes zu fragen sowie nach dem Grund seines Kommens. Ihr erwiderte so der Enkel des Atlas und der Pleione:

Merkur

Ich bin der, welcher des Vaters Gebote durch die Lüfte trägt. Ja, mein Vater ist Jupiter selber. Auch meine Absichten will ich nicht verhehlen. Sei du nur gewillt, deiner Schwester die Treue zu halten und meines Kindes Tante zu heißen! Deswegen wegen komme ich. Sei du, ich bitte darum, meiner Liebe gewogen!

Da blickt ihn Aglauros mit eben den Augen an, womit sie jüngst das verborgene Geheimnis der blonden Athene betrachtet hatte, und bedingt sich für ihre Gefälligkeit eine große Menge Gold aus. Vorläufig muss er auf ihr Drängen den Palast verlassen.

Auf sie richtet Athene, die Göttin des Kriegs, ihr dräuendes Augenrund und seufzt so tief und schwer, dass zugleich ihre Brust und über der tapferen Brust sich die deckende Ägis erbebt.

Die Göttin des Neids beim Mahl von Schlangenfleisch

Es kommt ihr in den Sinn, dass dieses Mädchen ihr Geheimnis mit gottloser Hand enthüllte, damals, als sie den ohne Mutter gezeugten Sohn des Vulcanus wider das gegebene Wort ansah, und dass sie nun den Dank eines Gottes erwarte, den Dank ihrer Schwester und Reichtum dazu, wenn sie bekäme, was sie gierig gefordert hatte, das Gold.

Sofort begibt sich Pallas zum Haus der Göttin des Neides, das von schwärzlicher Jauche trieft. Es liegt im tiefsten Grund eines Tals verborgen, unzugänglich jedem Sonnenstrahl, jedem Windhauch; düster, ganz erfüllt von starrendem Frost, ein Haus, das Feuer auf ewig entbehrt und in Nebel gehüllt ist auf ewig.

Hier angelangt, bleibt die im Kampf fürchterliche Heldenjungfrau draußen stehen – denn unter dieses Dach zu treten, verbietet ihr das göttliche Gesetz – und pocht mit der Spitze ihres Speers an die Pforte. Diese erbebt, die Türflügel öffnen sich.

Drinnen sieht sie beim Mahl von Schlangenfleisch, der rechten Nahrung für ihr Laster, die Göttin erblickt im Glanz ihrer Schönheit und ihrer Rüstung, stöhnt sie und verzieht das Gesicht unter heftigem Schnaufen. Leichenblass ist ihr Mund, ausgemergelt der ganze Leib, nie blickt sie geradeaus, schwarz von Fäulnis sind ihre Zähne, ihre Brust gelbgrün von Galle, und von Gift trieft ihre Zunge. Lachen ist ihr fremd, es sei denn beim Anblick von Leiden ein Kichern. Nie erquickt sie der Schlaf, wach halten die quälenden Sorgen, denn sie sieht Menschenglück mit Widerwillen und verzehrt sich beim Anblick; so zerfrisst sie und wird zugleich zerfressen und ist ihre eigene Strafe.

Wiewohl ihr jene verhasst war, sprach Athene sie mit knappen Worten so an:

Athene
Flöße einer der Töchter des Kekrops dein Gift ein!
Das muss sein, Aglauros ist's!

Mehr spricht sie nicht; sie entschwindet und lässt mit einem Stoß ihrer Lanze die Erde unter sich. Jene sendet der scheidenden Göttin einen scheelen Blick nach und lässt ein leises Murren vernehmen. Es schmerzt sie, dass Athenes Vorhaben gelingen soll.

Der Mann auf den Steinen

Île d'Oléron, Frankreich

Die Wellen des Meeres verrauschen das Zappen und die Taten. Ein intensiver Blick auf das Meer genügt. Ich gehe am Strand entlang und gucke ab und zu auf die leicht gekrümmte Horizontale, durch nichts getrübt - kein Schiff, kein Boot, kein Nichts - blicke ich in die endlose Endlichkeit. Ich nehme ein paar tiefe Züge von der nach leichtem Salz riechenden frischen Luft. Der Geist beruhigt sich seiner. Comme une ocean, très bleue, très na na na. Ich betrachte das Ufer. Marée basse - merée haute. Es gleicht sich in seiner ständigen Wiederholung, wie sich die Geschichte gleicht in ihren ständigen Wiederholungen. Wie sich die Bilder gleichen, die wir in mehr oder weniger größeren Intervallen vorgespielt bekommen. Obwohl es niemals das Gleiche ist. Das Meer strömt immer dem gleichen Land entgegen und geht wieder ein wenig weg. Aber die Geschichte treibt einem völligen Neuland zu, etwas, was wir bisher noch nicht kannten. Was wir uns bisher noch nicht vorstellen konnten.

Da geht ein Mann auf den runden Steinen, steht auf runden Steinen an der Uferböschung und kann sich kaum halten, weil die Steine unter seinen Füßen dauernd wegrutschen. Er wedelt mit den Armen, fuchtelt in der Luft herum, um sein Gleichgewicht zu halten, erschwerend kommt hinzu, dass das dünne Schuhwerk einer Masse von etwa achtzig Kilogramm kaum gewachsen ist, es drücken die runden und die eckigen Steine ganz schön in die Fußsohle, ich beachte ihn nicht weiter und widme mich weitaus wichtigeren Dingen, die zwischen den runden und eckigen Steinen, den muscheldurchbohrten Löchersteinen liegen.

Kleine weiße, salz- und sonnengegerbte Hölzer, abgebrochene Äste von irgendwoher, von irgendeinem Baum oder Strauch, ausgewalzte und sonnengetrocknete Blätterstränge, von denen nur noch die Außenformen ihrer ehemaligen lebensspendenden Adern und die Stiele übrig geblieben sind, wie kleine hellbraune, fächerförmige Siebe mit inneren Verstrebungen sehen sie aus, es erinnert mich an filigranste gearbeitete Kunstgegenstände und Kunstformen wie sie in Indien und im Nahen Osten oder Nordafrika hergestellt werden. Angerostete Dosen, zerfetzte Plastiktüten, Steine, Glasscherben, die das ewige Gereibe rund und gleichmäßig gestaltet hat. Die geschälten Hölzchen mit ihren Verzweigungen lassen den Charakter der Bäume ahnen, an denen sie wuchsen. Ein alter Schuh, der sich schon fast aufgelöst hat. Er besteht nur noch aus der Kuppe des Schuhes mit zwei metallenen, gestanzten und gebördelten Löchern. Das Ende seiner Laufbahn ist nur ein ausgebleichtes Lederstück mit zwei metallenen Ösen und einem Stück Schuhsohle an einem steinigen Stück Strand, quelle blamage. Es glänzt matt, hellbraun vom Salz ausgeblichen, meliert sieht es aus, an manchen Stellen fast weiß. Aufgebrochen ist es an den vorderen Knickstellen, dort wo die Zehen aufhören, es sieht fast so aus wie ein sich verzweigender Flusslauf auf einer Landkarte.

Das Puppenbein und der Puppenarm werden sich wohl nicht viel verändern, denen scheint es egal zu sein, mit dem Gereibe und Getreibe, mit dem Hin und Her, mit der Sonne und dem Regen, denen hat das alles nicht viel angetan. So rollen und tumbeln sie halt so vor sich hin im Weltlauf der Geschichte und verändern sich kaum.

Es interessiert mich nicht weiter, aber es gefällt mir. Ich nehme das Stück Restschuh mit, die Schuhkuppe mit den zwei Metallösen, den umgebördelten, auch ein paar von den kleinen, fast weißen, ausgebleichten, verzweigten Hölzchen und den getrockneten Siebblättern. Auch ein paar Glasscherben, die das ständige rum und num, sandene, steinerne Wasser schon ganz rundgeschliffen hat. Wenn ich ein kleiner Einsiedlerkrebs wäre, wäre ich wahrscheinlich in einer sehr glücklichen Situation. Ich kann mir jederzeit ein neues Haus suchen, die Nahrung kommt an mir vorbei geschwommen, und das ewige Taumeln und Rollen, Schaukeln, Hoppeln hin und her in den Wellen, mit den Wellen, bin ich gewohnt, es macht mir nichts mehr aus. Und wenn sich das Meer einmal beruhigt hat, krieche ich vorsichtig aus meinem Haus heraus, ohne, aus gutem Grund, es jedoch ganz zu verlassen, spaziere ich seelenruhig auf dem Meeresgrund entlang und erfreue mich der Ruhe um mich herum.

Wenn ich nach oben sehe, das Glitzern der Sonne auf der Wasseroberfläche, die ich gemeinerweise nie ganz rund zu fassen kriege, so sehr ich mich auch bemühe, der leichte, sanfte Wind drückt und schiebt und stiebt, ohne auch nur für einen kurzen Moment nachzulassen, ständig ganz leicht auf die Wasseroberfläche, als ob er mich ärgern wolle, ständig hüpft und hupft die Sonne wie ein kleiner, heller Spielball auf der Oberfläche herum, immer wieder kräuselt es sich dann doch wieder leicht an einer Stelle. Ich nehme es nach großer Anstrengung hin und verzichte auf den Genuss einer runden Sonne.

Die Sonnenstrahlen erwärmen meinen müden Körper ein wenig

Die Sonnenstrahlen erwärmen meinen müden Körper ein wenig, die Sonnenstrahlen tun gut nach all dem. So gut, dass ein wenig Freude aufkommt. Ich ziehe meine Badehose an. Diogen spürt, was jetzt kommt, er wird ganz aufgeregt und fängt wie wild an zu bellen. Ohne Pause, ich muss ihn richtiggehend anschreien, damit er sich für einen Moment beruhigt. Wir gehen am Strand entlang, Diogen ist außer sich vor Freude, es ist richtig ansteckend. Er rast wie ein Verrückter am Strand entlang. Es ist ein richtiger Wasserhund, ein Wasserliebhaber. Nach jedem Stückchen Holz, das ich ins Wasser werfe, stürzt er sich in die Fluten, um es wieder an Land zu bringen. Meine letzten Erfahrungen mit ihm im Wasser sind eher zerkratzend. Er schwimmt immer auf mich zu, als ob er mich retten will, dabei hat er meinen Oberkörper auf Brust und Rücken ganz schön malträtiert. Ich beschließe, ihn oben am Zaun zurückzulassen, damit er mich nicht wieder völlig zerkratzt mit seinen Pfoten.

Schnell bin ich im Wasser und schwimme meine Müdigkeit frei. Aber das andauernde Gebelle, es ist nicht auszuhalten. Es zerreißt mir das Herz. Na, dann mache ich halt noch einmal einen Versuch mit ihm. Ich binde ihn los und wir beide springen in die Fluten. Ich versuche ihn abzuhängen. Aber er hat eine ganz schöne Power in der Verfolgung. Patsch, patsch, patsch, patsch, patsch, kommt er immer wieder bedrohlich nahe an mich heran. Das ist jetzt kein angenehmes Baden, eher nur ein Flucht-vor-dem-Hund-Baden. Ich schwimme jetzt lieber wieder ins flache Wasser, damit ich Boden unter die Füße bekomme. Sitzend kann ich mich durch das Werfen kleiner Holzstückchen etwas erholen, die er mit Begeisterung immer wieder ans Land bringt.

Oh, jetzt ist mir der Wurf etwas zu weit hinaus-gegangen. Es bahnen sich größere Wellenberge da zusammen, ehe sie mit einem mächtigen Säck oder Wäpp einstürzen. Ein kurzer Moment der Stille. Diogen ist ihnen gefährlich nahegekommen. Es wird doch nicht? Nein. Eine riesige Welle hat ihn erwischt. Schwups, da taucht aus den Wellenbergen der Kopf von Diogen wieder auf. Und er strampelt wie ein kleiner Motor mit seinen Pfoten. Aber der Wellenrücklauf zieht ihn mit sich hinaus. Erschrocken springe ich auf.

Was tun? Für ein paar Sekunden laufe ich hin und her. Es kommt schon die nächste Welle. Die Flut ist in vollem Gange. Immer noch strampelt Diogen vergeblich auf den Strand zu. Jetzt kann ich nicht mehr an mich halten, ich zögere nicht länger und springe in die Fluten auf ihn zu. Ich muss ihn da irgendwie herausholen. Es dauert einen Moment, bis ich ihn erreiche. Diesmal schwimmt er nicht mehr auf mich zu. Es wirkt schon so, wie nichts an den Strand. Am Halsband kriege ich ihn zu fassen. Jetzt schwimme ich wie ein Verrückter und ziehe ihn immer wieder ein Stück mit, Meter um Meter kämpfen wir uns in Richtung Land. Es scheint unendlich lange zu dauern.

Aber ich höre nicht auf zu kämpfen. Meter um Meter, langsam, kommen wir dem Land näher. Es ist aber noch nicht geschafft, noch habe ich keinen Boden unter den Füßen. Was hinter mir geschieht, ich kann es nur ahnen. Zeit für einen Blick nach hinten bleibt nicht. Schwimm, schwimm, schwimm, sage ich immer wieder zu mir. Und Diogen bloß nicht loslassen. Mit lautem Tosen ist hinter uns was los. Von einem riesigen Brecher werde ich bis auf den Sandboden gedrückt, immer noch Diogen an der einen Hand, der Sand reibt mir den Bauch auf, soviel kann ich noch spüren. Nach einem Moment, der wie eine Ewigkeit scheint, kann ich wieder Luft holen, habe aber immer noch keinen Boden unter den Füßen. So langsam, aber sicher schwinden meine Kräfte, es ist zu anstrengend. Ich schaffe das nicht mehr alleine.

Ein neuer Brecher drückt mich unerwartet von hinten unter das Wasser

Ein neuer Brecher drückt mich unerwartet von hinten unter das Wasser. Jetzt wird mir Diogen langsam zu schwer, aber ich lasse ihn nicht los. Jetzt, jetzt, es ist fast geschafft, ich beginne Boden unter den Füßen zu spüren. Aber das Wasser zieht so an meinen Füßen, dass ich keinen einzigen Schritt nach vorne machen kann. Mit aller Kraft versuche ich mich wenigstes zu halten, dort wo ich bin. Aber keinen einzigen Schritt kann ich machen. Ich schaffe es nicht, bis zum Brustkorb stehe ich im Wasser, mal bis zur Hüfte, dann wieder bis zum Brustkorb und komme nicht voran, immer noch Diogen am Halsband. Mir bleibt nichts anderes übrig, als um Hilfe zu schreien und zu winken. Ganz in der Nähe sitzt ein Pärchen am Strand und sieht dem Treiben da unten im Wasser zu. Sie sind noch einen Moment verhalten. Aber dann verstehen sie, die Situation ist ernst. Sie springen von ihren Handtüchern auf und kommen in unsere Richtung gerannt. Sie sind schon im Wasser dicht vor uns, mit einem Mal, wie auf ein vereinbartes Zeichen, lässt das Ziehen nach, ich merke, dass Diogen wieder Boden unter den Füßen hat, endlich kann ich ihn loslassen. Meine Anspannung lässt nach und meine Muskeln können sich wieder entspannen. Jetzt haben uns die beiden erreicht. Das Mädchen schnappt den Hund, der Junge stützt mich und mit schweren, langsamen Schritten kann ich nur langsam an Land gehen. Dass ich so schnell die Kraft verliere, dass hätte ich nicht gedacht. Kaum im Halbtrockenen sacke ich zusammen, bleibe erst mal so sitzen und atme tief durch. Diogen macht das Gleiche, auch er muss sich erst einmal hinsetzten.

Diogen drückt sich ganz fest an meine Seite, deutlich kann ich es spüren

Er drückt sich ganz fest an meine Seite, ganz deutlich kann ich das spüren. Ganz so, als wolle er mir sagen, wir beide gehören ganz fest zusammen. Das junge Pärchen zieht sich wieder auf seine Handtücher zurück. Das war knapp, schießt es mir durch den Kopf. Langsam fange ich an zu denken. Noch ein oder zwei von diesen Wellen hinterher … Weiter male ich mir die Situation nicht mehr aus. Ich streichle Diogen und rede mit ihm, ganz deutlich zeigt er mir seine Freude, ja, er schmust mit mir, so, wie das Hunde eben ausdrücken können.

Die Steckdose und der Mann für alles

Tunesien, 14.03.2001

Nach dem Betreten meines Hotelzimmers und den ersten flüchtigen Blicken aus der Balkontüre auf die nähere Umgebung packe ich meinen Koffer aus, um alles hinter einer gewaltigen Spiegelglas-Schiebetüre zu verstauen, um sie auch gleich wieder mit einem deutlichen, dunklen Rumpeln zu verschließen. Das Badezimmer kommt mir recht komfortabel vor. Nachdem ich alles ordentlich auf der Marmorplatte verteilt habe und den Rasierapparat als Letztes drapierte habe, wage ich einen Blick in den Spiegel und beschließe sogleich, den Rasierapparat seine Arbeit verrichten zu lassen, denn heute Morgen um vier Uhr hatte ich einfach noch keinen Nerv dafür.

Doch wo ist denn diese heiß geliebte kleine Steckdose? Die brauche ich jetzt schon, sonst bin ich hoffnungslos verloren. Oder bin ich einfach noch zu müde, um zu erkennen, was eine Steckdose ist? Das mag ja sein. Noch ein zweites und drittes Mal bemühe ich mich gründlichst und redlichst, alles auf seine Richtigkeit zu untersuchen. Wie ein Kriminologe mache ich mich jetzt an die Arbeit. Untersuche aber jetzt alles und alles. Keine Chance, da ist absolut nichts zu machen. Wirklich, neben dem Spiegel vielleicht? Nichts. In der Ecke an der Wand? Nichts. Neben dem Handtuchhalter? Nichts. Überall liegen ordentlich viele Handtücher herum, gehängt und gefaltet, liegend und hängend, so viele Handtücher, wofür braucht man die denn alle? Ja, ja, dann, neben dem Lichtschalter ist ja meistens etwas zu finden oder besser unter dem Lichtschalter. Das wäre zwar ein bisschen weit weg vom Spiegel, aber zur Not könnte das schon noch gehen. Aber hier ist auch nichts. Auch nicht unter dem Lichtschalter. Noch mal, bin ich denn schon so neben der Kappe? Oder was ist das hier für ein merkwürdiges Hotel, in dem man sich offensichtlich nicht mit dem Rasierapparat rasieren darf? Ja aber, dann doch da, neben dem an der Wand angebrachten Föhn. Da müsste doch so was sein. Das wäre ja auch noch ganz schön in der Nähe des Spiegels und in einer angenehmen Höhe. Nun denn, so lang ist das Kabel meines Rasierapparats ja auch nicht. Also halte ich mit der einen Hand den Rasierapparat an mein Kinn, in der anderen Hand halte ich den Stecker, überlege, na also, so weit kann diese kleine miese Steckdose doch nicht weg sein. Ich mache mehrere Tests. Es ist und bleibt eine unbestrittene Tatsache: definitiv keine Steckdose. Das kann aber jetzt nicht sein, mich über die Maßen lang hier mit dieser Problematik zu beschäftigen. Ich sehe in den Spiegel und komme mir schon etwas sonderbar vor. Dieses merkwürdige Hotel ohne Steckdose im Bad. Ich habe weiß Gott anderes vor, als Steckdosen zu suchen. Und hier ist absolut nichts zu finden. Mein Unbehagen gegen dieses Hotel wächst schon in den ersten Minuten. Worauf habe ich mich da eingelassen? Die Hoteldirektion befindet über mich und lässt mich suchen, mich mir nichts, dir nichts jetzt schon fast über zehn Minuten hier mit diesem Thema auseinandersetzen. Das gibt's doch nicht, ich bin doch nicht bekloppt oder was? Nichts, nichts und noch mal nichts. Das gibt's doch nicht. Muss ich denn jetzt wieder auf Nass-Rasieren umsteigen? Das habe ich doch gar nicht dabei. Aber was soll ich denn jetzt machen? Wie soll ich mich denn jetzt rasieren? Irgendetwas muss jetzt geschehen. Ich fühle mich nicht wohl, so wie ich jetzt aussehe, mit den Stoppeln da um das Kinn herum. Das kann doch nicht wahr sein. Wieder und wieder suche ich alles ab. Das geht jetzt schon fast fünfzehn Minuten so. Aber beim besten Willen, wenn ich nicht schon ganz bekloppt bin, es ist nichts zu finden. Wie ich so mit der einen Hand mit dem Rasierapparat am Kinn und mit der anderen Hand den Stecker in der Hand und zwischen meinem ausgestreckten Arm das durchhängende Kabel, dastehe da komme ich mir doch schon ganz schön sonderbar vor. Das kann doch nicht sein. Ich bin gewiss bei gutem Verstand. So in dieser Haltung marschiere ich aus dem Badezimmer, stehe vor der Badezimmertüre und suche. Auch vor der Türe, da sind Lichtschalter, aber keine Steckdosen. Immer noch die eine Hand mit dem Rasierapparat am Kinn, die andere Hand mit dem Stecker leicht ausgestreckt marschiere ich Richtung Fernseher, da gibt es bestimmt Strom. Aber wenn ich so dem Kabel aus dem Fernseher folge, verschwindet das Kabel hinter einem massiven großen Schreibtisch, der auf der einen Seite mit diversen Schubladen ausgestattet ist und auf der anderen Seite befindet sich ein prall gefüllter Kühlschrank mit allen möglichen Sorten von Getränken und

Kleinigkeiten zum Knabbern. Den kriege ich nur schwer bewegt. Aber das kann es ja nicht sein. Erst muss ich einen massiven Schreibtisch bewegen, den Stecker herausziehen, den Rasierapparat einstöpseln und dann habe ich immer noch keinen Spiegel. Das wird nichts. Ich lasse von diesem Vorhaben ab. Das erscheint mir jetzt als eine zu große Nummer für das bisschen Rasieren. Zielstrebig und zielgerichtet nehme ich mir jetzt jede Wand vor. Hinter dem Vorhang vielleicht. Nichts. Neben dem Bett. Nichts. Bei der kleinen Sitzgruppe, ein Tisch, zwei Sessel. Nichts. Sitzend auf einem der beiden Sessel, drehe ich mich um, schaue rücklings hinter den Sessel. Der Sessel steht dicht neben der Balkontüre. Ahh, ja, na endlich. Ich hab sie gefunden. Eine wahrhaftige Steckdose.

Neben der Balkontüre hinter einem Sessel verdeckt, entdecke ich endlich eine Steckdose. Aber was soll das? Das kann doch nicht wahr sein. Soll ich mich jetzt hinhocken und mir da unten den Bart rasieren? Ohne Spiegel, in der Hocke. Das geht ja schon ganz schön gut los, denke ich. Nun denn, in was für ein Land habe ich mich da hineinbewegt? In der Hocke und ohne Spiegel beginne ich mich zu rasieren und ein Fluch ereilt das merkwürdige Hotel ohne Badezimmersteckdose. Wie geht denn das? Keine Steckdose im Badezimmer. Das habe ich überhaupt noch nicht erlebt. Es gibt ja viel. Ein Zimmer ohne Fernseher. Ein Zimmer ohne Kühlschrank, ein Zimmer ohne Schreibtisch, ein Bad ohne Föhn.

Nachdem der Rasierapparat mit seinem emsigen

Geschnurre auf etwas umständliche Art und Weise seine Arbeit verrichtet hat, fühlte ich mich sofort wohler. Dem zufällig vorbeikommenden Pagen schildere ich meine momentane Problematik auf Französisch, er versteht und nun macht auch er sich auch auf die Suche nach einer Steckdose. Er sucht alles ab. Er verhält sich wie ich mich vorhin verhalten habe. Er geht auch ziemlich systematisch vor. Weit und breit nichts, auch er findet nichts. Jetzt fühle ich mich schon etwas bestärkt, was ich da vorhin tat. Dann aber, plötzlich nach diesem längeren Herumsuchen und Gucken macht er sich an dem Föhn zu schaffen. Das verstehe ich jetzt zwar nun überhaupt nicht, aber warum nicht? Mit zwei Fingern fummelt er an einer Art Typenschild herum, es ist weiß wie der Föhn und hat keinerlei Beschriftung oder etwas Ähnliches, etwas Geprägtes oder Erhabenes, an dem man erkennen könnte, um was es sich da handelt. Er schiebt eine kleine, weiße, gemeine und schadenfrohe, unbeschriftete Schiebeklappe, ohne erhabenes oder in der Gussform schon aufgebrachtes Piktogramm, nach oben und voilà. Ganz schön an der Nase herumgeführt, was? Da war sie also, diese gemeine kleine, heiß geliebte, versteckte Steckdose und mein Groll gegen dieses merkwürdige Hotel ohne Badezimmer-steckdose drehte sich im Nu in ein fröhliches, verhaltenes, zufriedenes Lächeln. Nachdem wir nun beide sichtlich zufriedener wirken und in etwas aufgelöster Stimmung sind, tauschen wir noch relative Belanglosigkeiten aus, plötzlich fragt er mich, was ich denn da in der Hand halte. Ich verstehe nicht. Was meint er denn jetzt? Na meinen

Rasierapparat. Ja, noch mal fragt er, was ist denn das? Ein Rasierapparat sage ich auf Deutsch. Auf Französisch fällt mir das Wort nicht ein. Auf Englisch schon, aber mit der entsprechenden Geste um das Kinn herum ist es unmissverständlich, um was es sich hierbei handelt. Er erkundigt sich nach dem Preis, wie hoch der in Deutschland in Euro wohl sei. Nun, einen Rasierapparat kauft man ja nicht wie Kartoffeln. Mit dem Schätzen liege ich daneben und antworte: ca. zwanzig Euro. Er gibt mir zu verstehen, wenn ich hier abreise, wolle er ihn mir für zwanzig Euro abkaufen. Ich bin einigermaßen verdutzt über diesen Mut, den er da aufbringt. So knapp, so schnell. Wir wechseln noch ein paar Sätze miteinander, bis er schließlich das Zimmer verlässt.

Das Geklappere der Zahnputzgläser und das Spülen der frisch geputzten Toiletten kommt immer näher

15.03.2003

Lese gerade in irgendeinem Buch, kann mich aber nicht mehr richtig konzentrieren, ständig rückt das Geklappere der Zahnputzgläser und das Spülen der frisch geputzten Toiletten immer näher, nebst dem gelegentlich anspringenden Staubsauger. Zimmer für Zimmer. Das kann ganz schön auf die strapazierten Nerven gehen. Denn eigentlich wollte ich hier Ruhe und etwas Entspannung genießen können. Das geht aber bei dem Krach da draußen nicht. Es ist ja nicht gelegentlich, sondern ständig und fast ohne Unterbrechung. Es wird auch nicht leiser, sondern immer lauter, denn dieses Etwas bewegt sich auf mich zu. Es sind lange, lange Gänge, das ist ja nicht eben mal um die Ecke bis zum nächsten Aufzug. Sondern da muss man schon ganz schön laufen, bis man an den nächsten Aufzug kommt. Bestimmt an mindestens zwanzig Zimmern kommt man da erst vorbei, bis man vor der nächsten Aufzugtür steht.

Es ergibt sich keine Verträglichkeit mit dem sinnlichen, relativ leise rauschenden Meer, das ich von der anderen Seite durch die einen kleinen Spalt geöffnete, große Schiebetüre vernehmen kann. Es hat mich eben noch so fröhlich gestimmt. Ein gutes Buch, das Rauschen des Meeres, im Bett liegen, satt sein und lesen. Ich beschließe, das Lesen zu unterbrechen, unterstützt wird meine Entscheidung auch von den langsam unerträglich werdenden sechzehn Grad Celsius, die es mittlerweile nur noch in meinem Zimmer hat. Ständig bin ich hin und her unterwegs, um mich an einem Thermostat zu schaffen zu machen. Ein, es ist eingeschaltet. Eigentlich müsste das jetzt funktionieren, wenn man eine Gradzahl einstellt und nicht auf Kühlen einstellt, dann müsste nach dem Gesetz der Wahrscheinlichkeit ein System in Gang kommen, das Wärme produziert. Eigentlich könnte das die Kaltluftklimaanlage sein, denn Heizungskörper habe ich hier nirgends entdeckt. Au backe, da sind ja wirklich keine Heizungskörper. Die Gradzahl ist eher etwas zu hoch eingestellt, damit es überhaupt erst mal richtig warm wird. Oder das System überhaupt erst mal anspringt. Ausschalten kann ich es immer noch. Aber es will nicht so recht in Gang kommen. Irgendetwas stimmt hier nicht. Na gute Nacht, denke ich, wenn das jetzt so bleibt und die Heizungsapparate generell ausgeschaltet sind. Oder es gibt überhaupt keine Wärmequelle. Dann wird das aber ganz schön kalt sein die nächste Woche über. Jetzt hilft auch der warme Pullover nichts mehr. Ich muss mich bewegen, ich schließe die große Balkontüre, vielleicht bringt mir das etwas Linderung. Lege mich wieder hin, versuche weiterzulesen. Aber ich kann mich nicht richtig konzentrieren. Es ist einfach zu kalt. Da kann überhaupt keine Gemütlichkeit aufkommen. Das ist eine regelrechte Quälerei. Also, ich fasse jetzt zusammen, die Heißluft-Klimaanlage funktioniert nicht, es ist zu kalt, um mich zu erholen oder auszuruhen. Der einzig sinnvolle Ort, an dem ich mich etwas aufwärmen kann, scheint mir nur noch das Schwimmbad zu sein. Erst mal so richtig heiß duschen und dann ins Wasser. Entlang dem langgezogenen, eher finsteren Gang, vorbei an einer Tür und der nächsten, der nächsten, der nächsten, ist mir doch etwas unbehaglich zumute, eigentlich habe ich es mir etwas schöner gewünscht. Aber na ja, irgendetwas wird sich sicherlich noch finden. Vor der Aufzugtür muss ich lange warten, bis er dann endlich hörbar näher kommt. Eigentlich ist das eine Nummer zu groß. Da verläuft man ja Zeit wie nichts. Allein schon durch diese immense Größe. Das ist nicht mehr schön. Man verläuft sich richtig in der Zeit, im wahrsten Sinne des Wortes. Da wird ein knapper Gang zum Frühstückstisch ja schon mit einem richtigen Spaziergang eingeleitet. Da muss man sich zu einem richtigen Ökonomen entwickeln, damit man nicht zu viel der kostbaren kurzen Zeit verschwendet. Die Aufzugtür öffnet sich und es stehen drei kleine Buben vor mir, nur mit Badehose bekleidet, frierend und triefend vor Wasser, auf dem Teppich im Aufzug sind schon lauter kleine herumspazierende Fußspuren, eher Fußspürchen zu sehen. Na, sag ich, ihr seid ja ganz nass, wollt ihr euch nicht erst einmal abtrocknen? Nein, nein, zwitschern die Kleinen da lustig und etwas unbeholfen vor sich hin, fuchteln mit ihren Armen Unbedeutendes in die Luft, wir wollen nur was holen. Und sie verschwinden mit Gewitzel und plappern in den langen Gängen des Hotels.

Nach der angenehmen Wärmenergiezufuhrpause ist es

jetzt besser.

Als ich an der Rezeption vorbeikomme, mache ich den Rezeptionisten auf mein Problem mit der Temperatur in meinem Zimmer aufmerksam. Er ruft nach einem Mann und erklärt ihm die Situation.

Der Mann, der mit mir kommt, ist so eine Art Mann für alles. Im Zimmer angekommen, macht er sich gleich an der Balkontür zu schaffen, nachdem ich darauf deutete, dass der kleine Druckschalter im Futter beim Schließen überhaupt keinen Kontakt mehr mit der Türseite hat. Er versteht sofort, schraubt diesen kleinen Druckschalter aus dem Türfutter heraus, reißt von dem kleinen Zettel, auf dem er sich meine Zimmernummer notiert hat, zwei kleine Stückchen Papier ab, faltet sie ein paarmal und klemmt diese dann unter den Schalter, flugs schraubt er ihn wieder fest, schließt die Tür, es funktioniert. So prompt und schnell wie der Mann für alles in Erscheinung getreten ist, genauso schnell ist er auch wieder mit ein paar knappen, aber verständlichen Worten verschwunden. Die Heißluft-Klimaanlage springt sofort an und meine ersten Bedenken, ohne etwas Nachhilfewärme die nächsten Wochen auszukommen zu müssen, zerstreuen sich bald. Draußen braut sich mittlerweile etwas zusammen. Der ganze Himmel zieht sich zu, es wird grau und trüb, schnell, mächtig, schwer und träge hängen die Wolken über dem Wasser. Der Westwind dreht auf, wird stärker und treibt das Wasser immer weiter und höher voran auf das Land zu. Das Getöse der Wellen nimmt von Stunde zu Stunde mehr und mehr zu. Es beunruhigt mich nicht, es gefällt mir und ich genieße den Blick auf den kommenden Sturm. Die weißen Schaumkronen der Wellen ziehen sich immer mehr in die Länge und in die Breite. Der Lärm nimmt zu und das jähe Peitschen der Gischt über die Oberfläche, die Wellenkämme brechen senkrecht mit einem lauten, dicken, fetten, satten Säck in sich zusammen. Da wieder, da bricht eine Front über 30 Meter in sich mit einem dumpfen Pump zusammen. Danach für einen kurzen Moment absolute Stille. Es hört sich gerade so an, als ob ein ganzes Haus mit einem dumpfen Woooop in sich zusammenbrechen würde. Etwas weiter draußen scheint es so, als ob die Wolken schon das Wasser berühren und ihren Tanz mit ihm aufgenommen haben.

Eine Unruhe steigt langsam, aber sicher in mir empor. Da wird eben wieder über Leben und Tod, über Krieg und Frieden, über Millionen Menschen entschieden. Auf der einen Seite George W. Bush, der auch ohne UN-Mandat alleine in den Krieg ziehen will, auf der anderen Seite Saddam Hussein, der die 50-jährige Weltsicherheits-entwicklung mindestens als letzten Triumph entzweien will. Millionen von Menschen sind auf den Straßen und protestieren gegen den kurz bevorstehenden Krieg im Irak. In China, Frankreich, London, Russland, Deutschland, den USA, Spanien, überall protestieren die Menschen, weil sie mit der rigorosen Vorgehensweise des amerikanischen Präsidenten nicht einverstanden sind. Es breitet sich ein tiefes Gefühl von Machtlosigkeit, von Ohnmacht aus.

Es scheint ganz so, als stehen die Zeichen der Geschichte an einer epochalen Zäsur mit unabsehbaren Folgen.

Der Krieg rückt immer näher

Zeitgeschichte
Heute, Marietta Slomka
Sonntag, 16.03.2003, 19.00 Uhr

Marietta Slomka

Der Krieg rückt immer näher, das bestätigte der spanische Ministerpräsident Aznar in einem Fernsehinterview. „Wir haben alles, was in unserer Macht stand, getan, um einen Konsens im Sicherheitsrat zu erreichen, die Friedensbemühungen waren wohl umsonst." Die Tagesschau hat vermeldet: In diesen Minuten trifft sich Aznar mit US-Präsident Bush und dem britischen Premier Blair zu einem Krisengipfel auf den Azoren. Aus Washington verlautete inzwischen: Busch werde in wenigen Tagen eine schwierige und wichtige Entscheidung treffen.

Das Weiße Haus bezeichnet dieses Treffen auf den Azoren als letzte Etappe der Diplomatie. Die Tagesschau kündigt vor Ort Maria von Welser an: Viele sehen in diesem Krisen-Gipfel eine Art Kriegsrat und damit ja dann letztlich doch den Vorboten des Krieges.

Maria von Welser

Ja, einen idyllischeren Platz hätte man sich nicht

aussuchen können als diesen Flughafenstützpunkt Lajes auf der wunderbaren Azoreninsel Terceira. Es wird hier vermutlich um Krieg gehen und nicht mehr um Frieden. Und darüber sind sich alle Insider inzwischen klar. Vor wenigen Minuten ist Tony Blair, der britische Premierminister, hier gelandet, eine halbe Stunde später wird George Bush, der Amerikaner, erwartet. Mit der Air Force 1 wird er hier einfliegen. Ja, Tony Blair wird wohl George Bush einiges noch mitteilen müssen, vor allen Dingen muss er noch erkennen, dass der Weg zu einer vereinigten Resolution scheiterte.

Tagesschau

Bush, Blair und Aznar, sind denn die drei sich in allen Punkten wirklich einig?

Maria von Welser

Ja, einig sind sich die drei wahrscheinlich nicht sehr, man weiß ja, Tony Blair kämpft vehement um eine zweite UN-Resolution. George Bush und auch Collin Powell haben heute Mittag in einem Interview gesagt: Unsere Rechtsgrundlage ist die erste UN-Resolution, die 1441, aufgrund dieser können wir ja bereits ohne Probleme in den Krieg marschieren und Ministerpräsident Aznar hat heute ja auch schon verkündet, dass die Chance, dass es vielleicht doch keinen Krieg geben könnte, ganz minimal ist.

Heute, Marietta Slomka

Gestern Abend vor der amerikanischen Botschaft in Berlin Hunderttausende von Lichtern für den Frieden. Auf der anderen Seite, die Diplomatie scheint abzulaufen. Am Mittwoch treffen sich die Kriegsgegner Gerhard Schröder und Jacques Chirac im Kanzleramt mit dem Kriegsbefürworter Tony Blair, der Brite hatte einen Kompromiss vorgeschlagen: Mehr Zeit für die Inspekteure, verbunden mit klaren Abrüstungsschritten für Saddam Hussein. Doch am Ende stünde wieder der Abzug der Inspekteure. Das ist für die Friedenskoalition Deutschland, Frankreich Russland unannehmbar. Das Dreierbündnis antwortete mit seiner vielleicht letzten Initiative. Morgen sollen sich im Sicherheitsrat noch einmal die Außenminister treffen, um den Alleingang von Amerikanern und Briten zu verhindern.

Außenminister Joschka Fischer

Wir werden bis zum letzten Augenblick alles versuchen, um eine friedliche Lösung zu erreichen, wenn wir dazu die nötige Zeit bekommen, das können nicht Tage und Stunden sein, sondern es werden nach Auskunft des schwedischen Diplomaten Hans Blix Monate sein müssen, nicht Jahre, Wochen oder Stunden. Dann denke ich, besteht die konkrete Chance, das Gefahrenpotential im Irak diesmal dauerhaft nicht nur zu begrenzen, sondern zu entfernen und das mit friedlichen Mitteln.

Heute, Marietta Slomka

Inwiefern halten Sie eine zweite Resolution noch für möglich, Frau Angela Merkel?

Angela Merkel

Daran wird gearbeitet werden, da sind viele Aktivitäten im Gange. Und von unserer Seite, ich habe es auch immer wieder gesagt, ist die Aufforderung an die Bundesregierung, genau das zu versuchen und sich auch kompromissbereit zu verhalten, das war die Bundesregierung bis jetzt nicht.

Noch ist der erste Schuss nicht gefallen

Heute, Marietta Slomka

Noch ist der erste Schuss in diesem Krieg nicht gefallen, noch üben die Amerikaner und Briten an der irakischen Grenze. Aber der Aufmarsch ist abgeschlossen, die Truppen bereit auch zum Alleingang. Die USA wollen sich nächste Woche die Ermächtigung im Sicherheitsrat zum Krieg holen, zuschlagen werden sie aber auch bei einem Veto.

Ein Sprecher in Bagdad

Ich glaube, für einen jeden Staat, der eine Position eingenommen hat in dieser Sache, stellt sich die Frage des Umkippens auch unter dem Gesichtspunkt, was bedeutet das langfristig für mein Verhältnis mit den Vereinigten Staaten. Für Frankreich etwa kommt das Umkippen nicht in Betracht, weil die Franzosen zu dem Ergebnis gekommen sind, wenn sie jetzt umkippen, dass sie dann auch künftig keine Rolle mehr finden, in der die Amerikaner meinen, ach die Franzosen, die geben am Ende dann doch nach. Es kann ja keinen Zweifel geben, und sie selbst haben das ja angedeutet, dass, ob nun eine zweite Resolution kommt oder nicht, die Vereinigten Staaten gegen den Irak in sehr kurzer Zeit vorgehen. Brennende Ölfelder nach dem ersten Irakkrieg, wie wird es nach dem zweiten Feldzug gegen den Irak aussehen? Für die unmittelbaren Nachbarn, die schon einmal von Saddam Hussein überfallen wurden, eine Frage der Abwägung.

Ein kuwaitischer Sprecher

Manchmal, wenn man in den Krieg zieht, führt man nicht Krieg um des Krieges Willen, man macht das, um eine Gefahr, um einen noch schlimmeren Krieg abzuwenden. Wir hoffen, dass der Irak nach dem Sturz von Saddam Hussein in Sicherheit und Frieden leben kann. Wir glauben fest daran, dass das irakische Volk sehr glücklich sein wird, wenn es Saddam los ist.

Heute, Marietta Slomka

Doch wer baut den Irak wieder auf?

Sprecher

Es braucht sehr viel Zeit, sehr viel Geduld, sehr viel Präsenz, sehr viel Mühe und sehr viel Geld. Vielleicht finden die transatlantischen Partner ja beim Aufbau wieder zusammen.

Gemeinsam haben wir beschlossen, morgen kommt der Tag der Wahrheit für die Welt

Zeitgeschichte
Sonntag, 16.03.2003, 21.45

Tagesthemen-Sprecherin

„Gemeinsam haben wir beschlossen, morgen kommt der Tag der Wahrheit für die Welt." Es gibt immer noch keine amtliche Erklärung, was das heißen soll, außer dass der Krieg morgen noch nicht anfangen kann, aber dann wahrscheinlich sehr schnell. Über Tausende von Kilometern sind George Bush, Tony Blair und der spanische Ministerpräsident Aznar zu ihrem 90-Minuten-Gespräch geflogen. Die Azoren liegen von London, Madrid und Washington etwa gleich weit weg. Was haben die weiten Dienstreisen zum US-Stützpunkt auf Terceira gebracht?

Maria von Welser berichtet vom kürzesten Gipfel der Diplomatengeschichte. Die Manuskripte haben sie längst in der Tasche, aber noch wollen sie beweisen, dass man nach internationalen Regeln spielt. Dabei kommt der amerikanische Präsident sofort zum Punkt. Und meint den französischen Präsidenten Chirac, wenn er von der Welt spricht. „Wir kamen zu dem Ergebnis, dass morgen der Tag der Wahrheit ist für die Welt."

Viele Nationen haben sich zu Frieden und Sicherheit bekannt, und jetzt müssen sie ihre Verpflichtung dazu beweisen und zwar in der einzigen wirksamen Weise, mit der sofortigen und bedingungslosen Entwaffnung von Saddam Hussein. Kein Wort mehr von einer zweiten UN-Resolution, die für den Politiker Tony Blair in seinem Land überlebenswichtig wäre.

Wir erreichen einen Punkt in der Diskussion, im Namen der internationalen Gemeinschaft, die ein klares Ultimatum an Saddam bedeutet. Und Gewalt erlaubt, wenn er weiter dem Willen der ganzen internationalen Gemeinschaft trotzt in Bezug auf die Resolution 1441. Wir werden alles tun für die letzte Gesprächsrunde, um zu sehen, ob es einen Ausweg aus dieser Sackgasse gibt.

Tagesschausprecherin

Ein Journalist will es aber dann genau wissen. Wenn morgen dann der Moment der Wahrheit kommt, ist es dann vorbei mit jeglicher Diplomatie auch in der UN? Ja, genauso bestätigt der amerikanische Präsident. Um dann ganz ausdrücklich dem französischen Präsidenten den schwarzen Peter zuzuschieben.

Bush: „Zeige deine Karten, sagt man beim Pokern." Die Franzosen zeigten ihre Karten und sagten, sie würden gegen alles ein Veto einlegen, was Saddam zur Verantwortung zieht. So liegen die Karten auf, wir müssen nur noch mal zusammengehen, um zu sagen, was die Karten bedeuten. Die Flugzeuge mit dem Präsidenten, mit den Ministern sind längst wieder in der Luft. Zieht der Franzose sein angekündigtes Veto nicht zurück, dann ist Krieg.

Heute-Journal, Sprecherin

Der amerikanische Präsident hatte ja gesagt, auf jeden Fall will er in den Vereinten Nationen abstimmen lassen, auch dann, wenn von vornherein feststeht, dass entweder die Mehrheit oder ein französisches oder ein russisches Veto die Amerikaner dort scheitern lassen. Das ist wohl nicht mehr so ganz sicher, aber die Vereinten Nationen können wohl auf den Zug zum Krieg noch aufspringen, wenn sie das wollen, aber eben morgen. Das sind die harten Konsequenzen dieser Pressekonferenz.

TV-Sprecherin

Das Treffen in Terceira war so noch nicht unmittelbar einleuchtend sinnvoll, die Herren hätten auch miteinander telefonieren können für 90 Minuten. Es war aber für Tony Blair wohl wichtig, der das Treffen brauchte. Kann er sich mit diesem Treffen blicken lassen in London?

Maria von Welser

Nein, überhaupt nicht, ich meine, es ging sicherlich auch darum, dass man heute Tony Blair den Rücken stärken wollte von amerikanischer Seite, und deswegen hat der Präsident auch lustig gesagt, das war schön, dass wir uns hier getroffen haben, und wir haben uns gut verstanden und nett unterhalten – und dann kam er sofort auf den Punkt und hat dem Präsidenten Chirac und vor allem auch damit Russland und China den schwarzen Peter zugeschoben. Wenn sie morgen im UN-Sicherheitsrat nicht umschwenken, dann gehen sie in den Krieg. Sie haben halt noch ein wenig so getan und gespielt, als würden sie sich auf dem Boden der Demokratie bewegen, so als wäre das hier alles Kosmetik, aber sie waren sich letztlich schon zu Beginn dieses Treffens einig gewesen.

TV-Sprecherin, Washington

Herr Piltz, bedeutet das, dass jetzt morgen noch einmal eine Runde in den Vereinten Nationen beginnt und wenn ja, wie lange kann diese Runde dauern?

Eberhard Piltz

Also, es ist eher unwahrscheinlich geworden nach dieser Pressekonferenz, dass es tatsächlich zur Abstimmung über diese zweite Resolution noch kommt. Es wird telefoniert wie angekündigt, aber die Wahrscheinlichkeit, dass die festgefahrenen Fronten sich noch verändern können, ist eher gering und dann schätzt man hier, dann wird es wieder gar keine Resolution geben als eine, die in Flammen aufgeht und die Amerikaner niedergestimmt werden.

Nun ist das etwas, was nicht offiziell bekannt gegeben wird, und ich versuche da ein bisschen zu spekulieren, zu bewegen, mit der Bitte um Verständnis dafür.

Wie könnte sozusagen der Fahrplan zum Krieg aus Washingtoner Sicht aussehen? Der Präsident hat gesagt, morgen ist die Stunde der Entscheidung und die Nation erwartet natürlich, dass sie über diese Entscheidung informiert wird und zwar aus erster Hand vom Präsidenten persönlich. Das heißt, der Präsident wird zu einem Zeitpunkt, der noch nicht feststeht, aber hier morgen Abend Ortszeit sein könnte, über Fernsehanstalten eine Rede an die Nation halten, die einer Kriegserklärung gleichkommt. Er wird dabei, wenn er das so tut, wahrscheinlich ein Ultimatum setzten, das dann nicht mehr in Tagen, sondern in Stunden zu rechnen ist, und das Ultimatum könnte dann auch dazu nutzen, dass könnte dazu führen, dass UN-Angestellte und andere Zeit finden, das Land zu verlassen und dann wäre möglicherweise noch in dieser Woche mit dem Beginn der Kriegshandlungen zu rechnen.

Seit Monaten lebt Bagdad unter massiven Kriegsdrohungen

Zeitgeschichte
Sonntag, 16.03.2003, 22.45

Heute-Journal, Sprecherin

Herr Ulrich Tilgner, seit Monaten lebt Bagdad unter massiver Kriegsdrohung, die Spannung kann sich ja kaum noch erhöhen, wie spürt man das in der Stadt?

Ulrich Tilgner

Es hat ja deutlich eine Zunahme der Spannung in den vergangenen Tagen gegeben, auf der einen Seite geht der Verkehr ganz deutlich zurück, auf der anderen Seite wird mobilgemacht, das irakische Fernsehen strahlt immer militantere Bilder aus. Die Journalisten dürfen hin und wieder Aufnahmen machen. Ich habe einige Sachen, die Sie vielleicht jetzt einspielen können, was man hier so in den vergangenen Stunden erlebt hat und vor allem auch, wie Saddam Hussein reagiert hat.

Zu den Erklärungen nach dem Gipfeltreffen auf den Azoren sagt Iraks Präsident kein Wort. Die Vorbereitungen auf den Krieg laufen weiter, Kommandos der irakischen Armee erhalten ihren letzten Schliff, Offiziere der republikanischen Garde trainieren

Freiwillige, die sich für Selbstmordaktionen melden wollen. Besonders intensiv ist das Training im Häuserkampf. Mehrere der Freiwilligen kommen aus anderen arabischen Staaten.

Heute-Journal, Sprecherin

Herr Tilgner in Bagdad, wie lange werden Sie noch in der Stadt bleiben?

Ulrich Tilgner

Ja, solange es geht. Man muss erst einmal abwarten, auf der einen Seite gibt es ein großes Problem, auch jetzt stehe ich auf dem Dach des Informationsministeriums, das ist ein erklärtes Ziel der US-Streitkräfte, daran haben die Offiziere im Pentagon keinen Zweifel gelassen, man muss sehen, ob die irakischen Behörden zustimmen, dass die Journalisten mit ihren Abspielgeräten, mit den Satellitenschüsseln, diesen Ort verlassen können, um sich dann in Hotels neu zu organisieren, das wären ja Plätze, die nicht angegriffen werden würden, wahrscheinlich, dann kann man hier bleiben, wenn es in dieser Frage auf der irakischen Seite keine Bewegung gibt, dann ist das natürlich schlecht, man muss einfach abwarten. Morgen wollen ja die deutschen Diplomaten den Irak verlassen, auch andere Länder werden folgen, dann wird es hier kaum noch Diplomaten geben, aber die meisten der Journalisten bleiben erst einmal hier.

Heute-Jounal,Sprecherin

Passen Sie auf sich auf, Herr Tilgner, wie wir immer so sagen, Sie werden wissen, wann Sie am besten gehen sollen.

Die Wolken trüben sich immer dunkler ein

Tunesien, Hotelzimmer

Am nächsten Morgen ist es immer noch recht unwirtlich. Der heftige Weststurm hat sich bis auf kleinere Verschnaufpausen immer noch nicht so recht entschieden, soll er das Wasser weiter aufs Land zutreiben, und es fehlt nicht mehr viel, dann steht es kurz vor den Gartenmauern, oder soll er sich abwenden und seine unermesslichen Kräfte in andere Richtungen entfesseln. Mit einem dumpfen Grollen öffne ich die große Schiebetüre einen Spalt und gehe ein paar Schritte auf den Balkon hinaus. Doch trotz dicken Baumwollpullovers und Durchhaltevermögens, es ist zu viel Wind, zu viel Wasser. Mit einem dumpfen Grollen rollt die Schiebetüre in Richtung des Drucktasters und rastet ein. Als deutlich angenehmer empfinde ich das Geräusch der anspringenden Warmluftklimaanlage. Ohne überheblich zu sein, blicke ich mit einem leisen Lächeln im Gesicht auf das kalte Wasser und in den dunklen Wolkenhimmel, verweile noch einen Moment. Für einen kurzen Augenblick scheint es so, als würde ich auf einer Großwandleinwand in sicherer Entfernung beobachten, wie sich da etwas Größeres zusammenbraut, ein Etwas, das sich jetzt noch nicht erahnen lässt. Die Wolken trüben sich immer dunkler ein, der Regen prasselt immer heftiger gegen die Scheiben, hinterlässt seine Spuren. Die Grenze zwischen Wolken und Wasser sind nicht mehr auszumachen, sie verschwimmen im wahrsten Sinne des Wortes. Das weiße Kräuseln des Wassers nimmt immer größere Flächen ein. Gelassen überlasse ich das nässliche, windlichte Treiben seinem Schicksal.

Routinemäßig rollen unaufhörlich in den Nebenräumen das Geklappere der Zahnputzgläserputze und das quarrende Rücken der Stühle über den Marmorfußboden einschließlich der Tische mit den dicken Marmorplatten in die von der Hotelleitung vorgegebene Position auf mich zu. Es ist ausgeschlossen, dass man die Tische durch einen Hebevorgang ohne Geräusch versetzten kann, denn das verhindern einerseits die dicken Platten, anderseits wäre es eine außerordentliche Zumutung für die zart gebauten Mädchen, die dann wohl über die Saison mit über-dimensionalen Muskelpaketen auf Dauer herumlaufen müssten. Am deutlichsten ist das Verrutschen der Betten zu vernehmen, um sie besser beziehen zu können, es ist wohl der schwerste Teil dieser Routinearbeiten. Zu den leichteren Tätigkeiten gehört das ständige WC-Spülen nach dem Reinigungsvorgang. Diesmal nervt es nicht mehr, denn ich freue mich schon auf die willkommene Wärmezufuhrregulierung, der ich gerne nachgehen werde, auch schon um der Bewegung willen, die ich in den letzten Tagen deutlich eingebüßt habe. Auch empfinde ich es als anständig, mich aus dem Zimmer zu begeben, um nicht zuzusehen, wie die jungen Mädchen ihrer Aufgabe nachkommen, um es dem Gast so angenehm wie möglich zu machen.

Auch möchte ich nicht als halber Kontrolleur gelten, denn ich kann mich ja nicht in dem Zimmer während des Regulierungsvorgangs aufhalten, ohne Blickkontakt aufzunehmen. Da käme ich mir dann schon etwas überheblich und arrogant vor. Es klopft jetzt leise und vorsichtig an meiner Türe. Entré, rufe ich. Ein höfliches Warten, bis ich die Türe öffne, ich grüße freundlich, wir führen eine kurze, charmante, aber eher oberflächliche Unterhaltung, dann schnappe ich mein Handtuch und die Badehose von der Leine und verschwinde in den langen Gängen.

Das Nicht-weit-weg-Zentrum

Tunesien

Es gibt unmissverständliche Anzeichen dafür, dass mit meiner kleinen Schreibhilfe etwas nicht in Ordnung ist. Immer wieder verschiebt sich die Stimme des Bandes in ein langsames, dunkles Stimmchen, wie die Stimme eines anderen Planetenbewohners, manchmal ist kein Wort mehr zu verstehen, so gequält und gebogen und verbogen hört sich das an, dann scheint der Außerirdische seine Sprechfrequenzen plötzlich zu ändern in eine quiekende, schnelle, helle Kinderstimme, wie die einer Comicfigur oder so, wie man sich die eines Marsmännchens vorstellen könnte. Es bedarf einer liebevollen Hingabe der Schreibhilfe, um die verschlüsselten Botschaften der Außerirdischen doch noch entziffern zu können. Um meiner Sorge zu entgehen, keine Unterbrechungen im Empfangen der merkwürdig und fast skurril gewordenen außerirdischen Botschaften entstehen zu lassen, beschließe ich, meine Arbeit zu unterbrechen, mich in den nächsten Ort zu begeben, um mich dort nach Energizern umzusehen, die meiner kleinen Schreibhilfe Linderung verschaffen können.

Da sich, nach einem Blick aus der Balkontür, der Weststurm wohl eine kleine Verschnaufpause gönnt, er zulässt, dass einige auserwählte Sonnenstrahlen durch die aufgerissenen Kumuluswolken den Erdboden und die

Wasseroberfläche berühren, scheint mir der Moment günstig für meine kleine Unternehmung. Beschrieben wird mir der Weg dahin als nicht weit weg. Im Zentrum des Nicht-weit-Weg finde ich dann schon, was ich begehre.

Durch Zufall stoße ich im Zentrum von Nicht-weit-Weg auf einen kleinen Getränkeladen, der sich nach dem Betreten als Getränkesupermarkt herausstellt beziehungsweise als magasin central. Es ist der einzige Laden im ganzen Ort, in dem man Alkohol in der Öffentlichkeit kaufen kann. Sonst ist es nur im Hotel möglich. Nachdem mich die Rotweinpreise im Hotel dann doch etwas überrascht hatten, erkundige ich mich nach dem Preis derselben Marke, wie ich sie aus dem Hotel kenne. Mit verhängnisvoller Freude stelle ich fest, dass der gleiche Rotwein hier nur ein Drittel des Preises ausmacht. Als gebürtiger Schwabe, Geiz ist geil, decke ich mich ein mit einer gewissen angenehm tragbaren Menge Rotwein und kümmere mich anschließend um das Auffinden von Energizern. Mit Erfolg.

Auf der Hälfte des Rückwegs fällt mir ein, dass ich ja überhaupt kein Werkzeug besitze, mit dem ich der Flasche zu Leibe rücken könnte, um an deren Genuss zu kommen. Fragen im Hotel? Nein, das nicht. Also mache ich mich auf die Suche nach entsprechendem Gerät. Spontan entschließe ich mich, in einen kleinen Irgendetwas-Laden zu gehen, in dem man alles und nichts bekommt. Es ist etwas Obst und Gemüse zu finden, aber auch Puppen, Spielzeug für Kinder, Gläser, Tassen, Stoffe, Magazine,

Zeitungen, Postkarten, Getränkedosen, Mineralwasser-flaschen, Zigaretten und Tabak.

Eine ganze Truppe junger Burschen befindet sich gerade im Laden, als ich hereinkomme. Es wirkt nicht so, als sei das alles Kundschaft, eher wirkt es so auf mich, als sei das eine Truppe Jugendlicher, die sich gut kennt und hier regelmäßig trifft und aufhält, so eine Art Jugendtreff. Der Älteste von den Burschen ermahnt die kleineren, doch leiser zu sein, denn die Jungs hatten sich ganz schön lauthals über irgendetwas gestritten und laut los parliert und geplappert und geschrien. Ich will schon wieder gehen, weil für mich nicht auszumachen ist, wer hier nun eigentlich der Ansprechpartner ist. Doch da ergreift der Älteste die Initiative und stellt sich hinter den leeren Platz an der kleinen Verkaufstheke, so ist klar, er ist hier der Ansprechpartner. Auf Französisch formuliere ich mein Anliegen, frage, wo ich denn so ein Gerät bekommen könnte. Das sei im Nicht-weit-weg-Zentrum zu finden, aber da komme ich ja gerade her, und das sind ja mindestens drei Kilometer. Der Bursche ist ganz schön clever, er merkt, dass ich mit ihm gar nicht ins Geschäft kommen will, sondern nur eine Frage habe, und gar nichts kaufen will. Und schon will er mich in die weite Ferne schicken.

Da ich weiß, dass die jungen Burschen sich gerne einen Jux mit den Fremden erlauben, glaube ich ihm nicht. Fragt man nach dem Weg in einem Laden, ohne vorher etwas gekauft zu haben, wird man erst mal vier Kilometer in die entgegengesetzte Richtung geschickt, und die Buben freuen sich diebisch, wenn sie glauben, dass sie es dem Fremden mal so richtig gegeben haben. Ich marschiere noch an ein, zwei Läden vorbei entlang der Straße, ohne mich jedoch an die mir von den Burschen vorgegebene Richtung zu halten, bis ich an einen Laden komme, der mir als der richtige erscheint. Im Innern des Ladens geht es ganz schön eng zu, ich mache mich schlank, um nirgends anzustoßen. Überall Porzellan, gefährlich nah in viel zu engen Gängen. Töpfe, Tassen, Schalen, Vasen, Suppenteller, Teller, Kaffeegeschirr noch und nöcher. Es scheint mir so, als hätte ich die richtige Wahl getroffen, gerade hier reinzugehen. Ah, da sind Küchentücher, Topflappen und Handtücher. Küche: ja, das riecht doch schon ganz richtig. Ach Gott, so viele verschiedene Messer, Gabeln, Löffel, Suppenlöffel, Hebewerkzeuge, Wendewerkzeuge, Stampf- und Zerkleinerungswerkzeuge.

Ich muss wirklich richtig achtgeben, dass ich nirgendwo anstoße. Wenn da schon Pfannen und Töpfe stehen, ist es nicht mehr weit und ich werde so ein Gerät schon finden. Ich kann es ja schon förmlich riechen. Heiß, ganz heiß ist es jetzt. Es kommt schon ein wenig Freude auf, den Burschen da nicht geglaubt zu haben. Oh, wie wunderbar, in der Tat liegen da in einem kleinen Körbchen noch zwei verschiedene dieser begehrenswerten Gerätschaften, ohne die man ja nur eher schlecht zurechtkommt, um an den Genuss des Begehrlichen zu kommen. Zwei Stück, nicht etwa neunzehn oder zwanzig, nein, nur zwei Stück. Auch nicht zehn oder sieben Stück, nein zwei. Siegreich befinde ich mich auf einem triumphalen Siegeszug gegen einen gemeinen Burschen, der es dem Fremden mal so richtig zeigen wollte. Es löst schon ein kleines Glücksgefühl in mir aus, denn zugegebenermaßen war ich schon erleichtert, dass ich nicht den ganzen Weg da noch mal vier Kilometer zurück und wieder vier Kilometer hergehen musste wegen einer so kleinen, aber doch nicht unwichtigen Gerätschaft. Triumphal befinde ich mich also auf der sicheren Seite des Genusses. Äußerste Genugtuung macht sich in mir breit. Da es sich um zwei verschiedene Ausführungen dieser Gerätschaften handelt, prüfe ich erst die eine und dann die andere ganz genau, um herauszufinden, für welche dieser beiden ich mich denn nun entscheiden soll. Nach einem Moment der Abwägung entscheide ich mich für das preiswertere Modell, das seinen Zweck ebenfalls erfüllt.

Wolkenfetzen scheinen sich gegenseitig zu jagen, zu verfolgen

Der Weststurm scheint seine kleine Ruhepause auch gerade beenden zu wollen, denn es beginnt zu tröpfeln und der Wind frischt kräftig auf, obgleich noch offene, himmelblaue Stellen am Himmel zu sehen sind.

Die Wolkenfetzen scheinen sich gegenseitig zu jagen, zu verfolgen. Ein bizarres Bild. Ich lege einen Gang zu, um dem zu entkommen, was ich ahne. Wenn das jetzt so richtig losgeht, na dann gut Nacht, ungefähr zwei Kilometer liegen noch vor mir bis zum Hotel. Auf der trockenen Straße sind im Augenblick nur vereinzelt kleine, dunkle Punkte zu sehen. Immer wieder mein Blick nach oben, da sind doch viele hellblaue Stellen, na, es wird schon gut gehen, viel kann es eigentlich nicht regnen, den Wolken nach zu urteilen. Aber die Realität spricht eine andere Sprache, denn die dunklen Stellen auf der anfangs noch trockenen Straße nehmen immer größere Flächen ein. Mein Gang wird immer schneller und schneller und immer wieder den Blick nach oben, Herrgott, jetzt warte halt noch ein bisschen, wenigstens so lange, bis ich im Hotel angekommen bin. Aber es hilft nichts, der heftige Weststurm schüttet das Wasser wie aus Kübeln aus dem Himmel. Immer wieder muss ich nach oben sehen, aber das kann doch nicht sein, da oben ist doch alles hellblau und es gießt wie aus Kübeln, also da ist irgendetwas ganz schön verschoben. Als ich wieder im

Hotel ankomme und so triefend durch die Eingangshalle marschiere, bekomme ich mitleidige Blicke zu spüren. Schnell und verschämt verdrücke ich mich auf mein Zimmer.

Erstmal nehme ich eine warme Dusche, wechsle meine Klamotten, und stelle dabei fest, dass mich die Nicht-weit-weg-Zentrum-Energizer-Rotwein-Angelegenheit zweieinhalb Stunden in Anspruch genommen hat. Aber trotzdem fühle ich mich nicht als Verlierer, denn ich habe ja reiche Beute im Nicht-weit-weg-Zentrum gemacht. Bis zum Abendessen bleibt mir noch etwas Zeit, so treffe ich noch einige Vorbereitung für heute Abend.

Der Tischkellner

Kurz vor 18 Uhr gehe ich zügig in Richtung Speisesaal, denn mein kleiner Ausflug heute Nachmittag hat mich ganz schön hungrig gemacht. Doch die Eingangstür des Speisesaales ist noch verschlossen. So hat sich schon eine kleine Menschentraube vor der Tür versammelt und wartet auf den Einlass. Kurz darauf werden die Türen geöffnet. Da der Saal noch ziemlich leer ist, bin ich einer der ersten am Buffet und brauche nicht lange zu warten, um mir eine Vorspeise auszusuchen. Vier verschiedene Suppen stehen zur Auswahl. Linsensuppe, Rinderbrühe, Hühnerbrühe oder Gemüsesuppe. Ich entscheide mich für die Gemüsesuppe. Extra angerichtet sind die Zutaten. Geröstete Zwiebeln, Knoblauch-Croutons, normale Croutons, Schnittlauch, glatte oder krause Petersilie. Ich nehme dazu Knoblauch-Croutons, Schnittlauch und glatte Petersilie.

Wieder angekommen am Tisch 132, liegt ein gelbes Papier auf dem Tisch für die Bestellung meines Rotweins. Der Kellner, der mich normalerweise bedient, hat zum Abendessen heute offenbar andere Vorbereitungen getroffen als gewohnt. Ein wenig verwundert darüber warte ich geduldig auf sein Erscheinen, doch dieses Mal kommt nicht der Kellner, sondern der Oberkellner. Auf dem gelben Zettel steht die Marke des Rotweins, den ich sonst bestelle. Ich bitte ihn auf Französisch, mir doch eine Flasche Wasser zu bringen, gleichzeitig mache ich ihn darauf aufmerksam, dass ich den Rotwein auf dem vor mir liegenden gelben Zettel nicht bestellt habe.

Er ruft einen Kellner heran, beide sehen sich den gelben Zettel an und sind etwas stutzig, wohl darüber, dass ich meiner gewohnten Bahn heute nicht folge. Flugs verschwindet der gelbe Zettel vom Tisch und der Oberkellner sagt noch einmal zum Kellner. Heute keinen Wein! Der Kellner verschwindet flugs und flugs wird mir eine Flasche Wasser auf den Tisch gestellt, dazu der korrigierte gelbe Zettel. Der Oberkellner bleibt noch einen kurzen Moment an Tisch Nummer 132 stehen, notiert etwas in sein kleines Buch, dann geht er seiner gewohnten Tätigkeit wieder nach. Nach dieser kleinen Verwirrung scheint alles wieder in geordneten Bahnen zu laufen.

Nach der ersten Vorspeise mache ich mich wieder auf den Weg zum Buffet, um mir den zweiten Gang auszusuchen. Salat. Unendlich groß ist die Auswahl,

Reissalat, Fischsalat, Krabbensalat, Mungobohnen, Nudelsalat, Muschelsalat, gemischter Meeresfrüchtesalat, Blattsalat, Kresse, Sojabohnen, Rukola, Chicorée, Batavia, Kartoffelsalat, Spargel, Hühnchensalat, Salate, die ich nicht identifizieren kann, Salate, Salate, Salate. Ich entscheide mich für grünen Blattsalat mit viel Schnittlauch und glatter Petersilie.

Wieder am Buffet, sehe ich mir erst mal die Hauptgänge an: Fisch in allen Variationen, Tintenfisch, Doraden, Fische, die ich nicht kenne, ganz kleine, frittierte, größere, gebratene, geräucherte, Krebse, Garnelen, Langusten, Fleisch in allen Variationen, vom Kalb, vom Rind, vom Lamm, vom Schwein, Fleischbällchen, Schnitzel, alles in Hülle und Fülle.

Neben mir vor dem Buffet ein doll gekleideter, wohl-beleibter Koch mit einem großen Tonkrug unter dem Arm. Auf meine Frage, was denn in dem Krug sei, antwortet er: Lang gegartes Lammfleisch mit Gewürzen. Die Entscheidung fällt mir leicht, da ich ein Lamm-Liebhaber bin. Ich halte ihm meinen leeren Teller hin und bekomme eine Portion Lammfleisch mit etwas Soße. Dazu hole ich mir noch eine Portion Curry-Mandelreis. Das ist wirklich ein Gedicht. So fein, so zart, so etwas Gutes habe ich schon lange nicht mehr gegessen.

Zum Nachtisch habe ich die Wahl zwischen mindestens zwanzig verschiedenen Törtchen. Mit Pudding, Früchten, Sahne, ohne Sahne, mit Schokolade, mit Biskuit. Ich entscheide mich für zwei kleine Stückchen Kuchen mit Schokolade, dazu zwei Kugeln Schokoladeneis.

Tagesschau Spezial, Sprecherin

Zeitgeschichte

17.03.2003, 19.50

Es scheint paradox, der Ölpreis fällt und die Aktienkurse steigen an. Das sind die Nachrichten von heute. So zynisch es klingt, für die Weltmärkte ist die Zeit der Ungewissheit jetzt endlich vorbei, man setzt auf einen schnellen Krieg und einen schnellen Sieg. Ein Krieg, der wie nie zuvor mit Hightech-Waffen und Elektronik geführt werden soll.

Tarnkappenbomber sollen Saddams Tür einschlagen

Michael Rent

Die Tarnkappenbomber sollen Saddams Tür einschlagen, mit diesen markigen Worten kündigt das Pentagon den Einsatz seiner B2-Tarnkappenbomber an. Dafür müssten die Maschinen bereits Stunden vor ihren Angriffen von ihren weit entfernten Stützpunkten starten. Für das Radar fast unbemerkt können sie tief in den irakischen Luftraum eindringen. Ihre satellitengesteuerten Präzisionsbomben sollen die Kommandozentralen der irakischen Armee zerstören. Saddams militärische Führungselite gleich mit den ersten Luftschlägen ausschalten, so planten es die militärischen Strategen im Pentagon. Gleichzeitig könnten Cruise-Missiles und Kampfjets die irakische Luftabwehr attackieren. Anders als bei Dessert Storm 1991 sollen diesmal Bodentruppen rasch in die Schlacht eingreifen. Elitesoldaten würden dabei die Vorhut bilden, wichtige Flugplätze im Irak besetzten und Inseln schaffen im Feindesland. Von hieraus wären dann gezielte Angriffe auf Nachschubdepots möglich, auf vermutete Lagerungsstätten von Massenvernichtungswaffen und auf gegen Israel gerichtete Scud-Raketen. Von Süden, so das Szenario, stoßen schnelle Panzerverbände Richtung Bagdad vor. Das flache Gelände ist dafür ideal. Mehrere britische und amerikanische Panzerbrigaden stehen bereit. Ihr

Oberkommando spricht von Blitzkrieg-Taktik. Sorgen bereitet den Strategen eine mögliche Schlacht um die irakische Hauptstadt Bagdad. Saddam Hussein könnte sich dort mit seinen Soldaten verschanzen. Ein Gefecht in den engen Straßen und Gassen der Stadt würde Amerikanern viel von der technischen Überlegenheit nehmen. Der Kampf Haus um Haus, Mann gegen Mann wäre für beide Seiten verlustreich, hohe Opfer unter der Zivilbevölkerung unvermeidlich, ein großes Risiko, das kein General gerne eingeht.

Tagesschau Spezial

Sprecherin

Herr General a.d. Klaus Reinhardt, nun ist ja den Vereinigten Staaten die Nordfront in Nordkurdistan weggebrochen, weil sie nicht über die Türkei reinkommen, ist denn unter dieser strategischen Option ein sogenannter Blitzkrieg überhaupt noch führbar?

General Reinhardt

Er ist deutlich schwieriger geworden, weil natürlich die Nordzange fehlt und das Binden von Saddams Kräften im Norden fehlt, man wird vermehrt Luftlandetruppen in den Norden schicken müssen, um diese Aufgabe zu übernehmen und das ist für nicht gepanzerte leichte

Infanterie sehr schwer, aber man kann all diese Kräfte, die nun aus der Türkei umgeleitet worden sind nach Kuwait, die kann man nicht alle gleichzeitig einsetzen, weil einfach die Aufmarschbasis mit einem Hafen und einem Flughafen zu klein ist. Die Amerikaner müssen in Wellen angreifen und das erhöht das Risiko ganz erheblich.

Zeitgeschichte Rückblick

Montag, 3. März 2003

Uno-Inspektoren im Irak bezeugen Verschrottung von 16 Samud-2-Raketen – Bei Bagdad 157 R-400-Bomben mit Milzbranderregern entdeckt – Neue Marschbefehle, am Persischen Golf jetzt 235.000 US-Soldaten, 40.000 Briten – Pläne Washingtons für irakische Nachkriegszeit – Konferenz der Golfstaaten in Scharm al-Scheich

Dienstag, 4. März 2003

US-General Meyers erklärt im Weißen Haus: Zwei-Fronten-Krieg auch ohne Türkei machbar – New York Times: Zwei Dutzend US-Bomber in Reichweite Nordkoreas – US-Regierungssprecher Fleischer kündigt baldiges UNO-Votum über Kriegsfrage an – Beamte auf den US-Flughäfen jetzt mit Strahlungsdetektoren ausgestattet – Ministerrat in Guinea tagt zum Thema Irak – Britischer Außenminister Straw trifft russischen Kollegen Iwanow in London

Mittwoch, 5. März 2003

Neue Marschbefehle für US-Reservisten. US-Präsident Bush trifft sich mit Kriegskabinett – Papst ruft am Aschermittwoch zum Fasten gegen den Krieg auf.

Vatikan-Gesandter im Weißen Haus – TV-Sender melden angebliche 72-Stunden-Frist für Ausländer zum Verlassen des Irak – Treffen islamischer Staaten in Katar endet im Eklat – Pakistans Regierung: Osama Bin Laden am Leben – Am Golf jetzt 225.000 US-Soldaten – Fischer, Iwanow auf Blitzbesuch in Paris – Verschärft wird Irak-Debatte im Parlament Pakistans.

Donnerstag, 6. März 2003

Schröder trifft sich in Bremen mit Berlusconi – Russland lässt 150 Staatsbürger aus dem Irak ausfliegen – Bulgarien zieht seine Diplomaten aus Bagdad ab – Rumsfeld schließt Zwei-Fronten-Krieg im Irak und in Nordkorea nicht aus, Bush kündigte eine zweite Uno-Resolution an – US-Soldaten haben Teile des Grenzzauns zwischen Kuweit und dem Irak demontiert

Freitag, 7. März 2003

Aktienmärkte weltweit unter Druck: Japanischer Nikkei-Index auf 20-Jahres-Tief, Dax fällt auf Stand von 1996 – Berichte über UN-Aufmarsch in der Türkei ohne Genehmigung des Parlaments – Israel nach Selbstmord-anschlag mit 50 Panzern im Gaza-Streifen – Osama Bin Ladens Söhne angeblich in Pakistan festgenommen – Bush und Putin verabreden telefonisch „Fortsetzung des Dialogs über Situation im Irak" – Japan schließt seine

Botschaft in Bagdad.

Sonntag,16. März 2003

Bush, Blair und Aznar treffen sich zu Blitzgipfel auf Azoren, Militärstützpunkt Terceira – Journalisten dürfen im Irak nur noch gelegentlich Aufnahmen machen – Verkehr im Irak geht deutlich zurück – Viele Menschen verlassen mit ihren Autos Bagdad.

UNO-Inspektoren werden aus dem Irak abgezogen

Montag, 17. März 2003

UNO-Inspektoren werden aus dem Irak abgezogen, der Ölpreis fällt und die Aktienkurse steigen – Im UNO-Sicherheitsrat kommt es zu keiner zweiten Resolution – Bush kündigt für Morgen den Tag der Wahrheit an – Journalisten und Diplomaten werden aufgefordert, das Land zu verlassen – Frankreich, Deutschland, Russland und China bleiben bei ihrem Nein im UNO-Sicherheitsrat – München, General a.d. Klaus Reinhardt geht davon aus, dass Saddam nach dem ersten Tag der Luftschläge nicht mehr in der Lage sein wird, sein Land, vor allen Dingen seine Streitkräfte zu führen.

Britischer Außenminister Robin Cook ist zurückgetreten

Zeitgeschichte
Montag, 17.03.2003, 17.00 Uhr
Tagesschau

Die UNO-Inspektoren rücken in ein paar Stunden ab, der Krieg steht also unmittelbar bevor.

Es gibt keine Kompromissline

Cristoph Dörlan

Allen war von Anfang an klar, wenn sie ihre Sachen packen, dann wird es ernst. Die UN-Kontrolleure kurz vor ihrem Abzug aus Bagdad. Das Ende der Diplomatie oder schon Krieg, die Grenze ist fließend. Enttäuscht und frustriert sei er, sagt UNO-Generalsekretär Kofi Annan in New York, ringt nach Worten und dann: Ich fürchte, der Sicherheitsrat war einfach nicht in der Lage, eine Basis zu finden, um gemeinsam weiterzukommen, wahrscheinlich ist hier das Ende.

Was war passiert? Die USA und Großbritannien haben verärgert ihre zweite Irak-Resolution zurückgezogen, nach der Einsicht, mit Frankreich, Russland und Deutschland ist so oder so kein Angriff zu machen.

„Wir haben uns entschieden, auf eine Abstimmung zu verzichten und uns nicht mehr um die Zustimmung des UN-Sicherheitsrats zu bemühen. Wir werden jetzt unsere eigenen Schritte unternehmen zur Entwaffnung des Iraks."

Der von vielen befürchtete Alleingang also. Andere brachte er dazu, noch einmal klarzustellen, wie sie die Sache sehen.

Die Resolution 1441, auf die sich alle immer beziehen, gibt niemandem recht, automatisch Gewalt anzuwenden.

Aber nicht nur aus Moskau, Paris und Berlin weht der Kriegsallianz der Wind ins Gesicht.
Kabinetts Sitzung in London, Downing Street Nr. 10.

Premier Blair hatte geladen, um seine Regierungsmitglieder auf den neusten Stand zu bringen. Kurz zuvor war sein enger Freund und Weggefährte, der Unterhausführer und frühere Außenminister Robin Cook, zurückgetreten aus Protest gegen Blairs harte Linie. Eine Linie, die in gut zwei Stunden Konturen annehmen dürfte, denn dann wird US-Präsident Bush vor seine Nation treten und reden. Während er sich am Nachmittag noch etwas Luft verschaffte vom Druck der Verantwortung, gab sein Außenminister die Richtung vor.

In seiner Rede wird er Saddam Hussein ein Ultimatum stellen. Der einzige Weg, einen Krieg zu vermeiden, wird Bush klarmachen, ist, dass Saddam Hussein und seine engsten Vertrauten das Land verlassen. Das Fenster der Diplomatie ist also definitiv zu.

Mit seinen Kollegen aus Frankreich und Russland will sich der Außenminister Fischer übermorgen noch einmal treffen und nochmal nach New York reisen, vielleicht, vielleicht, vielleicht ist dann aber auch schon Krieg.

Petra Gerster

Ja, und wie der Beitrag aufgehört hat, das ist dann auch meine erste Frage an Udo van Kampen in New York. Wenn sich denn diese drei Außenminister am Mittwoch in

New York noch mal treffen sollten, das macht natürlich Sinn miteinander zu reden, aber die Frage ist:
Bringt es denn dann überhaupt noch etwas?
Udo van Kampen

Also die Außenminister, die machen sich keine Illusionen, wenn sie nach New York reisen, dann wissen sie, sie können einen Krieg nicht mehr verhindern, aber sie sollen ein Signal setzen. Und zwar das Signal friedliche Abrüstung. Er hat einen ganz konkreten Forderungskatalog definiert, was Saddam Hussein machen muss. Dann hat er in Aussicht gestellt, er hat gesagt, in einem Zeitraum von drei Monaten kann ich fast zu 100 Prozent sagen, ob Saddam Hussein noch Massenvernichtungswaffen besitzt oder nicht. Also, wenn sie kommen, die Außenminister, es ist noch nicht ganz klar, dann ist das ein politisches Signal, ein politisches Bekenntnis zum Frieden.

Petra Gerster

Ja Udo, jetzt packen also gerade die UNO-Inspektoren in Bagdad ihre Sachen, es gab heute auch Schuldzuweisungen, die UNO hätte wieder mal versagt. Was sagt man denn in den Vereinten Nationen dazu?

Die UNO hat nicht versagt

Udo van Kampen

Also, die UNO hat nicht versagt, die UNO hat alles versucht, insbesondere auch Kofi Annan und Hans Blix haben alles versucht, doch noch eine gemeinsame Lösung des Sicherheitsrats zu bekommen. Die Positionen waren einfach zu konträr, zwischen Krieg und Frieden – da gibt es keine Kompromisslinie und das hat sich hier schon seit Wochen angedeutet, aber die Entwicklung ist nun eingetreten, wie viele befürchtet haben, die Amerikaner machen es alleine. Kofi Annan war sehr, sehr enttäuscht, ja frustriert, muss man sagen heute Abend. Er hat es nicht geschafft, eine gemeinsame Position zu finden gegenüber dem Irak und nun kommt es zum Krieg. Die Autorität der Weltgemeinschaft ist schwer beschädigt und das wird große politische Auswirkungen haben, längerfristig für die Zukunft.

Petra Gerster

Udo van Kampen, vielen Dank – in ungefähr anderthalb Stunden sehen und hören wir uns wieder zum ZDF spezial, bis dahin, so jetzt gehen wir weiter ab nach Washington, dort ist mein Kollege Eberhard Piltz, ich grüße Sie. In Washington fällt also heute Nacht die Entscheidung, dass es losgehen wird.

Nehmen wir mal an, es passiert jetzt ein Wunder und Saddam Hussein geht freiwillig ins Exil, was ja aller Wahrscheinlichkeit nicht passieren wird, werden die Amerikaner dann trotzdem noch einmarschieren in den Irak?

Bitte frag mich nicht

Bitte frag mich nicht, was los mit mir ist
und ob ich dich noch lieb`,
wenn das alles ist,
das übrig ist,
nehm` ich den Abschiedsbrief.

Es ist leider wirklich wahr,
ich war viel zu selten da,
doch ich tat es niemals gern,
ich wär` lieber nah als fern,
denn ich liebe dich,
warum glaubst du mir nicht,
warum traust du mir nicht,
und siehst mir nicht mal ins Gesicht.

Denkst du, ich lass dich gern allein,
ich würde lieber bei dir sein,
du weißt genau,
es wird nicht gehen,

denn da sind Dinge am Entstehen,

die ich geplant hab, du wirst sehn,

danach wird alles wieder gut

trotz deiner Trauer,

deiner Wut.

Nein, ich lass keinen Kampf entstehn,

ich will dir immer in die Augen sehen können.

Du sagst, du liebst mich noch,

und das du auf meine Einsicht hoffst,

dann lass mich besser gehen,

ich will dir nicht im Wege stehn,

ich lass dich besser gehen,

ich will dir nicht mehr im Wege stehn.

Den ersten Part übernimmt der Kellner

Tunesien, Abendessen

Ich verlasse mein Zimmer zum Abendessen. Zielstrebig setze ich mich an Tisch Nr. 132. Während der Vorspeise kommt nicht „mein" Kellner, sondern irgendein anderer Kellner an meinen Tisch. Zufall, denke ich spontan, was hat denn das jetzt schon wieder zu bedeuten, ist denn hier alles außer Rand und Band? Heute Morgen kommt der Minibar-Mann nicht, das Zimmer wird kontrolliert. Ist denn hier alles außer Rand und Band? Wo ist mein Kellner? Was ist denn da los? Auf solchen Unternehmungen suche ich mir immer einen bestimmten Kellner aus beziehungsweise wir suchen uns gegenseitig aus, weil es einfach angenehmer ist, eine stillschweigende Übereinkunft zu genießen, welche auch immer. Der Kellner, den ich mir ausgesucht habe, ist etwas jünger. Er könnte so ungefähr gerade verheiratet sein und zu Hause krabbelt eine kleine Quäke auf dem Fußboden herum. Das gefällt mir. Mir gefällt auch, dass das Trinkgeld immer großzügig ausfällt. Nicht dass ich mich dabei überheblich fühle oder ich mir irgendwelcher Privilegien bewusst bin, doch beim Spazierengehen im Hinterland bekommt man so allerhand mit und man kann nur all zu gut erkennen, dass nach der tollen und schnieken Livree der Kellner nicht mehr viel kommt. Auf der einen Seite ist es ein

Trinkgeld und auf der anderen Seite bauen sich die jungen Familienväter ihre Häuser damit.

Der neue Kellner erkundigt sich freundlich danach, was ich denn heute zu trinken gedenke. Nach einem kurzen Moment des Zögerns antwortete ich ihm auf Französisch. Heute würde ich es bevorzugen, lieber Rotwein zu trinken. Als ich mit dem ersten Gang beginne, kommt der Oberkellner an meinen Tisch, er sieht die geöffnete, aber unberührte Flasche Rotwein. Eingeschenkt habe ich noch nichts vor dem Hintergrund, dass den ersten Part der Kellner übernimmt, um den Gast kosten zu lassen. Er steht einen kurzen Moment am Tisch, bis ich ihm zu verstehen gebe, heute würde ich lieber Rotwein bevorzugen. Er lächelt, blickt mich an, greift nach der Flasche und lässt mich kosten. Ich signalisiere ihm, dass ich mit dem Geschmack und der Temperatur zufrieden sei. Er schenkt mein Glas ein, um sich anschließend mit einem freundlichen Nicken vorerst zu verabschieden. Sichtlich erfreut geht er auf den nächsten Tisch zu, bleibt dort einen Moment stehen. Ich bemerke, wie er kräftig, aber unauffällig durchatmet, sein Kreuz sieht in seiner Uniform in diesem Moment noch viel gerader aus als sonst. So wie der jetzt dasteht, blitzt es durch meinen Kopf, könnte man ihm direkt einen Orden ans Revers stecken, so kerzengerade steht er da. Ich kann ihn nicht aus den Augen lassen, doch dann senke ich meinen Kopf etwas ab, um doch nicht so offensichtlich auf ihn zu blicken, sonst könnte man es ja schon fast als Starren bezeichnen. Lasse ihn aber keine Sekunde aus meinem gesenkten Blick. Er steht einen Moment gedankenversunken, den Blick geradeaus in die Ferne gerichtet am Nebentisch, obwohl es da im Moment nichts zu richten oder zu tätigen gibt. Jetzt hebt er beide Arme, legt seine Hände an den Kragenaufschlag seiner Livree und zupft mit einem kleinen, aber kräftigen Ruck an seinem Revers. So wie wenn man es vor dem Spiegel vor dem offiziellen Ausgehen macht, um zu prüfen, ob denn alles richtig sitzt. Sofort gleiten seine Hände wieder in die Senkrechte. Wobei er seine überaus gerade Haltung noch beibehält. Im nächsten Augenblick dreht er sich um und verschwindet in die Küche.

Der Präsident wird heute Abend ja noch einmal ein Ultimatum aussprechen

Eberhard Piltz

Nein, die Zielgebung ist ganz klar ... Fernseher Aussetzer .... der Präsident wird heute Abend ja noch einmal ein Ultimatum aussprechen .... Fernseher Aussetzer ... das ist am heutigen Tag auch vom Außenminister schon gesagt worden, der Präsident wird dem Diktator in Bagdad und seiner Clique eine Show-Chance einräumen, wird sagen, ihr habt einen letzten Zeitraum, das Land zu verlassen, sonst wird der Angriff unvermeidlich sein. Aber niemand rechnet natürlich, dass aus Bagdad ein solches Signal kommt.

Petra Gerster

Um 2.00 Uhr unserer Zeit soll Bush vor die Kamera treten, jetzt spekulieren natürlich alle, wann könnte es losgehen, es gibt ja diverse Szenarien, die kursieren hier seit Wochen, und man kann sich in ungefähr ausrechnen, wann es denn sein könnte.

Eberhart Piltz

Es ist im Augenblick noch nicht ganz klar, ob der Präsident einen genauen Stundenzeitplan aufstellen wird, wie lange das Ultimatum in seinen Augen ausgedehnt werden kann. Es kann sein 72 Stunden, davon wird gesprochen, es kann auch sein, dass er keinen konkreten Punkt nennt, dass er sagt, der Diktator muss sofort sein Land verlassen.

Das kann man dann interpretieren. Diese Rede heute ist natürlich auch eine Warnung an alle Menschen, die im Irak leben, Diplomaten, Journalisten, UN-Beschäftigte, das Land verlassen müssen, damit haben sie ja schon begonnen. Also, es ist nicht gesagt, dass wir heute einen genauen Fahrplan dafür bekommen, wann der Angriff wirklich beginnt, wann die Luftangriffe beginnen werden, es kann sein, und das ist wahrscheinlich, dass es eine allerletzte Warnung ist, dass es ein Ultimatum ist, und dann müssen wir davon ausgehen, dass es sich vielleicht noch um ein, zwei Tage noch handeln kann.

Petra Gerster

Ja, Eberhard Piltz, vielen Dank erst mal für den Augenblick – um 1.30 Uhr hören wir uns dann wieder, wenn wir auf die Rede von George Bush warten.

Die Rede von George Bush an die Weltöffentlichkeit

Gemeinsam haben wir beschlossen, morgen kommt der Tag der Wahrheit für die Welt

Zeitgeschichte
Dienstag, 18.03.2003, 2.00 Uhr

George W. Bush

Der Irak ist nun in eine entscheidende Phase eingetreten. Seit mehr als zehn Jahren versuchen die Vereinigten Staaten und ihre Verbündeten ihn in ehrenhaften und geduldigen Versuchen zur Abrüstung zu bewegen. Sie haben es versprochen, sie wollten alle ihre massiven Vernichtungswaffen zerstören als Voraussetzung für die Beendigung des Krieges im Persischen Golf 1991. Seit dieser Zeit hat er sich dieser Diplomatie verschrieben, wir haben mehr als ein Dutzend Resolutionen im Sicherheitsrat verabschiedet, wir haben Hunderte von Waffeninspektoren entsandt, um die Abrüstung des Iraks zu überwachen, unser guter Wille ist nicht belohnt worden, das Regime im Irak hat die Diplomatie als Ausweg genutzt, um Zeit zu gewinnen, um sich Vorteile zu verschaffen, er hat sich hinweggesetzt über die Resolutionen der UN, die eine volle Abrüstung forderten, jahrelang wurden die Inspektoren durch Regierungs-vertreter dort bedroht, abgehört und betrogen, sichtliche Abrüstungsversuche sind gescheitert, weil wir es nicht zu tun haben mit friedfertigen Menschen. Unsere Geheimdiensterkenntnisse und die anderen Regierungen lassen überhaupt keinen Zweifel darüber zu, dass das Regime im Irak weiterhin einige der schlimmsten Waffen besitzt und verbirgt. Dieses Regime hat Massenvernichtungswaffen bereits eingesetzt. Gegen die Nachbarn des Irak, gegen die Bevölkerung des Irak selbst. Dieses Regime hat rücksichtslose Aggressionen im Nahen Osten begangen. Es hat Terroristen aufgenommen und ausgebildet, auch Angehörige von Al Quaida. Die Gefahr liegt auf der Hand, mit chemischen, biologischen oder auch eines Tages mit nuklearen Waffen von Terroristen angegriffen zu werden, die sie vielleicht durch die Hilfe des Irak erlangt haben. So könnten die Terroristen ihre Ziele erreichen, die sie offen zugegeben haben: 10.000 oder 100.000 Unschuldige bei uns oder anderen umzubringen. Die Vereinigten Staaten haben nichts getan, womit sie so etwas verdienen können. Wir werden alles tun, um uns dem zu widersetzen, wir werden den Kurs auf Sicherheit setzen, anstatt einer Tragödie zuzustreben. Bevor es zu spät ist, wollen wir diese Gefahr abwenden und das werden wir tun. Die Vereinigten Staaten von Amerika haben die souveräne Autorität zum Einsatz von Gewalt, wenn sie ihre eigene nationale Sicherheit gewährleisten müssen, diese Pflicht obliegt mir als dem obersten Befehlshaber, ich habe einen Eid abgelegt und diesen Eid werde ich einhalten. Wir kennen die Bedrohung unseres Landes, und der Kongress der Vereinigten Staaten hat im vergangenen Jahr mit überwältigender Mehrheit den Einsatz von Gewalt gegen den Irak gebilligt. Amerika hat versucht, mit den Vereinten Nationen gegen diese Drohung zu arbeiten, dass wir das Thema friedlich beilegen wollten. Wir glauben an Mission und Aufgabe der Vereinten Nationen. Einer der Gründe für ihre Gründung nach dem Zweiten Weltkrieg war ja, aggressiven Diktatoren offensiv und früh entgegenzutreten, bevor sie den Frieden zerstören können. Im Falle des Irak muss man sagen: Der Sicherheitsrat hat gehandelt Anfang der Neunzigerjahre des letzten Jahrhunderts und die Entschließungen 678 und 687, die beide noch in Kraft sind, zeigen dies auch. Die Vereinigten Staaten und die Alliierten werden dort autorisiert zum Einsatz von Gewalt, um im Irak Massenvernichtungswaffen zu zerstören. Es geht hier nicht um Autorität und Genehmigung, es geht hier um den zerbrechenden Willen. Ich war bei der General-versammlung im letzten Herbst und habe die Nationen der Welt gedrängt, diese Gefahr zu beenden. Am 8. November hat der Sicherheitsrat einstimmig die Resolution 1441 verabschiedet, in der festgestellt wird, der Irak verstößt gegen seine Verpflichtungen auf schwere Art und gewährt erste Konsequenzen, wenn er nicht sofort und vollständig abrüstet. Kein Land kann heute behaupten, der Irak hätte abgerüstet, und er wird nicht abrüsten, solange dort Saddam an der Macht ist.

I'm the controller

Hotelzimmer, Tunesien

Es ist bald wieder soweit für das routinemäßige Geklappere in den Nebenräumen, das Zahnputzgläsergeputze und das quärzende Rücken der Stühle über den Marmorfußboden einschließlich der Tische mit den dicken Marmorplatten in die von der Hotelleitung vorgegebene Position. Aber ich kann noch nichts wahrnehmen, so schreibe und tippe und tippe ich weiter. Scheinbar lässt die Wärmezufuhrregulierungseinheit heute auf sich warten, blitzt es in einem Nebengedanken durch meinen Kopf. Scheinbar endlos ist der Zeitraum. Aber dann doch. Das Geklappere und Gequietsche kommen näher und näher. Ich habe mich schon daran gewöhnt und nehme es eher unbewusst wahr, als das ich genau hinhöre. Doch etwas scheint zu fehlen, es klopft nicht. Meine Gedanken sind ganz bei dem, was ich da so hineintippe in das kleine, praktische Tippding. Eigentlich müsste jetzt eine zarte, vorsichtige Hand an meiner Türe klopfen, ich würde mit einem entreé antworten, ich würde aufstehen und nach einem kurzen höflichen Warten die Tür öffnen, ich würde ein freundliches, kurzes, auf Französisch geführtes Gespräch führen. Mein Handtuch und die Badehose von der Leine nehmen, mich über die willkommene Unterbrechung der Wärmezufuhregulierungseinheit freuen, und in den langen Gängen verschwinden. Aber es passiert nichts.

Dann doch, es klopft. Aber es ist ein anderes, mir ungewohntes Klopfen, es ist wesentlich kräftiger und härter, einen Moment verharre ich, bevor sich die Türe ohne mein Zutun öffnet. In der Türe steht eine untersetzte, rundliche, recht stabile dunkelhaarige Frau, die lediglich fragt: Englisch? German? Ich antworte auf Französisch, es liegt bei Ihnen, Sie können es sich aussuchen, wenn Sie möchten auch Französisch, ohne missverständlich zu wirken. Sie antwortet auf Englisch.

I'm the controller. Ich verstehe nicht recht, was? Controller? Was will die denn jetzt kontrollieren? Ich sitze hier ganz brav an meinem kleinen Tippding und tippe vor mich hin, denke ich. Alles in Ordnung, fragt sie. Ich verstehe immer noch nicht so richtig. Ja, natürlich ist alles in Ordnung. Was soll denn los sein? Ich komme mir dann doch ein bisschen wie beim Stubendurchgang vor, wahrscheinlich durch die unerwartete Härte des Vortrags. Diese kleine, rundliche, untersetzte Dame in Uniform hat ein überdimensionales Listenbuch vor ihrem Bauch und einen Kugelschreiber in der anderen Hand, mit dem sie ständig in der Liste herumkritzelt. Schrecklich viele Notizen stehen auf der Liste. Sollte das etwa mit meiner gestrigen Wasserbestellung beim Abendessen zu tun haben, Kontrolle? Mit meiner Geiz-ist-geil-Beute aus dem Nicht-weit-weg-Zentrum, schießt es durch meinen Kopf.

Ich war wohl auch noch zu tief in Gedanken mit dem Text von George W. Bush, der mir da regelrecht um die

Ohren geschlagen wurde. Es klingen noch immer seine Worte in meinen Ohren. Ohne diese Worte hätte ich wohl angemessen reagieren können. Jetzt ist meine Verwunderung mit einem Schlag vorbei. Kontrolle, ich verstehe, oder doch nicht. Ich stehe auf und mache sie darauf aufmerksam, dass der Abflussstöpsel im Waschbecken nicht mehr auf- und zugeht, wenn man den dafür zuständigen Zieh- und Drückknopf bedient. Man muss mit den Fingernägeln am Rande des Stöpsels kniffeln, ich mache es ihr vor, man braucht doch eine gewisse, nicht unerhebliche Zeit, die man damit zubringen muss, ihn überhaupt herauszubekommen. Denn ständig, ich bin schon in der sicheren Erwartung, dass ich es gleich geschafft habe, rutscht im letzten Moment das blöde Ding wieder aus den Fingern. Neuer Versuch, ja, ja, ja, gleich habe ich es geschafft, ohh und plopp, wieder ist er im letzten Moment aus den Fingern gerutscht.

Sie macht mit ihrem Kugelschreiber eine dicke Notiz in ihr mitgebrachtes großes Kladden-Buch. Auch weise ich noch einmal auf die reparierte Balkondrucktastermisere hin, aber das sei ja jetzt in Ordnung und funktioniere gut. Auch das notiert sie in ihr fettes Kladdenbuch. Sie scheint einigermaßen beruhigt zu sein, etwas gefunden zu haben, was sie denn in ihr fettes Kladdenbuch eintragen kann. Sie wirkt etwas zufriedener. Auch ich bin etwas erleichtert, dass es sich um einen ganz normalen Zimmerdurchgang handelt. Von Zeit zu Zeit wird das halt gemacht, um irgendwelche nötigen Reparaturen durchzuführen. Unter Umständen bekommt das der Hotelgast ja auch nicht mit, denn in der Regel ist er um diese Zeit am Strand oder bei einem Ausflug oder auf einer Wanderung.

Noch ein paar Belanglosigkeiten werden ausgetauscht und sie verlässt sichtlich zufrieden das Zimmer wieder. Noch etwas nachdenklich sitze ich da, was war das? Doch nach einer Weile nehme ich meine wichtige Arbeit wieder auf und vergesse den Vorfall.

Die Vereinigten Staaten haben sich entschlossen, gegen diese Bedrohung vorzugehen

George W. Bushs Rede an das amerikanische Volk

Aus Zeitgeschichte

In den letzten viereinhalb Monaten haben die Vereinigten Staaten und ihre Bündnispartner im Sicherheitsrat darauf hingearbeitet, diese alten Forderungen durchzusetzen. Einige ständige Mitglieder des Sicherheitsrates allerdings haben öffentlich angekündigt, wir würden gegen jede Resolution ein Veto einlegen, die die Abrüstung des Iraks erzwingen soll. Sie teilen unsere Einschätzung der Gefahr, aber sie teilen nicht, ihr entgegenzutreten. Aber die Vereinigten Staaten haben diese Entschlossenheit. Entschlossen gegen diese Bedrohung vorzugehen, eine breite Koalition findet sich zusammen, um die gerechte Forderung der Welt durchzusetzen. Der Sicherheitsrat der Vereinten Nationen hat seine Verantwortung nicht getragen, hat sie nicht erfüllt, wir werden unsere erfüllen. In den letzten Tagen haben wir gesehen, wie im Nahen Osten die Regierungen dort ihre Rolle gespielt haben. Sie haben öffentlich und privat Botschaften an den Diktator gerichtet, er solle den Irak verlassen, damit dort friedlich abgerüstet werden kann. Er hat dies bisher zurückgewiesen.
In all diesen Jahrzehnten der Grausamkeit haben wir

erkennen müssen, das kommt nun zu einem Ende. Er und seine Söhne müssen den Irak innerhalb von 48 Stunden verlassen. Ihre Weigerung, dies zu tun, wird zu einem militärischen Konflikt führen, der beginnen wird zu einem Zeitpunkt, den wir festlegen. Im Interesse ihrer eigenen Sicherheit richten wir uns an alle Inspektoren und Journalisten, an alle ausländischen Gäste im Irak: Verlassen Sie das Land sofort!

Viele Iraki hören mich heute Abend, sie hören mich auch in einer Verdolmetschung in arabischer Sprache. Für sie habe ich diese Botschaft:

Wenn wir einen Feldzug führen müssen, dann richtet er sich gegen den brutalen Mann, der euer Land regiert, nicht gegen euch. Unsere Koalition wird ihn von der Macht entfernen, wir bringen euch die Medikamente und die Nahrungsmittel, die ihr braucht, wir werden den Apparat des Terrors abschalten oder helfen, einen neuen Irak aufzubauen, der blüht und gedeiht in Freiheit. Ein freier Irak wird keine Aggressionskriege mehr gegen eure Nachbarn kennen und führen. Keine Giftgasfabriken, keine Exekution von Dissidenten, keine Folterkammern, das wird es nicht mehr geben. Der Tyrann wird bald weg sein, der Tag eurer Befreiung naht. Es ist zu spät für Saddam Hussein, sich an der Macht halten zu können, es ist nicht zu spät für das irakische Militär, ehrenhaft aufzutreten, Euer Land zu schützen, in dem sie den friedlichen Einzug der Koalitionsstreitkräfte zulassen, damit sie die Massenvernichtungswaffen eliminieren können.

Unsere Streitkräfte werden den Einheiten dort klare Anweisungen geben, darüber, was sie tun können, um Angriffe gegen sich und ihre Zerstörung zu vermeiden. Ich wende mich an die Geheimdienste des Irak und an die Streitkräfte, wenn der Krieg kommt, kämpft nicht für ein sterbendes Regime, das euer Leben nicht wert ist. Und an alle irakischen Militärs sage ich, hört sorgfältig zu, hört diese Nachricht, hört diese Warnung. Euer Schicksal hängt davon ab, was Ihr tut in einem Konflikt. Zerstört nicht die Ölquellen, denn das ist der Reichtum Eures Volkes. Gebt keinem das Kommando, Massenvernichtungsmittel, auch nicht gegen das irakische Volk, einzusetzen.

Kriegsverbrechen werden nachher verfolgt werden. Kriegsverbrecher werden ihrer Strafe zugeführt werden und es hilft nicht zu sagen, ich habe dort nur meine Befehle ausgeführt. Sollte sich Saddam Hussein für die Konfrontation entscheiden, dann wissen die Amerikaner, dass jede Maßnahme ergriffen wurde, um den Krieg zu vermeiden. Und jede Maßnahme ergriffen wird, um den Krieg zu gewinnen. Die Amerikaner wissen, wie der Preis für militärische Konflikte ist, wir haben diesen Preis in der Vergangenheit bezahlt. Natürlich hat der Krieg einen hohen Preis, es gibt keine Gewissheiten, es geht um die Gewissheit, dass es Opfer gibt. Aber um das Unglück, um die Dauer des Krieges zu verkürzen, müssen wir mit der vollen Macht, mit der vollen Stärke unseres Militärs eingreifen, und wir sind bereit, dieses zu tun. Wenn Saddam versucht, sich an der Macht festzuklammern, dann wird er bis zum Ende dafür zu zahlen haben.

Er und die Terrorgruppen werden vielleicht geneigt sein, gegen das amerikanische Volk und unsere Freunde Terroranschläge zu erwägen, die sind auch nicht unvermeidbar. Sie sind durchaus möglich, sie sind nicht sicher. Aber diese Tatsache macht noch umso deutlicher, dass wir unter der Bedrohung und der Erpressung nicht leben können und dürfen. Die terroristische Bedrohung gegen Amerika wird in dem Moment abnehmen, wenn Saddam abgesetzt ist. Unsere Regierung ist sich über diese Gefahren aufs Höchste bewusst. Wir sind bereit, den Irak sicherzustellen, wir sind aber auch bereit zum Schutze unseres Landes.

In meinen Schultern zwickt und zwackt es

Hotelzimmer

In meinen Schultern zwickt und zwackt es, ein beiläufiger Blick auf die Uhr sagt mir: halb eins. Eigentlich ist es der routinemäßige Zeitpunkt für den Minibar-Mann Fasal, der sich normalerweise höflich erkundigt, was denn nachzufüllen sei. Aber naturgemäß kann ich ihm nur antworten, dass die Minibar noch vollständig sei und es nichts nachzufüllen gäbe. Er würde sich bedanken, noch ein kurzes Gespräch, und schon wäre er wieder verschwunden. Aber unbewusst nehme ich wahr, dass er gar nicht gekommen ist.

Als mein Blick an der Uhr hängenbleibt, merke ich jetzt, dass etwas nicht stimmt. Es ist dreizehn Uhr und ich beschließe, meine Arbeit zu unterbrechen.

Was ist da los? Meine Wärmezuführungseinheit hat nicht stattgefunden und der Minibar-Mann hat mich nicht gefragt, was denn in der Minibar fehle.

Irgendwie scheint das ganze Programm völlig durcheinander gekommen zu sein. Was ist los? Ich stehe auf und gehe zur Balkontür, als ich sie mit dem tiefen Grummeln öffne und hinausgehe, bläst mir der Wind kräftig, kühl und frisch ins Gesicht, der Sturm hat sich immer noch nicht gelegt. Er drückt noch immer das dunkelgrüne Wasser mit fester Hand an den Strand, er drückt das Wasser in die Höhe, bis es sich nicht mehr halten kann, es bricht, weiß aufgeschäumt, mit einem jähen Säck oder Tschack in sich zusammen, mit einem anschließenden Moment der relativen Stille. Ich schließe meine Augen, um noch einen Moment diese frische Kälte zu genießen.

Die Wassertropfen-Konferenz

Der Regen kommt fast waagerecht angeflogen, angepeitscht, und versammelt sich schließlich zu einer großen Wassertropfenkonferenz auf dem Marmorfußboden in meinem Konferenzsaal. Die Wassertropfen stecken ihre Köpfe dicht zueinander und tauschen ihre letzten Flugerlebnisse und Erfahrungen aus, die sie auf ihren Reisen und anderen Konferenzen gesammelt haben. Immer neue Teilnehmer kommen hinzu, das scheint ja gar nicht mehr aufzuhören. Fast scheint es so, als gäbe es eine Wassertropfen-Sicherheitskonferenz, kurz vor oder kurz nach ganz wichtigen Ereignissen. So aufgeregt geht es da zu, etliche zitternde Teilnehmer haben ihren endgültigen Platz noch nicht gefunden und bewegen sich langsam, schleppend, etwas zögerlich, dann doch wieder schnell durch den Konferenzsaal. Sie suchen aufgeregt umher nach den geeigneten Gesprächspartnern. Etliche aufgeregte Diskussionsteilnehmer drücken sich am Rande des Konferenzraumes herum, stoßen dann aber doch schnell zu dem großen Pulk der Teilnehmer vor, ein Grüß Gott da, Händeschütteln mit dem dort und Händeschütteln mit dem hier.

Doch nun droht der Konferenzsaal sich zu überfüllen, es wäre jetzt für die Konferenzteilnehmer und das Ergebnis der Verhandlungen ein deutliches Sicherheitsrisiko nicht zu handeln, die Folgen wären fatal und unabsehbar, und es könnte durchaus zu ernsten

Konsequenzen führen. Man könnte sogar so weit gehen, dass es zu einer epochalen Zäsur in der Geschichte des einundzwanzigsten Jahrhunderts kommen könnte, wenn ich jetzt nicht handele. Mit nicht auszudenkenden Folgen für den weiteren Verlauf der Geschichte auf unserem Planeten.

Als Präsident dieser Sicherheitskonferenz ist es also schleunigst geboten, erstens dafür zu sorgen, dass der Rahmen der Konferenz nicht gesprengt wird und die Sicherheit der Teilnehmer gewährleistet bleibt, zweitens, dass es zu einer schnellen Abstimmung und Einigung der Teilnehmer kommt. Als Grundlage der neuen zweiten Resolution gilt immer noch die erste Resolution 1441 in der anstehenden Problematik. Ich veranlasse, dass die Türen des Konferenzsaales geschlossen werden. Und wie mit einem Ruck durch Deutschland kommt es zu einer relativ schnellen Beruhigung der Gesprächsteilnehmer. Die Aufgeregtheit legt sich und die lauten Stimmen beginnen sich zu beruhigen. Das Gros der Teilnehmer hat sich nun zu einer riesigen Traube im Saal vor der Haupteingangstür versammelt, einige Unentschiedene und Einzelgänger stehen etwas verloren am Rande herum. Hier und dort noch ein paar kleinere Gesprächsrunden abseits des Protokolls von jeweils drei, vier oder fünf Teilnehmern, die leise und teilweise mit vorgehaltener Hand sprechen, sie alle blicken mich nun erwartungsvoll an. Ich eröffne die Sitzung. Meine ersten Worte gelten der Erfahrung, die Hans Blix mitgebracht hat. Im Ergebnis bedeutet das für uns eine deutlich bessere Kooperation und Zusammenarbeit. Hans Blix bestätigt uns, dass wir jetzt schneller vorankommen würden als erwartet. Nach gut eineinhalb Stunden ist meine Rede beendet und die anschließende Abstimmung ergibt eine überwältigende Mehrheit. Riesiger Applaus und tosender Beifall, Standing Ovations.

Die Abstimmung ergibt eine überwältigende Mehrheit

Meine sehr verehrten Sicherheitsratsmitglieder, verehrte Damen und Herren, als nächsten unabwendbaren Tagesordnungspunkt der Geschäftsordnung möchte ich Sie nun auf Ihre Determination hinweisen, ich bitte Sie höflich, aber bestimmt, zu Ihrer eigenen Sicherheit ihr unverzüglich Folge zu leisten.

Riesiger Applaus, tosender Beifall. Binnen weniger Minuten ist der Saal wie leergefegt.

Erfrischt, erleichtert und sichtlich zufrieden, setze ich mich nach dieser Rede vor dem Sicherheitsrat in meinem Büro wieder an den Schreibtisch. Etwas nachdenklich über die vergangene Rede setze ich meine gewohnte Arbeit wieder fort.

Aus Zeitgeschichte

George W. Bush

In den letzten Jahren haben die Amerikaner sich entschieden, Einzelne aus den USA zu verweisen, die in der Nähe der Terroristen vermutet werden. Ich habe zusätzliche Maßnahmen an Flughäfen, bei der Küstenwache, in großen Häfen angeordnet. Unser Sicherheitsdienst arbeitet eng mit den Gouverneuren zusammen, an besonderen Punkten die Sicherheit zu verschärfen. Wenn der Feind zuschlägt gegen unser Land, dann werden wir feststellen, dass keine Panik herrscht, dass die Moral nicht bangt, da werden sie sich getäuscht haben.

Wir sind ein friedfertiges Volk

Keiner ihrer Akte kann den Weg, kann die Entschlossenheit dieses Landes beeinflussen oder ändern. Wir sind ein friedfertiges Volk. Aber wir weichen auch nicht zurück. Wir lassen uns nicht einschüchtern durch Verbrecher und Mörder. Wenn sie gegen uns ausholen wollen, dann werden sie und ihre Unterstützer sich ernsten Konsequenzen aussetzen müssen. Wir handeln nun, weil die Gefahr des Nicht-Handelns nur noch größer ist. In einem Jahr oder in fünf Jahren werden wir sehen, dass die Möglichkeit des Irak, freie Nationen zu schädigen, viel, viel größer wäre als heute. Und mit diesen Möglichkeiten, über die er verfügt, haben Saddam Hussein und seine terroristischen Alliierten die Möglichkeit, im Augenblick eines tödlichen Konflikts dann zu wählen, wenn wir am stärksten sind. Wir wollen der Bedrohung dort begegnen, bevor sie plötzlich über uns am Himmel erscheint, in unseren Städten gegenwärtig ist.

Alle vereinten Nationen sind im Sinne des Friedens verpflichtet, diese unleugbare Situation zu erkennen. Und natürlich kann man sich im 21. Jahrhundert auch anders entscheiden und das haben wir gesehen, aber die Macht der Diktatoren im 21. Jahrhundert wurde nur größer, wenn nichts unternommen wurde. Ein biologischer und nuklearer Terror heute bedeutet, dass eine solche Befriedungspolitik Gefahren heraufbeschwört, die wir auf der Erde noch nie erlebt haben. Terroristen und Terroristenstaaten zeigen nicht faire Vorankündigungen durch formale Erklärungen dieser Gefahren. Erst dann auf sie zu reagieren, wenn sie schon zugeschlagen haben, bedeutet Selbstmord. Die Sicherheit der Welt setzt voraus, dass wir Saddam Hussein entwaffnen, und zwar jetzt. Die Marche, in der wir die gerechte Forderung der Welt durchsetzen, sind wir auch unserem Lande auf das Tiefste verpflichtet. Im Gegensatz zu Saddam Hussein glauben wir, dass das irakische Volk menschliche Freiheit verdient und zu menschlicher Freiheit fähig ist. Sie werden ein Beispiel setzten können für den ganzen Nahen Osten, für eine vitale, friedliche, sich selbst regierende Region und solche Nationen. Wir werden daran arbeiten, Freiheit und Frieden voranzubringen. Unser Ziel wird nicht über Nacht erreicht werden, aber es wird erreicht werden mit der Zeit. Die Macht, die Attraktivität der Freiheit des Menschen fühlen sie in jedem freien Land. Und die größte Macht liegt darin, den Hass und die Gewalt zu überwinden und die kreative Gabe der Menschheit einzusetzen für die Sache des Friedens. Das ist die Zukunft, für die wir uns entschieden haben. Freie Nationen haben die Pflicht, ihre Völker zu verteidigen, indem sie gemeinsam gegen die Gewalt anstehen, und heute Abend, wie wir es so oft getan haben, haben wir und unsere Bündnispartner diese Verantwortung übernommen.

Gute Nacht. Gott möge uns weiterhin schützen.

Jaques Chirac: Cet ultimatum engage la stabilité du monde 13.03.2003

LE FIGARO

"Chirac:" Dieses Ultimatum befasst sich mit der Stabilität der Welt ", Auszug aus dem Artikel:"

Voici les principaux du discours prononcé hier par Jaques Chirac devant la presse au Palais de l'Élysée. Depuis le début de la crise irakienne, la France s'est attachée à rendre possible le nécessaire désarmement de l'Irak sous l'autorité des Nations Unies. Ce désarmement est en cour, les inspecteurs en témoignent. (...) La France considère que le recours à la force est le dernier recours, quand toutes les autres options ont été épuisées. La position de la France est partagée par la grande majorité de la communauté internationale. Les derniers débats ont clairement montré que le Conseil de sécurité n'était pas disposé, dans les circonstances présentes, à cautionner une marche précipitée à la guerre. Les États-Unis viennent d'adresser un ultimatum à l'Irak. (...) Il n'y a pas de justification à la guerre. (...) Cet ultimatum (...) engage l'avenir d'un peuple, l'avenir d'une région, la stabilité du monde. C'est une décision grave (...), qui compromet pour l'avenir les méthodes de règlement pacifique des crises liées à la prolifération des armes de destruction massive.

L'Irak ne représente pas aujourd'hui une menace

immédiate tell qu'elle justifie une guerre immédiate. La France en appelle à la responsabilité de chacun pour que la légalité internationale soit respecté. (...) S'affranchir de la légitimité des Nation Unies, privilégier la force sur le droite, ce serait prendre une lourde responsabilité.

"Chirac:" Dieses Ultimatum befasst sich mit der Stabilität der Welt", Auszug aus dem Artikel:" INTERNATIONAL / Frankreich bedauert das Scheitern der Diplomatie", von Luc de BAROCHEZ, Le Figaro, 19.03.2003

© Mit freundlicher Genehmigung Le FIGARO

Einige bemerkenswerte Zeilen habe ich in LE FIGARO Rubrik International gefunden in dem Artikel:

La Turqui entre dans la guerre à reculons von Tierry Oberlé

A en croire les officiels turc, des milliers de partisans armés du PKK sont prêts à profiter du chaos irakien pour engager une guerre de libération. En dépit de ses revers tactiques et de la trêve décrété il y a quatre ans, le mouvement indépendantiste se préparerait à un nouvel affrontement. Dans un communiqué publié à Francfort en Allemagne, de Kadek, l'orange politique du PKK, a prévenu de l'imminence d'un « soulèvement » pour des raisons de « légitime défense ». In donne même une date, le vendredi 21 mars. « Si la Turquie entre dans le conflit, la guerre va durer cent ans », préviennent les séparatistes.

Ces gesticulation justifieraient l'extrême nervosité d'Ankara.

Arrive au pouvoir après dix sept ans de combat politique, le premier ministre, Recep Tayyip Erdogan, éprouve de réelles difficultés pour obtenir le solution de sa base sur un alignement aux côtés d'une Amérique favorable au thèses de'l'opposition kurde irakienne. « Erdogan a été surpris par le vote négatif du Parlemente le 1er mars. Il ne s'attendait pas à autant de défections. Si les néoconservateurs de son parti sont sur une ligne proaméricaine, une partie de ses députés reste très hostile à une dépendance vis-à-vis des Etats-Unis. Les pressions qu'il subit sont énormes, mais il est forcé de les intégrer », affirme un diplomate occidental.

Jaques Chirac: Das Ultimatum setzt die Stabilität der Welt voraus 13.03.2003 LE FIGARO Zeitgeschichte mittwoch, 19.03.2003 Dies sind die Hauptaussagen von Jaques Chirac gestern vor der Presse im Élysée-Palast.

Seit Beginn der Irak-Krise hat sich Frankreich dafür eingesetzt, die notwendige Entwaffnung des Irak unter der Schirmherrschaft der Vereinten Nationen zu ermöglichen. Diese Abrüstung ist im Gange, wie die Inspektoren bestätigen. (...) Frankreich betrachtet den Einsatz von Gewalt als den letzten Ausweg, wenn alle anderen Optionen ausgeschöpft wurden. Frankreichs Position wird von der großen Mehrheit der internationalen Gemeinschaft geteilt. Die jüngsten Debatten haben deutlich gemacht, dass der Sicherheitsrat unter den gegebenen Umständen nicht bereit ist, einen übereilten Marsch im Krieg zu unterstützen. Die USA haben dem Irak gerade ein Ultimatum gestellt. Es gibt keine Rechtfertigung für den Krieg. (...) Dieses Ultimatum (...) verpflichtet die Zukunft eines Volkes, die Zukunft einer Region, die Stabilität der Welt. Dies ist eine schwere Entscheidung (...), die die Methoden der friedlichen Beilegung von Krisen im Zusammenhang mit der Verbreitung von Massenvernichtungswaffen für die Zukunft gefährdet. Der Irak stellt heute keine unmittelbare Bedrohung dar und rechtfertigt einen sofortigen Krieg. Frankreich ruft alle zur Verantwortung auf, damit das internationale Recht respektiert wird. (...) Wenn wir uns der Legitimität der Vereinten Nationen entziehen, der Macht auf der rechten Seite den Vorzug geben, dann wäre das eine große Verantwortung. Eine bemerkenswerte Zeilen in FIGARO Rubrik International gefunden in dem Artikel: Die Türkei befindet sich nach Aussage der türkischen Behörden in einem Rückwärtskrieg von Tierry Oberle A. Tausende bewaffneter PKK-Anhänger sind bereit, das irakische Chaos zu nutzen, um einen Befreiungskrieg zu beginnen. Trotz ihrer taktischen Rückschläge und des Waffenstillstands vor vier Jahren würde sich die Unabhängigkeitsbewegung auf eine weitere Konfrontation vorbereiten. In einer in Frankfurt (Deutschland) veröffentlichten Mitteilung von Kadek, der politischen Orange der PKK, wurde darauf hingewiesen, dass aus Gründen der "Selbstverteidigung" ein "Aufstand" bevorsteht. Es gibt sogar ein Datum, am Freitag, dem 21. März. "Wenn die Türkei in den Konflikt eintritt, wird der Krieg 100 Jahre dauern", warnen die Separatisten. Diese Gestikulation würde Ankaras extreme Nervosität rechtfertigen. Ministerpräsident Recep Tayyip Erdogan, der nach siebzehn Jahren des politischen Kampfes an die Macht gekommen ist, hat ernsthafte Schwierigkeiten, eine Lösung von seiner Basis zu finden, die auf einer Linie mit einem Amerika beruht, das die Thesen der kurdischen Opposition im Irak unterstützt. Erdogan war überrascht, dass das Parlament am 1. März mit Nein gestimmt hat. So viele Ausfälle hatte er nicht erwartet. Obwohl die Neokonservativen in seiner Partei eine proamerikanische Linie verfolgen, ist ein Teil seiner Abgeordneten nach wie vor sehr gegen eine Abhängigkeit von den USA. Der Druck, dem er ausgesetzt ist, ist enorm, aber er ist gezwungen, sie zu integrieren, sagt ein westlicher Diplomat.

© INTERNATIONAL / Die Türkei tritt rückwärts in den Krieg ein von Thierry OBERLE, Le Figaro, 19.03.2003
Mit freundlicher Genehmigung Le FIGARO

Jetzt sitzen die Menschen zu Hause und warten auf den Angriff

Zeitgeschichte
Mittwoch, 19.03.2003, 17.00 Uhr

Heute, Sprecherin

Guten Tag, verehrte Zuschauer, in neun Stunden läuft das amerikanische Ultimatum gegen den Irak ab, weltweit steigt die Anspannung. Die US-Streitkräfte wollen auch dann in den Irak einmarschieren, wenn Saddam Hussein freiwillig ins Exil geht. Vieles deutet darauf hin, dass der Militärschlag unmittelbar bevorsteht. Nach kuwaitischen Angaben hat der Truppenvormarsch von Kuwait aus bereits begonnen. Dort stationierte ... Fernsehaussetzer ... sollen in die entmilitarisierte Zone vorgerückt sein. Diese liegt unmittelbar an der Grenze zum Irak. Die Berichte über den Vormarsch wurden aber von der US-Armee bislang nicht bestätigt.

TV-Sprecher

In der Vorwärtsbewegung, diese Aufnahmen hat unser Kamerateam am Morgen rund 30 Kilometer südlich der irakischen Grenze gemacht. Meldungen, wonach britische und amerikanische Truppen in die entmilitarisierte Zone eingedrungen sind, können unabhängige Beobachter noch nicht bestätigen. Ein heftiger Sandsturm tobt seit der vergangenen Nacht. Ob er den Kriegsbeginn verzögern könnte, immer noch rollt der Nachschub Richtung Norden, die Soldaten sind zum Einsatz bereit.

Heute-Sprecherin

Wird es bald losgehen?

TV-Sprecher

Keine Ahnung, wann immer Präsident Bush die Entscheidung trifft, werden wir bereit sein. Der Sandsturm hat auch die Stadt erreicht; erste Unruhe zumindest bei den Sicherheitskräften. Die Nationalgarde an verschiedenen Stellen aufgezogen, der Feind im Inneren des Landes soll so zumindest in Schach gehalten werden. Terroranschläge gegen westliche Einrichtungen werden nicht ausgeschlossen. Keine große Unruhe dagegen im Zentrum von Kuwait City, die Menschen erwarten den Krieg mit Gelassenheit und so etwas wie Erleichterung.

Taxifahrer

Ich bin für den Krieg, damit das irakische Volk endlich von Saddam Hussein befreit wird, sagt dieser Taxifahrer. Ich hoffe, dass nicht viele Menschen leiden müssen und

Gott sie beschützen möge.

TV-Sprecher

Der Krieg wird nicht lange dauern, hoffen diese hier und warten ab, was die nächsten Stunden bringen. Anstehen für Brot in Bagdad heute Mittag, im Irak ist vieles knapp, aber Brot normalerweise nicht. Doch seit dem Ultimatum hier weiß niemand, wie lange die Bäckereien noch backen können. Panik herrscht noch nicht, aber überall in der Stadt bereiten sich die Menschen auf den Krieg vor. Für viele heißt das: Packen und nichts wie raus aus Bagdad. Andere räumen ihre Geschäfte aus und verschließen sie so gut es geht, denn sie fürchten vor allem eins.

Ladenbesitzer

Ich lasse nichts in meinem Laden, denn wenn der Krieg kommt, kommen mit Sicherheit auch die Plünderer.

Das Rote Kreuz wird in Bagdad bleiben.

TV-Sprecher

Mitarbeiter haben große Transparente an die Zentrale gehängt, damit die Angreifer hier keine Bomben abwerfen. Unter dem allgegenwärtigen Antlitz des Diktators an der Wand legen sich viele Iraker hin, um Blut zu spenden. Auch sie wollen Blut opfern und sogar ihre Seele für Saddam, rufen die Abgeordneten des irakischen Parlaments. In einer Sitzung am Morgen weist auch Parlamentssprecher Fadun Hamadi das Ultimatum der Amerikaner zurück.

Der Irak stehe wie ein Mann und eine Kanone hinter seinem Führer, gegen die amerikanischen Verbrecher.

Schon vor Beginn der Kampfhandlungen warnen Hilfsorganisationen vor einer Katastrophe. Vor allem im Norden des Irak sind schon jetzt 30.000 Menschen auf der Flucht.

TV-Sprecherin

Im Irak müssen die Menschen jetzt also stündlich mit dem Ausbruch des Krieges rechnen. Wer konnte, hat Bagdad verlassen. Für uns noch vor Ort: Ulrich Tilgner und in Kuwait Stadt Halim Hosny, zunächst nach Bagdad. Herr Tilgner, was spielt sich in der irakischen Hauptstadt zur Stunde ab?

Im Stadtzentrum ist alles zum Erliegen gekommen

Ulrich Tilgner

Ja, es ist ja hier schon dunkel, der Verkehr ist fast zusammengebrochen im Stadtzentrum, ich bin vor fünfzehn Minuten in eine große Geschäftsstraße gefahren, die abends doch immer noch belebt war, ist alles zum Erliegen gekommen, nur noch ganz wenige Kioske sind geöffnet, es ist jetzt sieben Uhr heute Abend, also von da aus ist es eigentlich eine, in der das Leben pulsiert. Es ist klar, die Menschen sind zu Hause, sie warten auf den Angriff, niemand weiß, wann er kommt, aber eines ist klar: Die Menschen rechnen fest damit, dass es heute passiert.

Tagesschausprecherin

Halim Hosny in Kuwait, die Berichte über den britisch-amerikanischen Truppenvormarsch in die entmilitarisierte Zone sind ja noch nicht offiziell bestätigt. Was wissen Sie?

Halim Hosny

Also nach den uns vorliegenden Informationen, sie stammen von dem kuwaitischen Sicherheitsdienst, sollen die britischen und die amerikanischen Truppen um elf Uhr in die Sicherheitszone eingedrungen sein. Allerdings gibt es, wie wir wissen, keine unabhängigen Beobachter. Die UN-Beobachter sind seit heute Morgen draußen, wir müssen also noch darauf warten, dass diese Spekulationen tatsächlich auch bestätigt werden.

TV-Sprecherin

Dankeschön Ulrich Tilgner nach Bagdad und Ihnen Halim Hosny nach Kuwait.

Sprecherin

Noch mehr Informationen zur aktuellen Lage im Irak gibt es in einem weiteren ZDF spezial nach der 19-Uhr-Heute-Sendung und natürlich auch bei uns im Internet unter heute.t-online.de.

Sicherheitskonferenz mit Fischer, seinen Kollegen aus Frankreich und Russland, Villepin und Igor Iwanov

Sprecherin

Alle Welt rechnet fest mit Krieg, da scheint es fast paradox, dass sich heute noch einmal der Weltsicherheitsrat trifft, um Möglichkeiten einer friedlichen Abrüstung des Iraks zu besprechen. Die Sitzung begann vor wenigen Minuten. Neben Außenminister Fischer nehmen auch seine Kollegen aus Frankreich und Russland, Villepin und Igor Iwanow teil. Wie wenig die USA von diesem neuen Treffen halten, zeigt die Tatsache, dass US-Außenminister Powell gar nicht erst erschienen ist.

Joschka Fischer

Die militärische Macht der Vereinten Nationen ist begrenzt, äußerst begrenzt. Aber ihre politisch ausgleichende Funktion, ihre Bedeutung für Frieden und Stabilität ist einmalig und die ist auch durch „coalition of the willing" oder Ähnliches nicht aufzuwiegen, nicht zu erreichen.

Sprecherin

Der drohende Irakkrieg hat auch die Haushaltsdebatte geprägt. Im Streit um die deutsche Haltung attackierten sich Regierung und Opposition mit ungewöhnlicher Härte. Bundeskanzler Schröder verteidigte seinen Antikriegskurs. Gleichzeitig stellte er klar, dass US-Truppen im Falle eines Krieges volle Transit- und Überflugrechte behalten. Die Opposition gab Schröder eine Mitschuld an dem amerikanischen Alleingang.

Sprecher

Die Emotionen kochten hoch, in einer hitzigen Debatte warfen sich Regierung und Opposition gegenseitig vor, bei dem Thema Irak die falschen Strategien zur Abwendung eines Krieges zu haben. Vor Wochen hatte Bundeskanzler Schröder die Union zur Koalition der Kriegswilligen gezählt, heute schlug Angela Merkel zurück.

Angela Merkel

Sie haben durch Ihre Haltung die Einigkeiten nicht befördert, den Krieg im Irak wahrscheinlicher und nicht unwahrscheinlicher zu machen. Der Bundeskanzler bekräftigte, dass kein deutscher Soldat sich an Kampfhandlungen beteiligen wird. Doch er vermied die Bewertung, ob der jetzt befürchtete Krieg völkerrechtswidrig sei. Das hätte wohl auch Konsequenzen für die Zusagen an die Amerikaner.

Bundeskanzler Schröder

Es mag unterschiedliche völkerrechtliche Positionen geben, aber vor dem Hintergrund unserer Bündnisverpflichtungen werden wir die Nutzung der Basen weiter gestatten. Werden Überflugrechte nicht versagen.

Luftschläge aus dem Äther

Die Welt
Zeitgeschichte
Donnerstag, 20.03.2003

Die fliegende US-Radiostation „Commando Solo" sendet
Musik und Information in den Irak

Guido Heinen

Gestern Abend, kurz nach sechs Uhr. Eine sonore
Männerstimme unterbricht den arabischsprachigen
Popsong auf Mittelwelle 756 kHz. „Volk des Irak! In der
Geschichte hat sich die Menschheit immer
weiterentwickeln wollen. Der Lebensstandard des
irakischen Volkes jedoch ist drastisch gesunken, seitdem
Saddam an die Macht gekommen ist." Und so geht es
weiter fünf Stunden lang, wie jeden Abend seit dem 12.
Dezember letzten Jahres.

„Information Radio" ist eine von mehreren
Radiostationen, mit denen die USA ihren psychologischen
Krieg gegen den Irak führen. „Information Radio" ist
jedoch, anders als Radioprogramme, die von
amerikanischen Regierungsstellen über befreundete
Kanäle oder Oppositionssender ausgestrahlt werden, eine
ganz besondere Radiostation: Sie kreist in rund 5.000

Metern Höhe, eingebaut in einer speziellen Militärmaschine vom Typ Herkules EC-130E, über dem Irak. Mit Schleppantennen sendet das geheime Radio aus Pennsylvania auf Mittelwelle, Kurzwelle und UKW mitten hinein in das von der Bath-Partei unter Zensur gehaltene Land. Sogar Fernsehsendungen könnte die achtköpfige Besatzung aus der Luft verbreiten. Sechs solcher Maschinen haben die USA zur Verfügung, angeblich sind vier derzeit am Golf im Einsatz. Sie sind eine Art ideologische Awacs. Zusammen mit den millionenfach abgeworfenen Flugblättern, auf denen Saddams Soldaten zur Desertion aufgerufen und die Iraker mit der UN-Resolution 1441 bekannt gemacht werden, sind diese Radioprogramme das Rückgrat des gigantischen Propagandafeldzugs gegen den Diktator. Dabei imitieren die Redakteure des „Commando Solo" lokale arabische Trendsender, mixen aktuelle Musik mit Information und Meinung. Saddam Hussein wird nicht mehr, wie noch im ersten Golfkrieg, mit Hitler verglichen, der in der arabischen Welt erschreckende Sympathien genießt. Diesmal dient Stalin als historisches Negativbild. In der gleichen Einheit operieren übrigens auch bauähnliche Flugzeuge, die das Gegengeschäft von „Commando Solo" besorgen: Sie stören gegnerische Funk- und Radiofrequenzen durch starke Gegensignale, so genanntes „Jamming". Die Konfusion unter den irakischen Truppen im letzten Golfkrieg führen Militärexperten auf eben diese Spezialeinheit zurück.

Ulrich Tilgner: Die Einschläge waren sehr, sehr nah, man hörte das Zischen der Rakete und dann explodierte sie sofort danach

Zeitgeschichte
3. Kriegstag
Tagesschau, 21.03.2003

Sprecher

Die Einschläge sind weit entfernt, inwieweit können Sie sie lokalisieren?

Ulrich Tilgner

Sie waren sehr, sehr nah wieder, man hörte das Zischen der Rakete und dann explodierte sie sofort danach. Ich dachte zuerst, es seien Flugzeuge, aber es waren wieder Raketen. Und die haben ganz offensichtlich, äh, die Ziele hier sehr, sehr nah getroffen.

Sprecher

Herr Tilgner, wie können Sie in einer solchen Situation uns weiter berichten, sollen wir Ihnen eine Atempause gönnen?

Ulrich Tilgner

Nein, es ist, es ist nur manchmal schwierig, weil ich nicht sehen kann, was jetzt genau passiert ist, also ich möchte ja am liebsten das zeigen oder das erklären oder sagen, was man offensichtlich auch auf den Bildern nicht mehr sieht, aber ich kann nur einen Teil der Stadt überblicken und offensichtlich ist es auf der Stirnseite des Hotels gewesen, ich vermute, dass es wieder in dem ganzen Bereich des Palastes passiert ist.

Sprecher

Ulrich Tilgner, es ist eine merkwürdige Situation, wir verfolgen die Luftangriffe über Bagdad live im Fernsehen, sagen Sie, warum hat das irakische Regime eigentlich die Kameras noch nicht abgedreht, wollen sie ihren eigenen Untergang live im Fernsehen sehen?

Ulrich Tilgner

Das weiß ich nicht, das kann man nicht nachvollziehen, äh, warum das so ist, ich weiß es nicht, also wir haben zum Teil hier bei der Berichterstattung Probleme, äh und gleichzeitig werden diese Bilder immer wieder gezeigt. Ich kann mir auch keinen Reim darauf machen. Aber es ist einfach eine, äh, merkwürdige Situation, offensichtlich gibt es auch keine einheitliche Politik mehr. Auf der einen Seite ist es so, dass der Informationsminister morgens sagt, die Journalisten dürften frei arbeiten, jeden befragen. Drei Stunden später geht es ab mit einem Bus durch die Stadt, also die, äh Führung des Landes weiß offensichtlich nicht ganz genau, wie sie jetzt reagieren soll, weil es hier wirklich eine sehr schwierige Situation ist. In Bagdad sind die Menschen noch relativ ruhig, und gleichzeitig marschieren Truppen auf Bagdad los. Also das, das ist etwas, was es historisch in dieser Form noch nicht gegeben hat.

Sprecher

Das wäre meine nächste Frage: Was wissen Sie überhaupt in Bagdad über den Verlauf des Krieges? Wir wissen, dass man Nazaria eingenommen hat, also schon relativ nah an Bagdad ca. 300 Kilometer von Bagdad entfernt. Nimmt man im Irak zu solchen Meldungen überhaupt Stellung?

Man hat Nazaria eingenommen

Ulrich Tilgner

Ja, es gibt eine Militärkorrektive, das ist vor eineinhalb Stunden veröffentlicht worden, da hieß es, dass bei, äh, dass bei Samawa, das ist eine Stadt bei Nazaria, und dass bei Nazaria gekämpft werde, dass die Truppen der USA dort zurückgeschlagen worden seien, also es wird schon darüber gesprochen, ich glaube, man darf auch die Geländegewinne der USA nicht überbewerten. Wenn sie sich eine Karte anschauen, dann ist das alles ja eigentlich ein Wüstengebiet. Dort kann man sehr, sehr schnell vorrücken. Bei Basra wird es schwieriger, ich habe vorhin noch mit Leuten gesprochen, die Verwandte in Basra angerufen haben und in Basra selbst ist es ruhig, die Stadt liegt quasi unter Belagerung aber auch dort ist es kein Problem, mit den Truppen bis Basra vorzurücken.

Und Umm Kasre ist ein kleines Städtchen und dort ist jetzt noch nicht gekämpft worden, es ist wirklich ein kleines Städtchen, und 40.000 Soldaten marschieren los. Also ich weiß nicht, ob man die Erfolge der USA jetzt nicht zu leicht überbewertet, weil, sie sind im geraden Wege durchmarschiert durch Wüstenregionen und haben eigentlich noch gar keine richtigen Kämpfe gehabt, ob das jetzt passiert, das muss man abwarten, ich glaube, das ist auch einer der Gründe, weshalb man hier relativ ruhig ist, auch was die Führung des Landes angeht.

Sprecher

Ulrich Tilgner, vielen Dank für diese ersten Informationen, und ich denke, wir werden im Laufe dieser Sendung noch einmal zu Ihnen nach Bagdad schalten. Wir haben es gerade eben gehört, Bagdad wird zur Stunde wieder bombardiert, Schock and Awe, Schock und Einschüchterung, so die Strategie der US-Militärs also auch am 3. Kriegstag. Luftangriffe hat es offensichtlich auch auf die nordirakischen Städte Kirkuk und Mossul gegeben, der Krieg scheint inzwischen an allen Fronten geführt zu werden. Luku Lainur und Ina Bergman fassen die Ereignisse des Tages noch einmal zusammen auf der Grundlage der immer noch widersprüchlichen Informationen, die wir haben.

Krieg an allen Fronten: Briten und Amerikaner rücken vor, melden Erfolge, müssen Fehlschläge verdauen, vor allem im Süden, der Tag des Angriffs auf Basra, Iraks zweitgrößte Stadt. Doch der Widerstand ist allem Anschein nach größer als erwartet. US-Panzerdivisionen geraten unter Beschuss. Um Straßenkämpfe zu vermeiden, wird auf die Erstürmung von Basra schließlich verzichtet, die Stadt wird vorerst nur belagert. Verlassene irakische Panzer werden gesprengt. Überall im Südirak Gefechte, vor allem auf der ölreichen Halbinsel Fao und in Umm Kasre.

Die zwischen Kuwait und dem Iran in den Persischen

Golf ragende Halbinsel Fao ist von großer Bedeutung. Das schmale Landstück am Shatt al-Arab, dem Mündungsfluss von Euphrat und Tigris, ist für den Irak der einzige Zugang zum Meer. Der seit 1951 ausgebaute Hafen von Fao ist zugleich einziger Ölhafen des Irak und Endpunkt der südirakischen Ölpipeline.

Schon im irakisch-iranischen Krieg (1980-1988) war die Halbinsel heftig umkämpft. Im Februar 1986 eroberten iranische Truppen in einer Großoffensive die Küstenregion und bedrohten von dort aus das seinerzeit als Nachschubbasis für den Irak dienende Öl-Scheichtum Kuwait, die Ölfelder von Kirkuk und die strategisch ebenfalls wichtige Stadt Basra. In der Schlacht von Fao sollen damals auf beiden Seiten bis zu 170.000 Soldaten gefallen sein. Im April 1988 eroberten die Iraker die Halbinsel zurück. Bei den Kämpfen um Fao setzte der Irak nach späteren UN-Ermittlungen auch Giftgas ein.

Die Lage in der irakischen Hafenstadt ist widersprüchlich. Tausende irakische Soldaten hätten sich ergeben, sagen die Alliierten, und Umm Kasr sei bereits eingenommen. Doch anders das Regime in Bagdad: Es ist nicht wahr, was über Umm Kasr gesagt wird, sagt der Informationsminister. Das sind alles Lügen. Die Truppen rund um Umm Kasr kämpfen weiter. Zweifel an der völligen Eroberung der Stadt bestehen. Alliierte Hubschrauber waren den Tag über noch in Kämpfe verwickelt. Nicht klar ist auch, ob die ölreiche Halbinsel

Fao schon erobert ist. Das iranischen Fernsehen zeigt heute Bilder von britischen Soldaten, die sich offenbar noch nicht auf gesichertem Boden befinden. Über dem Persischen Golf stießen zwei britische Militärhubschrauber zusammen, dabei kamen insgesamt sieben Soldaten ums Leben. Das zweite schwere Helikopter-Unglück der Alliierten innerhalb zwei Tagen. Die Bodentruppen sollen unterdessen bis auf 250 Kilometer auf Bagdad vorgerückt sein. Verlässliche Angaben über Verletzte gibt es bisher nicht. Nur vereinzelte Bilder der irakischen Zivilbevölkerung, jedoch ohne jeden Kommentar, was genau mit ihnen geschehen ist. Die Luftoffensive „Angst und Schrecken" auf die irakische Hauptstadt geht weiter. Dabei wurden allem Anschein nach gezielt Regierungsgebäude im Zentrum Bagdads zerstört. Viele irakische Familien verbrachten die Nacht in Bunkern. Schon am Morgen aber belebten sich die Straßen wieder, vereinzelt öffneten sogar Geschäfte. Denn Angriffe gab es bisher nur nachts. Doch erstmals nahmen die alliierten Streitkräfte Bagdad auch tagsüber unter Beschuss. Reporter berichten, dass die Hauptstadt heute Morgen von mindestens neun Explosionen erschüttert wurde. Rund um Bagdad waren später schwarze Rauchwolken zu sehen. Die irakische Armee soll die Stadt angezündet haben, als Verteidigung gegen die Luftangriffe. Völlig unklar ist die Situation in den Kurdengebieten des Irak, aus dem Nordosten wurden zahlreiche Raketentreffer gemeldet. Berichte, die türkische Armee sei einmarschiert, wurden bislang dementiert. Doch sind kurdische Soldaten zu beobachten, die angeben, sich genau für diesen Fall vorzubereiten.

Sprecher

Und bei mir im Studio General a. D. Klaus Reinhardt. Herr Reinhardt, der Kollege Ulrich Tilgner hat gerade aus Bagdad Zweifel geäußert, ob die Meldungen stimmen, amerikanische Truppen sind schon bei Nazaria, ist der Vormarsch am Laufen oder sind sie dort gestoppt worden?

General a. D. Klaus Reinhardt

Wir können natürlich nur die Information nutzen, die wir bekommen. Äh, wenn man heute die Pressekonferenz von Tommy Franks, äh, sich angehört hat, hat er mit unglaublich vielen Worten keine Information gegeben.

Sprecher

Dieses Gefühl hatte ich allerdings auch.

General a. D. Klaus Reinhardt

Äh, das hat er sehr geschickt gemacht und wir wissen im Augenblick nicht, wo sind die irakischen Truppen. Solange wir das nicht wissen. Die Leitung bricht ab.

Es bebt immer, wenn die Einschläge kommen

Zeitgeschichte
Freitag, 21.03 2003, 19.00 Uhr

Petra Gerster

Es hat heute schon den ganzen Tag Gerüchte gegeben, ob Saddam getroffen wurde oder nicht, und bis heute ist es noch nicht klar, ob er lebt oder verletzt ist, hier haben wir wieder einen Treffer gesehen und ein Großfeuer am Boden.

Peter Geipel

Die ganze TV-Szenerie ist mit lautem Getöse und lautem Sirenengeheul von Feuerwehr und Hilfsmannschaften unterlegt, deshalb sind an manchen Stellen der Text oder die Texte nur unvollständig und bruchstückhaft zu verstehen.

Ständig sind laute Einschläge von Bomben, Cruise-Missiles und anderer Flugkörper zu hören. Explosion um Explosion, die das Wiedergeben der Texte deutlich einschränken.

Petra Gerster

Erschütternde Bilder aus der Stadt, wie sich dieses Inferno offenbar abspielt.

Und wir versuchen jetzt mal unseren Korrespondenten, unseren Kollegen Ulrich Tilgner, der ja in dieser Stadt sich aufhält noch in dieser Stunde, zu erreichen. Ulrich Tilgner …

Ulrich Tilgner

… Ich bin doch dran die ganze Zeit …

Petra Gester

Sie hören uns wunderbar …

Ulrich Tilgner

Ja, ich höre Sie, da explodiert hier 300 Meter weg ein Einschlag nach dem anderen …

Petra Gerster

Erzählen Sie uns. wie ist die Lage im Moment? …
(Pfeifen, Einschläge, Krachen ist zu hören, Wummern, dazwischen heulende Feuerwehrsirenen …)

Ulrich Tilgner

Es gibt Palast, äh der große Palast der Republik, das ist genau ein Palast gegenüber dieser Stelle, äh, es gibt unzählige Einschläge im Palast, Sie müssten das eigentlich hören jetzt …

Petra Gerster

…Wir hören …

Ulrich Tilgner

Die Scheiben im Hotel haben geklirrt … Aussetzer, unverständliche Worte …

Ulrich Tilgner

Hören Sie es …?

Petra Gerster

Ja, wir hören es …

Ulrich Tilgner

Das sind die richtigen Einschläge, das sind die Bomben aus den Flugzeugen jetzt, es ist ungefähr 800 Meter weg von hier …

Petra Gerster

Haben Sie …

Ulrich Tilgner

Das sind wieder Blitze, die aufleuchten, dann gibt es die Rauchpilze …

Petra Gerster

Wir haben vorhin schon wieder …
(die Texte überschneiden sich jetzt) … was getroffen worden ist …

Ulrich Tilgner

… da jetzt wieder, das sind Blitze, die immer hochgehen und dann kommt die Druckwelle …

Petra Gerster

mhm …

Ulrich Tilgner

… Da kommt jetzt wieder eine Cruise Missile …

Petra Gerster

Wir haben gerade die Explosion gesehen ...

Ulrich Tilgner

... noch mal ... unglaublich ... da kommt wieder eine ...
(der Text ist nicht mehr zu verstehen)
... ich weiß nicht, wo sie hingeht ... es ist unglaublich ...

Petra Gerster

... die Zuschauer sehen die Bilder von dem, von dessen, was sie beschreiben gerade, erzählen sie weiter ...
(die Texte überschneiden sich jetzt immer häufiger)

Ulrich Tilgner

... da kommt wieder eine von den Cruise Missiles ... das ist der Angriff der B 52 ... Die Palastanlage, das sieht also, ... das ist nur auf der anderen Seite des Flusses, ... dass es im Palasthotel bebt, ... es bebt immer, wenn die Einschläge kommen, und es gibt gleichzeitig, ...das kann man sagen ... Cruise Missiles, die über die Stadt fliegen ...

Petra Gerster

... Wissen Sie welcher ...
(TV-Aussetzter)
Stadt getroffen worden ist? ... Ist das, das große äh, oder
ist das ein Flächenbombardement? ...

Ulrich Tilgner

Das ist das Palastgelände, das ist der Palast der
Republik ... da wieder, Sie werden es gleich hören, man
sieht die Expl... oohhhaaaa ... na, das ist weiter weg ...
das ist eine unglaublich Explosion gewesen, etwa ... ähhh
... pffff ... drei Kilometer von hier weg. Gleich kommt
die Druckwelle ...

Petra Gerster

Also, das sind nicht mehr die einzelnen, gezielten
Bombardements, das ist schon mehr ...

Ullrich Tilgner

Nein, das sind keine, ... das ist jetzt, das ist das, was
angekündigt wurde, das ist der große Angriff auf Bagdad
jetzt hier. ... Und es ist alles auf der ... ähhhh ... es ist
alles auf der südlichen Tigris-Seite, das heißt, das Gelände
am Palast, ich kann die andere Seite vom Hotel aus nicht
sehen ..., aber Sie hören ja die Feuerwehr jetzt unten.

Und es sind mehrere gezielte Angriffe mit Cruise Missiles offensichtlich geflogen worden, und der Palast ist sicherlich aus der Luft von den B 52 angegriffen worden. Jetzt gibt es wieder Einschläge ... Sie müssten eigentlich die Blitze von den Kameras aus sehen, ... so jetzt hat es sich beruhigt ...

Petra Gerster

Wir wissen ja, dass heute die B-52-Bomber gestartet sind von England aus, vor ungefähr sieben Stunden,
(TV-Aussetzer) ...
dann wieder solche Cruise Missiles, wie Sie sie gerade beschrieben und benannt haben.
(TV-Aussetzer)
Wie viel das jetzt sind ...

Ulrich Tilgner

Ich glaube nicht, die Bomben, die ich hier gesehen habe, das ist, das sind nur wenige hundert Meter weg, das sind, glaube ich, Bomben gewesen, die Cruise Missiles kommen schräg angeflogen, ähh ... das waren Einschläge direkt von oben und das waren riesige Detonationen, die Cruise Missiles haben Sprengsätze, ... und jetzt ist die Stadt wieder ruhig.

Petra Gerster

Glauben Sie, die Bomben …

Ulrich Tilgner

… da, jetzt ist wieder eine Explosion gewesen …

Petra Gerster

… Gezielt auf die ähh Regierungs…, nur auf die, die Regierungsgebäude ääähhh getroffen … oder fühlen sich die Menschen dort sicher …
(die Texte überlagern sich)

Ulrich Tilgner

… Jetzt donnert's …

Petra Gerster

… die drum rum leben …

Ulrich Tilgner

… Bitte …

Petra Gerster

… Müssen die Menschen auch fürchten, die in Bagdad leben, die drum rum leben, oder wird gezielt nur auf die wichtigen … äääh, äääähhh Militärflughäfen und Geheimdienstzentralen und diese Gebäude …

Ulrich Tilgner

… Nein, das …
(TV-Aussetzer) …
(jetzt sind die Einschläge sehr laut)
… es geht ausschließlich um den roten Palast. Und zwar in geringsten Abständen, der Palast ist offensichtlich vollkommen zerstört. Das war diese Aktion, die angekündigt wurde.

Petra Gerster

Ulrich Tilgener, ich höre gerade, ein dutzend Cruise Missiles sollen auf Regierungsgebäude geworfen worden sein. Auf die Paläste von Saddam Hussein …
(der Text überlagert sich jetzt) …

Ulrich Tilgner

… Ich habe sie nicht verstanden …

Petra Gerster

… Ähh, ich höre gerade die neuste Meldung, äh, das ein Dutzend Cruise Missiles auf die Regierungspaläste von Saddam Hussein abgeworfen seien sollen, ähh, worden sein.

Ulrich Tilgner

Ja es sind nur …
(Text unverständlich) …
… gewesen, die haben, das habe ich ja beschrieben, das ist hier direkt gegenüber, das waren wesentlich mehr als ein Dutzend, viel, viel mehr. Das war die erste Salve, war ein Dutzend, ob das Cruise Missiles waren, ich würde glauben, es waren auch ganz konventionell lasergesteuerte Bomben …

Petra Gerster

… Auf jeden Fall ist es der …
(der Text überschneidet sich) …

Ulrich Tilgner

… Jetzt ist es wieder ruhig …

Petra Gerster

… Der große Angriff, the big blast, Ulrich Tilgner, wie sicher fühlen sie sich denn? …
(einzelne Schuss-Salven sind zu hören) …

Ulrich Tilgner

Jetzt fängt das Radio, … jetzt fängt das irakische Fernsehen offensichtlich mit einer Sondersendung an, aber das heißt, das Fernsehen läuft noch …

Petra Gerster

… Können Sie mich hören, können Sie mich verstehen …

Ulrich Tilgner

… Ja, ich höre Sie ja …

Petra Gerster

… Wie sicher, fragte ich gerade, wie sicher fühlen Sie sich denn, Ulrich Tilgner, Sie sind ja schließlich in diesem Moment in Bagdad?
(Einschläge sind zu hören.)

Ulrich Tilgner

Ich fühle mich nach wie vor relativ sicher, weil die, das, die Angriffe liegen etwas 600, 500 Meter von mir weg. Und es sind, man kann es deutlich sehen, sehr gezielte Angriffe, … es sind immer wieder Komplexe in diesem Palast, … der gesamte Palast liegt jetzt in einem Dunst und in Rauchwolken und einige der Gebäude brennen. Aber merkwürdig, die Uferbeleuchtung des Palastes ist noch an …

Petra Gerster

Mhmhm, äh, die Menschen in Bagdad waren bis jetzt ja relativ ruhig, weil sie merkten, dass äh, gezielt ja nur die Regierungspaläste angegriffen werden, glauben Sie, dass sich das inzwischen ändert, macht sich so auch etwas wie Panik in der Bevölkerung breit?

Ulrich Tilgner

Nein, die Stadt ist jetzt wie ausgestorben, wenn ich auf die andere Seite sehe, sehe ich doch kein Auto in weiterer Entfernung, es ist sehr ruhig hier. Das ist klar, jetzt sitzen die Leute zu Hause. … In diesen Wohnvierteln ist sicherlich nichts passiert, es ist … hat ein, zwei Explosionen gegeben, weiter entfernt, das haben riesige, äh Feuerpilze … und ich kann mir nur vorstellen, dass das Regierungsgebäude waren oder Paläste oder direkte äh …

das waren große Komplexe, die dort angegriffen wurden. Also das waren sicher keine Wohnviertel, es sei denn, es war eine irregeleitete Bombe, aber es knallt immer noch ab und zu irgendwo … Ja …

Petra Gerster

… Ja …

Ulrich Tilgner

Ich kann nur die eine Hälfte der Zerstörung sehen, die andere Hälfte ist auf der anderen Seite des Hotels. …

Petra Gerster

Vielen Dank für …
(die Gespräche überlagern sich) …

Ulrich Tilgner

… Aber gespenstisch ist natürlich, dass das immer um sieben kommt …

Petra Gerster

… Ja …

Ulrich Tilgner

… Das sind bestimmte Zeiten in den USA, wenn das sehr schön im Fernsehen übertragen werden kann.
Da sollte man mal drüber nachdenken.

Petra Gerster

Es wird also, wie man von Ihnen hört, rund um das Hotel gebombt, wo Sie und die anderen Journalisten sich aufhalten. Ganz …

Ulrich Tilgner

… Nein, es ist gegenüber, es … das Hotel liegt am Tigris und auf der anderen Seite …

Petra Gerster

… auf der anderen Seite … hm.

Ulrich Tilgner

… Auf der anderen Seite ist der Kanal. …

Petra Gerster

Bleiben Sie bitte in Ihrem Hotel, Ulrich Tilgner und, … und, äh, bleiben Sie vor allem auch bei uns, während dieser Sendung, wir kommen sicher noch mal auf die Live-Bilder zurück vom Irak. Erst mal vielen Dank bis hierher, und, … äh, wir, meine Damen und Herren, zeigen, werfen nochmal einen Blick zurück auf den Tag heute und zeigen Ihnen das, was heute tagsüber passiert ist.

Der 55-jährige Ulrich Tilgner berichtete während des Irak-Kriegs für SF, DRS und ZDF über das Geschehen in Bagdad. Weltweite Aufmerksamkeit erhielt er, als sich der ehemalige Berater Saddam Husseins, Amir al-Saadi, in Begleitung Tilgners den amerikanischen Truppen stellte. Tilgner leitet seit 2002 das ZDF-Büro in Teheran.

Das Interview: Petra Gerster, Ulrich Tilgner

29.04.2003

Petra Gerster

Ulrich Tilgner, Sie waren schon im ersten Golfkrieg 1991 in Bagdad. Was hat sich dieses Mal geändert?

Ulrich Tilgner

1991 war von Anfang an klar, dass der Krieg Bagdad nicht erreichen wird. Natürlich gab es verschiedene Angriffe auf Wohngebiete wie jenen fürchterlichen Treffer des Amaria-Bunkers mit höchstwahrscheinlich Tausend toten Frauen und Kindern, aber die Stadt war nicht das primäre Ziel der Alliierten.

Petra Gerster

Was war für Sie in den letzten Wochen die gefährlichste Situation?

Ulrich Tilgner

Die gefährlichen Momente konzentrierten sich auf 24 Stunden. Objektiv gesehen, war es der amerikanische Angriff auf das Hotel Palestine, in welchem Hunderte von

Journalisten und Technikern untergebracht waren. Im Nachhinein bestätigte sich, dass die Panzerbesatzung gar nicht wusste, wer sich im Hotel befand, und die Journalisten mit ihren Teleobjektiven mit vorgezogenen Posten der irakischen Verbände verwechselte. In der Folge sollte das Hotel von der Luft aus bombardiert werden. Erst durch die Intervention von amerikanischen Kollegen, so genannten „embedded journalists", konnte ein Massaker unter der Weltpresse verhindert werden.

Petra Gerster

Glauben Sie, dieser Angriff war ein Racheakt der amerikanischen Regierung gegenüber den Journalisten?

Ulrich Tilgner

Wohl nicht, ich würde das weiterhin ausschließen. Um etwas anderes könnte es sich bei den Angriffen auf die Büros von Abu Dhabi-TV und Al Dschasira handeln. Es gibt keinen Hinweis, dass sich US-Soldaten dort bedroht fühlten. Der eigentliche Skandal besteht darin, dass auf den Karten der US-Verbände die Positionen der Journalisten nicht eingezeichnet sind, also weder das Hotel Palestine noch die Büros der beiden arabischen TV-Sender. Für mich ist das bis heute nicht nachvollziehbar. Ob diese Unterlassung vorsätzlich oder aus Fahrlässigkeit passiert ist, sollte aufgeklärt werden. Wäre mir dieser Sachverhalt bekannt gewesen, hätte ich mich sicher anders verhalten, denn im Kuwait-Krieg 1991 haben die US-Soldaten die Arbeit der Journalisten zur Kenntnis genommen und sie nicht fahrlässig zu Zielen gemacht.

Petra Gerster

Verspürten Sie in einem solchen Moment Angst?

Ulrich Tilgner

Es schwankt. Ungemütlich wurde es auch am folgenden Tag, als die Plünderungen begannen. Es war alles unorganisiert. Weil man vermutete, die ausländischen Journalisten hätten Geld, wurden sie auch ausgeraubt. Vor dem Hotel rotteten sich Jugendliche zusammen; die Situation entspannte sich erst, als die US-Panzer kamen. In dieser kritischen Phase befiel mich das Gefühl, wenn die Amerikaner jetzt nicht kommen, wird das noch katastrophal enden. Die nachfolgenden Plünderungen richteten sich nicht mehr gegen Personen, sondern gegen Gebäude.

Petra Gerster

Wie fest wurden Sie bei Ihrer Berichterstattung von den Irakern beeinflusst?

Ulrich Tilgner

Beeinflusst wurde ich hoffentlich nicht. Sicherlich wurde ich bei meiner Berichterstattung durch meine geografische Lage in Bagdad geprägt, von der ich auch nur einen beschränkten Ausschnitt der Kriegsrealität mitbekam. Meine Berichterstattung wurde durch Vorschriften der irakischen Regierung eher erschwert denn beeinflusst.

Petra Gerster

Zum Beispiel?

Ulrich Tilgner

So durften wir beispielsweise keine militärischen Positionen zeigen oder genaue Trefferangaben machen. Ich glaube, das war für die Zuschauer in Europa auch nicht so wichtig, ob nun der Palast A oder B getroffen wurde. Ich habe mich an die Vorgaben gehalten, weil ich bis heute überzeugt bin, dass es notwendig war, trotz Behinderungen aus Bagdad zu berichten. Darin werde ich insbesondere bestärkt, da wir uns im Vergleich zu Kollegen, die embedded waren, relativ frei bewegen konnten.

Petra Gertser

Über die „embedded journalists" ist eine heftige
Diskussion entbrannt. Wie beurteilen Sie deren Arbeit?

Ulrich Tilgner

Einem amerikanischen Kollegen wurde die
Akkreditierung entzogen, weil er sich nicht an die
Auflagen der amerikanischen Behörden gehalten hat. Das
zeigt, dass deren Arbeitsmöglichkeiten doch sehr
eingeschränkt waren. Eines ist mir aufgefallen, ich konnte
von den „embedded journalists" nur wenig profitieren. Im
Internet konnte ich deren Arbeit für Zeitungen oder
Nachrichtenagenturen verfolgen, doch die interessanten
Fragen, wo sich die US-Soldaten jeweils befanden,
welche Probleme sie hatten oder wie der Angriff verlief,
blieben aber unbeantwortet. Das ist doch interessant. Ich
hoffe jedenfalls, dass die Absicht des US-
Verteidigungsministeriums, die Berichterstattung auf die
„embedded journalists" zu reduzieren, gescheitert ist.
Augenfällig war, dass diese Kollegen nicht berichteten, als
es für die Amerikaner nicht programmgemäß lief.

Petra Gerster

Wie haben Sie den Konkurrenzdruck unter den
Journalisten empfunden?

Ulrich Tilgner

Ich habe keinen Konkurrenzdruck empfunden. Es war eine sehr angenehme Atmosphäre unter den Kollegen. Natürlich gab es ein, zwei schwarze Schafe, aber das ist doch normal. Wir tauschten bei schwierigen Arbeitsverhältnissen, wir hatten nur beschränkt Zugriff auf Agenturen, sehr viele wichtige Informationen aus. Nein, das Arbeitsklima war wirklich sehr kollegial.

Petra Gerster

Bevor sich der irakische Präsidentenberater Amir al-Saadi den amerikanischen Truppen gestellt hat, hat er Sie gebeten, ihn dabei zu begleiten. Haben Sie noch Kontakt zu ihm?

Ulrich Tilgner

Nein, ich habe keinen Kontakt zu ihm, da ich nicht weiß, wo er ist. Es ist ja nicht einmal bekannt, wo er inhaftiert ist. Dieser Fall interessiert mich sehr, da ich al-Saadi glaube. Er sagte mir, er hätte als ehemaliger Minister auf Pressekonferenzen nur die Wahrheit gesagt. Es wäre falsch, in ihm einen Exponenten der irakischen Führung zu sehen. So habe er niemals den Namen Saddam Hussein erwähnt, sei weder in der Partei noch beim Geheimdienst gewesen. Mit seiner Arbeit habe er nicht einem Regime, sondern dem Land dienen wollen.

Bedeutsam scheint mir seine Erklärung zu sein, der Irak besitze weder chemische noch biologische Waffen. Ich weiß nicht, ob diese Aussage stimmt, zumindest ist sie hoch interessant, da sie den eigentlichen Kriegsgrund betrifft. Ich hoffe, dass ich ihn – aufgrund meines engen Kontakts zu seiner Familie – nochmals in der Gefangenschaft oder sonst wo zu dieser Problematik ausführlich befragen kann.

Petra Gerster

Was ist Amir al-Saadi für eine Person?

Ulrich Tilgner

Seine offizielle Bezeichnung ist Präsidentenberater. Dabei erstaunt, dass er Saddam Hussein zum letzten Mal 1995 gesehen hat. Er hielt nicht viel vom ehemaligen Präsidenten, attestierte ihm aber die Fähigkeit, Leute am richtigen Platz einzusetzen. Al-Saadi versuchte, bei mir den Eindruck zu erwecken, dass er ein erfolgreicher Technokrat gewesen sei. So habe er unter anderem Ministerien geführt, deren Aufgabe der Wiederaufbau des Landes nach dem Krieg 1991 gewesen sei. Er hatte den Rang eines Generals, ohne im Militär zu sein.

Petra Gerster

Jetzt hat der Krieg anders geendet, als viele ursprünglich angenommen haben. Sind Sie überrascht?

Ulrich Tilgner

Der Krieg ist nicht wesentlich anders abgelaufen als ursprünglich geplant. US-Verteidigungsminister Rumsfeld hat bereits im Vorfeld von einem schnellen Einmarsch seiner Truppen und dem Zusammenbruch des irakischen Militärs gesprochen. Das ist in der Tat passiert. In den Wochen vor Ausbruch des Krieges und auch in den ersten Kriegstagen hätte ich persönlich mit erbittertem Widerstand vor Bagdad gerechnet. Dass der Zusammenbruch bereits nach der Niederlage an der Südfront erfolgte, war für mich überraschend. An den Einsatz von Chemiewaffen glaubte ich nicht, sonst wäre ich nicht geblieben. Was mich hingegen überrascht, ist die Naivität und Konzeptlosigkeit der Amerikaner beim Wiederaufbau des Landes. Für die Zukunft rechne ich mit massivem Widerstand gegen die USA, jedenfalls bin ich nicht sehr optimistisch. Ich gehe davon aus, dass Saddam noch lebt und sich im Irak, wenn nicht in Bagdad, aufhält.

Der Abend ist frisch, klar und wolkenlos

Tunesisches Hinterland

Der Abend ist frisch, klar und wolkenlos, ideal, um meinen zwangsweise passivierten Körper etwas in Bewegung und in Schwung zu bringen. Am rückwärtigen Eingang, dort wo sich die Anlieferer und Ablieferer mit ihren Mitbringseln und Wegbringseln treffen, steht ein alter, zweirädriger Holzkarren. Er sieht recht zusammengeschustert und improvisiert aus. Hier ein Stück helles Holz, dort ein dunkles Holz. Zwischen den Hölzern sind löchrige, zerrissene Plastikbahnen provisorisch gespannt, die die Lücken ausfüllen sollen. Ein müde, grau und fahl wirkendes, ausgemergeltes Gestänge reicht dem eingespannten Esel in Schulterhöhe bis an seine Vorderhufe. Beladen wird der nostalgisch anmutende Karren von zwei älteren Männern, deren Kleidung mit einer schnieken Livree wenig gemein hat. Ihre Schuhe kann ich freimütig als karierte Haus-Pampuschen bezeichnen, wie ich sie von Ekel Alfred kenne. Ihre schwarzen Hosen und die ehemals weißen Hemden sind ziemlich verdreckt. Im Mundwinkel des einen klebt eine filterlose Zigarette und schmaucht so vor sich hin. Das weiße, zusammengedrückte Papier ist in der Nähe seiner Lippen schon ganz braun und gelb geworden. Plappernd laden die beiden eine Kiste nach der anderen auf den Karren. Während sich die eine nostalgische Karre fast bedrohlich mit Kästen leerer Coca-Cola-Flaschen, Mineralwasserflaschen und Bierflaschen füllt, kommt ein ähnlicher Karren mit frischem Gemüse, Tomaten, Zucchini, Auberginen, Orangen, Zitronen, Kartoffeln, Roter Bete, Möhren, Zwiebeln, Knoblauch und Petersilie an die Abladestelle.

Der Esel wartet geduldig auf seinen Abmarsch. Hinter dem Hotel scheinen Jahrhunderte aufeinanderzuprallen keine zehn Meter von meinem Standort aus. Ich gehe diese zehn Meter und es ist so, als gehe ich 100 Jahre rückwärts in der Geschichte, es ist eine Art Zeitmaschine, mit der man sich zurückversetzten kann.

Gleich neben dem Lieferanteneingang steht eine dürftig zusammengebastelte Hütte. Vor der Hütte lauter Gerümpel und undefinierbare Gegenstände. Eine Wäscheleine ist bis in den nächsten Olivenbaum gespannt. An ihr hängen eine zerschlissene Hose und ein paar schon recht ältlich wirkende T-Shirts. Ein alter Mann sitzt rauchend auf einem Stein vor der Hütte. Ich grüße freundlich und komme mir tatsächlich vor wie von einem anderen Planeten. Weiter hinten auf dem schmalen Pfad durch die Olivenbäume grast ein Esel an einer langen Hanfschnur unter einem Olivenbaum. Die breite, ausladende Holzkarre mit zwei Rädern steht am nächsten Olivenbaum. Auf dem Gras steht ein prall gefüllter Sack, er ist schwer, sehr schwer, das ist ihm anzusehen, wie er sich fast bis zum Platzen gefüllt in den Untergrund drückt. Eine Alte, mit dem faltigen, dunklen Gesicht, dem dicken, faltigen Pumprock und ihrer dicken Wolljacke, ein farbenfrohes Tuch um den Kopf, zupft an dem Sack herum, als wolle sie ihn zubinden. Eine zweite Alte sieht mir dabei zu, wie ich eine Olive von dem Baum zupfe und sie koste. Ihr Geschmack ist bitter und sie hat nur wenig Fruchtfleisch, groß ist sie auch nicht, sie ist eher winzig. Mit einer klassischen Olive hat das wohl nicht viel zu tun. Diese Oliven dienen wohl eher der Ölproduktion. Der ältere Mann, ich grüße ihn freundlich, er grüßt zurück, wendet sich ab, geht ein paar Schritte nach hinten, stützt sich mit einer Hand an einen Baum und erleichtert sich ganz sorglos und selbstverständlich. Indessen starrt, so muss ich sagen, nun auch die erste der alten Frauen mich dermaßen an. Es ist mir fast unangenehm, wie sie mich begucken, ja, sie gaffen mich richtiggehend an. Gedrückt von den Blicken der alten Weiber folge ich dem schmalen, holprigen, ausgetretenen Pfad zwischen den Oliven-bäumen bis zum nächsten Kreuzgang. Ich weiß nicht warum, aber ich biege nach links ab. Nach einigen Metern blicke ich mich noch einmal um. Die beiden alten Weiber heften noch immer ihre Augen auf mich, es wirkt so, als wären ihre Augen mit mir wie mit einer unsichtbaren Schnur verbunden. Wie zwei bunte Marionetten-Puppen in einer Oliven-Kulisse haben sie sich jetzt fast einmal um sich selbst im Kreis gedreht.

Ich kümmere mich nicht weiter darum, denn mir fällt da vorne ein still vor sich hin arbeitender, dunkelhäutiger junger Mann auf, der sich auf dem Boden mit den Händen zu schaffen macht. Als ich näher komme, kann ich erkennen, dass er mitten in einem Kartoffelacker steht. Es ist kurz vor der Ernte, und entlang der langen Furchen geht, steht und bückt sich der Dunkelhäutige Stück um Stück. Langsam in der Bewegung zieht und reißt er mit einer gleichmäßigen Bewegung knackend, rupfig jedes einzelne Büschel des Krauts heraus. Mit so wenig Kraft wie möglich und so viel Kraft als nötig ergeben sich dicht aufeinanderfolgende, leichte, prasselnde Reiß-Laute, die alle mit einem Jupp enden, wenn sie das Erdreich verlassen. Ähnlich wie wenn man auf einer saftigen grünen Wiese ein ganzes Büschel Gras auf einmal abreißt. Jupp.

Alles geschieht mit bloßen Händen

Tunesisches Hinterland

Alles geschieht mit bloßen Händen, kein Handschuh, kein Werkzeug, kein Gerät, kein nichts. Mit nichts geht, steht und bückt sich der Dunkelhäutige da, mit nichts in den Händen außer dem Kraut der Kartoffeln. Jupp. Jupp. An der nächsten Biegung verlangsame ich meinen Gang und sehe einem älteren Bauernpaar zu, wie sie wohl das Tagwerk auf ihren Eselskarren laden. Ein richtiges dickes Bündel Lauchzwiebeln guckt aus einer Holzkiste heraus, zwei bis drei Holzkisten, gut gefüllt mit dicken, fetten Kartoffeln, ein dickes Bündel Petersilie, zwei große Hände können es kaum umfassen. Einen Sack bis oben hin gefüllt mit roten und grün-roten Fleischtomaten, einen halb gefüllten Sack mit kleinen, schlanken Zucchini setzt der alte Bauer behutsam auf seine Karre. Den eingespannten Esel scheint das alles nicht weiter zu interessieren. Er schnippt nur ab und zu mit seinen Ohren, um ein paar Fliegen zu vertreiben, die ihn im Inneren der Ohren mit ihren kleinen Füßen gerade kitzeln.

Um mir den weiteren Verlauf nicht entgehen zu lassen, verlangsame ich deutlich meinen Gang. Der Bauer prüft noch einmal den richtigen Sitz seiner Ware und setzt sich neben seine Frau vorne auf den Eselskarren. Jetzt hebt er eine kleine Peitsche – ein kurzes, dünnes Stöckchen, an dem ein Stückchen Seil befestigt ist. Ein kurzes, aber deutliches Klack, dazu ein unverständliches Gemurmel und der Esel setzt sich langsam über den holprigen, ausgetretenen Pfad in Bewegung. Als er schon fast den etwas breiteren Weg erreicht hat, muss er seinen Karren unvermittelt schnell zum Stehen bringen. Mit lautem Getöse und Geknatter rasen von rechts drei bis vier Ufos an ihm vorbei. Er zieht einmal kräftig an den Zügeln, der Esel hebt deutlich seinen Kopf und legt die Ohren an, ehe er zum Stehen kommt. Die Ufonauten auf ihren merkwürdigen Gefährten sind allesamt nur leicht bekleidet, ganz im Gegensatz zu dem Bauern und seiner Frau – an den Steuerungseinheiten der Ufos hängen merkwürdige Beutel und eine Art Taschen in obskuren Formen und in grellen Farben. Als designerhafte Phantasieformen könnte man das Gebeutle da bezeichnen. An den Füßen tragen die weiblich aussehenden Ufonauten ganz merkwürdige, sonderbare, schnörkelhafte Teile. Die Dinger, die da von ihren Fersen weggehen, sehen aus wie umgedrehte Blumenvasen, die scheinbar an ihre Fersen geklebt sind. Vorne auf die Zehen haben sie sich flache, nach vorne hin zylinderförmig zulaufende Vasen gestülpt. Gott sei Dank müssen sie damit nicht laufen, denn das kann ich mir nur schwerlich vorstellen.

Die Gefährte sehen aus wie lauter kleine Mond-fahrzeuge, vier niedrige, dicke, fette, groß profilierte Lufträder an allen vier Seiten. In der Mitte eine schlanke Sitzbank und unter ihnen befindet sich der Düsenantrieb, der einen höllischen Lärm verursacht. Den Ufonauten muss es wohl so vorkommen, als reisen sie da durch einen sehr merkwürdigen Teil der Geschichte, der schon sehr, sehr lange zurückliegt. Als hätte man hier alte historische Puppen und Wagen aufgestellt, wie in einem riesigen Naturmuseum eines anderen Planeten. Oder eine Art Disney-Park mit mancherlei Gestalten und Objekten. Dabei müsste ich wohl eher wie ein neuzeitliches Modell in Erscheinung getreten sein. So schnell wie die Ufos da fast mit Lichtgeschwindigkeit angebraust kamen, so schnell sind sie auch wieder hinter der nächsten Biegung verschwunden.

Nach diesem aufregenden Ereignis hebt der ruhig abwartende alte Bauer wieder seine kleine Peitsche, klack, und murmelt etwas Unverständliches. Als er sich knapp auf meiner Höhe des Weges befindet, stupst er den Esel mit seiner kleinen Peitsche ein wenig, um sie darauf wieder in die Höhe zu halten - klack - und der Esel legt etwas an Tempo hinzu. Kaum auf meiner Höhe grüße ich freundlich - bonjour monsieur. Er murmelt ein murmeliges, aber sehr freundliches Bonjour und ich kann deutlich erkennen, dass das murmelige Murmeln des alten Bauern auf den Umstand zurückzuführen ist, dass er nur noch über die beiden Eckzähne rechts und links verfügt, die ihm das Sprechen also etwas schwer machen.

Als sie längst an mir vorüber gefahren sind, blicke ich mich um, welchen Weg ich denn nun einschlagen soll. Weit in der Ferne entdecke ich einen roten Punkt und ich beschließe sofort, mir den roten Punkt etwas genauer anzusehen. Zunächst ist es nicht auszumachen, um was es sich handelt. Es ist nur zu erkennen, dass sich da etwas drum herum bewegt.

Nach einer Weile stellt sich heraus, dass es sich bei dem kleinen roten Punkt um einen Laster handelt, der umringt von jungen Männern ist, die da irgendetwas hin und her hieven und räumen und heben und schieben. Sicher sind sie damit beschäftigt, die roten Ziegelsteine auf- oder abzuladen, damit sie weiter an ihren Häusern bauen können, was ich hier sehr oft beobachte, denke ich. Als ich dann näher komme und erst richtig erkenne, was die denn da hieven und heben und packen und hantieren, zeigen sich die jungen Männer als ganz junge Burschen, dreizehn oder vierzehn Jahre alt. Sie sind gerade dabei, Kisten, gefüllt mit Kartoffeln, unter den Olivenbäumen hervorzuholen, zu hieven und zu ziehen, um sie in die Nähe des Lasters zu schaffen. Neben dem roten, frisch gestrichenen Laster steht eine alte, abgewetzte, abgeschabte Waage auf dem holperigen Feldweg. Und die Jungs sind damit beschäftigt, eine um die andere prall gefüllte Kiste auf die Waage zu stellen, damit der etwas ältere, ganz gut und sauber gekleidete Mann mit Bart eins ums andere auf einem kleinen Block notieren kann. Der Kleidung der Jungs und ihren Händen nach zu urteilen, geschieht das Kartoffeln-Rausholen auf den Knien, alle Jungs haben große, braunrote Flecken auf ihren Hosen. Wohl auch nur mit sehr dürftigem Werkzeug, denn die Hände der Jungs sind schon arg eingefärbt mit der rotbraunen Erde. Ich komme in der kurzen Zeit auf ungefähr bis zu 30 Kisten randvoll mit diesen riesigen Kartoffeln. Die hundert Jahre, die ich nach vorne in die

Vergangenheit marschiert bin, hier stehe ich nun mitten drin im 21. Jahrhundert. Und die Jungs haben nicht einmal richtiges geeignetes Werkzeug, um die Kartoffeln aus dem Boden zu holen, im 21. Jahrhundert oder ist es 2003 und ich habe nur einen schlechten Tagtraum?

Als ich nun auf der Höhe der Jungs bin, schleudert einer der jungen Burschen mir ein Salam aleikum entgegen, auch etwas Text davor und etwas Text dahinter, aber ich verstehe ihn nicht. Aber alle lachen und kichern mir hinterher. Salam aleikum entgegne ich ihnen mit einem Lachen, wieder kichern und lachen sie mir hinterher, ganz so, als wollten sie mich auslachen. Da ich ja nicht verstehe, was sie denn sagen, weiß ich nicht, ob sie vielleicht etwas aushecken, irgendeinen hinterhältigen Plan schmieden, um mich zu überfallen oder sonst was anzustellen. Es ist schon große Vorsicht geboten, ich darf mich da nicht zu weit hinein fangen lassen, ich muss sehr aufpassen, dass ich da auch wieder heil herauskomme. Denn das sind sechs oder sieben Burschen und ich bin alleine. Ich bin ziemlich weit weg von irgendeinem Telefon, das Hotel ist bestimmt sechs Kilometer weg. Und hier ist gar nichts außer riesigen Olivenhainen, unter ihnen riesige Kartoffelfelder so weit das Auge reicht. Ab und zu sind riesige, ausgewachsene Kakteen, so genannte Kakteen-Zäune, zu sehen. Da ist nun wirklich kein Durchkommen. Kein Haus weit und breit, nichts Zivilisatorisches, was mir hätte nützlich sein können in einer etwaigen brenzligen Situation. Ich beschließe, mich nicht mehr umzudrehen, den Kontakt zu ihnen abbrechen zu lassen, denn nur allzu leicht kann ich da in etwas hineinrutschen, was ich gar nicht will. Aber dennoch bleibe ich mit den Ohren hellwach nach hinten gerichtet, ob mir einer oder gar mehrere folgen.

Ich gehe einfach weiter entlang des Weges und bin gespannt auf das, was mir begegnen wird. Meine ganze Aufmerksamkeit richtet sich jetzt auf eine Blicksperre, die da ein wenig versetzt nach hinten ein paar Meter von dem holperigen Weg in den waldigen Raum hinein errichtet wurde. Ein richtiger, echter Zaun, durch den man nicht hindurchsehen kann. Gemacht aus trockenen Blättern, Ästen und Blättern. Blättern und Blättern, Ästen und Ästen, stellenweise geknüpft zu einem richtigen Zaun. Meine Neugierde steigert sich durch den Umstand, dass ich nicht den kleinsten Fetzen, den Fetzen eines Blickes erhaschen kann. Nicht mal ein Blickchen oder ein Blicklein, nichts. Zu allem kommt jetzt auch noch hinzu, dass ich Stimmen höre, ich aber nicht ausmachen kann, was sie sprechen, es ist zu weit weg, ich kann es nicht hören. Ich ändere jetzt meine Richtung, weg von dem mir als ziemlich sicher erscheinenden, holprigen und fast breiten Weg auf einen nur ganz schmalen, ausgetretenen Pfad. Das ist nicht einmal ein Weg mehr, nein, es ist ein enger, schmaler, ausgetretener, kurvenreicher Pfad, der sich zwischen den vielen Bäumen und dem Dickicht da durch schlängelt. Ich denke mir, wenn ich nur lange genug an dem Äste-, Blätter-Zaun entlanggehe, dann bekomme ich vielleicht schon noch eine Chance, um ein oder zwei

Blicklein zu wagen hinter den geknüpften und geflochtenen, trockenen Blätter- und Äste-Zaun. Eher unbeteiligt schlendere ich den Pfad entlang, aber ab und zu gönne ich mir dann schon noch einen Blick auf den Äste-, Blätter-Zaun. Ach, ich möchte schon gern sehen, was sich da so zuträgt dahinter. Ah, da vorne, es ist in Sicht, da hört er endlich auf, der Zaun. Oder geht er im Neunzig-Grad-Winkel nach links einfach weiter? Dann hätte ich in der Tat keine Chance mehr, von dem Geplapper und den Stimmen etwas abzubekommen. Denn der schmale Pfad läuft geradeaus weiter und es sieht nicht danach aus, dass es auch einen Weg gibt, der nach links abbiegt. Ah, als ich am Ende des Zauns bin, die Überraschung ist perfekt, juhu, kein Zaun. Er hört da einfach auf, er ist schlicht und einfach einfach zu Ende. Und mit einer gewissen angenehmen Freude blicke ich mich langsam, aber entschieden um.

Frei ist der Blick auf mein Verlangen. Ein dichter, grüner Olivenhain, ein Baum neben dem anderen, zu seinen Füßen ein Acker mit langgezogenen Furchen zwischen und unter den Olivenbäumen. Drei Männer mit pechschwarzem Haar plappern und plappern da munter drauflos. Ich kann sie nicht verstehen. Sie sind gerade dabei, relativ kleine Säcke auf den Furchen auszubreiten. Ein Sack liegt dicht neben dem anderen, so dass keine freie Stelle mehr unter dem Olivenbaum zu sehen ist. Einer der drei legt gerade eine Holzleiter in den Baum und steigt hinauf, er beginnt an den Ästen zu zupfen und eher zu nesteln, erst ein wenig zaghaft, mit mäßigem Erfolg. Es scheint sich da nicht so recht etwas tun zu wollen. Die hängen ganz schön fest da dran. Erst nachdem er sich etwas mehr Mühe gibt, mit dem Rütteln und Schütteln, da kommt die ganze Sache erst so richtig in Gang. Die beiden anderen helfen von unten kräftig mit, mit dem Zupfen und Rütteln und Schütteln.

Ein wahrer Hagelsturm von lauter lila-blauen Oliven ergibt sich

Tunesisches Hinterland

Ein wahrer Hagelsturm von lauter lila-blauen Oliven fällt auf die Säcke, mit einem kleinen, feinen, dumpfen, prasselndem Geräusch geschieht es. Viele, ja es sind viele, die es da regelrecht niederregnet, niederschüttet. Man könnte denken, mit dem Prassellaut ergibt sich eine kleine Olivenschütteleuphorie, eine Erfolgseuphorie, denn wie in einem Takt, den der Olivenbaum vorzugeben scheint, werden die drei da gar nicht müde mit lauter Schütteln und Rütteln und Rütteln und Schütteln, es wirkt so, als machen sie sich gegenseitig Mut, jetzt spornen sie sich gegenseitig an, es kommt richtig Freude auf. Einer lacht sogar mit einem Eiahhh. Es entsteht fast ein kleiner Freudentaumel, bald ist fast keine helle Stelle mehr auf dem Boden zu sehen, eine richtig runde, dichte Fläche hat sich da ergeben. Vor lauter Erfolgseuphorie haben sie mich noch gar nicht entdeckt, so kann ich es mir leisten, noch etwas länger stehenzubleiben, um ihnen zuzuschauen. Denn es könnte schon zu einer kleinen Provokation kommen.

Der eine steigt langsam von der Leiter und geht staksig mit großen, vorsichtigen Schritten auf einen Sack zu, der am Boden liegt, hebt ihn auf, geht wieder zu den beiden anderen, die mittlerweile auch aufgehört haben mit dem

Rütteln und Schütteln. Sie bücken sich beide und suchen nach dem Anfang und dem Ende eines Sackes unter den Oliven. Sie fummeln richtig herum, es ist nicht einwandfrei auszumachen, wo Anfang und Ende ist. Schließlich haben sie einen gefunden, auf den sie sich geeinigt haben. Gleichzeitig, vorsichtig heben sie den Sack an allen vier Ecken an. Als sie wieder in der Senkrechten sind, ist es dann etwas leichter mit dem Halten, sie müssen nicht mehr so achtgeben, denn die Schwerkraft der Oliven einerseits und die Konsistenz des Sackes anderseits kommen in Harmonie miteinander. Der Dritte ist jetzt auch angekommen und hält den Sack den anderen beiden hin. Mit Leichtigkeit gelingt es, die Schwerkraft der Oliven umzulenken in den dunklen Sack. Ich sehe gerade einen historischen Film aus dem 19. Jahrhundert, aber merkwürdigerweise befinde ich mich mitten in dem Film, mittendrin, es wirkt wie in einem Zeitsprung, den ich wundersamerweise erfahre. Ein sonderbares Gefühl, so eine Zeitreise.

Auf dem Rückweg geht es einen ziemlich breiten Schotterfeldweg entlang. Hier zeigt sich die Natur von keiner schönen Seite, alles ist staubig von dem gepressten Schottersteinfeldweg. Es ist eine Art Landfeldweg ohne viel Verkehr, aber dennoch so viel Verkehr, dass alles mit einer grauen Staubschicht überzogen ist. Die hohen Lebensbäume sind nicht mehr grün, das Gras und die Sträucher sehen alle geradezu ganz blass und fahl aus. Überall Fetzten von Stoff, Fetzten von Papiertüten, durch die Luft gewirbelte Plastiktüten, die sich in irgendeinem Kaktus verfangen haben. Reste von einem alten Teppich, eine Autoachse, ein alter Gummireifen, Blechdosen und Schnipsel von irgendwas. Eben ein wüstes Durcheinander von allem. Es wirkt so, als ob hier jeder, wo er gerade steht und etwas zu entsorgen hat, dieses eben da tut. Oder dort, wo eine ärmliche Art zusammengeschusterter Hütte oder Ähnliches steht, wirkt es so, als ob der Betreffende seinen Müll einfach vor die Hütte schüttet und fertig. Es scheint gar kein Bewusstsein dafür vorhanden zu sein, dass hier vielleicht etwas nicht stimmt. Es wirkt so, als sei dies völlig normal so. Es scheint sich keiner daran zu stören. Überall ist das so.

Plötzlich, mit lautem Getöse und lautem Knattern, rauschen fünf von diesen merkwürdigen Ufos wieder an mir vorbei. Ich muss mich zur Seite drehen und die Augen zukneifen, weil mir der Staub in den Augen beißt. Noch einen Moment lang bleibe ich abgewendet stehen, bis sich der meiste Staub verzogen hat, dann erst kann ich umdrehen und weitergehen. Mit einem Mal ist alles ganz still, das Geknattere und Tösen, es hat einfach aufgehört, nach ein paar hundert Metern komme ich an ein ziemlich hohes Gestrüpp, ziemlich dicht und undurchsichtig, eine Art natürlicher Zaun, so wirkt es. Irgendetwas muss sich dahinter verbergen, es scheint ja regelrecht so angelegt zu sein. Als ich auf das Gestrüpp zugehe, zeichnet sich eine blasse Struktur von irgendetwas ab. Ich gehe dichter hinein in das dichte Gestrüpp, um besser erkennen zu können, um was es sich denn dabei handelt bei dieser Struktur. Regungslos bleibe ich stehen, und ich muss mich richtiggehend konzentrieren, um etwas erkennen zu können. Aber es bleibt nur eine blasse Struktur von irgendetwas. Jetzt gehe ich noch tiefer in das Gestrüpp hinein, sollte sich dahinter tatsächlich etwas befinden, dann könnte es unter Umständen zu einer peinlichen oder kompromittierenden Situation kommen, wenn man mich entdeckt, denn das wirkt ja schon fast so, als sei ich hier am Schnüffeln oder Spannen.

Regungslos und stumm verharre ich

Tunesisches Hinterland

Regungslos und stumm verharre ich und blicke nach vorn. Nicht ein einziges Ästchen hat da geknackt oder geknirscht bis zu dem Punkt, wo ich jetzt stehe. Ich muss sogar mit meinen Händen die Äste zur Seite biegen, die mir im Weg stehen, alles ganz vorsichtig und leise, kein Mucks ist von mir zu hören. Still und stumm stehe ich nun da und komme mir dann doch etwas schäbig vor mit meiner Neugierde. Aber ich will unbedingt herausfinden, was sich dahinter verbirgt. Ich konzentriere mich noch einmal richtig und komme langsam mit der Tiefenschärfe zurecht. Und Blick um Blick scheint sich ein größeres Bild zu ergeben. Es zeichnet sich ein Gebäude ab. Kein kleines Gebäude, es ist ein Haus, ein großes Haus, Pixel für Pixel muss ich in meinem Kopf wieder zusammen-setzten. Es ist eine Villa, eine Riesenvilla, jetzt ergibt sich langsam ein gesamtes Bild, es ist eine Riesen-Luxusvilla mit allem drum und dran. Mächtig und prächtig prangt da eine Ufo-Basisstation vor mir, reich verziert. Sie ähnelt einem barocken, orientalischen Schloss. Mit verzierten Türmchen, mit Rundbögen, Rundbauten und Balustraden, Nischen und Erkern und wieder und wieder reich verziert. Es ist einfach märchenhaft. Die orientalisch verzierten Balkongeländer, Treppengeländer. Alle Fenster und Nischen und Erker haben diese berühmten Gitter, schön verziert. Da, ich traue meinen Augen nicht, zuerst sieht es aus wie ein Schrotthaufen oder so etwas, das würde mich nach all dem Gesehenen hier nicht sehr wundern. Wieder muss ich Pixel für Pixel in meinem Kopf zusammensetzten. Das sind keine Schrottautos oder so etwas Ähnliches, nein, das sind lauter kleine Ufos. Eines neben dem anderen. Nicht etwa sechs oder sieben, nicht zehn oder fünfzehn, es sind an die hundert, wie ich schnell überschlage. Das muss wohl die Ufohauptstation sein. Von hier kommen also all diese merkwürdigen Ufonauten, die mit lautem Knattern und Tösen durch die Kakteenholperfeldwege rasen und den Staub aufwirbeln. Mit ihren merkwürdigen Blumenvasen an den Füßen, mit denen man bestimmt nicht laufen kann. Und ganz arg merkwürdigen Henkeltaschen, die scheinbar elegant über die Lenker hängen. Von hier kommen also diese leicht bekleideten, fast sexy wirkenden Ufonauten. Jetzt plötzlich höre ich Stimmen, ich kann aber nicht ausmachen von wo. Es muss aber in meiner unmittelbaren Nähe sein, denn sie werden immer deutlicher. Auweia. Jetzt Vorsicht! Ich wage noch einen kurzen Blick in Richtung der Stimmen und kann erkennen, dass es sich um die Ufonauten handelt, die eben an mir vorbeigesaust sind. Jetzt aber unbeteiligter, geordneter, leiser und stiller Rückzug. Sollten sie mich entdecken, so kann es immer noch bedeuten, ich hätte mal eben austreten müssen auf meinem kleinen Ausflug. Langsam und leise biege ich die Äste wieder zur Seite, die mir den Weg versperren, ich suche nach guten Tritten, vorsichtig, damit ich auf keinen verräterischen Ast trete. Schnapp, da fährt der Ast, den ich eben losgelassen habe, mit einem Surren wieder in seine ursprüngliche Lage und streift dabei heftig andere Äste mit lautem Tickern und Schlagen. Auweia, jetzt ist es passiert, erwischt. Ich drehe mich nicht mehr um und verharre einfach still und stumm einen Moment lang. Tut sich was? Bin ich entdeckt? Bin ich als übler Spanner entlarvt? Nichts – der Rhythmus der Stimmen da im Hintergrund hat sich nicht verändert, sie plappern und plappern da munter drauflos und weiter. Uff, Gott sei Dank. Nichts ist passiert. Ich nehme meinen unbeteiligten, geordneten, leisen und stillen Rückzug wieder auf. Es dauert noch ein wenig, aber der Holperschotterfeldweg ist schon in Sicht, jetzt geht die Spannung noch einmal hoch in meinem Körper, wenn jetzt einer kommt und mich doch noch entdeckt, jetzt so kurz vor dem sicheren Ziel des Holperschotterfeldweges, dann ist es passiert. Jetzt wird es richtig licht, gleich ist es geschafft, nur noch ein paar Schritte, die Spannung nimmt zu. Und – und – und. Geschafft. Ich bin wieder auf dem sicheren Holper-schotterfeldweg. Jetzt kann nichts mehr passieren. Ich bin auf der sicheren Seite. Puh, es ist geschafft, jetzt bin ich richtig erleichtert, die Anspannung löst sich und es legt sich ein leichtes Lächeln in mein Gesicht. Ich nehme meine vorhin eingeschlagene Richtung wieder auf.

Ich schreib Dir Zeilen aus Gold

Ich schreib Dir Zeilen aus Gold
Ich Schreib aus meiner Seele
Ich hab' nur zeigen gewollt,
Was hier passiert

Meine Tinte ist wie das Blut meiner ganzen Sippe
Dass Sie für mich beten ist für mich so gut
Dass ich für sie ein Lied trag auf meinen Lippen

Sie schrieben Zeilen aus Gold
Ich schreib' aus meiner Seele
Ich hab' nur zeigen gewollt,
Was hier passiert

Ich schreib' Dir Zeilen aus Blut
Und ich hoffe, Du fühlst es
Es ist gibt ein kostbares Gut und es verbirgt sich in Dir

Dein Lehrer weiß es nicht,
Dein Vater weiß es nicht,
Deine Mutter weiß es nicht,
Dein Verehrer weiß es nicht,
manche lügen Dir ins Gesicht
Sieh' zu, dass du nicht zerbrichst

Nicht mal du weißt es jetzt,
weil du dich nicht auseinandersetzt,
mit dem was du bist
Und auch ich weiß es nicht,
lüg' mir zu oft ins Gesicht mit dem was ich bin
und das macht doch keinen Sinn
Ich schreib Dir Zeilen aus Gold
Ich Schreib' aus meiner Seele
Ich hab nur zeigen gewollt,
Was mit uns passiert
Ich schreib' Dir Zeilen aus Blut
Und ich hoffe, du fühlst es
Es ist ein kostbares Gut,
das sich in dir verbirgt

Trauerfeier für Dora Geipel, geb. Glass

1. August 2013

Dora Geipel ist tot.

Ihr Leben ist zu Ende und dennoch: Ihr Leben geht weiter. Trotz aller Trauer, trotz aller Unsicherheit. Gott lässt uns nicht allein. Heute nicht, da wir Abschied nehmen müssen von Dora Geipel, und auch in Zukunft nicht, wenn uns die Erinnerung an vergangene Tage und die Leere um uns herum zu schaffen machen.

Wenn ein Mensch einmal die achtzig deutlich überschritten hat, dann sagt man schon hin und wieder, dass das Ende, der Abschied absehbar ist. Doch was der Kopf weiß und das Herz wirklich fassen will und kann, sind dann doch zwei unterschiedliche Dinge. Auch wenn ihr Geist sich schon seit Jahren auf die Reise gemacht hat, Ihre Mutter war immer noch bei Ihnen. Die Sorge für sie hat Ihr Leben geprägt und ihm eine sehr enge Struktur gegeben. Immer noch konnte sie ihre Freude am Grün der Gärten und den Farben der Blumen spüren und sehen. Immer noch freute sie sich über jeden Besuch von Freunden, die ihr bis zum Schluss die Treue gehalten haben. Nun ist der wesentliche Mittel- und Orientierungspunkt Ihres Lebens verwaist. Noch können Sie es vielleicht gar nicht wirklich begreifen, aber Sie

haben es erlebt. Dieses Verwelken eines Lebens, Schritt
für Schritt, das so viele Blüten und Früchte getragen hat.

Das kann schon Angst machen. Was ist es dann – dieses
Leben, das uns so einzigartig und einmalig erscheint?
Doch so unerbittlich und unausweichlich einfach
verblüht?

Bei aller Schwere, die, wie Sie erzählt haben, Ihre
Mutter immer wieder ergriffen hat, war sie wohl von
einem großen Vertrauen erfüllt. Das kommt in dem
Gedicht von Rainer Maria Rilke zum Ausdruck, das sie
vor sechs Jahren über das Sterben ihres Mannes gestellt
hat.

Die Blätter fallen, fallen wie von weit,
als welkten in den Himmeln ferne Gärten;
sie fallen mit verneinender Gebärde.

Und in den Nächten fällt die schwere Erde
aus allen Sternen in die Einsamkeit.

Wir alle fallen. Diese Hand da fällt.
Und sieh dir andre an: es ist in allen.

Und doch ist Einer, welcher dieses Fallen
unendlich sanft in seinen Händen hält.

Ein Menschenleben kann nie nur in einem Bild treffend
gezeichnet werden. Zu viele und unterschiedliche

Erlebnisse liegen darin, so viele Menschen sie kennen, so viele unterschiedliche Bilder wird es von ihr geben, jeder und jede hat sie auf seine bzw. ihre Weise erlebt, verbindet ganz eigene Erfahrungen, Gefühle und Gedanken mit ihr. Und doch: Es ist diese eine Frau, Dora Geipel, ganz einmalig hat sie ihr Leben gestaltet, eben so wie es ihr möglich war.

Frau Dora Geipel, geborene Glass, ist am 26. Mai 1929 als jüngeres von zwei Kindern in Königsberg geboren und zur Schule gegangen.

Das Aufgewachsen in einer erfolgreichen Kaufmanns-familie hat sie vielleicht später die langen Jahre finanzieller Knappheit besonders hart erleben lassen. Aber wie viel mehr Wunden und Narben hat die Seele des kaum sechzehnjährigen Mädchens wohl von der furchtbaren Zeit der Flucht 1945 aus Königsberg heraus davongetragen, bei der ihr Vater ums Leben kam?

Von Mutter und Bruder getrennt, allein auf dem mit Flüchtlingen vollgestopften Schiff und dann im Internierungslager in Dänemark. Wir, die Nachkriegsgeneration, können uns das gar nicht vorstellen. Immer und immer wieder kamen die Schreckenserinnerungen hoch, immer und immer wieder wollte und musste sie davon erzählen. Wie viel ihrer Schwere, wie viel ihrer immer wiederkehrenden Traurigkeit und Tränen ihre Wurzeln darin wohl hatten?

Vielleicht war ja das Singen, das sie im Lager angefangen hat, eine wesentliche Kraft, die sie all das überleben ließ. Durch die Hilfe des Roten Kreuzes fand der Rest der Familie, ihr Bruder und ihre Mutter, wieder zusammen. In Konstanz fand sie dann mit ihrer Mutter eine erste sehr ärmliche Unterkunft.

Hier lernte sie den Künstler Hans Geipel kennen, den sie Mitte der Fünfzigerjahre heiratete.

Nach dem Scheitern des Versuchs, dort bei Konstanz auf der Höri eine Pension zu führen, zog das Paar nach Stuttgart und fand eine erste Unterkunft in einem kleinen Zimmerchen. 1957 und 1958 wurden die beiden Söhne geboren. Neben der Sorge für die Kinder war bis zum Schluss sie diejenige, die mit ihrer ganz eigenen Genauigkeit und Akribie die – zumindest am Anfang – sehr knappen Mittel des Künstlerhaushalts zusammenhielt. Trotz allem schaffte sie es, nebenbei noch eine Gesangsausbildung an der Stuttgarter Musikhochschule zu absolvieren.

1967 konnte sie sogar das neu gebaute Haus beziehen.

Neben dem Singen im Chor der Staatsoper Stuttgart und den vielen solistischen Auftritten bei unterschiedlichen Gelegenheiten waren es auch die Natur, das Arbeiten im Garten, das Wahrnehmen der Schönheit der Pflanzen, das Hören auf das Plätschern des Wassers und Zwitschern der Vögel, aus denen sie die Kraft bezog, die vielleicht auch all dem erlebten Schweren das Gegengewicht gab.

Seit 2004 bemerkten Sie, die Söhne, dass sie nach und nach geistig abbaute, immer mehr übernahmen nun Sie ihre Aufgaben und sorgten in den letzten Jahren mit unendlich viel Einsatz dafür, dass sie bis fast zuletzt zu Hause leben konnte.

Es war und ist die Liebe zur Musik, die wesentlich zu ihr gehörte. Die vielen Konzerte, die Sie in den letzten Jahren besonders in der Liederhalle begleiten „mussten", können Sie gar nicht mehr zählen. Aber diese war wohl immer auch verbunden mit einer ganz großen Verbundenheit mit der Natur. In welch geradezu poetische Worte konnte sie ihre Beobachtungen des Taus auf dem Gras oder des Sonnenglitzerns auf dem Wasser oder des Singens der Vögel fassen.

Vielleicht war es auch dieses Graben und Säen, dieses Unkrautjäten und Beobachten, wie sich der Garten jedes Jahr wieder in vollem Grün und Farben präsentiert, was ihr immer wieder dieses Vertrauen ermöglichte.

Ganz tief erfüllt war sie jedenfalls von der Gewissheit, dass das Licht und diese Lebenskraft ihr und uns zur Verfügung stehen.

„Und morgen wird die Sonne wieder scheinen."

Wie oft haben Sie diesen Spruch doch aus ihrem Mund gehört.

Wie jeder Mensch, so hat auch Dora Geipel besonders die Nächsten sicher nicht nur beschenkt und bereichert, auf ihre eigene Weise, das Leben zu gestalten, wird sie auch immer wieder andere belastet haben.

Großangriff auf Königsberg – die Flucht

Im Januar 1945 beginnen die Russen einen Belagerungsring um Königsberg zu legen. Die Menschen leben nur noch mit dem Nötigsten in ihren Kellern. Wenn die Deutschen angefangen haben zu schießen, haben die Russen sofort geantwortet. Es wird immer nur in Intervallen geschossen. In den Pausen kocht man schnell Tee, und die Leute essen eine Kleinigkeit. Doras Großmutter ist im selben Keller, sie hat eine Venenentzündung.

„Sie röchelt nur noch", schreit die Mutter, „die Oma stirbt." Nachts ist relative Ruhe, keine Angriffe. „Holt den Opa!" Telefonieren geht nicht mehr, das ist alles kaputt. Dora und ein Bekannter laufen los und suchen den Opa. Eine Viertelstunde laufen sie. Sie finden ihn, und er geht mit ihnen mit in den Keller. Es spricht sich schnell herum, dass die Oma im Sterben liegt. Aber nach seiner Ankunft stellen sie nur noch fest, dass sie tot ist. Irgendjemand sagt draußen Bescheid: „Die Oma ist tot." Es dauert eine Weile, aber dann kommen Bekannte und bringen eine Kiste mit. Da hinein verfrachten sie die Oma. Irgendjemand geht noch mal durchs ganze Haus und sieht eine Granate am Boden liegen. Sofort spricht sich die Nachricht herum. Pfarrer Beckmann informiert alle anderen.

Die Beerdigung wird vorbereitet. Als es so weit ist, kommen mitten in die Beerdigung zwei Soldaten: „Wir sollen hier eine Granate entschärfen." Es sind Juden, sie haben gestreifte Hosen an. Es dauert eine Weile, bis die Bombe entschärft ist. Sie wickeln die Bombe in Filz ein und bringen sie in zwei Teile zerlegt aus dem Haus. Martha ist schon beerdigt, da gibt es neue Probleme wegen der Ruhestätte. Die Oma ist zu dicht an der Kirche beerdigt. Also graben sie sie wieder aus. Laden sie auf einen Pferdewagen, Dora sitzt mit auf dem Pferdewagen, sie fahren auf den regulären Friedhof. Dort wird sie dann wieder begraben.

Eines Nachts kommen fünf Panzer angefahren. Alle Kellerbewohner verhalten sich ruhig und stumm, keiner weiß, was los ist, alle haben fürchterliche Angst. Am nächsten Morgen hören sie die Panzer wieder. Dora geht nach oben, um nachzusehen, was da los ist. Sie sieht, wie die Panzer Leichen an Stricke gebunden hinter sich herziehen, alle steif wie Bretter, dazwischen auf den Panzern Menschen mit leichteren Verletzungen.

Ein paar Tage später klopft es an der Tür. Bekannte sind gekommen und kondolieren zum Tod ihrer Tochter. Sie sei eine paar Straßen weiter weg gefunden worden, sie liegt tot auf der Straße. Die Mutter ist verwirrt, Verzeihung, aber meine Tochter ist unten im Keller.

Die Flucht wird vorbereitet

Draußen sollen sich alle an einem vereinbarten Platz treffen. „Es kommt dann ein Lastwagen und nimmt euch alle mit, Richtung Schiff." Angekommen am vereinbarten Platz, warten alle. Dort ist ein großer Haufen „Etwas" mit einer Plane abgedeckt. Viele setzen sich dort hin und warten. Einigen kommt es merkwürdig vor, worauf sie sitzen, weil man sich richtig hinsetzen kann. Dora steht wieder auf und hebt die Plane ein wenig an, um nachzusehen, was sich darunter befindet. Es sind lauter Leichen. Sie sagt aber nichts und setzt sich wieder hin. Ein offener Lastwagen kommt an und hält. Als der Fahrer aussteigt, schreit er: „Los, alles rauf auf die Ladefläche!" Dora sieht, dass es ihr Vater ist, der den Lastwagen fährt. Auf dem Lastwagen sind schon zahlreiche Leute. Alles muss schnell gehen. Oben auf der Ladefläche sieht Dora einen verletzten Jungen. Sie wurstelte sich bis zu ihm durch und setzt sich neben ihn. Sie versucht, ihn anzusprechen, aber er ist ziemlich benommen. Er ist ziemlich schwer verletzt. Sie sieht, das sein ganzer Bauch offen ist und die Eingeweide herauskommen. Der Lastwagen setzt sich in Bewegung, Richtung Schiff. Dora bleibt bei dem Jungen und hält seinen Kopf. Er schreit immer wieder laut auf, wenn es auf dem Lastwagen zu holprig wird. Sie weiß instinktiv, dass es nicht mehr lange dauert, bis er stirbt. Sie spricht mit ihm, versucht ihn zu trösten. Es dauert nicht mehr lange – er stirbt in ihren Armen.

Irgendwo angekommen, heißt es: „Los, alles runter und da die Straße lang, dort ist das Schiff." Die Straße geht ziemlich geradeaus, alle laufen, so schnell es eben geht, sie helfen sich gegenseitig. Plötzlich kommen Kampfflieger im Tiefflug auf die Menschen zu. Sie feuern aus ihrem Maschinengewehren, was das Zeug hält. Dora erkennt, dass es englische Flieger sind, die auf sie schießen. Sie kann deutlich sehen, dass der Schütze eine braune Lederhaube auf dem Kopf hat. Immer wieder springen sie in die geschaufelten Löcher, die rechts und links neben der Straße sind, wenn die Flieger kommen. In den Löchern liegen lauter Verletzte und Leichen, auf die sie springen, um den Maschinengewehrsalven der Flieger zu entgehen.

Angekommen auf dem Schiff, geht es ähnlich grausam zu. All die Verletzten. Sie teilt sich eine Pritsche mit einem Jungen, abwechselnd legen sie sich auf die Pritschen, um sich etwas auszuruhen. Auf dem Deck befindet sich eine Art Sitzplatz, ein runder, auf dem zwanzig bis dreißig Leute hocken. Es stellt sich heraus, dass das eine Riesentoilette ist. Auch Dora sitzt zwischen den vielen Menschen.

Als das Schiff im Hafen ankommt, müssen alle sofort runter. Wieder ein langer Weg zu Fuß bis ins Lager. Rechts und links am Straßenrand stehen die Dänen. Sie sind gar nicht gut auf die Deutschen zu sprechen. Immer wieder schimpfen sie, sie spucken und werfen mit Deck.

Die Dänen sind alle so wütend, denn sie haben ja selbst kaum was zu essen in dieser Zeit. Jetzt müssen sie auch noch die Deutschen mit Essen und Trinken versorgen. Im Lager ist das Einzige, was bleibt, das Singen. Schnell findet sich eine Gruppe zusammen. Ein Chorleiter ist auch darunter. Er bemerkt sofort, dass Dora eine außergewöhnliche Stimme hat. Er fördert sie, so gut er kann. Er gibt ihr auch die Möglichkeit, solistisch zu singen. Die Begeisterung im Lager ist groß. Irgendjemand besorgt Noten, damit sie noch besser singen kann. Das Essen ist denkbar schlecht. Es gibt immer nur dünne Suppe mit etwas Undefinierbarem drin, dazu ein Stück trockenes Brot. Das gibt es zweimal am Tag. Wie sie erst viel später erfährt, geht es ihrer Mutter besonders schlecht. Es gibt regelrechte Massenvergewaltigungen durch die Russen.

Im Zuge der Umsiedelung nach Beendigung des Krieges kommen sie und ihre Mutter nach Konstanz am Bodensee. Untergebracht werden sie in der Irrenanstalt. Nicht wegen ihres Zustands, sondern weil es dort viele Betten gibt. Eine sehr ärmliche Unterkunft.

Wie sie erst viel später erfährt, trifft ihren Vater, der mit den Flüchtlingen auf dem Lastwagen immer wieder Richtung Schiff unterwegs ist, eine Fliegerbombe. Sie hat nie wieder etwas von ihrem Vater gehört.

Ihr Bruder kommt nicht in Gefangenschaft. Er ist verletzt. Eine Bombe, die in seiner Nähe explodiert, hat ihm das linke Bein zerfetzt. Es soll ihm abgenommen werden, aber er hat sich heftig dagegen gewehrt. Es ist alles einigermaßen verheilt, er ist aber sein ganzes Leben gehumpelt. Er hat es irgendwie bis nach Dortmund geschafft und ist dort auch geblieben, der Liebe wegen. Er ist später der Leiter eines großen Einzelhandelsladens in Dortmund.

Der Tod kommt in Tausend kleinen Sprengsätzen

Zeitgeschichte
15.04.2003
Brennpunkt

Sprecherin im Gespräch mit Tom Buhrow

Sprecherin

… zusammen oder aber es kommt zu diesem gefürchteten Häuserkampf. Heute hören wir plötzlich Signale aus Washington, da solle die Stadt isoliert werden. Was haben wir uns darunter als dritte Möglichkeit vorzustellen?

Tom Buhrow

Dass man noch wartet, einmal bis Verstärkung eintrifft, in dieser Zeit weiter Luftangriffe fliegt wie die, die wir das eben mitbekommen haben. Dass man die irakische Führung isoliert von den Truppen und den republikanischen Garden, die außerhalb der Stadt sich noch befinden mögen, und dann wäre die Führung gewissermaßen isoliert in einem Kessel und hätte keine besondere militärische Bedeutung mehr. Aber diese Variante hat auch einen politischen Aspekt und da spielt wirklich die Musik, denn man spricht in Washington jetzt offen davon, möglicherweise schon bevor Bagdad eingenommen ist, eine Parallelregierung oder Parallelverwaltung zu installieren, das würde bedeuten, dass man die Nachkriegsordnung schon angeht, während der Krieg offiziell noch andauert. Und das ist natürlich, da ist sehr viel Konfliktstoff nicht nur zwischen Europäern und Amerikanern, sprich, wird die Militärverwaltung sein, wird die UNO eine große Rolle spielen etc., da ist auch Konfliktstoff zwischen den USA und ihrem engsten Verbündeten Großbritannien und Konfliktstoff innerhalb der amerikanischen Regierung.

Dankeschön Tom Buhrow in Washington.

Sprecherin

Krieg ist immer schmutzig, blutig, tödlich, und trotzdem versucht die Völkergemeinschaft seit fast 100 Jahren, so etwas wie Regeln für den Krieg zu entwickeln. Das, was die Amerikaner im Moment am meisten fürchten, ist ja, dass Saddam Hussein doch Chemiewaffen einsetzt, und die wären nach diesen internationalen Vereinbarungen eindeutig geächtet. Aber wer hält sich schon an Regeln in einem Krieg, an dem die eine Seite alles zu verlieren hat und auch die andere Seite eine ganze Menge?

Christine Adelhardt berichtet:

Der Tod kommt in Tausenden kleinen Sprengsätzen. „Platz der Bomben", auch konventionelle Atombomben genannt, weil ihre Wirkung so verheerend ist. Versprochen waren saubere, chirurgische Eingriffe, das Bombardement dagegen zeigt täglich eine andere blutige Realität. Und mit dem Einsatz von Cluster-Bomben wird der Krieg noch dreckiger. Denn Streubomben unterscheiden nicht zwischen militärischen und zivilen Zielen, sie explodieren großflächig und töten wahllos.

„Die Verwendung von Streubomben ist meines Erachtens eindeutig ein Verstoß gegen die Genfer Konvention, die in ihrem ersten Zusatzprotokoll von 1977 ausdrücklich die Benutzung von unterschiedslos tötenden Waffen verbietet und insofern ist das meines Erachtens Völkerrechtsbruch."

Ein militärischer Beobachter

Ausdrücklich verboten sind Cluster-Bomben nicht, aber geächtet. Die Genfer Konvention lässt Spielraum und spitzfindige Militärs nutzen ihn. Sie sind die am besten geeigneten Waffen, vor allem wenn wir Ziele auf großen Flächen treffen wollen. Wenn wir sie nicht nutzen, setzen wir unsere eigenen Truppen einem großen Risiko aus. Die am besten geeigneten Waffen auf der anderen Seite,

Selbstmordattentäter – diese selbst ernannten heiligen Krieger – sind bereit, sich für Saddam Hussein zu opfern. Christine Adeldardt

Zweimal schon haben sie ihr Ziel erreicht. Keine Waffe ist so präzise, so intelligent, so heimtückisch. Statt Hightech-Waffen der Einsatz des eigenen Lebens. Beide verstoßen gegen Völkerrecht und ich finde, wir haben natürlich in vielen Kriegsfällen, die wir haben, das in der Vergangenheit gesehen. Es gab eigentlich überhaupt keinen Krieg, wo nicht systematisch Völkerrecht verletzt worden ist, auch die Genfer Konventionen verletzt worden sind, aber ich finde auch, man darf nicht davon ausgehen, … man darf sozusagen kein Freibrief erteilen, wenn eine Seite Rechtsverletzungen begeht, dann kann die andere nicht diese Verletzungen als Legitimation für sich benutzen, um selbst Recht zu brechen. Also dies würde tatsächlich dann dazu führen, dass wir am Schluss im Faustrecht enden und das Völkerrecht nicht mehr existent ist. Völkerrechtsdiskussionen hin oder her, viele der Sprengsätze von Streubomben explodieren nicht sofort, die Menschen im Irak müssen mit ihnen leben. Der Tod wartet in tausenden kleinen Zeitbomben.

Dieser Tag gibt uns Rätsel auf, was meint der irakische Informationsminister, wenn er unkonventionelle Angriffe ankündigt, und warum zeigt uns gerade heute das irakische Fernsehen Saddam Hussein inmitten einer jubelnden Menge? Fragen wir unseren Nahostexperten Michael Lüders in Berlin.

Cristine Adelhardt

Herr Lüders, wie verstehen Sie diese Ankündigung?

Michael Lüders

Das Regime steht massiv unter Druck und versucht die letzten Reserven zu mobilisieren, man weiß ja genau, jetzt kommt die entscheidende Schlacht. Saddam Hussein hat immer gesagt, wir wollen die amerikanischen Truppen in den Häuserkampf um Bagdad zwingen, jetzt ist die Stunde der Entscheidung, wo dieses geschehen könnte, die Amerikaner hoffen, dass es dazu nicht kommt, und Saddam Hussein zeigt jetzt Flagge, versucht noch einmal, seine Leute zu mobilisieren, und in der Tat dürfen wir uns nicht verleiten lassen von diesen Bildern, dass es nun all zu rosig vorangehen sollte um jeden Preis. Aus der Stadt Umm Qasr berichtet die arabische Zeitung Al-Hayat heute, also der Grenzstadt zu Kuwait, die längst schon unter Kontrolle der Alliierten ist, werden erneut heftige Kämpfe gemeldet, also der Krieg ist möglicherweise doch noch nicht so schnell vorbei, wie wir es uns alle wünschen.

Christine Adelhardt

Obwohl der Widerstand der republikanischen Garden für uns ja überraschend gering erscheint?

Michael Lüders

In der Tat ist es erstaunlich, dass sich über 2.500 Soldaten ergeben haben. Sie haben sicherlich das einzig Vernünftige getan, aber es gibt davon ja noch über 100.000 Elitesoldaten und es bleibt abzuwarten, was sie tun werden. Sie wissen genau, dass sie keine Zukunft haben werden in der Zeit nach dem Regime von Saddam Hussein und sie müssen befürchten, massakriert zu werden von ihren eigenen Landsleuten als Reaktion auf das, was sie in den letzten Jahrzehnten getan haben. Insofern dürfte ihre Motivation zu kämpfen, und sei es bis zum Tod, sehr ausgeprägt sein.

Vielen Dank Herr Lüders nach Berlin.

Christine Adelhardt

Der Irak, ein Land in Angst, und solange Saddam Hussein seine Botschaften über das Staatsfernsehen noch verbreiten kann, fürchten offenbar viele Iraker seine Rache mehr als die Angreifer.

Die US-Armee meldet die Eroberung Bagdads Flughafens

TV-Sprecherin

Zum Abschluss wie immer die Schlagzeilen dieses Tages:
Die US-Armee meldet die Eroberung Bagdads Flughafens. Der Irak sagt, die US-Soldaten seien auf dem Gelände umzingelt. Bei einem Selbstmordanschlag auf einen US-Kontrollstützpunkt starben drei Soldaten und das irakische Fernsehen zeigt angeblich aktuelle Bilder von Saddam Hussein inmitten jubelnder Menschen in Bagdad. Das US-Militär plant nach eigenen Angaben zunächst keine Straßenkämpfe zur Eroberung Bagdads.

Das war unser Brennpunkt aus Köln, frische Informationen im Bericht aus Berlin um halb elf, dort dann übrigens auch mit dem Deutschlandtrend und Umfragen - was denken die Deutschen über den Krieg. Bis dahin.

Das Ende des Despoten

Als Überlebenskünstler, der den Amerikanern die Stirn bot, konnte Saddam Hussein sein Ansehen in der arabischen Welt trotz mörderischer Verbrechen und bitterer Niederlagen behaupten. Jetzt zerbarst der Mythos durch den Verrat eines Getreuen.

Die „Sonne Babylons" reckte genau in dem Augenblick die Hände aus dem Erdloch, als die Entdecker seines Verlieses schon eine Handgranate in das Versteck werfen wollten. Einen Moment später erschien das nur zu bekannte Haupt des „Nachfolgers von König Nebukadnezar II." im gleißenden Licht der Stablampen seiner Häscher, das lange, noch immer schwarze Haar verfilzt, die Stirn verletzt, der grau melierte Bart verdreckt.

Gut ging es ihm wahrlich nicht, dem „wieder erschienenen Saladin", dem „Erwählten", der die arabische Nation beim nächsten Sturm auf Jerusalem anführen wollte. Zwei US-Soldaten mussten dem „Vater zweier junger Löwen" unter die Arme greifen, damit der einst stattliche Mann aus dem engen Einstieg zu seinem Erdloch klettern konnte. Einige Augenblicke darauf fand sich al-Kaid al-Daruri, der unersetzliche Führer, wie sich der Raïs von Bagdad ohne falsche Bescheidenheit zu nennen pflegte, auf dem Boden wieder, die Hände an den Daumen gefesselt und den Kopf mit Säcklein verhüllt.

Welch eine Demütigung.

18 Stunden später öffnete sich im Westflügel des Weißen Hauses eine mit goldenen Leisten verzierte Tür, und hinaus trat George W. Bush, gemessenen Schrittes, um Bändigung der Gesichtsmuskeln und Gefühle bemüht. Der Präsident, dem sonst der zusammengekniffene Mund so schnell zu schadenfrohem Grinsen entgleitet, trat mit ernster Miene an das Stehpult, das Sternenbanner und die Präsidentenfahne hinter sich, und verkündete, ganz Staatsmann und voller Demut: „Gestern, am 13. Dezember, um 20.30 Uhr irakischer Zeit, haben Streitkräfte der Vereinigten Staaten Saddam Hussein gefangen genommen." Der Texaner, der die Jagd auf den Diktator von Bagdad immer auch als seine persönliche Sache verstanden hatte - „Der hat versucht, meinen Daddy umzubringen", verstieg sich diesmal nicht in seinem gewohnten Pathos. Drei Minuten lang begründete er, warum dieser Tag ein „Tag der Hoffnung" sei, und warnte, dass im Irak das „Ende der Gewalt" noch nicht gekommen sei. Dann verschwand er wieder durch die Seitentür.

Welch ein Triumph

Der heruntergekommene Erdschrat dagegen hatte nicht den Eindruck gemacht, als wäre er noch der Kopf des Aufstandes gegen die Besatzungsmacht. Das Lehmloch war kein Kommandostand, Saddam Hussein besaß nicht einmal ein Handy, und die beiden Getreuen, die mit ihm in Haft gerieten, kutschierten ihn offenbar von Versteck zu Versteck.

Die Tonbänder, die Saddam in den 249 Tagen seiner Flucht in die Welt sandte, hatten die Stärke des einstigen Machthabers offenbar nur noch vorgetäuscht. Zuletzt jedenfalls war er nicht mehr das, was er seinen Anhängern geschworen hatte – ein Kämpfer gegen die Kreuzzügler aus dem Westen; jemand, der inmitten seiner Getreuen noch im Untergang den Widerstand selbst organisiert und notfalls den Märtyrertod nicht scheut, den er bei seinen Söhnen als nachahmenswertes Vorbild so gepriesen hatte.

Zum Schluss beschäftigte ihn offenbar nur noch die Flucht – 24 Stunden am Tag. Da musste es reichen, dass sein bloßes Überleben die Aufständischen befeuerte. Und in der Tat: Sein Mythos schien ja mit jedem fehlgeschlagenen Versuch, ihn zu fangen oder zu töten, ins Unermessliche zu wachsen: Saddam, der Gerissene, der Überlebenskünstler, den tumben Amerikanern seit mindestens 13 Jahren allemal einen Schritt voraus.

So hat sich Saddam im ganzen Nahen Osten einen Ruf wie Donnerhall erworben. Dass er der einzigen Supermacht auf Erden in zwei Kriegen die Stirn bot, machte auf die an Gewalt und Blutvergießen gewöhnte Region oft mehr Eindruck als sein mörderischer, menschenverachtender Machterhalt.

Gerade deshalb muss sein ruhmloses Ende auf unverbrüchliche Anhänger im Irak und im gesamten arabischen Raum so niederschmetternd wirken. Kein letztes Gefecht mit der Kalaschnikow wie bei seinen beiden Söhnen im Juli in Mossul, kein Selbstrichten mit der Pistole, die er bei seiner Festnahme im Hosenbund trug, keine Kompromisslosigkeit, als es um ihn selbst geht. Stattdessen lässt sich der gefürchtete Diktator aus seinem Verlies ziehen und erklärt seinen Häschern in einem nahöstlich akzentuierten Englisch und in grotesker Verkennung seiner Lage: „Mein Name ist Saddam Hussein. Ich bin der Präsident des Irak und zu Verhandlungen bereit." Ein bisschen königlicher Hochmut noch im Moment der Selbstaufgabe, das war's.

War's das? Die Weltmacht Amerika macht sich keine Illusionen darüber, dass den Aufständischen jetzt die Luft ausgehen könnte. Ihnen mag der Patron fehlen, aber sie sind ja ohnehin schon eine Weile ohne seine Anweisungen ausgekommen. Vielleicht ändert sich auf mittlere Sicht das Gesicht dieses Widerstands, wohl kaum aber die Anzahl und Wucht der Anschläge. Damit dürften auch künftig US-Soldaten sterben, was die Rechtfertigung des Krieges in den Augen vieler Amerikaner fragwürdig erscheinen lässt. Auch über die Frage, wer Saddam verurteilen darf und wozu, droht ein Streit mit vielen Facetten. Die USA möchten ihn wohl am liebsten selbst richten, der irakische Regierungsrat besteht auf dem Gerichtsort Bagdad. UNO-Generalsekretär Kofi Annan würde einen internationalen Gerichtshof bevorzugen und ist gegen die Todesstrafe, Bush genau umgekehrt.

Neun Monate lang machten US-Soldaten Jagd auf Saddam, seit über zwei Jahren sind sie hinter Osama Bin Laden her, fast ebenso lange fahnden FBI-Agenten nach dem Anthrax-Mörder im eigenen Land – da ist die Genugtuung über wenigstens einen überfälligen Erfolg natürlich groß. Denn mächtig nagt der Selbstzweifel an der Supermacht, dass sie zwar Kriege gewinnen, aber „das Geschäft nicht zu Ende bringen kann", wie Präsident Bush das nennt – das Unvermögen, für Stabilität zu sorgen, weil die Gegenspieler so schwer zu fassen sind. Das Protokoll der aufwendigsten Menschenjagd der Geschichte und des Falls des Tyrannen.

19. März, Washington D. C., Weißes Haus

Amerikas Truppen sind längst aufmarschiert, der Krieg ist fest beschlossen, da wirft die CIA zwei Tage vor dem geplanten G-Day, an dem ein „Go" von Präsident George W. Bush den Krieg beginnen soll, den monatelang vorbereiteten Angriffsplan über den Haufen: „Zuverlässige Quellen" hätten den genauen Aufenthaltsort Saddam Husseins gemeldet, berichtet CIA-Chef George Tenet seinem Präsidenten. Der Diktator verstecke sich in einem Gebäudekomplex mit Namen Dura in einem Vorort von Bagdad. Wenn man sofort zuschlage, böte sich die Möglichkeit, den Krieg zu beenden, ehe er begonnen habe.

Der Kommandierende General Tommy Franks nennt einen Zeitpunkt, bis zu dem er eine Entscheidung braucht, um den geheimen Schlupfwinkel des Diktators noch zeitgerecht zu treffen. Drei Minuten vor Ablauf dieser Frist befiehlt Bush: „Let's do it."

Fünfeinhalb Stunden nach Ablauf eines letzten Ultimatums

20. März, Bagdad

Fünfeinhalb Stunden nach Ablauf eines letzten Ultimatums, um 5.34 Uhr Ortszeit, eröffnen 40 Marschflugkörper und die Bomben zweier Tarnkappenflugzeuge vom Typ F-117 die bewaffnete Jagd auf den Despoten – mit einem Misserfolg.
Nur drei Stunden nach dem so genannten Enthauptungsschlag tritt ein etwas fahrig wirkender Saddam im Fernsehen auf und verspricht seinem Volk den Endsieg. Wieder und wieder werden die Amerikaner im Verlauf des Krieges versuchen, durch die gezielte Tötung ihres Hauptgegners den Krieg zu beenden.

Bei insgesamt 50 angeblichen Präzisionsschlägen gegen Saddam und seine wichtigsten Helfershelfer zielen sie dabei meist auf Koordinaten, die sie aus abgehörten Telefonaten der Gesuchten ermittelt haben. Doch anders als beim Gebrauch von Handys in westlichen Städten sind im Irak Ortsbestimmungen nur mit einer Abweichung von bestenfalls 100 Metern möglich - viel zu unpräzise für Waffen, deren Zielpunkte auf den Meter genau eingestellt werden müssen. Die Angriffe verfehlen ausnahmslos die anvisierten Spitzenleute des Regimes. „Viele hundert Opfer unter der Zivilbevölkerung hätten vermieden werden können", rügt Kenneth Roth, Direktor der New Yorker Menschenrechtsorganisation Human Rights Watch, den ungenauen Einsatz der zielgenauen Waffen bei der Kopfjagd auf Saddam.

9. April, Bagdad

Die Schlussphase des Krieges hat begonnen. Stoßtrupps der Amerikaner haben bereits Bagdads internationalen Flughafen und Teile des verwüsteten Regierungsviertels am Westufer des Tigris besetzt. Das Saddam-Regime ist implodiert, die Republikanische Garde, paramilitärische Fedajin und Milizen der Baath-Partei sind verschwunden.

Plötzlich, die Szene wird später von Abu-Dhabi-TV gezeigt, taucht Saddam, Sohn Kussei an seiner Seite, im Nordwesten Bagdads auf. Auf dem Platz vor der Abu-Hanifa-Moschee, einem religiösen Zentrum der irakischen Sunniten, präsentiert sich der Raïs lässig einer Schar zum Jubeln abgestellter Leibwächter und erstaunter Anhänger. Erstaunt deshalb, weil im Hintergrund schwere Rauchschwaden von US-Bombardements zu sehen sind. Aber Saddam, 65, spaziert einfach so durch die Stadt.

„Ich kämpfe Seite an Seite mit euch", verspricht er der Gruppe, die sich um ihn drängt. Dann zieht der Trupp zur Tigris-Brücke, an der ein riesiges Saddam-Poster steht. „Vergesst den nicht", ruft der Diktator, auf das Poster zeigend, seinen Anhängern zu und verschwindet in einem Mercedes.

Der fährt ihn zu einer Villa im Nobelviertel Mansur, wo Saddam seine zweite Frau Samira Schahbandar mit dem gemeinsamen Sohn Ali, 21, einquartiert hat. „Er war niedergeschlagen und traurig", teilt die ehemalige Lehrerin nach ihrer Flucht in den Libanon der „Sunday Times" mit, „er führte mich in ein Zimmer und weinte. Er wusste, dass er verraten worden war." Bald danach bringen Saddams Leibwächter Samira in einem alten Pritschenwagen und Ali mit einem Taxi zur syrischen Grenze.

Das Auftauchen vor der Moschee war Saddams letzter Show-Auftritt. Tage später, dann allerdings in Zivilkleidung, verlässt der Despot mit seiner engsten Entourage die Hauptstadt. Er setzt sich ab nach Norden, ins Herzland seiner Getreuen im Dreieck zwischen Bagdad, Falludscha und Tikrit, wo die Sunniten mit konservativen Stammesstrukturen dominieren. Hier hat Saddam ein Netz von Verstecken vorbereitet, das ihm erlaubt, während der nächsten Monate wie ein Dschinn, ein böser Geist, durch das Land zu irrlichtern.

11. April, US-Hauptquartier in Doha

General Vincent Brooks präsentiert der Weltöffentlichkeit Washingtons jüngste Fahndungswaffe für die Jagd auf Saddam – das „Deck of Death": ein Kartenspiel des Todes, dessen 52 Blätter je ein Gesicht, den Namen und die Funktion der insgesamt 55 meistgesuchten Mitglieder aus Saddams Herrschafts-Clique zeigen. Das in der Truppe weit verteilte Pokerspiel, schon bald eines der beliebtesten Souvenirs aus Bagdad, soll helfen, hofft Brooks, dass die Untergetauchten „verfolgt, verhaftet oder getötet" werden. Viele der Funktionäre, besonders die aus dem Kartenspiel des Todes, werden sich für die Verbrechen des Regimes vor einem Sondertribunal verantworten müssen. Vor allem aber die Kerntruppe um Saddam Hussein und seine beiden Söhne Udai, 38, und Kussei, 36, vom State Department „das dreckige Dutzend" genannt, „tot oder lebendig" zu fassen (Bush), wird zur wichtigsten Aufgabe der Sieger.

Nun fällt auch die letzte Bastion des zusammengebrochenen Regimes

14. April, Tikrit

Nun fällt auch die letzte Bastion des zusammengebrochenen Regimes – Saddams stark befestigte Heimatstadt Tikrit. Die Erstürmung der Stadt haben sich die US-Truppen bis zum Schluss aufgehoben. Hier, fürchten die US-Militärs, könnte es zu jenen blutigen Abwehrkämpfen kommen, die es weder im südlichen Basra noch beim Fall der Hauptstadt Bagdad noch bei der Eroberung des Nordirak gegeben hat. „Die Regime-Vertreter, die es nicht außer Landes schafften, haben sich nach Tikrit abgesetzt", verkündet Brigadegeneral John Kelly nach der ergebnislosen Suche in der Hauptstadt. Später werden gefangen genommene Leibwächter berichten, dass Saddam sich noch eine ganze Woche nach Bagdads Besetzung durch die Amerikaner dort aufgehalten habe.

In einem Netz von unterirdischen Bunkern und kilometerlangen Tunneln, geschützt von bis an die Zähne bewaffneten Einheiten seiner Republikanischen Spezialgarde, soll Saddam nun in Tikrit den Widerstand gegen die Invasoren organisieren, glauben seine Jäger. Doch auch in der Heimat von Saddam stoßen die Amerikaner kaum auf Widerstand. Die unterirdischen

Befestigungsanlagen sind leer. Vom einstigen Staatschef fehlt jede Spur.

Nun setzt sich die Task Force 20, ein Greifkommando, gebildet aus Elitesoldaten der Navy Seals, Spezialisten der hoch geheimen Delta Force und Agenten der CIA, auf die Fährte des Despoten. Ausgerüstet mit Hubschraubern voll modernster Spähtechnik, mit unbemannten Kampfdrohnen vom Typ Predator, welche die Bilder aus ihren Einsatzorten in Echtzeit an die Fahnder weiterleiten, sollen die Greiftrupps blitzschnell zuschlagen, wann immer sie einen Hinweis auf Saddams Verbleib erhalten. Nahezu unbeschränkte Bestechungsgelder stehen den Saddam-Jägern ebenso zur Verfügung wie vorrangiger Zugriff auf Spionage-Flugzeuge und Satelliten. Diese direkt dem Oberkommando des Central Command in Tampa, Florida, unterstellte Sondereinheit kann viele Erfolge aufweisen, nur eben nicht den so dringend gewünschten. Unter anderen geraten die Biowaffen-Expertinnen Huda Salih Ammasch („Dr. Anthrax") und Rihab Raschid Taha („Dr. Virus") in die Hände der Undercover-Fahnder. Saddam Hussein kommen sie nicht einmal nahe.

19. April, Bagdad

Zehn Tage nach dem Fall der irakischen Hauptstadt: Die ersten Topleute des Regimes sind gefasst. In der Nacht zum Karfreitag fällt der ehemalige Erdölminister

Samir Abd al-Asis al-Nadschim den Kurden in die Hände. Tags zuvor hatten die Amerikaner den einstigen Geheimdienstchef Barsan Ibrahim Hassan erwischt, einen Halbbruder Saddams, der sich vornehmlich als Geldwäscher für das Regime hervorgetan hat. General Amir al-Saadi, der mit einer Hamburgerin verheiratete Organisator von Saddams Waffenprogrammen, stellt sich selbst. Doch von dem Diktator fehlt seit seinem spektakulären Auftritt am 9. April jede Spur.

Vergebens fahnden amerikanische DNA-Spezialisten vor allem an zwei Orten, an denen Saddam mit Präzisionsluftangriffen ausgeschaltet werden sollte, nach organischen Spuren, in denen sich womöglich Erbgut des Gesuchten finden ließe. Am selben Tag sendet der arabische Nachrichtensender l Dschasira Bilder aus einer unscheinbaren Dreizimmerwohnung im Norden der Hauptstadt. Ein Schreibtisch mit einer dahinter drapierten irakischen Fahne ist sichtbar. Das erinnert an den Fernsehauftritt des Staatschefs, der nur drei Stunden nach dem Enthauptungsschlag vom 20. März ausgestrahlt worden war. Der lange Tisch mit der Plastikdecke und zehn weißen Gartenstühlen aus Kunststoff scheint dem zu entsprechen, an dem Saddam seine Söhne und andere Getreue noch zwei Wochen nach Kriegsbeginn vor Kameraobjektiven versammelt hatte. Eine Irakerin erkennt auf den Bildern „meine Vorhänge": Sie hatte ihr Apartment an einen Regime-Anhänger vermietet.

Fast scheint es, der Diktator hätte in einer Mietwohnung überlebt, während die 130.000 US-Soldaten im ganzen Land Bunker und Paläste, Landsitze und Wochenend-häuser des Saddam-Clans in Schutt und Asche legten, in denen der Diktator, der angeblich keine zwei Nächte im selben Haus verbrachte, Unterschlupf gefunden haben könnte.

21. April, Grenze zu Syrien

In einem Wüstenkaff unweit der syrischen Grenze trifft Saddam zum letzten Mal seine zweite Frau Samira. Er erscheint in einem kleinen Auto und trägt Beduinenkluft, in der Samira ihn kaum erkennt. „Frag nicht, was aus mir wird, ich will euch in Sicherheit wissen", sagt Saddam und gibt ihr eine Tasche mit, in der fünf Millionen Dollar stecken, sowie eine Metallbox mit zehn Kilo Goldbarren, „falls ihr wirklich in Not seid". Dann ergreift er Samiras Hand, legt sie an sein Herz und sagt, es werde schon alles gut gehen.

Die Hauptkampfhandlungen sind beendet, erklärt ein triumphierender Präsident

1. Mai, US-Flugzeugträger Abraham Lincoln vor San Diego, Californien

„Die Hauptkampfhandlungen sind beendet", erklärt ein triumphierender Präsident Bush unter dem Jubel der vieltausendköpfig an Deck des Trägers angetretenen Besatzung. „Mission accomplished", Auftrag ausgeführt, prangt in großen Lettern hinter dem Oberbefehlshaber an der Brücke des schwimmenden Luftstützpunktes. Dass Saddam Hussein und nahezu alle wichtigen Schergen seines Regimes weiterhin auf freiem Fuß sind, scheint zu diesem Zeitpunkt weder Bush noch seine Militärs ernsthaft zu stören. Widerstand wird im Zweistromland bislang nur sporadisch geleistet. Dafür wird eine andere Suche immer wichtiger: Bis heute finden die Amerikaner nicht die geringste Spur jenes Arsenals chemischer und biologischer Massenvernichtungswaffen, deren Existenz den Krieg begründet und die Bush zur Bedrohung für die ganze Menschheit erklärt hatte. Washington entscheidet: Ab sofort wird die Suche nach Saddams Vernichtungs-potenzial intensiviert.

7. Mai, Redaktionsvertretung Nahost des Sydney Morning Herald

Zwei Männer übergeben einem Reporter des australischen Blattes ein Tonband mit einer knapp viertelstündigen Ansprache Saddams, das erste Lebenszeichen seit seinem letzten Auftritt in der Öffentlichkeit am 9. April. Bis dahin war nur ein angeblich von ihm verfasster Brief in der arabischsprachigen Zeitung al-Kuds al-Arabi aufgetaucht. Auf dem Band fordert die unverkennbare Stimme Saddams zur Vertreibung der Amerikaner auf und dankt für den angeblichen öffentlichen Jubel zu seinem Geburtstag am 28. April. Er spreche aus dem Irak, versichert der Raïs seinen Getreuen.

18. Juni, im Sunniten-Dreieck zwischen Bagdad, Tikrit und Falludscha

Endlich ein dicker Fang: Das Karo-Ass im Kartenspiel des Todes, Abid Hamid Mahmud, ist gefasst, der Privatsekretär des Präsidenten und für einige Beobachter zweitwichtigster Mann des Regimes noch vor den Saddam-Söhnen. So nah wie er stand keiner dem Diktator. Er kontrollierte den Zugang zu Saddam und sorgte dafür, dass dessen Befehle ausgeführt wurden. Selten hatte sich Saddam in der Vergangenheit öffentlich ohne diesen Vertrauten gezeigt. Wie ein Schatten war Mahmud stets seinem Herrn gefolgt. Wer, wenn nicht er, würde von den Plänen wissen, die der Tyrann für den Fall seiner – kaum zu bezweifelnden – militärischen Niederlage geschmiedet hatte?

Doch auch Mahmud kann oder will den Weg zum Unterschlupf des Gestürzten nicht weisen. Aber womöglich lenken Andeutungen dieses Vertrauten die Aufmerksamkeit der Fahnder zwei Tage später auf die syrisch-irakische Grenzregion.

18. Juni, nahe der irakisch-syrischen Grenze

Mit einem wahren Raketenhagel versuchen Kommandos der Task Force 20, einen Konvoi von Geländewagen zu stoppen, der sich mit hoher Geschwindigkeit der syrischen Grenze nähert. Es ist eine hochbrisante Operation, denn in den Fahrzeugen vermuten die Amerikaner Saddam Hussein oder seine Söhne Udai und Kussei. In wilder Fahrt verfolgen die Häscher die Verdächtigen sogar über die Grenze und liefern sich ein Feuergefecht mit syrischen Grenzposten, von denen fünf verletzt zurückbleiben. Die Regierung in Damaskus legt nur verhaltenen Protest ein. Syriens Präsident Baschar al-Assad spürt den Druck aus Washington. Sein Land gehört zu den so genannten Schurkenstaaten. Hardliner der US-Administration geben Syrien offen als nächstes Interventionsziel aus.

Doch in den Trümmern der Fluchtfahrzeuge findet sich keine Spur der Gesuchten. Schon wieder waren die Jäger einer falschen Fährte gefolgt.

3. Juli, US-Hauptquartier in Bagdad

Die Besatzungsmächte setzen Kopfprämien auf die Gesuchten aus: 25 Millionen Dollar soll es für Hinweise geben, die zur Ergreifung Saddams führen, 15 Millionen für jeden seiner beiden Söhne.

Doch nur einen Tag später verspottet der Untergetauchte seine Verfolger in einer neuen Radiobotschaft: „Mit einer Gruppe irakischer Führer halte ich mich nach wie vor im Irak auf", behauptet die Stimme, die von US-Geheimdienstlern später als die Saddams identifiziert wird.

Der Diktator neigt noch immer zu Selbstüberschätzung, droht den Amerikanern mit weiteren Anschlägen. „O Brüder und Schwestern, ich bringe euch gute Nachrichten", schwärmt er: „Zellen und Brigaden für den Heiligen Krieg haben sich gebildet." Und als Erklärung für den raschen Zusammenbruch seines Regimes setzt er hinzu: „Wir haben unsere Regierungsmacht aufgegeben, nie aber werden wir unsere Prinzipien opfern und uns ergeben."

Anfang Juli, im Raum Tikrit

Erstmals gerät ein Mann ins Fahndungsraster, den die Häscher später als Offizier von Saddams Sondergeheimdienst identifizieren. Ihm werden besonders enge Beziehungen zum Staatschef nachgesagt. Doch obwohl die auf dem weiträumigen Gelände des US-Hauptquartiers in Bagdad arbeitende Geheimdienstzentrale der Task Force im Laufe der nächsten Wochen immer mehr über diese mögliche Schlüsselfigur herausfindet, wollen die Amerikaner den Namen nicht preisgeben. Auch später sprechen sie nur von dem „Mann mit beträchtlichem Taillenumfang". Es gelingt dem Gesuchten, sich mehreren Zugriffen zu entwinden. Doch noch wird dem Saddam-Schergen nicht jene zentrale Bedeutung zugemessen, die er ein knappes Vierteljahr später erhalten soll. Die Greiftrupps widmen sich wieder ihren ursprünglichen Zielen.

Es folgt eine ganze Serie von vergeblichen Einsätzen gegen Spitzenleute und vor allem gegen Saddam Hussein. Im Weißen Haus, aber auch bei Paul Bremer, dem amerikanischen Prokonsul für den Irak, wächst die Frustration über die ergebnislose Fahndung. Sie bindet Kräfte, die anderswo dringend gebraucht werden. Längst hat sich herausgestellt, dass die Pentagon-Planer zu wenig Truppen für den Nachkriegs-Irak vorgesehen hatten. Die US-Soldaten können nicht alles gleichzeitig: Öl-Pipelines und Förderanlagen vor Attentaten schützen, dem sich langsam organisierenden Widerstand im Sunniten-Dreieck entgegentreten und im übrigen Land die Ruhe bewahren. Als Saddams Spur zu erkalten scheint, wird die Task Force 20 auch zur Suche nach den ebenfalls unauffindbaren Massenvernichtungswaffen des Diktators abkommandiert und später vom Central Command aufgelöst.

22. Juli, Mossul

Saddam Husseins Söhne Kussei und Udai, Nummer zwei und drei auf der Liste der Meistgesuchten, sterben mit zwei Begleitern bei einem fünfstündigen Feuergefecht mit 200 Fallschirmjägern der 101. Airborne Division im nordirakischen Mossul.

Die Saddam-Söhne wurden offenbar verraten von Scheich Nawaf al-Saidan, dem Besitzer der Villa, in der sie sich 23 Tage lang verstecken konnten. Der Geschäftsmann gehört zum gleichen Stammesclan wie Saddams Familie, dem der Bu-Nassir in Tikrit.

Bei den Toten werden mehrere Flaschen Kölnisch-wasser, Schmerz- und Viagra-Tabletten, ein Kondom und zwei Damenhandtaschen gefunden.

Gefunden wird Geld von etwa 100 Millionen Dollar

Außerdem wird Geld in mehreren Währungen im Gesamtwert von etwa hundert Millionen Dollar gefunden. Um Zweifel daran auszuräumen, dass die weithin verhassten Saddam-Erben wirklich tot sind, stellen die US-Militärs ihre einigermaßen zusammengeflickten Leichen auf dem Bagdader Flughafen zur Schau.

23. Juli, Dubai, TV-Sender al-Arabija

Auf einem bereits am 20. Juli, also vor dem Tod seiner Söhne aufgenommenen Tonband, appelliert der flüchtige Diktator erneut aus seinem Versteck an das Ehrgefühl der Iraker und erinnert sie an ihren „Schwur gegenüber der Nation". Jeder müsse jetzt zu den Waffen greifen und die Amerikaner bekämpfen. Denen werde es nicht gelingen, das Land unter Kontrolle zu bringen. Bereits am 11. April habe er die Neuorganisation seiner Baath-Partei begonnen, behauptet Saddam. Auch von den irakischen Streitkräften und der Republikanischen Garde, die angesichts der vorrückenden Alliierten vielerorts einfach im Untergrund verschwanden, werde es bald neue Nachrichten geben.

Ende Juli, Kommandozentrale der 4. US-Infanterie-division in Tikrit

General Raymond Odierno hat anscheinend noch weniger Glück als Haare auf seinem blank polierten Kopf. Erst dümpeln Waffen und Ausrüstung seiner 4. Infanteriedivision, die kampfstärkste der US-Streitkräfte, wochenlang vor der türkischen Küste, weil Ankara den Durchmarsch amerikanischer Truppen an die geplante Nordfront im irakischen Kurdistan verbietet. Statt eines womöglich kriegsentscheidenden Vorstoßes gen Süden Richtung Bagdad nehmen Odiernos Panzer und Geschütze dann den langen Seeweg ins ferne Kuweit, während die Kameraden des Generals bereits in Eilmärschen nach Bagdad vordringen.

Nun, nach Kriegsende, ist der legendären Vierten der gefährlichste Besatzungsraum in ganz Irak zugewiesen worden, das Sunniten-Dreieck, in dem Saddam traditionell seine treuesten Gefolgsleute rekrutierte. Mit ihnen besetzte er alle Schalthebel der Macht. Über 500-mal rücken Odiernos Greiftrupps aus - mal aufgrund konkreter Hinweise, mal in der Hoffnung, einen Zufallstreffer zu landen.

Doch zunächst reiht sich Fehlschlag an Fehlschlag. Die wirklich dicken Fische aus dem „Kartenspiel des Todes" gehen meist anderswo ins Netz. Nach einer wochenlangen Jagd auf das Phantom dämmert es Odierno: Für den Fang

338

Saddams reicht die Fahndung nach den 55 Meistgesuchten nicht. Eine andere Strategie muss her.

Jetzt fordert der General eine neue Liste an: Nicht mehr die Mächtigsten des Regimes will er ins Visier nehmen, sondern all jene, die dem Diktator besonders nahe standen.

Die Spezialisten der US-Geheimdienste vertiefen sich erneut in ihre Unterlagen. Schon vor dem Krieg haben sie Akten über 2000 Personen angelegt, die sie zu Führungsfiguren des Regimes rechnen. Nun suchen sie nach Menschen, die dem Despoten, der stets Verrat und Mordanschläge fürchtete, besonders vertraut gewesen sein müssen. Der Leibkoch, der Chauffeur, andere Bedienstete des täglichen Lebens gelten als die wahrscheinlichsten Helfer des Flüchtigen.

Nur wenige dieser Getreuen, wie Saddams Privatsekretär Abid Hamid Mahmud al-Tikriti oder die Mitglieder seiner persönlichen Leibwache, tauchen in den alten Suchlisten oder gar im Kartenspiel auf. Deswegen malen sich Odierno und seine Mitarbeiter nun riesige Diagramme, in denen jeder verzeichnet ist, der ständige Beziehungen zu Saddam unterhielt – sei es aufgrund von Blutsverwandtschaft, Beruf oder Stammesbanden. Heraus kommt, so Odierno, das Organogramm „einer Art Mafia-Gruppe", die sich eher „am Zugang zum Mann an der Spitze und nicht so sehr nach offiziellem Rang" ordnet.

Sofort zeigen sich Erfolge: In Dutzenden von Razzien rund um Tikrit nehmen die Amerikaner 175 Personen fest, die als Anhänger des abgewrackten Regimes gelten. Nach dem Tod der Söhne, so ein US-Sprecher, gebe es nun „wesentlich mehr Hinweise" von irakischer Seite. Odierno glaubt sich seinem wichtigsten Opfer ganz nah: „Wir kreisen ihn ein."

27. Juli, drei Gehöfte in der Nähe von Tikrit

Der heiße Tipp eines festgenommenen Leibwächters führt Suchkommandos auf drei Gehöfte nahe der Heimatstadt Saddams – wenige Kilometer von der Stelle entfernt, wo der Despot Monate später gefangen wird. Doch Saddam ist wieder einmal entwischt. Die Gegend ist ein Lieblingsfluchtpunkt des Diktators. Auch nach dem missratenen Attentat auf den irakischen Diktator Abd al-Karim Kassim 1995 zog sich Saddam hierher zurück. In der Mythologie seines Regimes ist die Stelle als al-Maabar, der Übergang, bekannt, weil er sich damals seinen Verfolgern entziehen konnte, indem er durch den Tigris schwamm. „Nur um Stunden" sei ihnen der Meistgesuchte diesmal entwischt, erklärt Washingtons Vize-Außenminister Richard Armitage, „die Schlinge um seinen Hals zieht sich zusammen".

Die US-Jäger warten keineswegs bloß passiv auf Hinweise aus Saddams Umfeld. Sie errichten Straßensperren, um mögliche Bewegungen der Gesuchten zu behindern; sie platzieren elektronische Lauschgeräte in Kellern und Häusern dicht bei vermuteten Verstecken Saddams; sie bewegen sich im Schutz der Nacht, damit ihre Opfer nicht vorzeitig gewarnt werden. Doch es hilft nichts: Saddam bleibt unauffindbar.

Der Ex-Diktator meldet sich erneut mit einer Botschaft aus seinem Versteck

29. Juli, Dubai,
TV-Sender al-Arabija

Ungeachtet der Hatz meldet sich der Ex-Diktator erneut mit einer Tonbandbotschaft aus seinem Versteck. Seine Söhne seien „als Märtyrer des Himmels gestorben", lässt er in einem Kampfaufruf das irakische Volk wissen: „Vor euch betrauere ich den Tod von Udai und Kussei und derer, die mit ihnen starben. Ihr seid der Stolz dieser Nation. Amerika wird besiegt werden." Schwülstig spricht er von sich in der dritten Person: „Selbst wenn Saddam Hussein außer Udai und Kussei noch 100 weitere Söhne besäße, würde er sie auf denselben Pfad schicken."

Aus dem Untergrund meldet sich auch Saddams einstiger Vizepräsident Issat, 1991 nach dem Golfkrieg Hauptverantwortlicher für die Niederschlagung des Schiiten-Aufstands mit Tausenden Toten. Der angeblich an Leukämie leidende Ibrahim, 61, für die Amerikaner einer der Hauptorganisatoren des Widerstands, schwört „den ungläubigen Kolonisatoren, Verrätern und Renegaten" ewige Rache für den Tod der Märtyrer Kussei und Udai. Der stets etwas beschränkt wirkende Ibrahim stammt aus dem kleinen Ort Dur, bei dem man Saddam später aufspüren wird.

Auch ein weiterer langjähriger Leibwächter Saddams, Adnan Abid al-Muslit, geht den Fahndern an diesem Tag ins Netz. Er war erst kurz vor dem Krieg aus dem Ruhestand reaktiviert worden und wehrt sich bei der Festnahme heftig. „Wir haben unsere wichtigste Zielperson bekommen", erklärt Bataillonskommandeur Oberstleutnant Steve Russell.

31. Juli, Amman

Die beiden ältesten Töchter des Despoten, Raghad, 36, und Rana, 34, treffen mit ihren neun Kindern in Jordanien ein, wo ihnen König Abdullah II. Zuflucht in einem Palast im Osten Ammans gewährt. Ihre Mutter, Saddams erste Frau und Cousine Sadschida, wird in Syrien vermutet, der Verbleib der jüngsten Tochter Hala, 31, ist unklar.
In einem Interview schwärmen Rana und Raghad von ihrem „zärtlichen Vater", der „ein großes Herz" besitze. Dass er ihre Männer hatte umbringen lassen – die beiden hatten ihre Kenntnisse über Massenvernichtungswaffen an die Amerikaner weitergegeben –, konnte der Liebe der Töchter keinen Abbruch tun.

1. August, New York, ABC News

Der amerikanische Sender bringt Neues über Saddam: Ein hochrangiger Pentagon-Militär habe berichtet, Saddam sei mehrfach gesichtet worden. Sein Äußeres sei stark verändert, er trage lange dunkle Haare und einen grauen Vollbart. Zudem habe er deutlich Gewicht verloren. Wo der Gejagte aufgetaucht sein soll, deutete der Offizier ebenfalls an: „Sie werden festgestellt haben, dass eine Menge US-Truppen um Tikrit herum im Einsatz sind."

Anfang August, US-Hauptquartier in Bagdad

Eine Folge der lautstarken und anhaltenden Zweifel an der Identität der toten Saddam-Söhne ist der Plan „HVT 1". Die Abkürzung steht für „high-value target number 1". Die kürzelsüchtigen US-Militärs bezeichnen ihren Erzfeind schlicht als Hochwertziel Nr. 1. Der Plan soll garantieren, dass die Gefangennahme oder der Tod des Diktators schnellstmöglich öffentlich verkündet und bewiesen wird – so schnell und überzeugend, dass weder Zeit noch Spielraum für Legenden bleiben.
Über Monate basteln die Experten an zwei konkreten Strategien – eine für den Todesfall, die zweite für die Festnahme Saddams. Wichtigster Punkt der Überlegungen: Weil sie nach jahrzehntelanger Desinformation durch das Regime zutiefst misstrauisch gegenüber allen offiziellen Erklärungen geworden ist, wird die irakische Öffentlichkeit noch am ehesten Videobildern glauben.
Doch ehe die Amerikaner Fernsehbilder verbreiten können, müssen sie absolut sicher sein, dass wirklich der Gesuchte und nicht einer seiner Doppelgänger ins Netz gegangen ist. Spezialisten der Greifkommandos werden

ausgestattet mit DNA-Proben und einer genauen Beschreibung wichtiger, unveränderlicher Kennzeichen Saddams. Die Soldaten erhalten ein Bild des Flüchtigen und auch ein Foto der kleinen Tätowierung an seiner Hand. Mit diesen Hilfsmitteln sollen sie binnen Stunden ein sicheres Ergebnis vorlegen.

Berücksichtigt werden soll auch ein ganz besonderer Wunsch von Präsident Bush. Obwohl Saddam wahrscheinlich von den Besatzungstruppen gefasst werden würde, soll ein Iraker die „Nachricht unter das Volk bringen". Die Wahl fällt auf Dschalal Talabani, den Chef der Patriotischen Union Kurdistans. In der Tat wird er es sein, der am 14. Dezember gegen Mittag als Erster den großen Fang bekannt macht.

Die Amerikaner verstärken die Suche im Raum Tikrit
14. August, Tikrit

Die Amerikaner verstärken die Suche im Raum Tikrit. Fast alle Analysen der Aufklärung, aber auch schlichter Menschenverstand deuten darauf hin, dass sich der gestürzte Präsident in der Region verbergen müsse, die seine Machtbasis gewesen ist. „Sein Bewegungsspielraum wird immer geringer", sagt Oberst James Hickey von der 1. Brigade der 4. Infanteriedivision in Tikrit, „wir werden ihn früher oder später kriegen."

Andere Stimmen halten dagegen. Die Amerikaner würden Saddam nie in Tikrit, sondern „irgendwo bei Bagdad" fangen, prophezeit Tikrits neuer Bürgermeister Scheich Nadschi Dschabara al-Dschaburi. Der abgetauchte Despot werde sich sicher nicht in einer Gegend verstecken, aus der er zwar stamme, vor der er sich aber auch hüten müsste, sagt der 63-jährige Sunnit. Mitglieder seines Stammes beispielsweise hatten 1993 einen gescheiterten Militärputsch angeführt. Die engste Familiensippe Saddams zählt nach Dschaburis Angaben „kaum mehr als etwa 300 Mitglieder".

Unweit des US-Stützpunkts, auf einem staubigen Hügel, liegt der Friedhof mit den Gräbern des Saddam-Clans. Er wird von Fallschirmjägern der 101. Airborne Division bewacht.

18. August, Mossul

Aufgespürt vom kurdischen Geheimdienst wird in Mossul Taha Jassin Ramadan, 65, Saddams Stellvertreter und faktisch die Nummer zwei des alten Regimes. Der General, der sich als Beduine verkleidet im Schutz seines Schabak-Stammes in Kurdistan sicher wähnte, lässt sich ohne Gegenwehr festnehmen.

Unmittelbar vor Kriegsbeginn hatte Ramadan den Amerikanern Guerilla-Aktionen und den Einsatz Tausender Selbstmordattentäter angekündigt: „Das sind unsere neuen Waffen, das wird ein Flächenbrand in der ganzen Region."

Drei Tage später wird bekannt, dass Saddams Vetter Ali Hassan al-Madschid, 65, mit seinen Bodyguards aufgegriffen wurde. „Chemie-Ali" kommandierte 1988 den Giftgasangriff auf die kurdische Stadt Halabdscha mit über 5000 Toten.

31. August, Mossul, Nordirak

US-Einheiten durchkämmen ein ganzes Stadtviertel. Wiederholt soll Saddam Hussein sich hier in wechselnder Verkleidung gezeigt haben. Unter den sunnitischen Stämmen, die zwischen Mossul und der syrischen Grenze leben, besitzt er viele Anhänger. Die Stadt selbst stellte im Vergleich zu allen anderen Metropolen des Irak unverhältnismäßig viele Offiziere. Am Nordrand der Stadt steht einer von Saddams prächtigsten Palästen. In dessen Umgebung waren Saddams Söhne fünf Wochen zuvor gestellt worden. Doch vom Vater finden die Fahnder mal wieder keine Spur.

Anfang September, überall im Irak

Das Bild des Mannes, dessen Statuen die Besatzungstruppen nach der Eroberung des Landes tausendfach zerstört haben, hängen die neuen Verwalter des Zweistromlands nun wieder auf. Es prangt auf 130.000 Fahndungsplakaten. 400.000 Flugblätter mit dem Konterfei des Diktators und den bereits durchgekreuzten Bildern seiner Söhne werden in den kommenden Wochen unter die Leute gebracht. Die Amerikaner loben noch einmal die 25 Millionen Dollar Kopfgeld auf Saddam aus.

17. September, Dubai, TV-Sender al-Arabija

Wieder taucht ein Saddam-Tonband auf: Der Flüchtling mahnt seine Landsleute zum Widerstand. Nun sind die US-Fahnder die ständigen Aufrufe aus dem Untergrund leid. Sie bauen ein Netz auf, das sie über die geheimnisvollen Boten, welche die Tonbänder bei al-Dschasira in Katar, aber auch beim Sender al-Arabija in Dubai abliefern, zurück zu deren Auftraggebern und schließlich zu HVT 1 führen soll. Doch als habe Saddam Zugang zu den geheimsten Plänen seiner Gegner, verstummt nun die Stimme des Gejagten. Erst am 16. November meldet der untergetauchte Tyrann sich zurück – und liefert damit womöglich wertvolle Hinweise auf seine Helfer.

Kurdenführer Dschalal Talabani behauptet, Saddam sei in den Außenbezirken von Kirkuk gesehen worden. Er habe Unterschlupf gefunden bei sunnitischen Arabern, die er einst nach der Vertreibung von Kurden hier angesiedelt habe.

Der Ex-Präsident habe sein Aussehen verändert und wechsele ständig das Quartier, aber der kurdische Geheimdienst sei ihm auf den Fersen. Flugs produzieren die Amerikaner neue Phantombilder des Gejagten – mit und ohne Bart, in alter Fülle oder ein wenig schlanker, grau oder mit gefärbten Haaren.

Oktober, im Großraum Tikrit

Die Fahndung gemäß der neuen Taktik von General Odierno läuft auf Hochtouren. Immer häufiger werden bei Suchaktionen nun Funktionäre und Regime-Getreue mit vergleichsweise niederen Rängen festgesetzt. Über sie wollen die Fahnder Einblick gewinnen in die innere Struktur des Widerstands: Wer hält Kontakt zu wem, wie werden Nachrichten übermittelt, wo sind die Geldquellen, wer kennt Waffenverstecke? Es ist ein großes, Zeit raubendes Puzzle, das in der Geheimdienstzentrale in Bagdad langsam vervollständigt wird. Noch ist nicht sicher, ob mit den letzten Steinchen wirklich der Zugang zum lange gesuchten Diktator erkennbar wird.

31. Oktober, Audscha, etwa sieben Kilometer südlich von Tikrit

In einer scheinbar ziellosen Machtdemonstration riegelt die 4. Division den Geburtsort Saddams mit Stacheldraht ab. Zwar wird der Untergetauchte hier nicht wirklich vermutet. Aber wer auch immer künftig den Ort betreten oder verlassen will, muss sich registrieren lassen. „Einen Einsatz zum Schutz der Bevölkerung" nennt Bataillonskommandeur Steve Russell das Unternehmen Audscha. In Wahrheit hoffen die Amerikaner jedoch, die geheimen Kontakte zwischen den abgetauchten Führungskadern und ihren willigsten Gefolgsleuten aus ihren Heimatstämmen unterbrechen zu können. Die Aktion ist Teil der neuen Strategie, die den Druck auf das Umfeld von Saddam massiv verstärken soll. Das Einreißen von Gebäuden, in denen ertappte Widerständler leben, gehört ebenso dazu wie die Sippenhaft für Freunde und Familienangehörige. Die veränderte Taktik basiert auf Erfahrungen der Israelis in ihrem Kampf gegen aufständische Palästinenser.

Anfang November, Washington D. C., Pentagon

An der Heimatfront macht der Verteidigungsminister Druck. In einer Rede in Washington betont Donald Rumsfeld:

Saddam Hussein zu fangen oder zu töten wäre äußerst wichtig

Donald Rumsfeld

„Saddam Hussein zu fangen oder zu töten wäre äußerst wichtig. Dass er noch lebt, ist wenig hilfreich. Wir müssen ihn fangen, und wir werden ihn fangen."

Im US-Hauptquartier in Bagdad sehen die Greiftrupps keine Möglichkeiten mehr, die Jagd noch zu intensivieren. „24 Stunden täglich, 7 Tage in der Woche" seien seine Soldaten auf der Suche, protestiert ein Kommandeur.

8. November, Ramadi

Gleich zweimal erhält die Stadt westlich von Bagdad, ein Zentrum des sunnitischen Widerstands, an diesem Tag offenbar ranghohen Besuch. Der Oberkommandierende des U.S. Central Command, General John Abizaid, dem auch die Truppen im Irak unterstehen, versammelt Stammesälteste und Bürgermeister der Provinz Anbar und warnt vor weiterer Opposition gegen die Besatzungstruppen. Amerika werde „hart zurückschlagen", droht der General den Würdenträgern, „wir haben die Fähigkeit und die Mittel dazu".

Zur gleichen Zeit hält aber auch Washingtons ärgster Feind angeblich in der Stadt Hof: Mit Dutzenden

Parteikadern soll er bei einem Mahl zum traditionellen abendlichen Fastenbrechen im Ramadan den Fortgang des Widerstands gegen die Amerikaner besprochen haben. Ein Stammesführer, der sich Abu Mohammed nennt, behauptet gar, Saddam besuche regelmäßig Familien von Anhängern in der Gegend, „weil er von den Menschen in diesem Teil des Landes nichts zu fürchten hat".

16. November, Dubai, Fernsehsender al-Arabija

In den Nachrichten wird eine Botschaft Saddams ausgestrahlt, die offenbar vor Beginn des Ramadan in der letzten Oktober-Woche aufgenommen worden war. Die heilige Fastenzeit werde „ein Monat der Siege" werden, verspricht der Entmachtete. Sogar „freie Wahlen" verheißt der langjährige Diktator seiner unterdrückten Nation. Zynisch lässt er ein wenig Selbstkritik anklingen: „Das Volk soll seine Führer aus dem Kreis derjenigen wählen, die ihm viele Jahre treu gedient haben, auch wenn sie einige Fehler gemacht haben."

Saddams Drohung wird wahr, der November entwickelt sich zum blutigsten Monat seit Kriegsbeginn. 81 US-Soldaten sterben. Die Zahlen der getöteten und verletzten Iraker registriert niemand.

Mitte November, US-Hauptquartier Bagdad

Mittlerweile haben sich 40 der 55 Meistgesuchten auf den amerikanischen Fahndungslisten im immer engmaschigeren Netz der Suchtrupps verfangen. Doch der Diktator bleibt wie vom Erdboden verschluckt. Sein Mythos wächst und mit ihm bei vielen die Angst vor einer Rückkehr des Tyrannen an die Macht.

Meldungen der Alliierten, der Gesuchte sei ihnen mal wieder um Stunden entwischt, werden immer skeptischer aufgenommen.

Kurdenführer Dschalal Talabani behauptet, seine Leute erhielten immer öfter Hinweise über den Aufenthaltsort des entmachteten Diktators – doch leider immer „ein bis zwei Tage" zu spät. Das reicht bei Weitem nicht aus für die Jagd nach einem Mann, der nach Geheimdiensterkenntnissen seinen Aufenthaltsort angeblich „alle drei bis vier Stunden" wechselt.

Zweite Hälfte November, Washington D. C., Pentagon

Frustriert von den wachsenden Verlusten im Guerilla-Krieg und der erfolglosen Suche nach Saddam, beschließt Washington einen weiteren dramatischen Kurswechsel im Irak: Die Task Force 121 wird erstmals öffentlich bekannt. Wie schon in der Task Force 20 bilden Spezialisten aus den Eliteeinheiten der Streitkräfte und Spezialagenten der CIA den Kern der Truppe. Techniker vom streng geheimen Abhördienst NSA stoßen dazu, ebenso biologisch-medizinisch geschultes Personal, das vor Ort DNA-Spuren auswerten kann. Alles, was an Hochtechnologie verfügbar ist, wird dem Sonderkommando zugänglich gemacht.

Nur der Auftrag ist ein anderer: Es geht um gezielte Tötung. Mit allen Mitteln sollen die Drahtzieher der Revolte im Zweistromland aufgespürt werden. Und wer ins Netz geht, wird ausgeschaltet. Das Tötungsprogramm, das Saddam Hussein ausdrücklich einschließt, ist ein Sieg von US-Verteidigungsminister Donald Rumsfeld, der von Anfang an massiv auf die Arbeit seiner Special Forces gesetzt hatte.

Diesmal versichert sich der Pentagon-Chef besonders erfahrener Helfer. Israelische Berater trainieren US-Kommandoeinheiten auf ihrem Heimatstützpunkt in Fort Bragg, North Carolina. Kritiker fürchten ein Bekanntwerden des Programms. Schon immer haben viele Araber eine angebliche amerikanisch-israelische Verschwörung für den Krieg gegen den Irak verantwortlich gemacht.

Mit aggressiver Taktik und Waffengewalt soll das Killerkommando Jagd machen auf den Kreis von Saddam-Getreuen, die offensichtlich den Aufruhr steuern. „107-Zentimeter-Hosenbündler" nennen die Militärs die Schar dieser gesetzten, wohlgenährten Herren, die überwiegend mittlere Funktionärsränge im Saddam-Regime bekleideten. Nach dem Vorbild der israelischen Jagd auf Drahtzieher des palästinensischen Terrors will Task Force 121 die Verschwörer, einen nach dem anderen, aus dem Weg räumen.

Für ihr wichtigstes Ziel finden die Kommandos der Task Force 121 sogar ein neues Kürzel: Für sie ist Saddam Hussein DL 1 – die Nummer 1 auf der Dark List, der Todesliste.

4. Dezember, Tikrit, Kommandozentrale der 1. Brigade der 4. Infanteriedivision

Der dickleibige Geheimdienstler, den Task Force 20 bereits im Juli fangen wollte, gerät nun ins Zentrum der Aufmerksamkeit der US-Fahnder: Der Mann weiß etwas über den Verbleib von Saddam, davon ist Oberst James Hickey mittlerweile felsenfest überzeugt. Der 43-jährige Hickey, der auch in der größten Sommerhitze stets in Wildlederstiefeln herumgelaufen war und der seine cremefarbenen Handschuhe offenbar nur zum Schlafen ablegt, führt die erste Brigade der 4. Division.

Als Sitz seines Hauptquartiers hat der Oberst einen Saddam-Palast, sieben Kilometer südlich von Saddams Heimatort Tikrit, gewählt. Seine Soldaten unterstützen die Task Force 121 bei ihrer Jagd im Raum Tikrit. Nacht für Nacht setzen sie ihre Suche fort. Oder aber sie schlagen am Mittag zu, wenn die meisten Iraker ein Nickerchen halten.

Wiederholt schickt Hickey seine Männer an diesem Tag aus, um den dicken Geheimdienstler zu fassen, der seit Juli im Visier der Amerikaner aufgetaucht ist. Dreimal entkommt er – manchmal nur um Minuten.

Die GIs fassen jedoch einige Helfershelfer in Samarra mit fast zwei Millionen Dollar in bar

Die GIs fassen jedoch einige Helfershelfer und durch deren Informationen am nächsten Tag in Samarra weitere Unterstützer mit fast zwei Millionen Dollar in bar. Doch der gesuchte Geheimdienstler entkommt abermals. Schlimmer noch, seine Spur scheint sich zu verlieren.

Freitag, 12. Dezember, Bagdad

Wieder machen sich US-Soldaten zu einer ihrer überfallartigen Hausdurchsuchungen auf, die so oft mit einem Fehlschlag enden oder nur kleine Fische einbringen. Die Iraker hassen die Mitglieder der Sondereinheiten dafür, weil sie ins Private eindringen und sogar Frauen zu Verhören abführen. Doch an diesem Tag fällt dem Trupp der Task Force 121 endlich „der Dicke" in die Hände. Es dauert ein paar Stunden, bis den Amerikanern dämmert, wer ihnen da ins Netz gegangen ist – der Mann, der Saddam ans Messer liefern kann und wird.

Der Verräter sei ein „wohlbeleibter Mann mittleren Alters", ursprünglich aus den mittleren Rängen jener Sonder-Geheimdienstler, die Saddams Sohn Udai befehligte. Er stamme „aus einer sehr prominenten Familie" aus Abu Adschil, einem abgelegenen Nest nördlich von Tikrit, erzählt Oberst Hickey. Er sei eine Schlüsselfigur für den Aufstand, eine Art Finanzier.

13. Dezember, Tikrit

Um 10.50 Uhr morgens fliegen sie den beleibten Gefangenen nach Tikrit in die Kommandozentrale der 4. Infanteriedivision. Geheimdienstagenten verhören ihn bis in den späten Nachmittag hinein. Sie hätten ihn für eine tatkräftige Zusammenarbeit gewonnen, sagt Oberst Hickey hinterher leicht gewunden.

Der Gefangene gibt zunächst vage Hinweise, wo Saddam Hussein sich versteckt halten könnte: vielleicht irgendwo in der Umgebung eines Bauernhauses, umgeben vom flachen, fruchtbaren Land am Tigris, wo reiche Obstgärten und Palmenhaine gedeihen. Dann gibt er klarere Auskünfte über zwei Bauernhäuser in Dur, einem Dorf 15 Kilometer südlich von Tikrit. Das Gelände kennen die amerikanischen Soldaten schon, sie haben es erst zwei Wochen zuvor ergebnislos durchkämmt.

Die Operation, die zur Ergreifung oder Ermordung von HVT 1 führen soll, heißt „Red Dawn"– „Morgenröte" – nach einem Hollywood-Streifen, nicht etwa nach der Tageszeit. Gemeint ist damit auch der Anbruch besserer Tage im Irak, sobald der Überlebenskünstler erst gefangen ist. Sie beginnt beim Einbruch der kalten Winternacht und fällt der 1. Brigade der 4. Division zu, die Oberst Hickey befehligt. Irakische Streitkräfte oder Polizisten sind nicht dabei. Die ultimative Trophäe behalten sich die Amerikaner doch lieber selbst vor.

13. Dezember, Dur

Gegen 18 Uhr rücken 600 Soldaten mit Panzerfahrzeugen und Apache-Hubschraubern aus Tikrit aus. Den plaudernden Gefangenen nehmen sie sicherheitshalber mit. Um 19 Uhr sammelt sich die kleine Streitmacht bei einem alten Kornspeicher nördlich von Dur. Kampfeinheiten bewachen das westliche Ufer des Tigris, auf dem verdächtige Boote ankern. Die Apache-Hubschrauber bleiben für den Fall der Fälle zurück. Hunderte weitere Soldaten stehen nahebei in Reserve.

Kurz vor 20 Uhr geht der Strom im ganzen Dorf plötzlich aus. Es ist jetzt in eine mondlose Dunkelheit getaucht. Die „Operation Morgenröte", der ultimative Versuch, Saddam Hussein tot oder lebendig zu fangen, hat begonnen.

Nördlich von Dur umzingeln die GIs eine Lemhütte

Die GIs riegeln das Gelände weiträumig ab, zwei Dutzend Soldaten der Task Force 121 durchsuchen zuerst ergebnislos die beiden Bauernhäuser, dann umzingeln sie eine nahe gelegene Lehmhütte und stürmen sie. Auf der Kommode neben dem Bett in der zweieinhalb mal vier Meter kleinen Behausung stapelt sich klassische arabische Dichtkunst („Disziplin", „Sünde") neben Dostojewskis „Schuld und Sühne" und einem Buch über Traumdeutung. In der Kommode steht ein Paar billige Schuhe. Daneben liegen drei neue, unausgepackte Boxer Shorts und zwei T-Shirts.

Auf den beiden rostigen Betten türmen sich dicke, plüschige Decken. Oben auf dem kleinen Kühlschrank liegen ein Stück Seife der Marke Palmolive, eine Flasche Shampoo, eine Tube Feuchtigkeitscreme und ein Deo. Daneben ein Honigtopf, Schokoriegel, eine Fliegenpatsche und eine Konservendose mit Birnen.

Hier liegen Gurken, Karotten, Äpfel, Kiwis, Fladenbrot, Orangenmarmelade, Dosenfleisch, Lipton-Tee

Im noch kleineren Raum nebenan stehen eine Spüle und ein Herd. Ein hilfreicher Geist hat wohl kürzlich eingekauft: Gurken, Karotten, Äpfel, Kiwis, Fladenbrot, Orangenmarmelade, Dosenfleisch, Lipton-Tee.

Irgendjemand hält sich hier auf und war eben noch da. Aber wo ist er jetzt, oder ist Saddam den Amerikanern schon wieder entwischt? Vor einem Schafstall in der Nähe der Lehmhütte steht ein orange-weißes Taxi. Zwei Männer fallen den Soldaten in die Hände, als sie vom Gelände fliehen wollen. Der eine ist der Koch, der andere der Chauffeur Saddams. Aber wo ist Saddam selbst? Wieder wird der Dicke befragt, und nun sagt er, der flüchtige Diktator verstecke sich wahrscheinlich in einem unterirdischen Verlies neben der Hütte. Es ist 20.15 Uhr.

Die GIs entdecken ein Erdloch unter einem Teppich mit aufgehäuftem Geröll und Dreck

Die Öffnung ins Erdloch verdeckt ein Teppich, den aufgehäufter Dreck, Geröll und Ziegelsteinbrocken unverdächtig machen sollen. Die Abdeckung zum Schacht darunter ist aus Styropor. Ein paar Soldaten umringen die schmale Einstiegsluke, in die sich eigentlich ein über 1,80 Meter großer, ausladender Mann wie Saddam kaum hineinzwängen kann. Sie halten ihre Waffen und Handgranaten bereit und rechnen mit einem Gefecht, wer immer auch dort unten sein mag. Grelle Stablampen erhellen die Fundstelle.

20.26 hebt Saddam da unten seine Hände

Es ist exakt 20.26 Uhr, als Saddam dort unten in seiner T-förmigen Grabkammer die Hände hebt, anstatt seine Pistole oder eine der beiden Kalaschnikows abzufeuern. Er wirkt abgerissen, verhärmt und scheint orientierungslos zu sein. Er sieht aus wie ein Mann, der wochenlang auf der Flucht war und jetzt irgendwie auch erleichtert ist, dass es vorbei ist. Neben der Pistole trägt er ein Messer, eine Box enthält 750 000 Dollar in Hundert-Dollar-Noten. Nachdem er sich zu erkennen gegeben hat, antwortet einer der Soldaten ihm sarkastisch: „Präsident Bush schickt seine Grüße."

Oberst Hickey ruft Generalmajor Raymond Odierno, den Kommandeur der 4. Infanteriedivision, an: „Wir haben HVT 1 gefangen." – „Wirklich?", fragt der ungläubig zurück. Um 5.15 Uhr amerikanischer Zeit weckt Sicherheitsberaterin Condoleezza Rice mit ihrem Anruf den Präsidenten. Amerikas Triumph nimmt seinen Lauf.

Neben der Lehmhütte, die zum letzten Unterschlupf des Flüchtigen werden sollte, lehnt eine Leiter an der Wand. Sollte Saddam dort hinaufgeklettert sein, hätte er den Tigris aufwärts seinen alten Tikriter Palast, einen der opulentesten von allen, sehen können.

So aber sitzt er schnell in einem amerikanischen Helikopter auf dem Weg nach Bagdad. Der abgesetzte Diktator, der stets den Anschein erweckt hatte, dass er den Freitod oder die letzte große Schlacht der Demütigung vorzieht, ist in die Hände des „Sohnes der Viper", wie er George W. Bush nannte, gefallen, hat sich kampflos dem Feind aus zwei Kriegen ausgeliefert. „Er ließ sich wie eine Ratte fangen", sagt Generalmajor Odierno.

Sonntag, 14. Dezember, Bagdad

Als besondere Demütigung lassen sich die Amerikaner von seinem ehemaligen Vertrauten, dem langjährigen Außenminister Tarik Asis, bestätigen, dass es sich bei dem Gefangenen wirklich um den gesuchten Diktator handelt.

Dann untersucht ein kahl geschorener Militärarzt, dessen Name geheim bleibt, den Wiederaufgetauchten.

Im Mund, den Saddam auf Kommando ganz gehorsam öffnet, sucht der Mediziner nach einer Giftkapsel, mit der sich der Erzfeind womöglich noch seinen Häschern entziehen könnte. In den struppigen Haaren sucht er nach weitaus Profanerem – Läusen.

Dann wird er vier Mitgliedern des irakischen Regierungsrats gezeigt, und sogleich kehrt etwas Leben in den bis dahin willenlosen Häftling zurück: Über die drei Schiiten der Abordnung spricht er voller Verachtung, den Sunniten Adnan Patschatschi, der vor seiner Machtergreifung Außenminister gewesen war, fragt er: „Was machst du bei diesen Leuten?"
An unbekanntem Ort, vermutlich aber im Irak, wird Saddam dann Agenten der CIA übergeben, die ihn seither verhören.

15. Dezember, Bagdad

Paul Bremer hat Recht behalten. Wie sein Präsident hatte auch er gewarnt, sich von der Verhaftung Saddams ein rasches Ende der Gewalt zu versprechen. Schon früh am Morgen zerstörte eine Autobombe die Polizeiwache von Husseinija, nördlich von Bagdad. Eine halbe Stunde später explodiert ein weiterer Sprengsatz vor einem Polizeiposten in der Hauptstadt. Der Vize-Innenminister

Ahmed Kadhim Ibrahim machte Anhänger Saddams verantwortlich: „Sie versuchen, ihren feigen Führer zu rächen." Aber die Festnahme Saddams hat auch weitere Erfolge mit sich gebracht. Im Versteck am Tigris fanden US-Fahnder Papiere, die sich als Sitzungsprotokolle von Organisatoren des Widerstands entpuppten. Sie gaben Einblick in die Arbeit von 14 heimlich operierenden Untergrundzellen. Schon bald nach der Verhaftung konnten die Amerikaner drei führende irakische Generäle aufgreifen, die Anschläge angeordnet haben sollen.

Prof. Dr. Herbert W. Franke - Höhlen auf dem Mars

Die neuesten Erkenntnisse über die Entwicklung der Planeten im Sonnensystem führen zur Annahme, dass sich Erde und Mars in ihren frühesten Entwicklungsstufen nur wenig voneinander unterschieden haben. Auch Wasser dürfte es auf dem Mars in viel reicherem Maß gegeben haben als jetzt. Damit steigt auch die Wahrscheinlichkeit, dass sich dort, vielleicht in den heute noch hypothetischen Marsmeeren, einfachste Lebensformen gebildet haben. Es ist nicht zu erwarten, dass noch Spuren davon auf der heutigen Marsoberfläche erhalten sind, die wegen des Fehlens einer dichten Atmosphäre der Ultraviolettstrahlung ausgesetzt ist und sich zumeist im Zustand des Permafrosts befindet. Anzeichen von Leben – vermutlich in fossilem Zustand – können sich allenfalls im Inneren erhalten haben. Das lenkt die Aufmerksamkeit auf das Phänomen der Höhle, das auf der Erde weitverbreitet ist. Sollte es auf dem Mars Höhlen geben, dann besteht dort die größte Chance, Spuren von Leben zu finden.

Eine Bestandsaufnahme zeigt, dass bereits beachtliches Wissen über den Mars erschlossen ist. Die Erforschung begann mit Teleskopen, ergänzt durch einige Methoden der Astrophysik, speziell der Spektroskopie. Seit 1962 kam es durch den Einsatz von Sonden zu entscheidenden Fortschritten; einerseits wurden von zum Mars gesandten

Beobachtungssatelliten mehrere Zehntausend Aufnahmen seiner Oberfläche zur Erde gefunkt, andererseits gelang es, automatisch arbeitende Kleinlaboratorien zu landen, die neben Bildern auch physikalische und chemische Daten übermittelten. Ergänzende Informationen lieferten einige auf der Erde, insbesondere in der Antarktis gefundene Bruchstücke von Meteoriten, die zweifellos vom Mars stammen.

Aus diesen Untersuchungen ergibt sich das Bild, das man sich vom heutigen Zustand des Planeten macht. In den Rhythmen der Jahre und Tage unterscheidet er sich wenig von der Erde; im Laufe des Wechsels von Tag und Nacht wie auch von Sommer und Winter schwankt die Intensität der Sonneneinstrahlung und somit auch die Temperatur. Im Durchschnitt liegt diese bei minus 55 °C, doch kann sie in Äquatornähe auf plus 10 bis 20 °C steigen. Wie auf der Erde sind die Pole mit Eis bedeckt, allerdings handelt es sich hierbei nicht nur um gefrorenes Wasser, sondern auch um gefrorenes Kohlendioxid. Im Wechsel der Jahreszeiten ändert sich die Eisbedeckung auf den Polen, und zwar ist es das Kohlendioxid, das im Sommer verdampft und im Winter niedergeschlagen wird.

Der Atmosphärendruck auf der Marsoberfläche liegt bei sieben Millibar, also bei rund einem Hundertstel des Drucks an der Erdoberfläche. 93 Prozent der Gase bestehen aus Kohlendioxid. Es gilt als erwiesen, dass sich sowohl Wasser wie auch Kohlendioxid in größeren Mengen in den Bodenschichten befinden. Diese sind allerdings von Permafrost erfasst, der am Äquator 2,5 Kilometer und an den Polen 6,5 Kilometer in die Tiefe reicht.

Die Situation auf dem Mars unterscheidet sich also derzeit grundlegend von jener der Erde, und das liegt sicher an der Tatsache, dass beide Planeten einer unterschiedlichen Entwicklung unterworfen waren. Hauptgrund dafür ist die Gravitation, die auf dem Mars nur rund vierzig Prozent von jener der Erde erreicht, und das genügt nicht, um die Moleküle der Atmosphäre zu halten; der größte Teil der anfänglich sicher dichteren Atmosphäre ist längst in den Weltraum verdampft.

Der Mars präsentiert sich also heute als erstarrte, lebensfeindliche Welt, und deshalb ist sowohl im Hinblick auf die Bildung von Höhlen wie auch auf die Entstehung von Leben nicht die Gegenwart, sondern die Frühzeit des Planeten interessant. Man nimmt an, dass sich vor 4,6 bis 3,8 Milliarden Jahren um den flüssigen Kern herum eine Kruste gebildet hat. Diese Zeit wird als jene des „starken Bombardements" bezeichnet – wie Beobachtungen der Mond- und der Marsoberfläche zeigen, waren damals Meteoriten, darunter auch größere Brocken bis zu Kleinplaneten, im Sonnensystem unterwegs, die dann und wann auf Planeten und Monden einschlugen. Während die Spuren davon auf der Erde vollständig verwischt sind, kann man auf den Oberflächen von Mond und Mars heute noch offen liegende Einschlagkrater feststellen. Im Übrigen dient die Kraterdichte als Maß für das Alter der betreffenden Region. Jüngere Ablagerungen, entstanden durch Lavaströme, ausgeworfenes vulkanisches Material und dergleichen mehr, führten zu jüngeren Bedeckungen, die heute durch ihre geringere Kraterdichte erkennbar und dadurch angenähert datierbar sind. Durch Aufnahmereihen der Orbiter-Sonden gelang eine systematische Vermessung des Planeten, darunter mancher Teile mit einer Auflösung von bis zu 25 Metern [1]. Die Oberflächenformen des Mars sind also relativ gut bekannt, und durch die Aufnahmen der mit den Laboratorien gelandeten Kameras kennt man auch Details der Bodenbeschaffenheit. Etwa zwei Drittel der Marsoberfläche, speziell im Süden des Planeten konzentriert, werden von höhergelegenen Regionen eingenommen. Sie reichen zwei bis fünf Kilometer über einen als Standard verwendeten Mittelwert der Höhe hinaus und sind durch große Kraterdichte als alt ausgewiesen. Das restliche Drittel, eher im Norden konzentriert, wird als Tiefland bezeichnet und gehört zu den jüngeren Regionen. Wenn es auf dem Mars Meere gegeben hat, dann wären sie hier anzusiedeln.

Zu den auffälligsten Erscheinungen der Marsoberfläche gehören Vulkane oft beachtlicher Größe. Zwischen dem Hoch- und dem Tiefland liegt der „Olympus Mons", der als größter Vulkan des Sonnensystems gilt. Sein Durchmesser beträgt 600 Kilometer, seine Höhe 26 Kilometer, der Durchmesser des Kraters achtzig Kilometer. Des Weiteren sind viele größere und kleinere Vulkane bekannt; der Vulkanismus gehört wohl zu jenen

Erscheinungen auf dem Mars, die sein Bild auch noch in jüngerer Zeit geprägt und verändert haben. Eine Aussage darüber, ob die Marsvulkane noch aktiv sind, ist bisher nicht möglich, wahrscheinlich bestehen durch sie heute noch Verbindungen zu den heißen Teilen des Mars-untergrunds.

Wasser auf dem Mars

Die Existenz von Wasser auf dem Roten Planeten ist schon lange bekannt, und in jüngster Zeit hat sich bestätigt, dass es sich um nennenswerte Mengen handelt: Nimmt man als Maß für die Wassermenge, die nach der Bildung der Kruste auf dem Mars vorhanden war, die Tiefe eines den Planeten gleichmäßig bedeckenden Ozeans an, dann schwanken die Abschätzungen zwischen 130 und 500 Metern [2]. Ein großer Teil davon mag während der wärmeren Zeit verdampft sein, doch hat die bald einsetzende Erkaltung das restliche Wasser in Form von Eis festhalten können. Insbesondere kann der Regolith, eine Schotterdecke aus lockerem Gestein und Sand, die oft mehrere Hundert Meter dicke Schichten bildet, beträchtliche Mengen Wasser aufnehmen. Im Übrigen spricht einiges dafür, dass nicht nur auf dem Mars, sondern auch auf der Erde Wasser durch herabstürzende Kometen nachgeliefert wurde.

Augenfälliger als alle indirekten Schlussfolgerungen deutet das Oberflächenbild des Mars auf Wasser hin. Es gibt eine ganze Reihe von Formen, die sich am besten durch Wasser- und Eisströme erklären lassen. Zwar wurde immer wieder versucht, auch andere Erscheinungen, beispielsweise abwärtsgleitende Trockenmassen, als Ursache der Talbildung anzunehmen, doch keines der vorgeschlagenen Modelle ist so überzeugend wie die Annahme von Wasser.

Durch ihr Erscheinungsbild sind „Abflusskanäle" und „Talnetze" zu unterscheiden. Beide bilden Systeme, die mehrere Hundert Kilometer lang werden können. Die „Abflusskanäle" sind dadurch ausgezeichnet, dass sie mit voller Breite beginnen, wobei diese bis zu zwanzig Kilometer erreichen. Man vermutet, dass sie auf einmalige, katastrophenartige Ereignisse zurückgehen, auf Fluten, hundertmal stärker als jene der Erde, die durch plötzliche Entleerung von Seen oder durch das Aufschmelzen von unterirdischen Wasserlinsen ausgelöst wurden. Dagegen ist der zweite Typ, jener der „Talnetze" mit seinem astförmigen Verlauf, den Flusssystemen der Erde so ähnlich, dass andere Erklärungen recht unwahrscheinlich sind. Offen bleibt allerdings die Frage, ob es sich um eine Art der Entwässerung nach dem Beispiel der Erde gehandelt hat, also auf der Basis eines Kreislaufs, der Meerwasser, Verdunstung, Regen, Abfließen über ein Oberflächen- und Grundwassernetz bis zu einem Ozean umfasst.

Die Diskussion von Marsmeeren und einem darauf beruhenden Wasserkreislauf führt in spekulative Bereiche

Die Diskussion von Marsmeeren und einem darauf beruhenden Wasserkreislauf führt in spekulative Bereiche. Einige Autoren berufen sich auf die geochemischen Entsprechungen in den Frühphasen der Evolution von Erde und Mars, um Marsozeane zu begründen. Auf dieser Basis lassen sich sogar weiter reichende Angaben über die Zusammensetzung des Meerwassers ableiten. Die ersten Autoren, die sich mit dieser Frage beschäftigten, kamen in den Siebzigerjahren zur Annahme einer Azidität im Bereich zwischen sauer und neutral. Neuere Untersuchungen lassen eher einen alkalischen Ozean vermuten, eine Hypothese, die sich nicht nur auf theoretische Erwägungen stützt, sondern auch auf praktische Untersuchungen und Messungen von sogenannten Sodaseen in vulkanischen Regionen der Erde [3, 4]. Leider ergeben sich für oder gegen einen mit jenem der Erde vergleichbaren Wasserkreislauf wenig konkrete Anhaltspunkte. Die Vorstellung, dass der Mars seine Atmosphäre größtenteils schon während der Zeit des „starken Bombardements" verloren hat, macht das Phänomen Regen eher unwahrscheinlich.

Karsterscheinungen

Die meisten auf der Erde vorkommenden Höhlen und damit die bevorzugten Objekte der Speläologen sind die Karsthöhlen. Im Prinzip entstehen sie durch die lösende Kraft kohlendioxidhaltigen Wassers. Schon beim Abregnen nimmt es Kohlendioxid auf und kann die Kohlendioxidkonzentration beim Sickern durch humushaltige Bodenschichten noch gehörig vergrößern. Diese Lösungen korrodieren den Kalk, zunächst oberflächlich, wobei sich die äußerlich erkennbaren Karstformen bilden, später auch in tieferen Spaltensystemen. Die Existenz größerer Höhlenräume in der Tiefe ist der Tatsache zu verdanken, dass sich ab einem Sättigungsgrad von über neunzig Prozent die physikalisch-chemische Kinetik stark verlangsamt, sodass die Lösungsfähigkeit tief in die unterirdischen Regionen hineingetragen wird, und dass sie sich beim Mischen von gesättigten Kalklösungen verschiedener Konzentrationen wieder erhöht [5, 6, 7].

War die Bildung von Karsthöhlen in der Frühzeit des Planeten Mars möglich? Bekanntlich sind dazu verkarstungsfähige, durch Kohlendioxid-haltiges Wasser lösbare Gesteine erforderlich, wie sie auf der Erde vor allem als Sedimentgesteine wie Kalk vorliegen. Dazu wäre ein Kreislauf des Wassers über Flusssysteme oder Grundwasserströme unter Einbeziehung von Meeren nötig, und diese Voraussetzung ist nicht ohne Weiteres annehmbar. Zwar ist nicht auszuschließen, dass es während einer relativ kurzen Zeitspanne zur Ausbildung von Karstgegenden mit den dazugehörigen Höhlensystemen gekommen ist, doch ist eine solche Vorstellung allenfalls als Hypothese anzuerkennen.

Es gibt aber auf der Erde noch einige weitere Erscheinungen, die zur Aushöhlung des Untergrunds führen, zum Beispiel die sogenannten hydrothermalen Aktivitäten. Gerade der auf dem Mars sehr starke Vulkanismus lässt Erscheinungen dieser Art als wahrscheinlich erkennen. Man nimmt an, dass die innere Wärme zum Aufsteigen von heißem Wasser führt, das verschiedene Säuren, beispielsweise schwefelige Säure, enthalten kann. Solche Lösungen sind imstande, chemisch anfällige Gesteinsschichten aufzulösen. Auf diese Weise können auch größere Höhlenräume entstehen.

Auf einigen Marsbildern sind Regionen zu erkennen, die als „chaotisch" bezeichnet werden und äußerlich an Karstformen erinnern. In der Tundraregion der Erde gibt es vergleichbare Vorgänge, die ohne chemische Umsetzungen, allein durch das Aufschmelzen des Wassers der Permafrostschichten, entstehen. In diesem Fall können Versturzräume entstehen, die Bildung größerer Höhlensysteme ist nicht zu erwarten.

Neben den Karsthöhlen gibt es auf der Erde auch Lavahöhlen, viele von ihnen weit abseits der Wissenschaftszentren, beispielsweise auf Hawaii. Das ist auch der Grund dafür, dass ihre Erforschung, sowohl touristisch wie auch wissenschaftlich, erst vor kurzer Zeit richtig einsetzte. Das Entstehungsprinzip ist einleuchtend: Die von Vulkanen austretenden flüssigen Lavamassen fließen talwärts und kühlen dabei von der Oberfläche her ab, wobei sie zunächst in zähflüssigen und schließlich in festen Zustand übergehen. Dagegen bleiben die Massen im Inneren weitaus länger heiß und flüssig, sodass sich schließlich ein Röhrensystem ergibt, durch das die vom Vulkan geförderte Lava ohne Wärmeverlust zu Tal fließen kann. Diese Röhren sind relativ stabil, sodass die Aktivitäten über Wochen oder Monate hinweg bestehen können.

Die Länge dieser Abflüsse kann mehrere Kilometer erreichen, was die Befahrung schwierig macht

Die Länge dieser Abflüsse kann mehrere Kilometer erreichen, was die Befahrung schwierig macht. Die bisher längste Lavahöhle der Erde ist 61 Kilometer lang [8, 9]. Es stellte sich heraus, dass es sich keineswegs nur um gleichförmige Röhren handelt, vielmehr kommt es auch in diesem Milieu zu Erweiterungen, wie sie von Karsthöhlen her bekannt sind. Das gilt einerseits für die Erosion, die mechanische Abtragung der von der Flüssigkeit berührten Flächen, die bevorzugt seitlich und in die Tiefe einschneidet. Die seinerzeit angenommene thermische Erosion, also das Aufschmelzen der begrenzenden Lavaschichten, spielt nicht die erwartete Rolle; das liegt an einer Art Pufferwirkung des Schmelzprozesses, der Energie verbraucht, ohne die Temperatur zu erhöhen. Eine andere Art der Höhlenerweiterung ist der Verbruch, also der Absturz von Deckenteilen, der einerseits von der Stabilität des darüberliegenden Gesteins, andererseits vom Druck (und damit von der Schwerkraft) abhängt. Es gibt noch weitere Effekte, die zur Umformung von vulkanischen Höhlenräumen führen. Alles in allem sind solche weitaus geräumiger und abwechslungsreicher, als man bisher angenommen hat [10].

Gerade dieser Höhlentyp, die Lavahöhle, ist zweifellos eine auf dem Mars weitverbreitete Erscheinung. Das liegt vor allem an der schon erwähnten starken vulkanischen Aktivität auf dem Mars, des Weiteren aber auch an der zur Bildung und Erhaltung von vulkanischen Höhlen günstigen Situation. Da auf dem Mars tektonische Prozesse weitaus weniger Bedeutung haben als auf der Erde, können sich einmal entstandene Höhlen über lange Zeiträume hinweg unbeschadet erhalten. Ein wesentliches Moment ist auch die im Vergleich mit der Erde geringere Schwerkraft: Die Höhlendecken sind einem geringeren Druck ausgesetzt, zum Verbruch kommt es erst bei weitaus größeren Hohlräumen. Im Gegensatz zur Erde, wo die Abkühlung der oberflächlich liegenden Lava auf konvektive Prozesse zurückgeht, wird sie wegen der dünnen Atmosphäre auf dem Mars vor allem durch Abstrahlung verursacht. Dadurch wird der Abkühlungsprozess langsamer, doch spielt der Zeitfaktor unter den auf dem Mars gegebenen Umständen im Hinblick auf eine mögliche Höhlenentstehung keine Rolle.

Diese eher theoretisch fundierten Überlegungen lassen sich mithilfe von Beobachtungen untermauern. In mehreren Lavafeldern sind linear angeordnete Einbrüche zu erkennen, die – nach einer Mitteilung von Konrad Hiller – als Deckenstürze großer Räume im Lauf eines Lavaflusses zu deuten sind. Die auf dem Mars auftretende basische Lava ist dünnflüssig und kann auch bei relativ geringer Bodenneigung über weite Strecken fließen. Die

Lavaströme erreichen – wie man anhand der Marsbilder erkennt – an manchen Stellen mehrere Tausend Kilometer Länge.

Man darf also zusammenfassen: Karsthöhlen des auf der Erde üblichen Typs sind auf dem Mars höchst unwahrscheinlich, dagegen sprechen einige Argumente für die Existenz hydrothermal ausgeräumter Höhlen. Und schließlich besteht kein Zweifel daran, dass der Mars von weitreichenden Systemen von Lavahöhlen durchzogen ist, die vermutlich die Größe von kleinen Röhren bis zu jener von riesigen Tunneln aufweisen und in ihren Dimensionen jene der Erde weit übertreffen.

Leben in Marshöhlen

Die Ergebnisse der Überlegungen über Höhlenphänomene auf dem Mars stellen auch die Frage nach dort erhaltenen Lebensspuren unter einen neuen Aspekt. Der Vergleich mit Höhlen auf der Erde kann hier nützlich sein. Es ist bekannt, dass solche nicht nur reiche Fundstätten von Fossilien sind, sondern dass sich in ihnen auch Tierpopulationen erhalten haben, die die Höhlen – beispielsweise als Reaktion auf eine Klimaverschlechterung – als Schutzräume aufgesucht haben. So gibt es Käfer- und Spinnenarten, die seit der Eiszeit in unserer Gegend an der Oberfläche ausgestorben sind, von denen aber dem unterirdischen Aufenthalt angepasste Varianten noch in Höhlen vorkommen.

Ein besonders aussagekräftiges Beispiel liefert die Movile-Höhle im rumänischen Karst [11]. Sie wurde 1986 vom Geologen Cristian Lascu entdeckt, ein 240 Meter langes, völlig von der Außenwelt abgeschnittenes Netz von Höhlenräumen. Die schon seit längerer Zeit bestehende Isolation ist durch das Fehlen radioaktiver Isotope aus Atombombenzündungen und den Unfall von Tschernobyl nachgewiesen. Das System ist zum Teil von schwefelhaltigen Lösungen erfüllt, zum Teil auch von einer Atmosphäre, die nur zwischen sieben und zehn Prozent Sauerstoff enthält, dagegen einen relativ großen Anteil – einige Prozent – Kohlendioxid und Methan. Das

Höhlensystem kann von Menschen nur mit Gasmasken betreten werden. Das Besondere daran ist, dass sich in dieser Umgebung ein Biotop gebildet hat, das auf dem Umsatz von Schwefel beruht. Gefunden wurden verschiedene Insektenarten sowie Würmer und Blutegel. Am Anfang der Nahrungskette stehen Schwefel verarbeitende Bakterien.

Dieses Beispiel ist gewiss nicht bedenkenlos auf den Mars zu übertragen, es zeigt aber, wie Lebensformen in Höhlen über längere Zeit hinweg Zuflucht finden können, auch dann, wenn die äußere Situation das Überleben nicht mehr zulässt. Solche Umstände können für Lebewesen auf dem Mars bestimmend gewesen sein, auf welcher Stufe der Entwicklungsreihe sie sich auch befunden haben mögen.

Diese Überlegung führt wieder zur Frage der Entstehung des Lebens allgemein zurück. Heute lassen sich einige chemische und physikalische Bedingungen angeben, die erfüllt sein müssen, um die Synthese komplizierterer organischer Moleküle zuzulassen. Eine davon betrifft die Temperatur; die etwa im Bereich zwischen dem Gefrier- und dem Siedepunkt des Wassers liegen muss. An der Marsoberfläche wird sie schon seit mehreren Milliarden Jahren nicht mehr erfüllt, dagegen ist das Vorkommen von Schichten, die von einer milden Erdwärme erfasst sind, in unterirdischen Bereichen mehr als wahrscheinlich.

Was die Energiequelle betrifft, so ist uns von der Erde her bekannt, dass primitive Lebensformen ihre Energie auch aus anderen chemischen Umsetzungen gewinnen können als aus der Verbrennung; Sauerstoff ist also nicht unbedingt nötig. Schon das Beispiel der Movile-Höhle, aber auch die Vorbilder der Bakterienfauna in Schwefelquellen, sind Beweis dafür. Im Übrigen kann man ganz allgemein feststellen, dass einfaches Leben unter Umständen, die allgemein als lebensfeindlich gelten, möglich ist, beispielsweise in sauren und alkalischen Lösungen, unter Bedingungen nahe am oder sogar unter dem Gefrierpunkt und bei Temperaturen von über 100 °C. Wie die Beispiele der „Extremlebewesen" zeigen, kann sich das Leben in einem weiten Bereich sehr unterschiedlichen Bedingungen anpassen.

Schließlich zur Frage des Wassers. Die Existenz des Wassers auf dem Mars ist erwiesen, und zur Entstehung von Leben muss es sich nicht unbedingt in einem Meer ansammeln. Im gegebenen Zusammenhang ist der von Kempe und Kazmierczak gegebene Hinweis erwähnenswert, wonach die Entstehung von Leben nur in einer Umgebung niedriger Kalziumkonzentrationen möglich ist, wie sie alkalische Lösungen bieten [3, 4].

Schlussfolgerungen und Ausblick

Die Überlegungen hinischtlich der Existenz von Marshöhlen sind nicht nur von wissenschaftlicher, sondern auch von praktischer Bedeutung. Gemäß den Erfahrungen der Höhlenforschung auf der Erde ist zu erwarten, dass es offen stehende Zugänge zu solchen Systemen gibt, beispielsweise als Einbrüche an der Oberfläche. Die angrenzenden überdachten Bereiche bieten sich als natürliche Unterstände für Astronauten an. Dort sind diese vor Strahlung und Wettereinflüssen geschützt. Es ist allerdings damit zu rechnen, dass manche in früherer Zeit gebildeten Eingänge zu Marshöhlen inzwischen durch Staub und Asche wieder verschlossen wurden – eine Erscheinung, die auch auf der Erde zu beobachten ist, z. B. an der Kilauea Caldera auf Hawaii [12, 13].

Nach einem Vorschlag von Stephan Kempe kann in Höhlenräumen mit aufblasbaren, luftgefüllten Folien ein für Menschen akzeptabler Lebensraum geschaffen werden, der sich weitaus geräumiger auslegen und schneller erstellen lässt als eigens errichtete Behausungen an der offenen Marsoberfläche. Die Gegenden, in denen Eingänge von Lavahöhlen zu erwarten sind, wären durch die Auswertung von Geländeaufnahmen leicht zu ermitteln, eine detaillierte Suche nach geeigneten Örtlichkeiten kann dann im Laufe der Vorbereitungen einer bemannten Mission mit hochauflösenden Fotos und mit dem Einsatz von Erkundungsrobotern (entsprechend dem Sojourner der Pathfinder-Mission 1997) erfolgen. Der dafür nötige Aufwand wird durch die erreichten Vorteile mehr als aufgewogen.

Andererseits führt die Existenz von Höhlen auf dem Mars wieder zur Frage der Entstehung und Erhaltung von Lebenserscheinungen zurück. In den von hydrothermalen Lösungen und von Lavaflüssen gebildeten Höhlen besteht zweifellos die größte Chance, auf Anzeichen von Leben zu treffen. Wenn die geschilderten Modellvorstellungen über das Marsklima zutreffen, dann ist anzunehmen, dass sich schon früh in der Geschichte des Mars einfachste Lebensformen in Höhlen zurückgezogen und in diesen mehr oder weniger lang weiterentwickelt haben. Das könnte an vielen Stellen geschehen sein, die von Anfang an voneinander isoliert waren: Inseln des Lebens, Örtlichkeiten, die sicher in ihren lokalen Klimabedingungen voneinander abwichen, sodass sich höchst unterschiedliche Entwicklungen ergeben haben sollten. So stellt sich der Mars als eine Art Laboratorium heraus, das die Anfänge des Lebens zu erforschen gestattet. Wahrscheinlich wird man sich zunächst mit Fossilienfunden begnügen müssen, es ist aber nicht völlig ausgeschlossen, dass sich Lebensgemeinschaften in den unterirdischen Regionen bis heute lebendig erhalten konnten. Auf dem Roten Planeten wird man also aller Voraussicht nach auf Lebensspuren treffen, die auf der Erde längst zerstört sind. Damit ergibt sich die bemerkenswerte Situation, dass wir das Leben auf dem Mars suchen und erforschen sollten, um die Entwicklung des Lebens auf der Erde zu verstehen.

Danksagung: Für wertvolle Anregungen zum Thema und für Hilfe bei der Bildbeschaffung und Korrektur danke ich Dr. Konrad Hiller, DLR Oberpfaffenhofen, und Prof. Dr. Stephan Kempe, Universität Darmstadt. Weiter danke ich den Herren Dr. Reinhard Breuer, Stuttgart, Dr. Vittorio Castellani, Universität Pisa, sowie Prof. Dr. Hubert Trimmel, Wien, für wichtige Literaturhinweise. Nachträglich habe ich auch noch Herrn Dr. Ernst Hauber vom Institut für Planetenforschung beim DLR-Standort Berlin-Adlershof für die Bereitstellung neuen Bildmaterials vom Mars zu danken.

Bemerkung zu den Bildern

In der Bildserie der Originalpublikation sind auch zwei meiner eigenen Höhlenaufnahmen zu sehen, deren Wiedergabe allerdings unbefriedigend ist: Es sollten die eingangsnahen Gewölbeformen der Lavahöhlen gezeigt werden, doch wegen des starken Kontrasts zwischen der sonnigen Außenlandschaft und den im Schatten liegenden überdachten Höhlenteilen erscheinen diese in den Fotos undifferenzierbar dunkel. Ich habe daher den Kontrast im Sinne einer besseren Bildwiedergabe abgeschwächt und füge diese beiden bearbeiteten Aufnahmen hier ein. Bei diesen Bildern geht es vor allem um die typischen Raumformen der Lavahöhlen, die solche als ideale Unterstände für Marsforscher ausweisen; sie lassen sich mit relativ wenig Aufwand für Menschen wohnlich einrichten.

Zur Zeit der Publikation dieser Arbeit in der „Naturwissenschaftlichen Rundschau" standen bereits Bilder zur Verfügung, die von Vulkanen des Mars ausgehende Lavaflüsse zeigen, jedoch war deren Auflösung noch zu gering, um eine eindeutige Identifizierung von Einbrüchen in der Oberfläche zuzulassen. Die zur Illustration des Artikels ausgesuchten Marsaufnahmen beschränkten sich daher auf allgemeine Erscheinungen des Marsvulkanismus. Inzwischen wurde von den deutschen Planetenforschern unter der Leitung von Prof. Dr. Gerhard Neukum – seit Kurzem Professor am Institut für Geologische Wissenschaften der Freien Universität Berlin – die hochauflösende Stereo-Kamera HRSC entwickelt, die sich an Bord des ersten europäischen Mars-Orbiters „Mars Express" befindet. Sie liefert Aufnahmen mit einer Auflösung von bis zu zwei Metern. Auf den Bildern der Marsoberfläche sind Einbruchsöffnungen zu erkennen, die längs der Falllinien erstarrte Lavaflüsse angeordnet sind und inzwischen allgemein als Deckenbrüche von oberflächennah gelegenen Hohlräumen angesehen werden. Ich verzichte deshalb hier auf die in der Publikation verwendeten Marsbilder und nehme stattdessen zwei der neuen Bilder aus dem Mars-Orbiter auf.

Und nun, im Mai 2007, noch eine Ergänzung. Inzwischen wurden nämlich mithilfe des Systems THEMIS (Thermal Emission Imaging System) der NASA Aufnahmen noch höherer Auflösung erstellt, mit denen durch Deckenbrüche entstandene Öffnungen in den Lavafeldern zu sehen sind. Im Nordosten des riesenhaften Vulkans Asia Mons wurden sieben Formationen dieser Art gefunden. Die Bilder zeigen eine Übersicht der Gegend ...

... und eine hochaufgelöste Ansicht der Öffnung.

Literatur

[1] K. Hiller, E. Hauber, H. Schmidt, T. Wintges: Planetenbildkarte Olympus Mons/Planet Mars. Kartographische Nachrichten 3, 1993, 68–71

[2] M. H. Carr: Water on Mars. Oxford University Press, New York, Oxford, 1996

[3] S. Kempe, J. Kazmierczak: The role of alkalinity in the evolution of ocean chemistry, Organisation of Living Systems, and Biocalcification Process. Bulletin de l'institut océanographique, Monaco, n° spécial 13, S. 61–117, 1994

[4] S. Kempe, J. Kazmierczak: A terrestrial model for an alkaline Martian hydrosphere. Preprint, submitted for: Planetary and Space Sciences. S. 71–117, 1997, in Press

[5] W. Dreybrodt: The role of dissolution kinetics in the development of karst aquifers in limestone: A model simulation of karst evolution. Jahrbuch für Geologie 98, 1991

[6] S. Kempe: Höhlenbildung durch primäre und sekundäre Lösungskapazität. Arbeitsgemeinschaft Höhle und Karst Grabenstetten, Jahresheft, S. 13–17, 1995

[7] A. N. Palmer: Groundwater processes in karst terranes. Geological Society of America, Special Paper 252, S. 177–209, 1990

[8] S. Kempe: Neue Rekorde in Lavahöhlen auf Hawaii – ein Statusbericht. Mitteilungen des Verbandes der

deutschen Höhlen- und Karstforscher, 42(2), S. 27–29, 1996

[9] U. Allred, C. Allred: Kazumura cave atlas, Island of Hawaii. Publikation im Selbstverlag, 81.S., 1997

[10] S. Kempe: Lava falls: a major factor for the enlargement of lava tubes of the Ai-la'au shield phase, Kilauea, Hawaii. Preprint, Proceedings of the 12th International Congress of Speleology 1997 UIS

[11] S. M. Sarbu: Movile Cave, Romania - A subterranean chemoautotrophically-based ecosystem. Cave Research Foundation Memphis, Annual Report, S. 46–48, 1993

[12] S. Kempe, C. Ketz-Kempe: Lava tubes systems of the Hilina Pali Area, Ka'u District, Hawaii. Proc. 6th International symposium for volcanospeleology, Hilo 1991

[13] S. Kempe, C. Ketz-Kempe, W. R. Halliday, Marlin Spike Werner: The cave of Refuge, Hakuma Horst, Kalapana, Puna District, Hawaii. Pacific Studies, 16(2), S. 133–142, 1993. Copyright H. W. Franke 1997

Prof. Dr. Herbert W. Franke, Unsere virtuelle Zukunft

Die technische Entwicklung schreitet so rasch voran, dass es selbst innerhalb einzelner Generationen zu entscheidenden Veränderungen kommt. Das hat zur Folge, dass man in keinem Beruf mehr mit dem auskommt, was man in der Ausbildungszeit gelernt hat. Immer wieder sieht man sich mit unerwarteten Situationen konfrontiert, die man mit neuen Mitteln und Methoden zu bewältigen versucht. Besonders problematisch ist diese Entwicklung für den Berufsstand der Lehrer, die mit ihrem Unterricht den sich ständig ändernden Verhältnissen gerecht werden müssen. Vorstellungen über künftige Entwicklungen sind daher für alle im Lehrfach Tätigen besonders wichtig.

Allem Anschein nach leben wir in einer Welt, in der die Zukunft nicht vorherbestimmt ist, und selbst wenn das der Fall wäre, hätten wir keine Gelegenheit einer exakten Vorausberechnung. Alle Vorhersagen über die Zukunft sind daher mit Vorbehalt aufzunehmen – sie gelten nur unter bestimmten Voraussetzungen und Bedingungen. Die größten Chancen für die Richtigkeit prognostischer Versuche ergeben sich, wenn man aktuelle Trends beobachtet und in die nächste Zukunft extrapoliert. Als wichtige Randbedingung ist zu prüfen, ob die erwarteten Zustände mit den Gesetzen der Naturwissenschaft übereinstimmen; hieraus ergeben sich oft auch Grenzen, die Entwicklungslinien zum Abbrechen führen.

Evolution oder Revolution?

Wie man allgemein feststellen kann, ergeben sich heute die nachhaltigsten Umwälzungen im Bereich der Informationstechnik. Dabei kann man die anstehenden Aufgaben in drei Bereiche unterteilen, und zwar die Datenspeicherung, die Datenbeförderung – mit anderen Worten: Kommunikation – und die Datenverarbeitung. An ihnen allen sind deutliche Trends zu verzeichnen, wobei als gemeinsamer Entwicklungszug die Miniaturisierung zu nennen ist. Heutige PCs haben Leistungskapazitäten, für die man noch vor fünfzehn Jahren ein raumfüllendes System benötigte. Die Verkleinerung der Systeme führte von der gelöteten Schaltung ab zum fotolithografisch gefertigten Chip, und diese Linie lässt sich auch in die Zukunft weiterverfolgen – bis an die Grenzen der physikalischen Machbarkeit. Die Schaltprozesse vollziehen sich dann im Quantenbereich unter Mitwirkung nur weniger Elektronen. Dazu ist sicher wieder ein Wechsel der Produktionsmethoden nötig – molekulare Schaltungen wird man wahrscheinlich chemisch synthetisieren, vielleicht sogar nach dem Vorbild der Genetik „wachsen lassen".

Der Übergang zu immer kleineren Schaltsystemen führt zu Fortschritten in den drei genannten Bereichen: Gerade heute konstatieren wir enorme Vergrößerungen der Kapazitäten digitaler Speicher, der Durchflussraten in

Datenkanälen und – last not least – der Verarbeitungsgeschwindigkeiten. Einige beispielhafte Daten sind der beigefügten Tabelle zu entnehmen.

Kommunikation mit Bildern

Dass der heutige Entwicklungsstand einen entscheidenden Wendepunkt kennzeichnet, ist einem einfachen Vergleich der angegebenen Zahlen zu entnehmen. Gemeint ist die Tatsache, dass man für die Speicherung und Weiterleitung von Bildern hohe Datenmengen zu bewältigen hat. So erfordert beispielsweise die Verschlüsselung eines gut aufgelösten Farbfotos dieselbe Kapazität wie die eines ganzen Buches. Und damit lässt sich auch erkennen, unter welchem Aspekt der Umschwung steht: Wir beginnen, mit Bildern in ähnlicher Weise umzugehen wie bisher mit Worten oder Zahlen, und das betrifft alle drei Aufgabenbereiche, die Speicherung, die Weiterleitung und die Verarbeitung. Speziell handelt es sich um bewegte Bilder, und dazu braucht man bekanntlich rund 25 Einzelphasen pro Sekunde. Auf den heute noch gebräuchlichen Disketten lassen sich nur wenige Bilder speichern, und die Telefonleitungen, über die immer noch ein großer Teil der Internetkommunikation läuft, sind längst nicht echtzeittauglich. Selbst die digitalen ISDN-Leitungen lassen noch zu wünschen übrig, und erst die Glasfaser mit ihrer enormen Durchflusskapazität bringt eine befriedigende Lösung des Problems. In Bezug auf die Rechengeschwindigkeit bewegen wir uns heute von Millionen zu Milliarden Bit pro Sekunde elementarer

Rechenoperationen, und damit kommen wir in eine Leistungsklasse, die kaum noch Wünsche offenlässt.

Eine Verrechnung von Bildern schließt Aufgaben ein, die für die Wissenschaft und Technik schon lange wichtig waren, beispielsweise die Bildauswertung und die Bildverbesserung. In den Bereich der Verarbeitung gehören aber auch verschiedene Prozesse, die zu den Routineaufgaben der Bildkommunikation zählen, wie beispielsweise die Kodierung in Zahlenwerte, heute noch notwendigerweise mit einer Datenkompression verbunden. Sie hilft dabei, die vorhandenen Kanalkapazitäten besser zu nutzen.

Eine weitere Aufgabe, die sich nur mit fortschrittlicher digitaler Technik lösen lässt, ist der Übergang vom flächenhaften zum räumlich-perspektivischen Bild. Es ist ohne Weiteres möglich, Bilder dreidimensional zu beschreiben, also beispielsweise durch eine genügende Zahl von Oberflächenpunkten eines Objekts in Abhängigkeit von den drei Koordinaten x, y, und z. Solche Bilder kann man im Speicher aufbewahren, doch das menschliche Auge hat keinen direkten Zugang dazu. Man benötigt also perspektivische Darstellungen, und solche lassen sich mit einigem Rechenaufwand aus der vorgegebenen Oberflächenform ermitteln. Schon dafür braucht man einen gehörigen Rechenaufwand, denn diese Berechnung muss bei einer guten Farbdarstellung etwa eine Million Bildpunkte berücksichtigen. Legt man darüber hinaus Wert auf eine realistische Darstellung, dann muss man die Wirkung des Lichts auf den

Gegenstand berücksichtigen, was mit den Gesetzen der geometrischen Optik möglich ist. Das bedeutet aber einen noch einmal stark gesteigerten Bedarf an Rechenoperationen, und hat man es zusätzlich mit Transparenz und Spiegelung zu tun, dann übersteigt der Aufwand schnell die Grenzen des heute Möglichen.

Die visuellen Darstellungen, wie wir sie von Monitoren gewöhnt sind, erfüllen nur bescheidene Ansprüche. Das zeigt sich schon, wenn man solche Bilder mit Videoprojektion auf die Leinwand zu werfen versucht. Es gibt viele Anwendungen, bei denen Projektionen wünschenswert wären, beispielsweise, wenn es um die Wiedergabe realistischer Szenerien geht. Wie stark sich die Wirklichkeitsanmutung dadurch steigern lässt, kann man in IMAX- oder OMNIMAX-Theatern beobachten. Sind wir bei der digitalen Bildverarbeitung erst bei genügend hohen Auflösungen angekommen, spricht nichts dagegen, Bilder dieser Art über die Netze in das Büro, das Schulzimmer oder das Eigenheim zu leiten.

Die höchste Steigerung der Realität ist mithilfe der Cyberspace-Technik möglich, mit der man den Benutzer gewissermaßen in die Welt der Daten einführt, in der Fachsprache als virtueller Raum und volkstümlich – nach einem Science-Fiction-Roman – als Cyberspace bezeichnet. Der Benutzer betrachtet diese Welt durch eine Datenbrille, in Wirklichkeit eine optisch-elektronische Vorrichtung, mit deren Hilfe zwei stereoskopisch aufeinander bezogene Bilder getrennt auf beide Augen geleitet werden. Mithilfe eines Sensors ist der Computer über die Kopfbewegungen des Betrachters informiert, und er ändert die Sicht in Echtzeit so, wie es dem Wechsel des Sichtwinkels entspricht. Auf diese Weise wird der Realitätseindruck so vorherrschend, dass man nach einiger Zeit die wirkliche Welt vergisst und sich in der Datenwelt existierend erlebt.

Multimedia in der Schule

Natürlich wird man auch in Zukunft Texte sowie auditive Sprache und Musik übertragen und kommt auf diese Weise zu einer Kombination, die alle heute gebräuchlichen Ausdrucksmittel umfasst. Die computergesteuerte Kombination solcher verschiedenartiger Daten wird heute als „Multimedia" bezeichnet. Es muss nicht besonders betont werden, dass die Bilder eine besondere Rolle dabei spielen und dass die Möglichkeiten von Multimediapräsentationen erst voll ausgenutzt werden können, wenn es keine Beschränkungen für die Einbeziehung visuell konzipierter Daten mehr gibt.

Die Weiterleitung aller Arten von Daten über Netze und die Ausgabe nach dem Multimediaverfahren führen in verschiedensten Bereichen zu grundlegend neuen Situationen. Das betrifft beispielsweise den Sektor des Berufs, wo die schon seit einiger Zeit ausgemalte Vision der Telearbeit Wirklichkeit werden kann. Sie betrifft natürlich auch den Sektor der Spiele, die man bereits jetzt und später in noch höherem Maße realistisch gestalten kann, sodass der Benutzer beliebig aufregende Abenteuer im Cyberspace erleben kann, ohne dabei wirklich in Gefahr zu geraten. Und es betrifft nicht zuletzt den Sektor der Schule, wo den Lehrern künftig völlig neue Lehrmittel zur Verfügung stehen werden.

Die entscheidende Neuerung ergibt sich durch die immens gesteigerte Verfügbarkeit von Bildern, mit deren Hilfe sich vieles ausdrücken lässt, was man sprachlich nur recht mühsam fassen kann. Sinnesphysiologen weisen darauf hin, dass das menschliche Gehirn eine ganz besondere Fähigkeit zur Analyse von Sichteindrücken entwickelt hat: Neunzig Prozent des der Wahrnehmung gewidmeten Gehirnabschnitts sind dem Sehsinn gewidmet. Eine Besonderheit dieser Art von Datenverarbeitung ist die Tatsache, dass man im visuellen Bereich auch zwei- und dreidimensionale Zusammenhänge überblicken kann, während die Sprache nur mühsam über lineare Reihung hinauskommt. Das ist auch der Grund dafür, dass in der sprachlichen Verständigung historische oder kausale Gesetze bevorzugt werden, während man andere, ebenso wichtige Ordnungsprinzipien unserer Welt, beispielsweise die Kreisfunktionalität (Rückkoppelung), und vernetzte Wechselwirkungen leicht übersieht. (Deshalb sind auch die ökologischen Zusammenhänge unserer Umwelt so schwer zu verstehen.)

Eine besonders einleuchtende Anwendung dieser Voraussetzungen liegt im Bereich der Mathematik. Einen großen Teil ihrer Zusammenhänge kann man durch Bilder darstellen, wodurch ein komplementäres Beschreibungssystem verfügbar wird. Beide Möglichkeiten der Codierung, jene durch Formeln und jene durch Bilder, haben besondere Vorteile für sich – die Formeln beispielsweise ihre Allgemeingültigkeit, die Bilder ihre Anschaulichkeit. Und gerade Letztere ist für

Schüler wichtig, wird doch der abstrakte Charakter der Mathematik meist als besondere Schwierigkeit angesehen. Vieles, was man aus der Formel erst mühsam heraus interpretieren muss, hat man bei den Bildern klar vor Augen, und somit kann man sich auf weiterführende Eigenschaften in der Thematik konzentrieren, wo die interessanten Aspekte eigentlich erst beginnen. Die durch den Computer möglich gewordene Visualisierung des mathematischen Wissens kann als richtiger Königsweg bezeichnet werden.

Besonders zu erwähnen ist, dass man von der Basis der Bilder auch leicht zu Formen der Wissensvermittlung gelangt, die schon in den Grenzbereich der Unterhaltung hineinführen, heute oft als Infotainment bezeichnet. So lassen sich beispielsweise Schwebefahrten durch mathematische Landschaften inszenieren, die, wenn gewünscht, durchaus auch als Spiele gestaltbar sein können. Das gilt im Übrigen natürlich nicht nur für die Mathematik, sondern ebenso für viele andere naturwissenschaftliche Gebiete, beispielsweise der Physik, wo man durch elektrische und magnetische Felder oder durch die Molekülstruktur von Kristallen hindurchfliegen kann.

Von den vielen anderen Möglichkeiten sei hier nur noch auf die Anwendung im Kunstunterricht hingewiesen. Wie in allen anderen Sektoren kann man mithilfe der Netze und Multimediasysteme leicht und verzögerungsfrei an jede gewünschte Information herankommen, und diese

Verbindung mit Datenbanken ist natürlich auch für die Auseinandersetzung mit Kunst förderlich. Die digitale Technik bietet aber noch ganz andere Möglichkeiten der Annäherung, beispielsweise das Experiment: den aktiven Eingriff in ein Kunstwerk. Wird es am Monitor aufgerufen, dann lassen sich Farben austauschen, Strukturen verändern und Objekte verschieben. Für manche mag das blasphemisch erscheinen, doch – wie jedem Pädagogen bekannt ist – ermöglicht eigenes Experimentieren stets eine bessere Aufnahme als die passive Mitteilung. Schließlich wäre zu diskutieren, ob nicht einfache Programmierungsprozesse zu einer erheblichen Erleichterung des Verständnisses für Farben, Formen, Strukturen und dergleichen führen könnten; dazu müssten eigene Programme entwickelt werden, die keine mathematischen oder technischen Kenntnisse voraussetzen – Versuche in dieser Richtung, wenn auch in anderen Bereichen, haben positive Ergebnisse hervorgebracht.

Lehrerfortbildung – ein Leben lang lernen

Die beschriebenen technischen Fortschritte haben im Besonderen auch Konsequenzen für die Fortbildung aller Arten von Lehrkräften. Die Erstellung von Unterrichtsbehelfen wird sich in Zukunft auch auf die neuen digitalen Mittel richten müssen, und manches davon ist sicher anspruchsvoller als mit Kreide auf Tafeln geworfene Skizzen. In diesem Fall erscheint eine Zusammenarbeit von Lehrern höchst wünschenswert, und gerade die Netze, heute insbesondere das Internet, könnten die Vorbedingungen dafür erfüllen. Es ist zu erwarten, dass sich überregionale Teams bilden, denen das Netz eine nahezu kontinuierliche Zusammenarbeit über beliebige Entfernungen hinweg bietet. Die Ergebnisse, in einer gespeicherten und ohne Zeitverlust aufrufbaren Form, stehen dann allen interessierten Lehrkräften zur Verfügung, und nach und nach würden sich die Lehrmittel auch in diesem Bereich vervollständigen und die wichtigsten Themenbereiche abdecken.

Heute, in der Anfangsphase, muss sich die Fortbildung allerdings auch auf eine allgemeine Einführung in den Gebrauch der Neuen Medien richten. Voraussetzungen sind Personal Computer und – womöglich – eine ISDN-Verbindung (eine digitale Verbindung, die zwei Telefonleitungen entspricht). Ein großer Teil der Kenntnisse, die zum vernünftigen Gebrauch der Netze und der Multimediasysteme benötigt werden, sind allgemeiner Natur und können auch auf konventionelle Weise, beispielsweise mithilfe von Büchern und Lehrgängen erworben werden. Doch bieten sich natürlich auch hier die Netze an, die gegenüber den Lehrgängen eine ständige Verbindung aufrechterhalten und Zusammenarbeit ermöglichen. Eine Keimzelle solcher Entwicklungen hat sich in der Akademie für Lehrerfortbildung in Dillingen herangebildet, und es ist zu hoffen, dass diese Bemühungen der ersten Stunde genügend unterstützt werden, um die nötige Breitenwirkung zu erzielen.

Ausblick

Die beschriebene Entwicklung, in der Multimedia und Netze eine besondere Rolle spielen, wird sicher für die nächste, vielleicht auch noch für nachfolgende Generationen bestimmend sein. Weitere entscheidende Fortschritte, verbunden mit entsprechenden Veränderungen, deuten sich erst für eine unbestimmte Zukunft an. Gemeint ist die sogenannte künstliche Intelligenz. Sie beruht auf der Annahme, dass uns früher oder später Computer zur Verfügung stehen, die auch Sinnzusammenhänge aufgreifen können und uns damit an Intelligenz übertreffen werden. Es könnte dann Programme geben, die man als Agenten, Lehrer oder auch als persönliche Freunde personifizieren könnte, Instanzen, die die eigene Entwicklung via Netz mitmachen und somit über das Wissen, die Fähigkeiten, die Wünsche und Ängste der von ihnen betreuten Personen informiert sind.

Bisher war der Mensch das einzige intelligente Wesen auf der Erde, und somit ist kaum abzusehen, was das Auftreten einer weiteren Intelligenz mit sich bringen würde

Bisher war der Mensch das einzige intelligente Wesen auf der Erde, und somit ist kaum abzusehen, was das Auftreten einer weiteren Intelligenz mit sich bringen würde. Hier befinden wir uns schon im Bereich von Science Fiction, wo man auch recht umfassende Vorstellungen solcher künftiger Welten vorfinden kann. Für die Problematik, mit der es die Lehrer heute zu tun haben, haben solche Vorstellungen wenig Bedeutung und können vorderhand sicher unberücksichtigt bleiben. Ohne Zweifel jedoch darf behauptet werden, dass sich in der Zukunft ein immer größerer Teil unserer Gestaltungsaufgaben auf die virtuelle Datenwelt richten wird, seien es Cyberspace-Szenerien, Programme oder Unterrichtsmittel. Gerade für einen Berufsstand, der so stark zukunftsorientiert ist wie jener der Lehrer, ist es von entscheidender Bedeutung, dass die Aufgaben unserer virtuellen Zukunft frühzeitig erkannt werden.

Tabelle: Vergleichswerte für Speicher- und Durchflusskapazität

Buchstabe 5 bit*
Ziffer 4 bit
Buchseite 10.000 bit
Buch 1–10 Mbit
Farbfoto 8 Mbit
Fernsehbild 5 Mbit
CD-ROM 4 Milliarden bit
1 min Musiküber CD1.058.400 bit
1s Video ca. 200 Mbyte**
Festplatte ca. 500 Mbyte
Diskette ca. 1,4 Mbyte

ISDN–digitale Telefonleitung 64.000 bit/s
ATM (Kanal für Multimediaübertragung) 150Mbit/s
Glasfaser 300.000 Mbit/s

* bit – elementare Informationseinheit, entsprechend einer Auswahl aus zwei Möglichkeiten
** 1 byte = 8 bit

Prof. Dr. Herbert W. Franke

• Herbert W. Franke, 1927 in Wien geboren, studierte Physik, Mathematik, Chemie, Psychologie und Philosophie. Er promovierte an der Universität Wien mit einem Thema aus der theoretischen Physik zum Doktor der Philosophie. Seit 1957 ist er freier Schriftsteller. 1980 wurde Franke zum Mitglied des Deutschen PEN-Clubs gewählt. Im selben Jahr wurde ihm der Berufstitel Professor verliehen. Er ist Mitglied der Grazer Autorenversammlung und erhielt zahlreiche Preise, darunter mehrere für Jahresbeste Science-Fiction-Romane. Frankes faszinierende Utopien basieren auf den Erkenntnissen seiner wissenschaftlichen Arbeit. Neben Autoren wie Philip K. Dick oder Stanislaw Lem ist Franke einer der bekanntesten Science-Fiction-Autoren Europas.

Eine zeitlose Reise zu außerirdischen kosmischen Wesen, Peter Geipel

Kontakt mit Terra X

Lichtjahre entfernt

Wesen von anderer Gestalt in technischen, in hoch entwickelten Kleidern und Apparaturen, Raumschiffe, die sich durch den Kosmos bewegen.

Dazwischen plasmatische Wesen, die mit den menschlichen Konturen kaum noch etwas zu tun haben. Bewegungen durch Raum und Zeit, lautlos, in unendlichen Geschwindigkeiten. Fremde Wächter, die auf Asteroidenbrocken sitzen und die Erde hüten.

Wesen, die mit einem menschlichen Antlitz nicht viel zu tun haben. Sehr kleine Menschen, die eine gelbliche Hautfarbe haben, nicht größer als ca. 1,20 Meter sind. Eine ovale Kopfform zeichnet sie aus, die nach oben hin immer größer wird.

Ihre Augen sind nach außen leicht schräggestellt, die Formen gleichen denen der asiatischen Menschen.

Der Versuch des Kontakts scheitert.

Dieses Raum-Zeit-Feld ist dermaßen gestört

Der Hohe Rat

Die Physik, die Astronomie, die Astrologie, die atomare Ideologie, Golfkrieg als jüngstes Beispiel.

Terra 3 soll zerstört werden, damit die Schwingungen im Kosmos wieder vollständig hergestellt werden können.

Es wird der zentrale Kreis gestört, sodass eine Kontaktaufnahme nicht möglich ist. Die Erde ist ein Problemfall, im interdimensionalen Netz der Raum-Zeit-Zone, es gibt zu viele Probleme, zu viele Menschen, die unreif sind und unvernünftig. Im biologischen Bereich, der Bereich P, damit die Schwingungen im Kosmos wieder vollständig hergestellt werden können, muss repariert werden.

Es wird der zentrale Kreis verständigt, um die Zerstörung einzuleiten, um die Verbindungen des interdimensionalen Netzes der Raum-Zeit-Zone wieder in Ordnung zu bringen.

Wesen mit leuchtenden Chakren schweben durch den Raum

In ihrem Zentrum befindet sich ein unwirklicher Kopf in überdimensionaler Größe mit leuchtenden Augen, eben in seiner Gestalt. An seinem Kopf befinden sich technische Punkte und Nippel, aufgestellt wie Antennen. Lauter technische Gerätschaften befinden sich an ihren Körpern, die blinken und sich ebenfalls bewegen. In der Mitte des Kopfes, auf der Höhe der Stirn, haben sie ein drittes Auge. Es sieht so aus, als tragen sie keinen Raumanzug. Alles kommt direkt aus ihrem Körper heraus. Die Oberfläche des Körpers ist hellblau. Sie haben keine Haare auf dem Kopf, der Kopf ist kahl, aber es sieht nicht hässlich aus.

Ihre Körper von lauter unterschiedlichen Lichtpunkten in unterschiedlichen Größen umgeben, die gelb leuchten. Im Hintergrund sieht man ein sternförmiges Etwas, das in bunten Regenbogenfarben leuchtet, es strahlt von der Mitte aus und scheint sich in weiter Entfernung aufzulösen.

Im Zentrum befindet sich ein Auge, sonst nichts.

Wachende Schwester

X-13 B-4 – Kontakt hergestellt, Botschaft aufgezeichnet und an den zentralen Kreis weitergeleitet, ein sofortiger Eingriff ist nicht möglich. Der Energiezustand dieser Zone unterliegt der Kontrolle der wachenden Schwestern. Vorgehen ohne Kontakt mit Synchronisatoren der Ewigkeit unmöglich. P-3 dient ab sofort als Zwischenstation überzeitlicher Verständigung.

Diese Zone unterliegt der Kontrolle der „Wachenden Schwestern" – weibliche Figuren, die in die richtigen Bahnen leiten

Bilder einer anderen Ebene, einer anderen Dimension.

Bilder einer interstellaren Zone. Plasmatische Gebilde, die Kristallen ähnlich sind, zarteste Farben, von blumenähnlichen Gebilden, alles in sanften Regenbogenfarben. Helle Lichtpunkte, die beim Näherkommen Sonnen gleichen.

Elena

Ich bin Elena, die wachende Schwester aus dem Reich der Ewigkeit der kosmischen Schwestern. Unsere Brüder aus dem Planquadrat X-13 haben eine Kontaktstelle mit unserer Dimension errichtet. Welcher Wunsch bewegt euer Herz, Eroberer von Mejal.

Wachende Schwester

Die Resonatoren X-13 B-4 in der Raum-Zeit-Zone Terra 3 können wegen der dort verzerrten Strahlen keine interdimensionale Kommunikation aufbauen und wollen deswegen Terra 3 zerstören. Besteht die Gefahr, dass dadurch eure parallelen Interdimensionen gestört werden?

Elena

Terra 3 des Sonnensystems ist einer der Planeten, auf dem wir die Entwicklung lebender Energien überwachen. Denn der Lebenszyklus hat erst vor zwei Milliarden Jahren infra-liminarischer Zeitrechnung begonnen. Über einen Abbruch der Entwicklung kann nur durch die Architektonen der Interebene entschieden werden.

Wachende Schwester

Botschaft aufgezeichnet, nehmen Kontakt zu den Wachenden der Interzone auf!

Wächter 15

Hier Wächter 15. Empfang der interdimensionären Botschaft X-13. In welcher Konstellation befindet ihr euch im Augenblick?

Wachende Schwester

ZC-27.

Der Hohe Rat

Eingriff verzögern. Der Hohe Rat fordert vollständige Erforschung des Raum-Zeit-Feldes Terra 3, um eine Methode bestimmen zu können, die Netze ohne Zerstörungsmaßnahmen wieder ins Gleichgewicht zu bringen. Interdimensionäre Pforte Terra 3 ist umgeben von den Verbindungen des Gehirns der Wächter 12. Der Analysator wird die Zone Terra 3 im Jahr 7300 galaktischer Zeitrechnung durchdringen, wenn das Ergebnis der menschlichen Entwicklung ein kosmisches Bewusstsein erreicht, in dem er alles angesammelte Wissen synthetisiert und in diesem Zustand nur das kosmische Hypergehirn fähig ist, mit unseren Bewusstseinsstrukturen der Interebene in Kommunikation zu treten.

Der Hohe Rat, acht Gestalten schweben an einem Art Konferenztisch im All

Raum-Zeit-Zone

Der Hohe Rat

Und nun lasst uns die Geschichte der Erde mal etwas genauer betrachten.

Bilder der Welt im interstellaren Geflecht der Zeitepochen.

Dinosaurier, Höhlenmenschen, Stonehenge, Echnaton, die Wikinger, Notre-Dame, Amerikanische Befreiungskriege, Erfindung der Eisenbahn, Erster Weltkrieg, Zweiter Weltkrieg, Mondlandung.

Bilder der fantastischen, paradiesischen Landschaften, mit ihren Dschungellandschaften und urtümlichen Tieren.

Der Hohe Rat

Der Syntheto-Analysator hat die Raum-Zeit-Zone, in der sich die Unterbrechung der Interkommunikation ereignet hat, eingegeben, einen Raum-Zeit-Abschnitt von 12.000 Erdenjahren. Beginn: nach der Atlantis-Katastrophe. Endpunkt: das Zeitalter der ersten Weltraumerfahrungen und der Entdeckung der enormen Kräfte des Atoms durch den Menschen.

Der numerische Psychonenanzeiger sendet ständig ein Lichtbündel aus, das signalisiert, dass diese Energiezone besonders geschützt werden muss. Zu diesem Zeitpunkt steht die menschliche Rasse schon in Verbindung mit großen Mächten, aber ohne genügend Wissen, diese wirklich zu beherrschen, da sie noch in einem Stadium ohne wirkliches Bewusstsein sind.

Wachende Schwestern

Die Interkommunikationskreise haben sich tatsächlich während 12.000 Jahren Erdenzeit verlangsamt. Im Augenblick sieht es so aus, dass alle telepsychischen Kommunikationen in der Zone Terra 3 zum Stillstand gekommen sind.

Unsere laufenden Universal-Synchronisationen zwingen uns dazu, diese Hinderniszone zu sprengen, wenn sich diese Verzerrungen durch Terra 3 nicht schnellstens bessern!

Tatsächlich hat der Syntheto-Analysator mehrere Verzerrlinien in den ursprünglichen Lebensstrukturen angegeben

Der Hohe Rat

Tatsächlich hat der Syntheto-Analysator mehrere Verzerrlinien in den ursprünglichen Lebensstrukturen angegeben, die während der Überprüfungsverfahren aufgezeichnet wurden: Monster, Missbildung von Organismen, zerstörerische Elemente, die den harmonischen Strukturen gefährlich werden.

Der Hohe Rat muss vor jedem Eingriff den Ursprung der Verzerrungen im Entwicklungszyklus von Terra 3 feststellen. Es ist zu empfehlen, sofort mit den wachenden Schwestern dieser Ebene in Verbindung zu treten.

Kontakt synchronisiert 1340 – Klärungsgeschwindigkeit 1605" Dimensionsebene 13350 – interdimensionale Schwelle 8300 ... Ebene der Schwestern – Kontakt!

Elena

Als der Lebenszyklus von Terra 3 begann, erhielten die lunaren Hierarchien die Verantwortung für das Leben, aber ihre Macht bewirkte, dass andere Hierarchien, die sich um die geistigen Bereiche der menschlichen Rasse kümmern sollten, die Atlantis-Katastrophe auslösten, als sie ihre Aufgaben erfüllen sollten. Von dieser Zeit an interessierten sich die Hierarchien nicht mehr für die Entwicklung der Menschen, was zu den beobachteten vitalen und psychogeistigen Verzerrungen führte.

Der Hohe Rat

In der Gegenwart der Neun Mächte des Imperiums hat das Bewusstsein der Interebene das sofortige Eingreifen der Wächter beschlossen, um die mentale Interkommunikation in der Zone Terra 3 unter folgenden Bedingungen wiederherzustellen. Die Instandsetzung der telepsychischen Kreise erfolgt durch die vereinten Kräfte und die freie Entscheidung einer Anzahl menschlicher Wesen, zu denen Kontakt hergestellt wird und die derart mutiert werden, dass die ganze Rasse danach genormt werden kann.

Die Gehirne, mit denen Kontakt aufgenommen wird, werden mit Kräften ausgestattet, die die im Menschen schlummernden Psychopotenziale wecken können. Danach schaffen wir eine Gruppe von genormten Wesen, die mit den kosmischen Urtypen in Verbindung treten und die bevorstehenden Ereignisse abwenden können, da sie diese voraussehen. Die Operation der Instandsetzung der galaktischen Dimension beginnt sofort. Einsatz von Zeitschiffen im liminanten Raum-Zeit-Feld numerischer Prozess 30.066. P 60 leitet den gesamten Einsatz.

Achtung, numerischer Kontakt!

Wir wählen jetzt einige menschliche Gehirne aus, die gut an die synthetischen Verbindungen angepasst werden können. Wir setzen eine Vormutation fest, um dann in ihnen die für das Vorhaben nötigen Fähigkeiten zu entwickeln.

In den kosmischen Stunden danach wollen wir sie die Stufen der Entkonditionierung und der synthetischen Neukonditionierung beschreiten lassen, um ihre Entwicklungspotenziale beurteilen zu können.

Jedes Gehirn, das auf einer Primärstufe stehen bleibt, wird als unfähig abgewiesen, die Sonderaufgabe der Wiederherstellung von Terra 3 – Zeit 5492, Präatlantisches Zeitalter – erfüllen zu können.

Kontakt mit den Gehirnen

Ein Mann in einer Oase wird von einer Art Blitz getroffen. Er sinkt benommen auf die Knie. Seine Frau kommt aus dem Haus gelaufen und ruft:

Isha

Abdel! Abdel! Sie läuft auf ihn zu. Mein Kleiner muss sterben! Der Arzt meint, dass man nichts mehr machen kann! Er muss sterben!

Abdel

Hab keine Angst, Isha. Ich werde ihn heilen. Er muss nun schlafen. Morgen wird es ihm besser gehen.

Isha

Er hört auf zu weinen. Was hast du mit ihm gemacht? Abends vor dem Haus.

Isha zu ihrem Mann

Mein Kleiner, er ist geheilt. Du hast ihn geheilt, Abdel. Es ist ein Wunder! Du hast die Kraft eines Wunderheilers! Damit können wir reich werden. Ich will es allen erzählen. Abdel Alaf, du bist ein Wunderheiler!

Der Hohe Rat

Achtung! Synchronisation durchgeführt! Dieses Gehirn wurde soeben in die heilenden Kräfte eingefügt. Seine telepsychische Sensibilisierung redimensioniert ihn mit einer Geschwindigkeit von 6.000 celas. Seine magische Kraft wird sich in 18 Tagen nach irdischer Zeitrechnung um das Hundertfache vervielfachen.

Überwachung der energetischen Entflammung der nächsten Bevölkerung bei schneller Normung aller sensibilisierten Gehirne!

Achtung, Signal 50, in Zone 12 ist das nächste Gehirn mit außerordentlichen Resonanzfähigkeiten entdeckt worden. Fangt seine Botschaften auf und verstärkt die parallelen Zonen. Wir beginnen mit der Operation ... Resonanz 4 – Parallelnumerator 16250 – Energieniveau 357 – Penetrationsstärke – Stärke 8340. Dephrasierung starten.

Die Einweihung ist gelungen!

Es gelingt, noch viele andere Wesen an die neue Kraft anzuschließen.

Mädchen im Urlaub am Strand erzählt ihrer Freundin, dass sie plötzlich den verstorbenen Vater ihrer Freundin sehen kann und auch sonst noch Dinge, die in der Zukunft liegen. Sie sieht sich nicht mehr an ihrem alten Arbeitsplatz, sondern einer neuen Aufgabe gegenüber. Genaueres ist noch unklar.

Geraldine

Heute ist unser letzter Ferientag. Schade, es ist so schön hier.

Manon

Nun gehts los, die U-Bahn, Gedränge, das Telefon, die Schufterei im Laden.

Es sieht aus, als ginge ein Blitzstrahl durch Geraldines Kopf.

Manon

Was hast du, Geraldine?

Geraldine

Ich weiß nicht, so ein komisches Gefühl, warte, ich sehe seltsame Dinge.

Manon

Komm, wir gehen in den Schatten. Deine Beschreibung, das ist haargenau mein Vater, der ist vor zwölf Jahren gestorben, woher weißt du das alles?

Geraldine

Ich weiß nichts, ich sehe nur Dinge, die ich noch nie gesehen habe!

Manon

Na so was, dann kannst du hellsehen! Jetzt kann uns nichts mehr überraschen. Was siehst du denn noch?

Geraldine

Ich sehe, dass wir beide den Laden verlassen und dass wir an einem anderen Ort etwas anderes machen werden.

Der Hohe Rat

Achtung, Synthese auf Schwelle 12, Metamorphose des Schiffes ist beendet. Das Wesen ist an den Wirkkreis mit innerem Blick angeschlossen worden. Vollständige Redimensierung wird in 55 Tagen eingeleitet und zur Erdzeit abgeschlossen sein.

Alle Interferenzen dieser Mutation auf paralleler Ebene kontrollieren, alle Abweichungen vom Prozess verhindern. Alle in Resonanz befindlichen Wesen überwachen.

Jedes Wesen, das die neue Kraft zur Ausdehnung persönlicher Macht benutzen will, sofort zerstören.

Wir haben nun einen Prozess in die menschliche Psyche eingebaut, der den wahren kosmischen Blick für die Interdimensionen wieder entwickelt.

Nun müssen wir den Prozess der materiellen Mutation erneut in Gang setzen. Wir werden deshalb ein mutiertes, besonders geeignetes Gehirn ermitteln.

Achtung, Operationsebene in Zone 12! Wir haben in der Numeralphase 2340 ein besonders resonanzstarkes Gehirn geortet, das zu einer starken Potenzialisierung fähig wäre! Diese Zone genau erforschen!

Ein Magier hält ein Glas in der Hand, das plötzlich zerspringt

Ein Magier hält ein Glas in der Hand, das plötzlich zerspringt.

Zuschauer

Gelungen! Sehr eindrucksvoll! Fantastische Fähigkeit!

Bernhard

Meine Freunde, ich muss euch gestehen, dass ich nichts dafür kann. In mir ist etwas Unbeschreibliches vor sich gegangen. Ich hab das Gefühl, als habe eine fremde Macht von mir Besitz ergriffen!

Zuschauer

Hey, Bernhard! Zeigen Sie uns noch einen Trick!

Anderer Zuschauer

Sie wollen uns doch immer beweisen, dass Sie ein guter Schauspieler sind. Na also, machen Sie den Trick mit dem Glas noch mal. Das war sehr interessant!

Bernhard berührt mit seinen Finger eine Gabel, die sich daraufhin wie von alleine verbiegt.

Zuschauer

Wenn Sie davon noch mehr auf Lager haben, engagiere ich Sie als Star in meiner nächsten Revue.

Bernhard

Na gut! Lieber ein bekannter Zauberer als ein unbekannter Schauspieler.

Der Hohe Rat

Einwirkungsprozess erfolgreich beendet. Die energetische Ebene dieses Wesens wird in 72 Tagen redimensioniert sein.

Seine Aufgabe wird darin bestehen, eine große Anzahl anderer Wesen für die Fähigkeiten des Bewusstseins über die Materie zu sensibilisieren. Wacht darüber, dass dieser Prozess nicht die vorgeschriebenen Bahnen verlässt.

Wir werden die menschliche Psyche noch für bestimmte latente Fähigkeiten der Telekinese, der Telebewegung und der Verdoppelung sensibilisieren

Interstellare Bilder und Bilder der Erde

Der Hohe Rat

Nun müssen wir die menschliche Psyche noch für bestimmte latente Fähigkeiten der Telekinese, der Telebewegung und der Verdoppelung sensibilisieren. Dazu sollen die Zonen mystischer Permanentausstrahlung in einem günstigen energetischen Feld kontaktiert werden.

Feinresonsor in den Himalaja Terra 3 schicken, den Zonar 8 komprimieren, um ein Gehirn aufzuspüren, das dem synthetischen Netz entspricht.

Achtung!

Resonanzfähiges Gehirn mit passender Leistung gefunden. Programmierung des Gehirns, Code 1340 – Parallelnummerierung 312 – Percutor 342 auf Geschwindigkeit 12.

Operation beginnt.

In einem Kloster des Himalaja – ein Mönch hat eine Eingebung

Der Mönch

Gott hat mich erleuchtet. Ich sehe, und ich höre. Er lässt mein Wesen in seinem heiligen Licht erstrahlen. Gott gab mir den Namen Guru Mora Budji.

Von nun an bin ich reicher als alle Könige und alle Fürsten dieser Welt. Verkündet der Welt die neuen Wunder! Ich bin der einzige und alleinige Prophet der neuen Zukunft. Ich bin der Herrscher der Welt! Der einzige Vertreter auf Erden.

Ihr sollt mir alle dienen und mich verehren.

Der Mönch mitsamt seinen Anhängern wird zu einer dämonischen Macht. Der Mönch wird zu einem Unwesen, das mit der Zerstörung der irdischen Wesen beginnt.

432

Jede Einwirkung stoppen, dieses Wesen war unfähig, die synchronisierte Botschaft zu erfassen

Der Hohe Rat

Jede Einwirkung stoppen, dieses Wesen war unfähig, die synchronisierte Botschaft zu erfassen. Alle Programmierungszonen abschalten. Das Gesicht dieses Wesens muss in einer anderen Gestalt erscheinen. Seine Erbmasse hat die Numeralsyncronisation verändert. Im Prozess ist eine negative Interferenz aufgetreten. Programm für Suche auf Numeralkreis. Exekution.

Bilder der Landung im Innersten der Erde

Der Hohe Rat

Druckresonatoren x 13 B 60 auf die synthetischen Schiffe 43256 bringen. Vorsicht wegen in der Tiefenzone auftretender Geschwindigkeits- reduzierung!

In Kontakt mit dem Hauptnumerator bleiben. Jegliche Landung nur in synchronisierter Kodifizierung, da die von Zähler P 60 ertastete Dunkelzone beträchtliche Gewalt ausübt.

Makrobilder der Erde, die immer größer werden und in einen inneren Bereich der Welt vordringen. In die Tiefen der Erde.

Der Hohe Rat

Kontakt hergestellt, tödliche Teilchen in großer Zahl, die Wirbel werden mit Druck 13356 bewegt. Keine Unterbrechung in den Synchronisator. Achtung!

Höllische Ausstrahlungsquelle entdeckt. Quadranten überprüfen! Maximaldruck, Energiepunkt eingestellt, unter ständige Beobachtung stellen.

Dämonen mit Flügeln und Hörnern der übelsten Art, mit Speeren und Lanzen, Dolchen beschwören die Erde, die klein vor ihnen liegt. Knochen und Gebeine liegen herum.

Feuer und Flammen sind zu sehen. Der Mönch nun als diabolisches, scheußliches Wesen, das einem Ungeheuer gleicht.

Der Mönch

Terra, Terra, unterworfen unserer Macht, unserer Gewalt, unserem Willen, Terra, Terra, unser Sklave wirst du nun sein, so auch alles Leben auf dir. Terra, Terra, unterworfen bist du den Priestern des Bösen. Ich vergieße das Blut dieser unschuldigen Jungfrau über die Erde zum Zeichen unserer Gewalt über Terra! Koste es die furchtbarsten Prüfungen, Katastrophen und Weltbrände, in denen die Menschheit untergeht!

Der Große Rat ist eröffnet! Wir fassen den Stand unserer Macht über die gesamten Energien der Erdbevölkerung zusammen.

Jeder von uns wird nun, wie immer, den anderen über den ihm unterstellten Sektor berichten.

Der Hohe Rat der Untererde

Die internationalen Wirtschafts- und Energiekrisen, die wir programmiert hatten, geben gegenwärtig 80.660 Psychonen psychomentaler Energie frei, die wir vollständig kontrollieren und nutzen. Wir rechnen für die kommenden Jahre mit einer Hungerkatastrophe als Folge eines wirtschaftlichen Ungleichgewichts, das wir in den letzten Jahren in die Wege geleitet haben.

Die vier Kriege, die wir vorbereitet und ausgelöst haben, erhöhten das Hasspotenzial um 533.600 Tertros pro Minute, und die wachsenden Lager der Angriffswaffen geben uns Hoffnung auf eine Ausweitung der Kontrolle über die Welt, wodurch unser Vorrat auf 584.000 Tertros pro Minute ansteigen könnte. Wir arbeiten nun mit aller Kraft daran, einen

Weltkonflikt auszulösen, indem wir die Gehirne der Militärs mit besonders starken und mächtigen Hasselementen infiltrieren.

Wir haben Programme zur Ausrottung der Regierungschefs, die noch für den Frieden eintreten, entwickelt. Wir benutzen Mordlust und Verbrechen, um alle Versuche zur Gemeinsamkeit zwischen verschiedenen politischen Linien zu verhindern, und wir erhalten die Kämpfe zwischen ihnen aufrecht ... Das Potential aus all diesen Gefechten beträgt 78.000 Psychonen pro Minute.

Der Hass zwischen den Jugendlichen und der Polizei ist sehr wertvoll, wir hüten ihn. Die idealistischen Energien der Jugend enthalten reichlich Alpha-Psychonen, und die brauchen wir, um unsere Macht über die anderen Gehirne zu bewahren.

Die Kirche ist nicht mehr so stark wie einst, aber bei den gehorsamen religiösen Massen immer noch wirkungsvoll, dass uns das 750 Millionen Beta-Psychonen pro Tag einbringt. Unsere satanischen Sekten tränken mittels Wissenschaft und Gewalt die schwachen Seelen der Menschen mit unseren Gedanken. Wir haben großen Erfolg mit Tieropfern und neigen dazu, Menschenopfer einzuführen, was pro Opfer 250.000 Alpha-Psychonen einbringen würde.

Wir verzeichnen ausgezeichnete Ergebnisse in Industrie und Wissenschaft. Aufgrund der dem menschlichen Geist eingeflüsterten Ideen hat die Umweltverschmutzung bald allergrößte Ausmaße erreicht. Auch den Geist der Menschen werden wir einst vollständig beherrschen und beobachten mit Genugtuung die Entwicklung unserer Menschen in Roboterseelen. Die Verbreitung unseres Gifts blüht. Es entstehen psychische Veränderungen. Drei Milliarden Alpha-Psychonen werden unseren Energiequellen allein durch die wöchentlichen Rauschgifttoten zugeführt. Neue Drogen werden entwickelt. Alkohol bringt eine Milliarde Psychonen pro

Woche. Gifte der Pharmaindustrie steigern den Verschmutzungsfaktor. Resultat ist eine starke Verminderung aller Organismen, außerdem früh sterbende Fälle von drei Milliarden Psychonen pro Woche.

Folterungen, das Schlachten von Tieren und sonstiges vergossenes Blut sorgen für die Versorgung der unterirdischen Ströme mit frischem warmen Blut. Wir entwickeln das Fleischessen und bekämpfen Vegetarier-Doktrien, da die Menschen sonst ihre Verbindung zum Animalischen verlieren würden. Wir hätten keine Macht mehr über ihren Geist, bis sie schließlich psychomental stärker würden als wir. Bei der Entwicklung aller möglichen Arten von Gemetzel leistet uns die moderne Technik hervorragende Dienste. Wir haben auf dem ganzen Planeten großen Erfolg mit allen möglichen Perversitäten. Sittengefühl ist seit Langem abgeschafft.

Erlaubte und verbotene Prostitution bringt uns mehr als 500 Millionen Beta-Psychonen im Jahr. Wir beherrschen alle Gebiete der Ausbildung.

Phase 2

Operation Terra, kodiertes Erkennungsprogramm

Fokalisierung eines internalen Numeralstrahls in Zone 12, um mithilfe der Schwestern einen Formträger zu finden, der mit der Zentrale in Resonanz ist.

Phase 3

Überwachung der Bewusstwerdung des Trägers, um die auf terrestrischen Trägern verteilten mentalen Kräfte zusammenzuschließen. Makroresonanz mit Basis-Archetypen, um den Mächten der Finsternis ein Ende zu bereiten. erste kodierte Botschaft an die kosmischen Schwestern. Signal 13300. Geeignete Kreise eruieren. Unsere Zwischendimension hat eure Rücknormierungsprogramme für Terra 3 gut verfolgen können.

Wir stehen zu eurer vollen Verfügung

Der Hohe Rat der Untererde

Wir stehen zu eurer vollen Verfügung.

Schwester

Unsere biochemischen Resonatoren haben auf Terra ein Paar namens Maita und Lugo gefunden, dessen Träger die geeigneten Chromosomeneigenschaften besitzen, um den programmgemäßen Träger bilden zu können, den ihr als Basis für den Internalstrahl auf Terra 3 wünscht.

Der Hohe Rat

Verbindung aufgenommen. Beginn der Abtastung.
Zeugung programmiert in zwölf Stunden Erdenzeit.
Vorbereitung des Eintauchens der günstigen Chromosomenverbindung.

Auf der Erde

Die Zeugung zwischen Maita und Jugo findet statt.

Es erscheint ein wunderschöner überdimensionaler Kopf, mit einer in den zartesten Farben leuchtenden Blume vor dem Kopf und einem hellen Lichtpunkt am Hals-Chakra. Im Brustbereich befinden sich ineinander verschlungene Ellipsenebenen in hellen zarten Farben, in ihrem Mittelpunkt ist ein strahlendes Licht.

Ringsherum sind helle Spiralnebel sichtbar, die im Kosmos leuchten.

Stimme

Bestätigung der Erkundungsergebnisse auf der Formebene in neun Monaten Erdenzeit.

Der programmierte Träger wird auf Ebene Terra 3 stabilisiert, die Stadien seiner Entwicklung sind zu beobachten.

Yogans Geburt

Bilder der Geburt Yogans, sein Heranwachsen, starke naturbezogene Bilder. Seine ersten Erfahrungen:

Stimme

Reaktivierung der Kreise in Exaktnumeration. Die Einwirkung von internalem Percutor-Normalisator-Strahl sofort einleiten.

Auf den noch jungen Yogan trifft einer Art Blitzstrahl.

Stimme

Einwirkung erfolgreich. Übertragung für die sechs folgenden Terra-Jahre. Im Verlauf der Zeit sind die Mutationen exakt auszusteuern. Für den Fortschritt des Gehirns ist im Rahmen 155-672 zu sorgen.

Yogan, der kosmisch programmierte Mensch, wächst heran. In seiner Jugend wird er von einem Meister des Geistes geleitet.

Meister

Und die nächste Stufe deiner Ausbildung ist die Askese.

Yogan erreicht das Alter von achtzehn Jahren in einem Zustand der intensiven Erlebnisse der Mystik.

Yogan

Jeden Tag fühle ich stärker die unendliche kosmische Energie wie ein wunderbar schlagendes Herz.

Welches Glücksgefühl. Diesen Frieden und diese Liebe zu empfinden.

So gerne möchte ich nur ein bisschen davon der ganzen Welt weitergeben.

Yogan durchstreift die Natur.

Yogan liegt nachts in seinem Bett und tagträumt

Yogan liegt nachts in seinem Bett und tagträumt.

Stimme

Sensibilisierung mal drei des Körpers vollendet.
Beginn der Äußerung.

Yogan träumt und erlebt, wie er sich aus seinem Körper
herauslöst.

Yogan

Was ist das? Ich erwache, aber mein Körper schläft. Ich
fühle, wie mein Wille durch eine gewaltige Macht gestützt
wird. Jetzt trenne ich mich von meinem Körper.

Yogan verdoppelt sich. Getrennt von seinem Körper,
befindet sich die ätherische Verdoppelung Yogans jenseits
der Zeit in den unendlichen Weiten der ursprünglichen,
vibrierenden Energiesubstanz.

Man sieht Yogans Kopf in nebelartigen Gebilden, in ellipsoiden sich durchkreuzenden Gebilden in den tollsten Farben, alle sehr zart und leicht, er befindet sich in der Unendlichkeit des Kosmos. Strahlendes Licht kommt aus seiner Brust hervor.

Yogan

Ich bin im Mittelpunkt der Unendlichkeit! Alles vibriert!

Was für ein Wunder!

Im Universum, meine körperliche Masse pulsiert nur noch.

Im selben Moment erstrahlt das ätherische Plasma, mit einer Energie von tausend Sonnen.

Yogan

Welch ein wunderbares Erlebnis. Jetzt weiß ich nicht mehr, ob ich zurückfinde in meinen Körper, wenn ich jetzt noch weitergehe.

Ich muss zurück in meinen Körper, um meinem Körper dieses Wissen zu bringen.

Ich muss zurück in meinen Körper, um meinem Körper dieses Wissen zu bringen

Yogan findet sich in seinem Bett wieder.

Yogan

Himmel, das war das wunderbarste Erlebnis in meinem bisherigen Leben.

Jetzt bin ich sicher, dass der Geist des Menschen über seinen physischen Tod hinaus unsterblich ist.

Die Zeit vergeht, unter ständiger Leitung durch den kosmischen Wächter reift Yogan heran und macht alle menschlichen Erfahrungen.

Bilder vom Musizieren, Gitarre.

Der Hohe Rat

Prozess der dreistufigen Entwicklung ist abgeschlossen, das Gehirn 755-672 ist bereit für Zeitkontaktierung im Bereich 8 des dreidimensionalen Zeit-Raums Terra 3. Den Zonen direkter telepapathischer Kommunikation annähern.

Yogan lernt eine Freundin kennen. Die Beziehung vertieft sich, bis sie schließlich miteinander schlafen.

Man sieht auch Yogan an seinem Arbeitstisch, er beschäftigt sich mit elektronischen Geräten, die er zu reparieren scheint.

Plötzlich spürt er sich in zwei Hälften gespalten. Er legt sich hin.

Der Hohe Rat

Numeralsynthese in Analyse befindlich! Fortschreitende Verschmelzung der Kontrollverbindung. Wir werden eine telepathische Leitung für lange Dauer einrichten.

Operation beginnt!

Anbringen der Aufzeichnungskontakte an entsprechenden neuronischen Punkten. Ständige metabolische Überwachung. Resonatoren übereinstimmen!

Erstes Signal positiv. Dotierter und programmierter Feinträger in Urzustand versetzt. Operation Terra 3 Zeit 24 672 des Jahres 672 743.5. Galaktische Numeralperiode: Interdimension.

Yogan

Mein Gott! Was für fantastische Eindrücke, und doch habe ich nicht geträumt.

Yogan fliegt durch Raum und Zeit.

Wieder auf der Erde

Yogan wird von seinen Freunden besucht. Sie erleben ihn in Ver-wirrung, er scheint noch unter Eindrücken zu stehen, die ihn gefangen halten.

Sie erleben ihn in Verwirrung, er scheint noch unter Eindrücken zu stehen, die ihn gefangen halten

Pascal

Guten Tag, Yogan, wir waren gerade in der Nähe, da wollten wir mal vorbeischauen.

René

Aber was hast du denn? Du siehst ja so sonderbar aus.

Yogan

Ich habe eben etwas Unbeschreibliches erlebt.

Yogan

Das ist unmöglich, gehen wir doch spazieren und reden ein wenig.

Pascal

Du wirst noch ganz wirr mit deiner Fantasie. Ich kenne ein Mädchen, sie veranstaltet morgen Abend auf ihrem Boot ein Fest.

André

Ein Spießbürgerfest.

René

Herrje. Du dekadenter Marxist.

Pascal

Solange man Privilegien hat, ist alles ganz leicht, und solange die Reichtümer nur für wenige da sind, damit sie die ohne Reichtum unterdrücken kann.

René

Deine marxistische Religion taugt doch nur für die unterentwickelten Länder.

Pascal

Deinen spätkapitalistischen Kommunismus, kannst du ja jederzeit in der Sowjetunion studieren.

Yogan

Eure Diskussionen sind doch völlig sinnlos. Das wirkliche Problem ist es, herauszufinden, welche Stelle man im Gleichgewicht des Universums einnimmt, und sich darüber klar zu werden, welche Art von Leben und Gesellschaftstypus am besten geeignet ist, diese Rolle zu erfüllen.

Das Gesetz der Harmonie würde die Menschen glücklich machen, dank eines inneren Energiegleichgewichts, anstatt das Heil in einem ständigen Anwachsen materieller Güter zu sehen.

Pascal

Das hört sich nett an, ist aber mystische Theorie. Was zählt, ist doch, dass jeder eine Wohnung und Nahrung hat.

Yogan

Es ist doch total unvernünftig, die Menschen geistig zu töten, damit sie sozial leben können, denn ein Teil ihres Wesens wehrt sich immer gegen diese begehrten sozialen Systeme.

Das stimmt, die Rechten, die Kommunisten, das ist doch alles die gleiche Suppe. Die einen entwickeln ihre gemeine Moral, andere ihren gesellschaftlichen Kampf oder ihre Konsumansprüche weiter. Bei allem verrohen die Massen und werden nur noch wie eine Herde Schafe behandelt.

Ich finde, wir müssten irgendetwas finden, hier ist doch alles nur noch Mist. All die Doktrinen, die das Glück einzig und allein von bestimmten materiellen Dingen abhängig machen, sind doch ein riesiger Betrug mit toter Materie gegenüber lebendigem Geist.

René

Ausgezeichnet, Yogan. Pass auf, du kommst morgen zu Isabella und erklärst uns deine Vorstellungen. Vielleicht lachen sie zuerst, aber wenn du nicht aufgibst, dann werden sie es sicher verstehen.

Yogan

Kommt, ich muss euch etwas erzählen. Lasst uns dazu ein wenig spazieren gehen.

Sie reden über die politischen Systeme und deren Auswirkungen auf die Menschen.

Einer der beiden Freunde scheint die Beziehung Yogans zu seiner Einstellung nicht zu akzeptieren. Der andere versteht, was er meint. Er schlägt ein Treffen auf einem Fest vor, das auf dem Schiff eines bekannten Freundes stattfindet. Yogan soll dort Isabella kennenlernen.

Auf einem alten Segelschiff treffen sich viele Freunde und feiern ein großes Fest

Der Hohe Rat

Kontakt hergestellt. Numerisch, synthetisch und synchronisch ist die Person auf dem Weg der transsubstanziellen Umformung. Wir werden jetzt seine Umgebung kodieren, um die Übertragung des Hauptnumerators zu erleichtern.

Pascal

Isabella, darf ich dir Yogan vorstellen, vielleicht wird er dir gefallen.

Der Hohe Rat

Achtung! Interrelationssignal entsteht in Ebene 12, erstes Erkennungssignal in Horizontalcode. Das Bild dieser beiden Personen muss in vier tellurischen Stunden in Parallelebene in Einklang zu bringen sein.

René zu Yogan und Isabella

Hey! Was ist los mit euch? Ihr schaut euch jetzt schon fast fünf Minuten in die Augen.

Frederic

Weißt du, dass Bewusstseinsstrukturen den Gang des menschlichen Bewusstseins ständig überwachen und in ihn eingreifen?

Michaela

Ja, ich weiß!

Frederic

Fühlst du, dass der momentane Prozess von diesen Strukturen unwiderruflich programmiert wurde?

Michaela

Ja, ich fühle es.

Frederic

Wusstest du, dass es so kommen musste?

Michaela

Ich habe es immer gewusst.

Yogan

Die Wahrheit ist in allen, in unserem Innersten, ihr seid alle hier, ihr fühlt alle, dass etwas vor sich geht. Das ist der galaktische Teil auch in euch. Alle Menschen der Erde sind eine Mischung außerirdischer Rassen und terrestrischer Eingeborener, und unsere Lebenskraft schwingt zwischen diesen Polen.

Die Erziehung, die ihr erhalten habt, passt euch an die Erde und nicht an den Kosmos an. Euer galaktischer Teil schlummert, wenn ihr eure psychomentalen Fähigkeiten der Telepathie und der Telekinese wecken wollt, müsst ihr anders leben! Ihr müsst ...

Hey! Das Licht geht aus!

Pascal

Hey! Das Licht geht aus!

Michaela

Irgendetwas Außergewöhnliches geht da vor! Ich habe Angst.

Man spürt eine seltsame Spannung.

Plötzlich schlagen die Wellen um sie herum immer höher, ganz so, als ob ein Sturm aufkommen würde. Die Winde und Wellen werden immer heftiger, Blitze fahren durch die Luft.

Jetzt erhebt sich aus dem Wasser ein Objekt, das wie eine flache Scheibe aussieht, oben auf der Scheibe ist eine Wölbung. Es ist alles ziemlich dunkel, man kann kaum etwas erkennen.

Schweigen bestimmt die Szene.

Das Objekt erhebt sich schnell und weit in die Luft, bis es schließlich nur noch als ein kleiner Punkt am Sternenhimmel zu sehen ist.

Pascal

Ein UFO! Unglaublich!

René

Es steigt immer höher! Ich kann es kaum noch sehen. So was gibt es also wirklich! Fantastisch! Yogan, ich fange an, mich für deine Geschichten zu interessieren.

Yogan

Sie haben nicht alle die gleiche Herkunft. Die einen kommen aus dem Raum, der dort die gleiche Vibration besitzt wie der, in dem die heutige Menschheit lebt. Andere kommen aus kosmischem Ultralicht, jenseits der Lichtgeschwindigkeit. Wieder andere kommen aus zeitlosen Bewusstseinsfeldern.

Deswegen muss jeder Mensch auf der Erde, mit dem Kontakt aufgenommen wurde, wissen, welches seine Kraftquelle und Aufgabe ist, die ihm vom obersten Bewusstsein bestimmt wurde.

Der Hohe Rat

Numeralsynthese hergestellt. Übertragung in Zone der Koordinierten Numeration. Kontakt zur unteren Synchronisation herstellen, um die Mutation der Entwicklung der Epoche anzupassen. Auf Zone 12 einstellen und Emission unterstützen.

Yogan

Um mit seiner Galaktischen Dimension in Einklang zu kommen, indem man sie im Innersten kontaktiert, muss man sich vorbereiten, sich reinigen, durch eine andere Art des Lebens verändern ... Wenn einige von euch diese Resonanz spüren wollen, können sie zum Kern einer telepathischen Gemeinschaft werden, die sich Stück für Stück entwickelt.

Pascal

Gut. Ich mache mit.

Michaela

Ich auch, ich habe ja schon immer darauf gewartet, ich weiß auch wo. Ich habe ein großes Haus, in dem wir alle leben können. Wer fühlt sich in der Lage, mitzumachen?

René

Ich.

Michaela

Ich.

Frederic

Ich.

Yogan

Zuerst treffen wir uns einmal in der Woche bei Isabella zur Arbeit. Und dann sehen wir schon, wer sich so weit verwirklicht hat, dass er bei der Bildung von telepathischen Gruppen teilhaben kann.

Der Hohe Rat

Erfassung dieser menschlichen Wesen durch synthetischen Blitz in zwei Jahren Erdenzeit. Percutor-D-20-Übertragung in normalisierte Zone. Die Emissionen auf den parallelen Ebenen erfassen und die Personen bis zu ihrer ersten numeralisch erfassten Emission nicht aus den Augen verlieren.

Yogan vereint seine Freunde und richtet sie auf eine kosmische Telepathie aus

Die Gemeinschaft

Yogan

Atmet ganz ruhig. Konzentriert euch auf das Lichtbündel. Richtet alle eure Energien auf das Oberste.

Emittiert nur leicht. Die Kräfte der Tiefe sind noch zu stark, als dass sie direkt umgewandelt werden können. Die jetzt die Welt einschnüren, sind in diesem stählernen Zeitalter so gewaltig, dass wir die Energieschwellen kaum überschreiten können. Wir werden uns also vorübergehend noch auf das Kristall stützen, das uns die Mutation der Energien von einer Ebene zur anderen ermöglicht. Konzentriert euch auf die interdimensionale Pforte, damit wir ans interne Netz kommen.

Der Hohe Rat

Zeit 13300. Bestätigung des Erkundungsprozesses. Bringt seine Synchronisation mit unseren

Paralleldimensionen in Einklang. Wir werden die Raum-Zeit-Zone Terra 3 mit einem neuen Numeralstrom in Rahmen 8 erfassen.

Achtung! Projektion in die Zukunft. Drei tellurische Jahre müssen überschritten werden.

Yogan

Wir befinden uns nun seit drei Jahren zusammen auf dem Weg der großen Entfaltung. Es waren außergewöhnliche Augenblicke, als uns die ständige Existenz anderer Bewusstseinsfelder und Energien um uns herum enthüllt wurde, von denen die Menschheit nichts ahnt. Wir hatten das Glück, in Kontakt mit den außerirdischen kosmischen Wesen zu treten. Jetzt besitzen wir einen ständigen Kontakt zu einer Dimension des obersten Bewusstseins, das uns Frieden und Erfüllung bringt.

Wir sind nun die Wahrer eines grundlegenden Wissens und tragen darüber der gesamten Menschheit gegenüber die Verantwortung.

Ihr habt gelernt, euer psychomentales Energiefeld zu entwickeln, dadurch habt ihr euch der Telepathie und der Kontrolle von Kraftfeldern geöffnet. Mithilfe der Verbindungsbrücke, die die psychomentale, ergregorische

Struktur der Gesamtheit unserer Gruppe bildete, werden wir jetzt in Kontakt mit den großen kosmischen Archetypen treten, die die Entwicklung der Menschheit leiten. Und die eine Abwehrkraft gegen die Mächte der Finsternis besitzen und die gesamte Menschheit versklaven wollen. Wir vereinigen jetzt also unsere psychomentalen Energien, sodass unser Vibrationsniveau durch energetische Transmutation gehoben wird, und treten so in Kontakt mit den großen Archetypen. Beginnt jetzt mit den Kodierungen der telepathischen Verbindung.

Der Hohe Rat

Achtung, Synchronisation! Das Antlitz des Programmierten wird in zwölf Parallelebenen aufgespalten. Fortschreitende Metallisierung seines unteren Syncitiums einleiten. Erfassung auf neun Ebenen in reduzierter Geschwindigkeit. Alpha-Teil ab sofort unter Kontrolle.

Getrennt von seinem Körper reist das ätherische Doppel Yogans durch die Interdimensionen des psychonischen Hypergehirns und wendet sich der Quelle des Lichts zu.

Yogan verbringt mit Isabella die Nacht.

Der Hohe Rat

Erfassung dieser menschlichen Wesen durch synthetischen Blitz in zwei Jahren Erdzeit. Percutor-D-20-Übertragung in normalisierte Zone. Die Emissionen auf den parallelen Ebenen erfassen und die Personen bis zu ihrer ersten numeralisch erfassten Emission nicht aus den Augen verlieren.

Die Gemeinschaft

Kultische und rituelle Handlungen werden vorgenommen. Kunstfiguren sind entstanden, die indirekt als Menschen zu verstehen sind.

In langsamen, ruhigen Bewegungen spielt sich alles ab. Die Gruppe hört zu, lernt von Yogan und erkennt ihn als Anführer an. Skurrile Bilder der Nachahmung.

Die Gruppe sitzt um einen Kreis oder Ähnliches, er gleicht dem Sternzeichen des Großen Wagen und der entsprechenden Einteilung. Man sieht Schriftzeichen aus dem Sanskrit, aber auch die Sternzeichen. Yogan ist deutlich in einer etablierten Position.

Szene im Hintergrund

Man sieht plasmatische konzentrische Ringe, in ihrer Mitte befindet sich ein heller Punkt. Der Raum ist mit Sternen und hellen Lichtpunkten durchzogen. Man kann erkennen, wie sich Yogan verdoppelt.

Er schwebt durch Raum und Zeit, durch das Weltall.

Man sieht großflächige Blütenblätter, wie eine aufgeblühte Blume. In ganz zarten Farben, von außen Blau, dann Orange, Rot, Lila, Hellblau, Gelb, Hellgelb bis Weiß.

Yogan schwebt hindurch.

Manchmal sehen die einzelnen Blütenblätter fast wie große Wassertropfen aus. Jetzt ändern sich die Farben von Lila, Blau ins Grün, dann in Gelb, alles zarte Farben.

Es erscheint ein überdimensionaler Kopf. Eben in seiner Form und Gestalt.

Es ist Vado der Sonnenvater, Zukunftsmutter, Formen von Satos Ram Inalassaia Iso Kan.

Vado

Ich bin der Vater der Ebene des Verberazeen und der reinen Vibration. Ich bin der Lehrer der Ebene des Menschen. Maitessa ist meine Resonanz. Auf der Ebene der Menschen, wohin ich zurückkehre, um mein Bewusstsein zu vermitteln.

Verschiedene Wesen, die Menschen ähnlich sehen, sie sind geschlechtslos, vollführen seltene Bewegungen, sie schweben alle durch den Raum.

Yogan

Ich muss weiter. Transmission Indigo. Haltet den Kontakt.

Yogan durchquert das Netz kosmischer Fäden

Yogan durchquert das Netz kosmischer Fäden. Umgeben von Rittern der Nacht des Schattens oder der Zauberei, durch Tausende interdimensionaler Verbindungen hindurch.

An jeder kosmischen Pforte trifft Yogan auf die Wächter der Schwelle, die ihn die Grenzen überschreiten lassen.

Große Gesteinsbrocken werden sichtbar, alle schweben langsam im Raum umher. Auf manchen sitzen Figuren, alle in wunderschöner Gestalt, man kann nicht erkennen, ob sie angezogen oder nackt sind, sie sind geschlechtslose Wesen. Ihre Köpfe haben nach oben eine überdimensionale Größe ohne Haare. Ihre Farbe ist dunkelblau. In den Händen halten sie leuchtende Blitze. Sie strahlen Ruhe und Besonnenheit aus. An jeder kosmischen Pforte trifft Yogan auf die Wächter der Schwelle, die ihn die Grenzen überschreiten lassen.

Man sieht jetzt auch einen Satelliten mit gefächerten Sonnenkollektoren, ein sechseckiger Körper, mit vier ausgestreckten, aber dennoch geknickten Flügeln an jeder Seite.

Es erscheint ein Reich des Kristalls, Formen aus Kristall tauchen auf, alles ist transparent und fast durchsichtig, zuerst sind es Rechtecke, dann erweitern sich die Rechtecke zu Würfeln und schließlich zu lang gezogenen Kuben, die sich in der Perspektive nach hinten verjüngen. Im hinteren Zentrum ist es ziemlich hell, am Ende, nach den Kuben, kann man jetzt Kristalle sehen, die wie Stalaktiten in die Höhe gewachsen sind. Eine Zwischenform zwischen kristallinem Berg und Kristallgebilde.

Vor Yogans Augen erstrahlen die Königreiche des Kristalls und der Weisheit. Er fühlt sich von einer kraftvollen Bestimmung beseelt. Er weiß, der Thron ist für ihn bestimmt.

In seinem Zentrum befinden sich verjüngende abgeschnittene Pyramiden, mehrere übereinander; auf der abgeflachten oberen Ebene befindet sich ein Thron, mit Figuren aus der Antike. Buddhas, Sphinxen, auch indianische Figuren. Auf ihm sitzt Santos, der Herrscher des Geistes, Wahrer der Fantasie. Er hat eine blaue Gestalt. Sein Kopf hat nach oben auch eine ausgewölbte Form, nur er hat lange, graue Haare. Bekleidet ist es mit einem Tuch, das nach hinten wie ein Umhang aussieht.

Die Landschaft, die Yogan durchfliegt, wird jetzt immer realistischer, aber ohne an manchen Stellen die Künstlichkeit zu verlieren

Die Landschaft, die Yogan durchfliegt, wird jetzt immer realistischer, aber ohne an manchen Stellen die Künstlichkeit zu verlieren.

Grüne Bäume, aus ihnen erwachsen allenthalben kristallene Gebilde. Blütenwiesen in unbeschreiblicher Schönheit. Vögel und Schmetterlinge tauchen auf. Man kann in der Ferne einen See entdecken. Er kommt immer näher. Der See ist nicht groß – ein kleiner Wasserfall plätschert. Die Szene bevölkert sich langsam mit schönen, nackten Menschen, die die Harmonie der Natur genießen. Er ist im hellen Zentrum der goldene Gegensatz. In dem Tuch, das er trägt, spiegelt sich das All.

Yogan betrachtet sich alles in Ruhe.

Chöre singen in den schönsten Klängen. Beruhigend, sanft.

Yogan wird von einem türkisfarbenen Strahl getroffen, und sein Doppel entgleitet in Welten unbeschreiblicher

Gnade.

Er trifft auf einen Außerirdischen.

Satos

Ich bin Satos, Herrscher des Geistes, Wahrer der Fantasie. Ich ersteige die Stufen der Zeit, oder ich vernichte sie, ich reise auf den Schwingen des Internalen. Als Wahrer der Vorstellung treffe ich auf die Ritter der Zeit, die den Tod besiegen.

Ich bin der Herr von Raum und Zeit und garantiere auf Erden die Verbindung der Priester des Äther mit der Macht der unsichtbaren Netze ... Inkara Marisaina. Nur Kaimo Toldalais Ker Endali Miaskadaram Bonkoron Deramo Tus Eldabor Tertau Mura.

Yogan

Neue Verbindungen kündigen sich an. Und wieder muss ich weiter.

Ein blauer Blitz trifft Yogan, und zum dritten Mal löst sich sein innerer Körper

Ein blauer Blitz trifft Yogan, und zum dritten Mal löst sich sein innerer Körper.

Er bewegt sich auf ein Objekt zu, das ihn erwartet.

Ebene 2340. Ich bin Ram, der Numerator für Zone 12, zur Überwachung der Ausbildung der Intervallnumeratoren auf Terra 3.

Erfassung 77,65,2542,3675,82,555. Geschwindigkeit 252. Austrittmutation 265.663. Numeralkraft 455.678. Energiepunkt 1272, Genauigkeit aufgezeichnet in Tor 9 durch zehn Teilchen. Vollständige Mutation des Hauptresonators erfolgt in zweiundsiebzig Tagen kosmischer Zeitrechnung der Erde.

Eine blühende Landschaft. Kristalle wachsen aus dem Boden. Vögel und Schmetterlinge fliegen in der Luft. Im Hintergrund ein Regenbogen. In der blühenden Landschaft laufen nackte Jungen und Mädchen umher, auch Buben sind darunter. Es wirkt alles selbstverständlich und normal. Sie spielen in einem kleinen Wasserfall. Ein nacktes Mädchen hält einen Vogel in der Hand. Eine nackte Frau sitzt nahe dem kleinen See. Eine paradiesische Landschaft.

Inalasalia

Ich bin Inalasalia, mein Name erklingt, um zu wachen über das Glück und die Liebe. Vielleicht ist es ein Traum, der betört, die Verkündigung eines neuen Tages, ein Reich der Unschuld. Ich bin nur ein Abschnitt auf dem geheimen Weg, der die Auserwählten in die unendlichen Paläste geleitet.

Yogan

Ich muss mich mit dem Herrn der Kraft vereinen.

Ein fünfter Strahl, dieses Mal gelb, trifft Yogan, und wieder teilte er sich.

Kan

Ich bin Kan, Sohn der Sonne und der Zeit. Ich bin der Diener meines geistigen Meisters und Herr über alle anderen. Ich bin dazu da, ihnen Ehrfurcht und Disziplin vor der tiefen Weisheit des obersten Meisters zu lehren. Der alle Geheimnisse der großen Kunst des Siegens über sich selbst lehrt.

Yogan

Wir haben mehrere unzerstörbare kosmische Verbindungen hergestellt, zu denen noch andere kommen werden. Wir können jetzt Kontakt zu unvorbereiteten Menschen aufnehmen, um sie über den Prozess zu informieren. Wir werden viele Angriffe der bösen Priester abwehren müssen, aber unsere Verbindungen machen es möglich, diese Pläne zu verhindern. Wir halten in achtzehn Tagen eine öffentliche Sitzung ab.

Der Hohe Rat

Numeralebene auf menschliches Vibrationsniveau Terra 3 absenken. Auf Paralleldimension einstellen, alle Resonanzkreise erfassen, mit Personen dieser Ebene Kontakt aufnehmen, die gesamte Menschheit muss in den folgenden sechs Jahren in die Normen 56 335 rekonditioniert werden. Schiff 12 mit Stellung des Energiezustandes 163535, Kapazität 43740; Operation Wiederherstellung des Energiezustands 16353 der Raum-Zeit-Zone Terra 3 ist beendet. Durchführung des Manövers zur Übereinstimmung der Lichtblitze und Überprüfung der Erfassungsstabilisierung.

Wir können abschließend sagen, dass das Bewusstsein und die Energie miteinander verbunden sind

Gerichtsverhandlung

Rechtsanwalt

Wir können abschließend sagen, dass das Bewusstsein und die Energie miteinander verbunden sind. Energiemangel rührt also von einem Mangel an Bewusstsein.

Die Kriege könnten verhindert werden, wenn in der allgemeinen Erziehung den Jugendlichen beigebracht würde, ihre psychomentalen energetischen Beziehungen mit dem inneren Netz des Universums besser kennenzulernen und zu kontrollieren.

Futurologe

Als Futurologe im Staatsministerium für Energie protestiere ich. Ihre Behauptung, die Energiekrisen auf der ganzen Welt seien nichts als Krisen des Bewusstseins, die

die Menschheit überwinden muss, um ein besseres Zeitalter zu erreichen, ist doch lächerlich.

Militärischer Berater

Sie wagen zu behaupten, dass unsere Armeen nur Ausdruck eines psychisch geistigen Infantilismus der Menschen und wir unfähig sind, das Animalische unseres eigenen Körpers zu beherrschen.

Zuschauer

Wollen Sie damit sagen, dass der Unterricht an den Schulen und Universitäten eher schädlich als nützlich ist, wenn er die herkömmlichen Wissenschaften wehrt?

Yogan

Vor der Absicht, irgendetwas irgendjemanden auf der Erde aufoktruieren zu wollen, muss erst einmal der eigene Boden beherrscht werden, und das ist der eigene physische Körper. Die Schlüssel zum Buch des Lebens bieten sich nur demjenigen, der es lebt.

Im Inneren der Finsternis

Sprecher

Meine Herren, die Lage ist ernst. Yogan ist eine äußerst gefährliche Person. Er verfügt über kosmische Verbindungen, deren Tragweite wir nicht kennen, die aber für unsere Macht eine gewisse Bedrohung bedeuten.

Wir müssen den Zirkel der schwarzen Magie bilden. Und so die Macht der Finsternis freisetzen, damit wir Yogan mit der Macht des Okkulten vernichten können.

Stimme der Finsternis

Aikara Rabaot Sonagui Askien Rutabir.

Yogan in einer Gruppe von Freunden

Yogan

Achtung, Freunde. Ich habe gerade telepathisch die Nachricht bekommen, dass sich gegen uns ein Angriff der Finsternis formiert. Ich muss so schnell wie möglich gegen diese Kräfte wirken.

Nach intensiver Konzentration löst sich das Doppel Yogans aus seinem Körper und gleitet bis in die tiefsten Tiefen der Finsternis.

Yogan wieder unter seinen Freunden

Yogan

Freunde, die Lage ist gefährlich. Wir müssen uns organisieren, um gemeinsam gegen eine große Gefahr anzukämpfen. Um diesem Ansturm standhalten zu können, müssen wir unser Energiefeld erhöhen. Wir brauchen das psychomentale Energieaufkommen von Tausenden von Menschen. Wir müssen ein magisches Schauspiel errichten, eine wahre interdimensionale Operation, und dazu benötigen wir eine komplette Bühnenausstattung. An die Arbeit, Freunde!

Die Laser und anderweitig verstärkten Geräte eröffnen das Spektakel auf einem Platz, der extra für große öffentliche Veranstaltungen gebaut wurde.

Hinter der Bühne

Drei Kontrollschiffe überfliegen diese Zone im Augenblick.

Yogan

Konzentriert euch, um die Energie der gesamten Menge durch das Kristall bis zu ihnen zu schicken.

Fliegende Objekte sind am Himmel zu sehen.

Zuschauer

Pah! Das gibts doch nicht.

Anderer Zuschauer

Hey, schaut mal dort am Himmel.

Anderer Zuschauer

Das sind UFOs.

Anderer Zuschauer

Spitze.

Die von Musikern und Tänzern frei werdende Energie vereint sich machtvoll mit der Menge. Nach und nach lassen sich alle von der Aufführung und den Rhythmen, die aus einer anderen Dimension geboren sind, mitreißen, und die Laser-Robots peitschen mit ihren farbenprächtigen Strahlen über die Menge.

Während die Gruppe bemüht ist, die riesige Menge an Energie, die durch die Gefühle der Menschenmasse entsteht, zu lenken.

Ferne Stimme

Kontakt. Signalisiert die Energieübertragung. Konzentriert eure Mutationssysteme auf den Reintegrationsstrahl. Wir sind mit Schiff 8640 auf einer Linie.

Yogan

Die Operation klappt wunderbar. Das Signal ist ganz in der Nähe. Die Energie ist vollständig unter der Kontrolle des Schiffs.

Einige Zeit später ist Yogan auf einem kleinen Hügel mit einer Freundin.

Yogan

Wir haben es geschafft. Jetzt haben wir ein Energiefeld, das uns gegen die negative Macht der Priester des Bösen schützt.

Priester des Bösen

Verflucht sei Yogan. Wir können ihn durch diesen Energiemantel, der ihn schützt, nicht mehr direkt erreichen. Wir müssen ihn von außen erreichen. Bei Rabaoth. Wir bilden eine Konzentrationskette und erreichen die Menschen, die ihm wertvoll sind.

Yogan steigt gerade in sein Auto ein. Er ist auf dem Weg ins Krankenhaus zu seiner Mutter.

Yogan

Ich bin gerade benachrichtigt worden, dass meine Mutter erkrankt ist. Doch es steht uns der nächste Angriff bevor. Ich muss zu ihr fahren. Behaltet eure Kontakte unter Kontrolle, denn wir müssen den Angriff erwidern können.

Mitstreiter

Okay, wir halten die Stellung.

Die Mutter von Yogan

Mein Ende ist nah, Yogan. Nach meinem Tod wirst du meinen Körper verbrennen lassen. Damit entsteht zwischen dir und dem Bösen eine ewige Barriere.

Yogan

Mutter, ich hab dich lieb. Wir werden uns in der intragalaktischen Zentrale wiedersehen.

Der okkulte Kampf hat begonnen. Mutter, dein Opfer war nicht umsonst. Wir werden unsere Aufgabe ganz zu Ende bringen.

Priester des Bösen

Lassen wir unsere Macht auf Yogan los. Durchsetzen wir sie mit unserer Energie. RAAS GOUL.

Freund von Yogan

Hast du es auch gemerkt? Wir müssen uns alle versammeln. Wir müssen ein noch gleichmäßigeres inneres System aufbauen, um diese Kraftfelder unter Kontrolle zu haben.

Yogan

Diese verfluchte Macht.

Fest entschlossen, den Kontakt Erde-Kosmos zu verhindern, setzen die Priester ihre tödlichen Zauberkräfte in Gang. Die Schwächsten der Gemeinschaft leiden als Erste unter den Wirkungen.

Auf einem Cämp

Junger Mann

Beruhige dich doch, Emilia.

Emilia

Ah. Lass mich. Ich will weg. Ich will nichts mehr von Yogan oder von euch hören.

Ein Freund

Sie haben ihr eine Falle gestellt. Vor einigen Tagen ist sie verschwunden, um sich eine Aufführung anzusehen. Dort konnten die Energien der schwarzen Kräfte sie erreichen.

Überall auf der Erde bricht die Gewalt aus. Die Kriege der Revolutionen, die Attentate häufen sich. Die manipulierten Menschen finden alle möglichen Gründe, sich gegenseitig grausam umzubringen.

Yogan ist unterwegs im Auto.

Yogan

Die Woge negativer Energie steigt an. Welches Mittel, welche mystische Tat kann diesen zerstörerischen Kräften endgültig ein Ende setzen? Das Signal. Ich fühle ein Schiff in der Gegend.

Das Signal wird immer stärker. Kontakt. Angriff geortet. Kommunikation hergestellt. Das Auto wird von einem deutlichen Strahl von oben getroffen.

Der Hohe Rat

Yogan, noch kann das Erdgesetz nicht angewendet werden. Es muss erst alles vollendet sein. Jetzt können wir nur die schlimmsten Wirkungen etwas abschwächen und deine Handlungen vor allzu direkten Angriffen schützen.

Höre, was dir die Höllenwachen der Vernichtung zu sagen haben

Die Priester des Bösen

Höre, was dir die Höllenwachen der Vernichtung zu sagen haben!

Vor langer Zeit lebte auf der Erde ein altes Geschlecht, das sich nach seinem natürlichen Rhythmus entwickelte. Es existierte im selben Sonnensystem noch ein Geschlecht, das höher entwickelt war, sodass auf dem Planeten Tir-Luzi-Fera zwischen Mars und Jupiter eine fortschrittliche Zivilisation entstand. Schreckliche Erlebnisse brachten diese Zivilisation dazu, ihren eigenen Planeten zu sprengen. Nur eigene Asteroidenspuren, im Raum verstreut, sind davon übrig geblieben.

Aber vor dieser Katastrophe konnten sich einige der Lebewesen dieser Rasse in Raumschiffen retten. Andere reisten Richtung Mars, andere zur Venus und wieder andere zur Erde.

Auf der Erde beherrschten sie schnell primitive Rassen. Sie vernichteten die riesigen Saurier.

Die Waise

Die tellurischen Mächte des Planeten, den sie zerstört hatten, folgten ihnen jedoch auf die Erde, die nicht dafür gebaut war, sie aufzunehmen. Aus dieser Störung heraus entstand die Ebene der Finsternis, die seit jener Zeit der Menschheit ständig neue Prüfungen auferlegte.

Nach der Entstehung des Planeten Terra 3. Was hat dazu geführt, dass dieser Planet überhaupt entstehen konnte? Er war doch in der lunaren Planung überhaupt nicht vorgesehen.

Die großen kosmischen Lehrer konnten niemals direkt eingreifen, um diese negativen Kräfte völlig zu unterdrücken. Sie wussten, dass sie energetisch mit der zerrissenen kosmischen Rasse von Tir-Luzifera verbunden waren, und dass diese Rasse erst auf eine hoch entwickelte Zivilisation stoßen musste, bevor sie die Flucht zu den Gestirnen wagen würde, um nicht von den Mächten der Finsternis verwandelt zu werden. Für die Menschen ist die Apokalypse nicht mehr fern. Dann gehen die Mächte der Tiefe wieder die Verbindung mit dem kosmischen Bewusstsein ein. Der Mensch muss bereit sein, die richtige Position einzunehmen, sonst wird die entstehende Energie alles zerstören.

Yogan

Jetzt verstehe ich. Das einzige wirkliche Mittel im Kampf gegen die Kräfte der Zerstörung ist, alle Energien auf die Erziehung der Menschen zu konzentrieren, damit sie schnell ein Bewusstsein ihrer ursprünglichen kosmischen Dimension entwickeln, bevor die große Vereinigung stattfindet.

Ich werde ein neues Programm vorschlagen. Die Gruppen müssen sich auf mehrere Orte verteilen, damit überall die Menschen, die noch isoliert sind, in der Resonanz vereint werden, und dann bauen wir eine kosmische Stätte.

Die kosmische Stätte

Die Gruppe wächst. Ein sorgfältig ausgesuchter Ort wird vorbereitet, und es entsteht eine kosmische Stätte. Der telepathische Kontakt mit den Schiffen wird intensiviert.

In der Welt wächst das Chaos.

Ständig kommen telepathische Informationen an.

Yogan

In drei Tagen wird hier auf dem Gelände ein Schiff landen.

Yogan

Freunde und Schwestern, wir erreichen den Wendepunkt, das Teleschiff hat mir seine Ankunft signalisiert. Ich will jetzt den Kontakt herstellen, und dann holen wir alle zusammen, die auf unserem Wege sind. Vergesst nicht, jede Saat, die aufgeht, blüht und Früchte trägt, ist wie ein von einem Himmelsvogel aufgesammelter Tag.

Sollte ich nicht zurückkehren, führt ihr das Werk, das ich begonnen habe, zu seinem Ziel. Zur Einheit mit dem obersten Bewusstsein. Ich grüße euch.

Yogan wandert auf einen hohen Berg. Oben auf dem Berg setzt er sich hin und meditiert.

Nach geraumer Zeit erscheint am Himmel ein Objekt. Eine leicht gewölbte Scheibe. Sie bleibt über ihm stehen. Ein Lichtkegel erscheint über ihm. Er umhüllt Yogan komplett. Yogan steht aufrecht und legt seine Arme an seinen Körper. Er wird in das Objekt transferiert.

Der Hohe Rat

Sei gegrüßt. Dein äußerlicher Körper wurde soeben in das Innere des Kontaktschiffs transmagnetisiert, um deine Materie für eine neue Aufgabe der Transsubstanzierung vorzubereiten. Durch eine außergewöhnliche kosmische Verbindung kann das riesige Raumschiff Terra aus dem ätherischen Feld des Planeten Erde aufsteigen. Bereite deine Begleiter auf die schwerelose Reintegration in das Schiff vor. Wir empfangen all diejenigen, die dieses Entwicklungsstadium vor der großen Mutation erreicht haben. Alle anderen, die noch nicht so weit sind, versammeln sich im großen kosmischen Tempel, wir werden sie in ihrer schwersten Stunde beschützen. Geh und bleib treu.

Das Objekt mit seinem starken Lichtstrahl, der auf ihn herabscheint, nimmt ihn auf und setzt ihn wieder auf der Erde ab. Das Objekt entfernt sich mit einer enormen Geschwindigkeit in den endlosen Raum.

Yogan ist wieder auf der Erde.

Pascal

Yogan kommt zurück.

Frederic

Dieser blaue Schein um ihn herum.

René

Aber sein Bart ist ab.

Yogan steigt eine große Treppe herab.

Yogan

Die momentanen planetaren Bedingungen erfordern eine schnellere Wandlung unserer Lebensweise. Ihr müsst euch noch mehr verinnerlichen und mit Meditation, Fasten und Übungen vollständige Kontrolle über eure Körper erlangen.

Erwacht. Widmet all eure Energie der Wandlung eures Wesens. Wenn ihr bereit seid, kann ich euch dieses Licht übertragen. Bereitet euch vor. Die große Verschmelzung ist nah.

Manche erreichen eine solche Reinheit, dass sie bereit sind, das Licht von Yogan zu empfangen.

Die entscheidende Nachricht.

Yogan

Die große Verschmelzung findet in vier Tagen statt. Wir müssen uns alle zur Reintegration auf dem Berg versammeln.

Die Gruppe erlebt eine wachsende Spannung. Und am vierten Tag?

Yogan

Beruhigt euch. Atmet langsam. Konzentriert euch.

Elodie

Sie kommen.

Ein riesiges überdimensionales Raumschiff erscheint über den vielen Menschen, die oben auf dem Berg stehen.

Ein riesiger Lichtkegel trifft die Menschen, und er leitet die vielen Menschen direkt in das Raumschiff. Die zurückgelassenen Menschen rufen verzweifelt nach dem aufsteigenden Raumschiff.

Die zurückgelassenen Menschen rufen.

Und wir? Hey. Lasst uns nicht zurück!

Die meisten werden in die Schiffe reintegriert. Einige sind zu ihrem Unglück noch nicht bereit.

Stimmen aus dem Raumschiff

Stimme

Männer, Frauen und Kinder, wir wachen über euch. Kehrt in den kosmischen Tempel zurück. Wir helfen euch beim Überschreiten des großen Leidens. Aber ihr müsst noch einen Entwicklungszyklus durchleben, bevor ihr reintegriert werden könnt.

Ein zweites, weit höher entwickeltes Raumschiff nähert sich dem rettenden Raumschiff.

Stimme aus dem höher entwickelten Raumschiff

Stimme

Seid gegrüßt. Wir haben den Reintegrationsstrahl ausgesandt, damit sich euer inneres Wesen mit eurem materiellen Äußeren in Einklang bringen kann. Die Erde wird sich öffnen, um das riesige Terra-Schiff herausgleiten zu lassen, das sich im Gestein eingeschlossen befindet. Seht die Geburt eines neuen Zeitalters.

All die Raumschiffe, die schon seit undenklichen Zeiten über die Menschheit gewacht und ihre Hilfe gebracht haben, konzentrieren ihren vereinten Einsatz auf einige ganz bestimmte Punkte auf der Erde.

Und so beginnt die Transmutation der negativen Kräfte. Aus den Tiefen der Erde heraus wandelt sich noch im letzten Stückchen Leben dieses Planeten die Finsternis zu Licht.

Dieser ungeheure Energieeinsatz bringt die Menschheit wieder mit ihrer kosmischen Dimension in Einklang, und das riesige kosmische Schiff kann aus der Erde aufsteigen.

Euer Terra-Schiff tritt aus dem Gestein hervor. Euer besonderes Energiesystem hält das Leben im starken

Magnetfeld unseres Schiffs nicht lange aus. Daher werdet ihr zum Terra-Schiff gebracht, das seit unendlichen Zeiten auf euch wartet. Die Freunde, die auf der Erde zurückgeblieben sind, bereiten sich weiter unter Anleitung derer, die geblieben sind, vor, und wenn ihr meint, dass sie sich weit genug entwickelt haben, holt ihr sie mit eurem Terra-Schiff des neuen Zeitalters ab.

Yogan und seine Freunde werden in das Innerste des Terra-Schiffes transferiert.

Yogan

Unser Reich. Die ewige Verbindung des unendlichen Bewusstseins mit unseren Körpern. Freunde, das ist die Gemeinschaft in der Vollkommenheit und Unendlichkeit der oberen Existenz.

© Peter Geipel

Prof. Dr. Harald Lesch - Sind wir allein im Universum

Universitäts-Sternwarte München

Eine allseits bekannte und beliebte Lebensform, die offenbar außer uns das Universum bevöllkert, sind die sogenannten Außerirdischen (ETs). Sie scheinen in unglaublicher Anzahl hier zu landen, abzustürzen, Menschen zu entführen, zu vergewaltigen, grausig durch medizinische Untersuchungen zu entstellen und seit 50 Jahren mit den Regierungen der Supermächte zusammen zu arbeiten. So und nicht anders verhalten sich unsere Intergalaktischen Brüder (und Schwestern?) glaubt man den diversen Sachbuchautoren, Talk-Shows, TV-Dokumentationen, Presseberichten etc.. Dieses himmlische Thema hat für viele eine sehr irdische, nämlich rein pekuniäre Komponente. Redaktionen zahlen gut für hinreichend reisserisch aufbereitetes Film- und Textmaterial.

Das Aussehen der Wesen in so zahlreich beobachteten und schnellstens veröffentlichten "Begegnungen der dritten Art" wird von jeweils zeitlich vorangegangenen Kinohits auf wohl rein zufällige Art und Weise beeinflusst. Kompetent wirkende Sachbücher kommen in Millionenauflage auf den Markt, um endlich die interplanetaren Verschwörungen von Regierungen, CIA & KGB und Vatikan aufzudecken. Es werden sogar

Obduktionen von Insassen abgestürzter UFOs in Filmdokumentationen gezeigt - ein ganz besonders geschmackloses Beispiel für die Profitgier aller Beteiligten. Nach den jüngsten Aufdeckungsversuchen einiger Ungläubiger handelt es sich bei einem Fall in Wahrheit um die Sezierung eines an einer sehr seltenen Erbkrankheit verstorbenen Kindes.

•

Die Frage "Sind wir allein im Universum? Hat neben den bekannten Antworten aus Film und Presse allerdings einen ernsten, wissenschaftlichen Hintergrund, ohne dessen Beleuchtung keine auch nur annähernd realistische Antwort möglich ist. Im folgenden will ich diesen Hintergrund ein wenig beleuchten.

•

•

•

•

•

•

•

•

•

Die Suche nach Leben auf anderen Himmelskörpern gehört zu den attraktivsten wissenschaftlichen Themen

•

Die Suche nach Leben auf anderen Himmelskörpern gehört zu den attraktivsten wissenschaftlichen Themen. Leider ist die Frage nach außerirdischem Leben wie soviele andere interessante naturwissenschaftliche Fragen nicht eindeutig beantwortbar. Zu Beginn wird die Eingangsfrage eingeschränkt: Es geht nicht um das Leben an sich, sondern nur um kommunikationsbereite Zivilisationen, die mit uns auch in Kontakt treten wollen. Wir können mit unseren technischen Mitteln keinerlei Leben auf anderen Planeten außerhalb des Sonnensystems feststellen, es sei denn, diese Wesen verfügen mindestens über die gleiche Technologie wie wir und benutzen sie zur Erkundung des Kosmos. Dies bedeutet, dass im Prinzip das Universum voller Leben sein kann - Ritter, Dinosaurier, Dampfmaschinen, Bäume etc... Leben in dieser Art werden wir jedoch nie bemerken.

•

Wir bekommen unsere Informationen nur über elektromagnetische Strahlung, deshalb müssen die "Anderen" zumindest unfreiwillig den Kosmos durch künstliche elektromagnetische Strahlung "verunreinigen", wie wir das seit 50 Jahren mit Radar, Radio, Fernsehsender oder Überwachungssatelliten tun. Noch besser wäre natürlich, wenn sich eine technische Zivilisation mit Hilfe starker Radiosender im Universum bewusst bekannt macht, also selbst nach anderem Leben sucht. Aber man sollte bedenken, wenn alle im Universum nur horchen und keiner was sagt, also sich irgendwie elektromagnetisch bemerkbar macht, wird auch niemand die anderen entdecken!

Diese beschränkte Kommunikationsmöglichkeit reduziert die Chance eines interplanetaren Rendevous ganz beträchtlich. Wir können die Ausgangsfrage, ob wir allein im Universum sind, eigentlich nur dann mit absoluter Sicherheit beantworten, wenn wir in der Lage wären, andere Planeten aufzusuchen. Das ist uns aber noch nicht einmal innerhalb unserer eigenen Galaxie möglich. Deshalb macht es kaum Sinn, sich über Lebewesen außerhalb der Milchstraße Gedanken zu machen - die Entfernung zur nächsten Galaxie - Andromeda - beträgt gut 2 Millionen Lichtjahre. Ein Kontaktsignal, das wir heute auffangen würden, müsste also dort vor 2 Millionen Jahren abgeschickt worden sein. Licht breitet sich mit 300.000 km pro Sekunde aus; zum Mond braucht ein Signal eine Lichtsekunde, zur Sonne 8 Lichtminuten, zum Saturn schon 80 Lichtminuten. Unsere Galaxis hat eine Ausdehnung von ca. hunderttausend Lichtjahren. Signale vom anderen Ende der Milchstraße brauchen hunderttausend Jahre, um uns zu erreichen, das entspricht der gesamten Entwicklungszeit vom Neandertaler bis zum modernen Menschen. Die Wahrscheinlichkeit, eine solche Zivilisation zu entdecken, hängt natürlich auch von ihrer zeitlichen und räumlichen Häufigkeit ab. Die Anderen dürfen nicht die berühmte Position der Nadel im

Heuhaufen haben. Es ist z.B. möglich, dass es in der Milchstraße nahe der Sonne bereits schon einmal Zivilisationen gegeben hat, dass diese inzwischen aber wieder verschwunden sind.

-
-
-
-
-

-
-
-
-
-
-
-
-
-
-
-

Es kann zur Zeit Zivilisationen geben, die soweit von der Sonne entfernt sind, dass wir sie nie entdecken können

•

Andererseits kann es zur Zeit Zivilisationen geben, die soweit von der Sonne entfernt sind, dass wir sie nie entdecken können.

Unvoreingenommen müsste man vermuten, dass die Zahl der Möglichkeiten riesengroß ist, denn es gibt in unserer Milchstraße ca. hundert Milliarden Sterne, um die sich Planeten gebildet haben könnten. So ohne weiteres lässt sich das Leben aber nicht irgendwo nieder, es müssen vielmehr eine ganze Reihe von Bedingungen erfüllt sein, bevor intelligente Lebewesen im Universum entstehen können:

•

1. Es müssen genügend Sterne vorhanden sein, um die sich Planeten bilden konnten. Die Hälfte der Sterne fällt weg, weil es sich um Doppelsterne handelt. Es gibt kaum stabile Umlaufbahnen für Planeten und damit auch keine Lebensmöglichkeiten in Doppelsternsystemen.

•

2. Diese Planetensysteme müssen sich um Sterne gebildet haben, die lange genug existieren, damit sich eventuell auf einem Planeten, der im richtigen Abstand um den Stern rotiert, Leben entwickeln kann.

3. Der Planet muss einigermaßen sicher vor kosmischen Katastrophen (ständige Bombardements von Meteoriten, nahe Sternexplosionen von großen, jungen Sternen) sein. Sein Sternsystem darf nicht zu nahe an Sternentstehungsgebieten liegen, und sollte während seiner Umrundung der Milchstraße solche Gebiete auch nicht durchkreuzen.

•

4. Die biologische Entwicklung sollte eine technologische Zivilisation hervorbringen, die dann hoffentlich lange genug existiert, damit sie mit der kosmischen Umwelt Kontakt aufnehmen kann.

•

Die Existenz von intelligentem Leben hängt also nur zum Teil von astrophysikalischen Bedingungen ab. Ebenso liefern die Biologie, die Soziologie, ja sogar die Psychologie wesentliche Beiträge zur Klärung von universellen Lebensbedingungen. Die ersten Abschätzungen kosmischer Lebenswahrscheinlichkeit wurden 1961 auf einer Konferenz von Astrophysikern in Green Bank, USA, vorgenommen. Es ergaben sich, je nach Kommunikationsdauer, Zahlen zwischen 100 Millionen und 1 für die Anzahl kommunikationsbereiter Zivilisationen. Hierbei unterschied man bereits optimistische, zurückhaltende und pessimistische Einschätzungen, deren astrophysikalische Parameter ziemlich gleich waren. Es wurden nur verschiedene Längen der Kommunikationsbereitschaft angenommen.

Der Optimist ging von Hundert Millionen Jahren aus, der Zurückhaltende von einer Million Jahre und der Pessimist übertrug die irdische Lage auf die ET's und veranschlagte Hundert Jahre. Die Abschätzungen von Green Bank ergaben einen optimistischen Wert von hundert Millionen Zivilisationen in der Milchstraße, was einem mittleren Abstand zwischen den bewohnten Planeten von zehn Lichtjahren entspräche. Die zurückhaltende Berechnung brachte eine Million Zivilisationen mit einem mittleren Abstand von 300 Lichtjahren; der Pessimist erhielt nur vier Zivilisationen mit einem Abstand von ca. hunderttausend Lichtjahren.

Die Pioniere der wissenschaftlichen Untersuchung außerirdischen Lebens wurden sich also nicht einig, es war aber auch schon damals nach ihren Kriterien möglich, dass wir allein in unserer Galaxie, denn vier ist nahe bei eins!

•

Heute zeigt sich, dass selbst die pessimistischsten, rein astrophysikalischen Überlegungen von 1961 noch viel zu optimistisch gewesen sind. Grundsätzlich geht man davon aus, dass sich Leben auf Planeten um Sterne herum entwickelt. Am Anfang des Universums gab es nur zwei chemische Elemente - Wasserstoff und Helium. Alle anderen Elemente wurde in Sternen durch die Verschmelzung von Atomkernen produziert. Aus diesen Elementen entstanden später die Planeten - aus diesen Elementen entsteht das Leben. Im Zentrum der astrophysikalischen Forschung über außerirdisches Leben steht deshalb der Lebensweg von Sternen. Doch davon später mehr.

•

Ausgangspunkt meiner Überlegungen ist das "Prinzip der Durchschnittlichkeit", d.h. die Erde, das Sonnensystem, stellen den Normalfall in der Milchstraße dar - es ist nichts Besonderes daran! Damit wird eine Zeit festgelegt, die das Leben braucht, um intelligente Formen zu entwickeln - 4.5 Mrd. Jahre. Ein Stern muss also mindestens diese Zeitspanne strahlen, damit er als mögliche Heimat für intelligentes Leben in Frage kommt.

•

•

•

•

•

•

•

•

•

•

Je schwerer ein Stern ist, umso mehr "drückt" die Schwerkraft und erhöht damit die Temperatur und somit die Verschmelzungsrate im Innern des Sterns

•

Die Lebensdauer eines Sternes hängt von seiner Masse ab, denn seine Leuchtkraft - erzeugt durch die Verschmelzung einfacher Atomkerne wie Wasserstoff bis hin zu schwereren Elementen wie Sauerstoff, Magnesium, sogar Eisen - hängt vom Gleichgewicht zwischen Schwerkraft und Strahlungsdruck ab. Je schwerer ein Stern ist, umso mehr "drückt" die Schwerkraft und erhöht damit die Temperatur und somit die Verschmelzungsrate im Innern des Sterns. Mit anderen Worten: Ein schwerer, großer Stern verbrennt seinen Brennstoffvorrat schneller und ist deshalb heißer als ein kleiner, leichterer Stern, der langsamer "brennt" und niedrigere Temperaturen aufweist.

•

Ein Stern, der doppelt so schwer ist wie die Sonne, lebt nur 1 Mrd. Jahre (die Sonne wird ca. 10 Mrd. Jahre als normaler Stern leben). Der Stern muss auch heiß genug sein, damit sich Leben in seiner unmittelbaren Umgebung entwickeln kann. Da Temperatur und Strahlungsleistung eines Sternes ebenfalls von seiner Masse abhängt, darf der Stern auch nicht zu klein sein.

•

Damit habe ich den "G-Stern-Chauvinismus" beschrieben: Nur Planetensysteme um Sterne wie die Sonne, sogenannte G-Sterne, können Leben entwickeln. Die größeren Sterne existieren nicht lange genug, die kleineren Sterne sind so leuchtschwach, dass ihre Planeten sich in viel geringerer Entfernung als der Abstand Erde - Sonne aufhalten müssten, um die für das Leben notwendige Energie auffangen zu können. Körper jedoch, die zu nahe um einem Stern kreisen, werden von seinem Schwerkraftfeld erfasst und in ihrer Eigendrehung so sehr gebremst, dass sie ihrem Stern immer die gleiche Seite zuwenden. Diese wird zu stark erhitzt und die abgewandte Seite friert ein. Aufgrund des entstehenden Temperaturunterschieds wird auch der Übergangsbereich zwischen beiden Seiten nicht besonders wohnlich sein. Selbst, wenn der Planet seine Atmosphäre behalten haben sollte, was bei der intensiven einseitigen Bestrahlung nicht einfach sein dürfte, werden sehr starke Winde auftreten, die den Unterschied zwischen heiß und kalt auszugleichen versuchen. Kleinere Sterne als 0,8 Sonnenmassen scheiden daher genauso aus wie Sterne mit mehr als 1,4 Sonnenmassen, denn wie erwähnt, ist deren Lebensdauer nicht lang genug, um biologische Entwicklung hin zu intelligenten Lebewesen zu erlauben.

•

Es muss sich aber um „neue" G-Sterne der zweiten oder dritten Generation handeln, denn die ersten Sterne entstanden aus reinen Wasserstoff und Helium-Wolken. Die konnten noch keine Planeten aus Gestein bilden! Zunächst mussten erst mal die schwereren chemischen

Elemente in Sternen produziert werden. Wie kamen die Erzeugnisse der stellaren Hochöfen nun wieder zurück ins All, damit neue G-Sterne aus Gaswolken entstehen konnten, die nun bereits mit Kohlenstoff, Silizium, Magnesium, Eisen etc... angereichert waren? Hier kommen die schweren Sterne oberhalb von 4 Sonnenmassen ins Spiel, sie spielen die zentrale Rolle für die Entstehung von Leben, denn sie schleudern, „injizieren" die chemischen Elemente in kosmischen Explosionen ins All. Sterne, die wesentlich schwerer sind als die Sonne, stellen durch ihre besonders effektive Brutreaktoren für alle chemischen Elemente schwerer als Helium dar. Am Ende ihres relativ kurzen Lebens (einige Millionen Jahre) explodieren diese Sterne mit einem unglaublichen Energieausstoß und schleudern die lebenswichtigen Elemente wie Kohlenstoff, Silizium und Eisen in den Weltraum. Diese sogenannte Supernova-Explosionist so gewaltig, dass man ihr Leuchten von der Erde aus noch in 5000 Lichtjahren Entfernung sehen könnte. Durch den ungeheuren Druck der hinausrasenden Gase wird das Medium zwischen den Sternen an manchen Stellen zusammen gepresst. Die höheren Dichten führen zu einer lokalen Erhöhung der Schwerkraft, und es kann ein neuer Stern entstehen.

-
-
-
-
-

Die Supernova-Explosion ist für die Entwicklung von Leben unerläßlich, aber sie ist für bestehendes Leben auf Planeten, die sich im Abstand von dreißig Lichtjahren befinden, auch sehr gefährlich

-

Die Supernova-Explosion ist also für die Entwicklung von Leben unerlässlich, aber sie ist für bestehendes Leben auf Planeten, die sich im Abstand von dreißig Lichtjahren befinden, auch sehr gefährlich. Eine stellare Explosion ist nämlich mit sehr intensiver, harter Röntgenstrahlung verbunden, die höheres Leben abtöten kann.

-

750.000 Jahre, bevor das Sonnensystem entstand, wurde die Sonne durch eine solche Explosion einer Supernova geboren. Dies erkannte man aus der chemischen Zusammensetzung von Meteoriten. Sie stellen das Urmaterial des Sonnensystems dar und haben ihre chemische Zusammensetzung seit ihrer Entstehung nicht mehr geändert. Ihre radioaktiven Isotope (Isotope eines Elements enthalten die gleiche Anzahl an positiven Protonen, aber unterschiedliche Anzahl an Neutronen) von Magnesium und Aluminium lassen sich nur durch die Kernprozesse während einer Supernova-Explosion erklären.

-

Die chemischen Elemente, aus denen der Leser und der Schreiber dieser Zeilen und auch die Zeilen selbst bestehen, sind von mindestens einer, wahrscheinlich zwei Sterngenerationen erbrütet worden. Wir bestehen zu 92% aus Sternenstaub - wir sind Kinder der Sterne! Die "Anderen" auch! Der Sonne ist übrigens seit ihrem Bestehen keine Supernova-Explosion mehr so nahe gekommen, dass deren Röntgenstrahlung auf der Erde meßbare Auswirkungen gehabt hätte. Das Sonnensystem hat seit seiner Geburt keine Sternentstehungsregion durchkreuzt!

•

Die unbestreitbare Erkenntnis über den physikalischen Ursprung der für das Leben absolut notwendigen Elemente gilt für den gesamten Kosmos. Leben muss sich entwickeln. Entwicklung heißt Vererbung und vererbt werden Informationen. Informationen sind strukturierte molekulare Bausteine, deren Aneinanderreihung biologische "Worte" ergeben.

•

Der genetische Code der Lebewesen ist der "Text", d.h. der Bauplan für ein Lebewesen. Weil diese Informationen in molekularer Form vererbt werden müssen, ist es notwendig, strukturierte Moleküle zu bauen. Je komplexer und damit intelligenter ein Lebewesen werden soll, um so mehr Informationen müssen übertragen werden. Eine Gaswolke kann deshalb nicht intelligent sein, auch wenn einige Science-Fiction-Autoren dies immer wieder gerne in ihren Geschichten behaupten. Leben braucht schwere Elemente. Wie wir noch sehen werden, braucht es vor allem Kohlenstoff, das einzige Element, das in der Lage ist, im interessanten Temperaturbereich (unterhalb von ca. 100 Grad Celsius) lange Kettenmoleküle zu bilden.

-
-
-
-

-
-
-
-
-
-
-
-
-
-
-

Der kosmische Ursprung der Elemente ist uns bekannt und damit auch der kosmische Ursprung der Außerirdischen

•

Der kosmische Ursprung der Elemente ist uns bekannt und damit auch der kosmische Ursprung der Außerirdischen. Auch sie müssen aus den uns bekannten chemischen Elementen zusammengesetzt sein. Dies war aber nicht zu jeder kosmischen Zeit möglich, denn in den Frühphasen des Universums gab es noch nicht genügend Sterne und damit noch keine schweren Elemente, aus denen sich Planeten entwickeln konnten. Das heißt, es gab auch noch keine Möglichkeit für Leben. Irgendwann nach uns werden keine neuen Sterne mehr entstehen, (schon jetzt entstehen deutlich weniger als in der Anfangszeit) und die bestehenden werden sterben. Die Energiequellen sind verbraucht - es kann sich kein Leben mehr entwickeln.

•

•

•

•

•

•

•

Es gibt nur eine ganz bestimmte Entwicklungsstufe des Kosmos, in dem Leben auftreten kann

•

Es gibt nur eine ganz bestimmte Entwicklungsstufe des Kosmos, in dem Leben auftreten kann. Diese, aus den physikalischen Grundgegebenheiten abgeleitete Konsequenz ist ein eklatanter Widerspruch zum sogenannten kopernikanischen Prinzip, das besagt, dass wir an keiner ausgezeichneten Stelle im Universum leben und zu keiner ausgezeichneten Zeit. Wir leben aber sehr wohl in einer besonderen kosmischen Entwicklungsphase, einer Phase, in der Leben möglich ist. Diese Erkenntnis begründet den G-Stern-Chauvinismus.

•

Der G-Stern Chauvinismus beinhaltet bereits den sogenannten Kohlenstoff-Chauvinismus, d.h. wir gehen davon aus, dass alle lebensnotwendigen organischen Verbindungen aus Kohlenstoffverbindungen bestehen. Diese Einschränkung wird durch Beobachtungen des interstellaren Mediums, des Gases zwischen den Sternen, unterstützt. Bis heute wurden viele organische Moleküle, von der Ameisensäure bis hin zur einfachsten Aminosäure, dem Glycin, in unserer Milchstraße entdeckt. Dies bedeutet, dass sich selbst in den eigentlich lebensfeindlichen Bedingungen des interstellaren Raumes die elementaren Bausteine, aus denen wir zusammengesetzt sind, formieren können. Darüber hinaus ist Silizium das einzige Element, das außer Kohlenstoff noch in der Lage ist, lange Kettenmoleküle wie die DNS zu bilden. Das geschieht nur bei sehr niedrigen Temperaturen von ca. -200 Celsius. Bei solchen Temperaturen sind aber die biologisch-chemischen Vorgänge extrem verlangsamt - man denke nur an die eigene Gefriertruhe.

-
-
-
-
-
-
-
-
-
-
-
-
-
-

Sex eines Siliziumpärchens würde länger dauern als das Universum alt ist

•

Sex eines Siliziumpärchens würde länger dauern als das Universum alt ist.

Als weitere wesentliche Einschränkungen für die oben genannte Green-Bank-Abschätzung gelten die atmosphärischen Randbedingungen, die ein Planet erfüllen muß, damit sich auf ihm eine kommunikationsbereite Zivilisation entwickeln kann. Obwohl sich die Leuchtkraft unserer Sonne in den letzten 4,5 Milliarden Jahrenum 30% erhöht hat, schwankte die mittlere Temperatur auf unserem Planetennur um 20 Grad Celsius. Wir wissen heute, daß diese Temperaturregelung durch den bekannten Treibhauseffekt verursacht wird. Die Konzentration vor allem von Kohlendioxid ist dafür verantwortlich, daß das einfallende Sonnenlicht nicht wieder völlig reflektiert wird (wäre die Erde ein idealer Strahler, d.h. würde sie alles empfangene Sonnenlicht wieder abstrahlen, hätte sie eine Oberflächentemperatur von minus 40 Grad Celsius) und damit die Oberfläche im Mittel ca. 20 Grad warm ist. Kohlendioxid wurde zusammen mit Methan, Ammoniak und Wasserdampf durch den starken Vulkanismus am Anfang der Erdentwicklung freigesetzt. In unserem Sonnensystem ist die Venus, die so groß ist wie die Erde, ein Beispiel für einen galoppierenden Treibhauseffekt. Ihre Oberfläche hat eine Temperatur von 425 Grad Celsius.

Der Grund für diese lebensfeindliche Umwelt liegt in der Zusammensetzung der Venus-Atmosphäre

Der Grund für diese lebensfeindliche Umwelt liegt in der Zusammensetzung der Venus-Atmosphäre: Sie enthält wesentlich mehr Kohlendioxid als die Erdatmosphäre. Während sich auf der Erde der Wasserdampf abkühlte und als Regen niederschlug, worin sich ein großer Teil des Kohlendioxid auflöste und damit aus der Atmosphäre verschwand, hat die Venus keine lange Regenzeit erlebt, denn die Sonneneinstrahlung ist hier aufgrund ihres geringeren Abstands stärker als auf der Erde; der Wasserdampf konnte sich nicht abkühlen - es regnete nicht. Das Kohlendioxid verblieb in ihrer Atmosphäre und damit erhitzte sich die Venus auf diese Höllentemperatur. Als Gegenbeispiel im Sonnensystem gilt der Mars, er ist weiter von der Sonne entfernt als die Erde und viel kleiner als sie. Der Mars hat einen großen Teil seiner Uratmosphäre verloren. Der atmosphärische Druck auf der Marsoberfläche entspricht einem Luftdruck auf der Erde in Höhe von 48 km! Der Mars hat sein Wasser verloren, er ist ein ziemlich kalter Wüstenplanet geworden. Wir wissen heute, dass der Mars nicht im bewohnbaren Bereich um die Sonne liegt. Die im letzten Jahr mit lautem Mediengeschrei als Überreste von Leben auf dem Mars verbreiteten Kohlenstoffverbindungen, die auf einem in der Antarktis gefundenen Meteoriten entdeckt wurden, erwiesen sich jüngsten Analysen zufolge als irdische Verunreinigungen, die beim Eintritt des Felsbrockens in die Erdatmosphäre entstanden. Wäre die Erdumlaufbahn nur 1,5% kleiner, wäre die Erde zur Venus geworden; 1,5% größer und wir hätten hier marsähnliche Zustände.

•

Daraus ergibt sich eine weitere wesentliche Einschränkung für die Green-Bank-Gleichung: Sterne, kleiner als unsere Sonne, ermöglichen keine Entstehung von Leben.

•

An einen "lebendigen" Planeten müssen somit folgende Bedingungen gestellt werden:

•

- Der Planet darf nicht zu schwer sein, denn eine zu starke Schwerkraft verhindert die Entwicklung komplizierter Strukturen und gast zu viel Kohlendioxid aus, was einen verschärften Treibhauseffekt hervorruft.

- Er darf nicht zu leicht sein, denn er muss eine Atmosphäre halten können.

- Der Planet sollte sich schnell genug drehen, damit er rundum gleichmäßig bestrahlt wird.

- Außerdem muss das Wetter zumindest eine Zone mit gemäßigten Temperaturen erlauben.

- Seine Umlaufbahn muss fast kreisförmig sein, damit die Jahreszeiten nicht zu starke Temperaturschwankungen hervorrufen.

- Seine Position in der vergleichsweise winzigen bewohnbaren Zone im Bannkreis seines Sternes ist unabdingbar.

-
-
-

-
-
-
-
-
-
-
-
-
-
-
-

Eine letzte an dieser Stelle zu beschreibende Auflage für die Entwicklung von intelligentem Leben stellt unser Mond dar

•

Eine letzte an dieser Stelle zu beschreibende Auflage für die Entwicklung von intelligentem Leben stellt unser Mond dar. Die biologische Entwicklung auf der Erde wurde offensichtlich deutlich von der Existenz unseres Mondes, bzw. seiner Gezeitenwirkung beeinflusst. Die durch Ebbe und Flut erzeugten Flachwasserbereiche, die immer wieder mit neuem Wasser und Material durchspült wurden, stellten die idealen Laboratorien für chemische Prozesse dar. Sie waren einerseits flach genug, um eine Auflösung der neu geschaffenen Molekülketten durch zuviel Wasser zu verhindern. Andererseits waren sie aber auch tief genug, um die energiereiche Ultraviolettstrahlung von der Sonne zu absorbieren, ohne dass die Moleküle durch die UV-Photonen wieder zerstört wurden. Nach neuesten Untersuchen der Gesteinsproben der amerikanische Apollo-Missionen gibt es nur eine Erklärung für die Entstehung des Mondes - den Einschlag eines marsgrossen Asteroiden auf die Protoerde ein. Sein Eisenkern schmolz auf und wurde zusammen mit Material von der Erde in einen Ring hinaus geschleudert. In diesem Ring bildete sich der Mond, dessen Masse im Vergleich zu seinem "Mutterplaneten" riesengroß ist.

Der Mond garantiert neben seiner Wirkung auf die Meere auch noch eine ganz andere Eigenschaft des Erdkörpers, nämlich die Stabilität der Erdrotationsachse. Die Neigung dieser Achse von circa 23% hängt nach modernen Simulationen ganz wesentlich von der Existenz des Mondes ab. Wäre er nicht vorhanden, würde die Erdachse innerhalb von einigen Millionen Jahren so sehr schwanken, dass das Klima auf der Erde für hochentwickeltes Leben völlig unzumutbar wäre. Man stelle sich vor, eine Erdhälfte würde ständig von der Sonne beschienen und die andere läge in dauernder Dunkelheit und Kälte. Die damit zusammen hängenden Luftdruckschwankungen wären so rabiat, dass Windstärke zwölf nur ein laues Windchen darstellen würde im Vergleich mit den Stürmen auf einer mondlosen Erde. Die Rotationsachse des Mars hat solche dramatischen Schwankungen erlebt. Vermutlich hat er deshalb auch sein Wasser verloren. Im Sonnensystem stellt das Paar Erde-Mond eine absolute Einzigartigkeit dar. Diese Unwahrscheinlichkeit eines relativ kleinen Planeten mit einem großen Trabanten gilt heute als zentrale Einschränkung für die Anzahl der möglichen lebendigen Planeten.

•

Dies war nur ein kleiner Ausschnitt aus den zahlreichen Argumenten, die die pessimistische Einschätzung von Green Bank noch weiter einschränken. Je mehr wir über die Zusammenhänge über die Entwicklung der Erde und des Lebens auf ihr wissen, um so unwahrscheinlicher erscheint die Möglichkeit, daß sich das noch einmal irgendwo in der Milchstraße entwickelt haben kann. Wahrscheinlich wird im Weltall pausenlos irgendwo "gewürfelt".

-
-
-
-
-
-
-

-
-
-

-
-
-
-
-
-
-

An vielen Stellen ist die ein oder andere Voraussetzung für Leben gegeben, aber dass alle gleichzeitig erfüllt sind, erscheint doch mehr als fraglich

•

An vielen Stellen ist die ein oder andere Voraussetzung für Leben gegeben, aber dass alle gleichzeitig erfüllt sind, erscheint doch mehr als fraglich. Alles spricht dafür, dass es zur Zeit keine kommunikationsbereiten Zivilisationen in unserer Milchstraße gibt. Dies soll nicht heißen, dass es nicht noch andere Planeten gibt, auf denen sich Leben entwickelt hat. Aber es entspräche einem unwahrscheinlichen Zufall, dass jetzt und hier entweder Außerirdische die Erde besuchten oder uns ihre Signale erreichten. Sie müssten sich innerhalb von 50 Lichtjahren im Umkreis befinden, denn erst seit 50 Jahren verfügen wir über Radar und elektronische Kommunikation. Da die Lichtgeschwindigkeit die schnellst möglichste Informationsverbreitung bedeutet, haben wir demnach erst in einen Raum mit der Ausdehnung von 50 Lichtjahren gerufen: „Hier gibt es Wesen, die über eine gewisse Technologie verfügen". Zuletzt noch einige Bemerkungen zum Naturgesetz-Chauvinismus, der allen bis hierhin vorgetragenen Argumenten zugrunde liegt. Ich bin bei allen Überlegungen unausgesprochen davon ausgegangen, dass die Naturgesetze, die wir auf der Erde in unseren Laboratorien entdeckt haben, überall im Universum gültig sind.

Diese zunächst arrogant anmutende Behauptung, wird durch alle Beobachtungen und Vergleiche mit theoretischen Modellen unterstützt. Häufig wurden astronomische Entdeckungen theoretisch vorhergesagt. Sogar die extremsten irdischen Theorien wie die allgemeine Relativitätstheorie, die Existenz von schwarzen Löchern, oder die Lichtablenkung um schwere Massen wie die Sonnen vorhersagt oder die Theorien der Elementarteilchenphysik über den Aufbau der Materie wurden durch astrophysikalische Beobachtungen in allen Punkten bestätigt. Wir sind heute sogar in der Lage ein einigermaßen mit den Beobachtungen übereinstimmendes Modell zur Geburt und Entwicklung des Kosmos zu erstellen.

Es gibt keinen Hinweis darauf, dass anders wo andere Naturgesetze gelten als bei uns auf der Erde. Obwohl hier alle physikalischen Vorgänge nach den selben Regeln ablaufen wie überall im Universum ist unser Platz etwas Besonderes. Er ist nicht durchschnittlich, wie anfangs angenommen. Unglaublich komplexe physikalische Mechanismen mussten sich im richtigen Moment, in der richtigen Reihenfolge abspielen, damit das Universum an diesem Ort über sich und seine Bewohner nachdenken kann. Mein Vortrag schließt mit folgendem Fazit: Je mehr Erkenntnis wir über die Bedingungen für hochentwickeltes Leben gewinnen, um so geringer wird die Wahrscheinlichkeit von außerirdischem Leben - bereits unsere Existenz muss uns völlig unmöglich erscheinen. Ein jeder möge daraus seine Schlüsse ziehen.

© Mit freundlicher Genehmigung Prof. Dr. Harald Lesch

Abgrund

Ihr wart dem Abgrund noch nie so nah
und lauft mit großen Schritten auf ihn zu.
Manche von uns sehn es klar,
wir brauchen gar nichts dazuzutun.
Wir ham' es satt uns anzuhören,
was ihr könnt
und was ihr nicht könnt
könn` wir jeden Tag sehn

Ihr könnt ja nicht mal grade gehn`
könnt nicht Maß halten
und wir sollen euch aushalten,
wie 'ne Nutte ihren Alten.
Ihr wollt unser Geld verwalten
in teuren Anstalten
und uns am liebsten im Käfig halten,
ich werd meine Hände falten,
mit der Kraft von Urgewalten.

Denn wir sind keine Terroristen,

brauchen keine Revolution,

denn unser Mann an der Front

der regelt das alles schon.

Mit der Fernbedienung in der Hand,

sehn wir euren Untergang,

das Leichentuch ist aufgespannt,

das ganze Land blickt ganz gebannt

auf die Damen und Herren in Schwarz

und ich sage euch, das war's,

und jetzt brauchen wir ihn auch nicht mehr,

den MdB aus Glas.

Und jetzt scheiß ich auf eure Demokratie,

ich glaub, so ungerecht wie heutzutage war sie noch
nie.

Ich scheiß auf Diäten mit Jojo-Effekt,

ihr wollt aufs Volk scheißen

und denkt, ihr werdet sauber geleckt,

wem's schmeckt.

Ich hab kein Bock auf eure ungerechten Steuern,

genauso gut könnt ich mein Geld im Backofen
verfeuern.

Man sieht euch im Fernsehen mit teuren Krawatten

und hört das Geschwafel von Steuerdebatten,

ihr wollt Vertrauen,

das die Leute mal hatten, zurückgewinnen,

doch das wird heute nicht klappen.

Blind vor Gier seht ihr selten die Zeichen

und probiert eure Ziele schnell zu erreichen,

ihr manipuliert und stellt hier die Weichen,

um uns zu beklauen und euch selbst zu bereichern,

wenige sehen diese Krise hier klar

und das obwohl schon vieles geschah,

das eindeutig beweist,

dass ihr Leute bescheisst und das Motiv nie Liebe war,

verfolgt all eure Ziele brutal,

denn es geht um Profit

und das „wie" ist egal.

Für viele bedeutet es 'ne Riesen-Gefahr,

wenn man nicht mehr weiß, wie man Miete bezahlt.

Wir lassen uns wirklich 'ne Menge gefallen

und probieren den Gürtel immer enger zu schnallen

und wenn wir fast schon ersticken,

lassen wir uns immer noch von diesen Pennern belallen,

die finden an ihren Lagen gefallen,

denn die Wahrheit kommt bei ihnen

grundsätzlich zu kurz,

doch sie werden entlarvt

und was sie danach erwartet,

ist eine barbarischer hässlicher Sturz.

Ihr wart dem Abgrund noch nie so nahe gekommen und
lauft mit großen Schritten auf ihn zu.

Manche von uns sehn es klar,

Wir brauchen gar nichts mehr dazuzutun.

Der Taxifahrer bemerkt mein inneres Grollen durch mein Schweigen

Tunesien

Ich bin auf dem Weg nach Mahdia, noch ist es nicht zu warm, um eine kleine Exkursion zu machen. Der Taxifahrer hat das Ziel verstanden und es ergibt sich eine anregende Unterhaltung. Er beantwortet auch bereitwillig jede meiner Fragen. Ein wenig wundere ich mich, dass er während unserer kleinen Unterhaltung ständig abwechselnd auf zwei Handys herumtippt. Das lenkt meine Konzentration auf die Handys und ich frage ihn, wozu er denn die zwei Handys brauche. Er zuckt nur mit den Achseln. Ce comme ça, antworte ich. Weiter schenke ich diesem Moment keine Aufmerksamkeit, weil ich noch viel zu viele Fragen habe.

Kurz vor dem Zentrum von Mahdia verlangsamt er sein Tempo und erklärt mir, was ich sowieso schon kenne. Eigentlich müsste er jetzt nach rechts abbiegen, um ins Zentrum zu fahren, er tut es aber nicht. Da er weiter und weiter auf Französisch richtiggehend auf mich einplappert, habe ich den Moment verpasst, ihn darauf aufmerksam zu machen, dass wir eigentlich an der Abzweigung zum Zentrum schon vorbeigefahren sind. Nach einer Weile an der steilen Uferstraße entlang entsteht eine Pause meinerseits. Ich bin einfach sprachlos. Jetzt hat er mich reingelegt, dieser Schuft, denke ich, und er macht einen Umweg um die ganze Halbinsel, jetzt bin ich dermaßen verärgert, ich kenne den Weg, denn vor ein paar Tagen bin ich ihn schon einmal zu Fuß gegangen. Der Taxifahrer bemerkt mein inneres Grollen durch mein Schweigen.

Er hat jetzt ein schlechtes Gewissen bekommen, weil er mich reingelegt hat, er bemüht sich, von nun an besonders höflich und freundlich zu sein. Aber ich lenke nicht mehr ein, ich bin einfach nur verärgert über diese dreiste Art. Der Taxifahrer merkt es, aber auch er muss jetzt Anstand und Höflichkeit walten lassen, um seine Taxikosten-erhöhungskiste sauber zu rechtfertigen. Er behält sein langsames Tempo bei und erklärt mir alles, was so entlang des Weges zu sehen ist. Ich kenne das alles, das habe ich vor ein paar Tagen alles selbst gesehen. Mir hat es dermaßen die Sprache verschlagen. Ich kann nichts mehr sagen und auch nichts mehr fragen, ich ärgere mich einfach nur noch. Als wir an der Medina angekommen sind, nennt er den Preis für diese kleine Reise, ich protestiere heftig und versuche ihm zu erklären, dass dies nicht mein Ziel gewesen wäre, sondern das Zentrum, das wesentlich näher ist, als die Strecke über die ganze Halbinsel herum und von der anderen Seite an die Medina zu kommen. Ich wollte zu Fuß vom Zentrum aus noch einen kleinen Spaziergang machen, um mich von dort dann der Medina zu nähern. Er gibt mir zu verstehen, er sei einen Umweg gefahren und deshalb hätte sich der vorher verabredete Preis jetzt erhöht. Ich krame etwas Geld aus der Hosentasche, da ist immer ungefähr so viel drin, wie ich gerade benötige.

Während des Herumkramens fällt mir ein junger Bursche auf, der oben auf einem Stein neben der Medina sitzt. Ganz allein. Denn sonst ist hier niemand zu sehen. Es ist einfach niemand da. Nichts, keine Touristen, keine Einheimischen, eben niemand. Nur der Taxifahrer, ich und der junge Bursche da oben auf dem Stein. Es ist alles sehr, sehr übersichtlich hier. Also, was macht der da oben so alleine, denke ich, während ich in der Hosentasche immer noch nach dem Geld krame.

Bezahlt man mit einem Geldbeutel, dann starren die Händler oder Taxifahrer, die Schlepper oder Ladenbesitzer dermaßen in den Geldbeutel, dass es fast peinlich ist. Sie versuchen ganz ungeniert rauszukriegen, wie viel Geld sich im Geldbeutel befindet, um sich auf weitere Aktionen und Überredungskünste einzustellen. Deshalb bezahle ich immer aus der Hosentasche heraus, denn ich kann vorher schon im Dunklen etwas dosieren, damit sie sich nicht noch dollere Sachen ausdenken können.

Jetzt ist auf einmal glasklar, warum er zwei Handys hat. Jeder, aber auch jeder hat mindestens ein Handy. Das ist die mobile Funkverbindung für ihr Geschäft mit den Touristen. Alle nur brauchbaren Informationen werden sofort weitergegeben an die Freunde, Kumpels und Schlepper.

Sie geben sofort weiter, wo du eingestiegen bist, wie das Hotel heißt, in dem du wohnst, wo du hin willst, wo du aussteigst. So sind, während man noch gar nicht richtig am Ziel ist, die Köder und Fallen bereits ganz zufällig und überhaupt nicht ausgerichtet ausgelegt und aufgestellt.

Du wirst auf der anderen Seite von einem regelrechten Empfangs-Komitee empfangen, da lassen die Händler und Schlepper aber nichts aus.

Der Taxifahrer, der kein Taxifahrer ist

So zum Beispiel ein Taxifahrer, der mich einmal mit in die Stadt genommen hat.

Ich nicke ihm erst im letztem Moment zu, habe angedeutet, dass ich mit ihm fahren will. Denn sieht man zu früh auf das Auto, bekommt man diese Meute überhaupt nicht mehr los.

Er hat mein Nicken bemerkt und auch gleich angehalten. Ich steige ein und habe noch nicht einmal die Füße richtig im Auto, da fährt er auch schon wieder an. Mir wird es etwas mulmig, weil das hier alles so schnell geht. Und schnell muss ich auch die Türe zuschlagen, denn der junge Bursche nimmt rasant an Tempo zu. Noch ehe ich mich richtig umsehen kann, hat er schon die volle Fahrt aufgenommen. Dass auch noch eine junge Frau im Auto sitzt, habe ich erst später bemerkt. Es wundert mich nicht besonders. Denn es ist normal, dass Taxis immer von mehreren Personen mit unterschiedlichen Zielen besetzt sind. Sitzt du erst mal im Taxi, hast du nicht einmal die geringste Chance vielleicht, doch noch auszusteigen.

Ich sehe mich um, langsam erkenne ich die Situation. Ich starre nach vorne, dort an die Stelle, wo normalerweise der Taxometer eingebaut ist. An dieser Stelle sieht mich nur noch ein ganzes Bündel von Kabeln an, das da aus der Konsole herausschaut. Im Verlauf der Fahrt merke ich langsam, dass das Mädchen, das mit im Auto sitzt, wohl seine Freundin sein muss.

So wie die miteinander reden, ich verstehe das ja nicht, was sie reden, aber die Gesten verstehe ich schon. Überhaupt wirkt das Taxi eher etwas heruntergekommen und in die Jahre gekommen. Teilweise sind die Sitze schon aufgerissen, die Fensterkurbeln fehlen. Stopp. Moment mal, wie, die Fensterkurbeln sind weg? Wo sind denn die Türgriffe? Jetzt macht es klick, es wird mir zu warm, ich möchte das Fenster etwas herunterkurbeln, um frische Luft hereinzulassen, und es befindet sich an der Stelle, an der sich üblicherweise die Kurbel befindet, nur ein Zahnrad mit eingetrocknetem Öl. Keine Chance, frische Luft reinzulassen.

Etwas verlegen blicke ich nach rechts, ojemine, da ist ja auch keine Kurbel mehr dran. Langsam kommt mir das Ganze ziemlich unheimlich vor, ich fühle mich nicht mehr wohl. Auch merke ich so langsam, dass die gewöhnlichen Türöffner sich nicht mehr bedienen lassen, weil nichts mehr da ist, womit man sie hätte bedienen können. So ein Mist, denke ich, das ist jetzt die klassischste Falle der Fallen. Du kommst, selbst wenn du es willst, gar nicht mehr aus dem Auto. Wenn etwas schiefgeht, geht es nur noch mit bloßer Gewalt, so einfach ist das. Das ist also eine klassische Entführungsnummer, keine Fensterkurbeln und keine Türöffner.

Der Taxifahrer ist offensichtlich gar kein Taxifahrer, er gibt sich nur als Taxifahrer aus, denn nichts deutet darauf hin, dass dies ein offizielles Taxi ist. Erst später fällt mir auf, dass die Taxifahrer ja alle eine Nummer haben müssen, die sich in der Mitte der Frontscheibe befindet, an der man sie eindeutig identifizieren kann. Aber die ist hier nicht zu finden.

Mürrisch und verärgert bezahle ich

Aber zurück zu der vorherigen Taxifahrt. Nach dem Verlassen des Taxis laufe ich durch eine belebte, kleine Straße mit lauter kleinen Läden und Händlern.

Ich bemerke einen jungen Burschen, der mir scheinbar teilnahmslos entgegenkommt, aber er kommt deutlich in meine Nähe. Oh, denke ich, der will was!

Als nun der junge Bursche fast auf meiner Höhe ist, denke ich, Achtung, jetzt kommt's gleich. Fest ist mein Blick, sicher auf den Eingang der Medina gerichtet, forsch mein Schritt und zügig das Tempo.

Jetzt ist er mit mir fast auf gleicher Höhe, etwa noch einen Meter vor mir, jetzt einen Meter neben mir. Zack! Fährt er herum und ist ganz überrascht, mich hier zu sehen. Er tut sichtlich erfreut, ja hallo, schleudert er mir lauthals, viel zu laut und sehr deutlich und bestimmt entgegen. Er schießt mich ja richtiggehend an. Eigentlich müsste ich jetzt ja erschrecken oder zumindest etwas zusammenzucken, aber ich bin ja gut vorbereitet auf solche Attacken.

Kennst du mich nicht mehr, schreit er immer noch zu laut, ich bin doch der Kellner aus deinem Hotel. Ich wundere mich tatsächlich für einen Moment. Aber schlagartig wird mir klar, dass es der Taxifahrer war, der ihm die SMS rübergeschickt hat. Er kennt natürlich den Namen meines Hotels und mein Ziel kennt er ja auch. Die nächste Falle wurde bereits zu Beginn meiner Fahrt vorbereitet. Und während ich dem Taxifahrer viele Fragen stelle, er bereitwillig auf all meine Fragen antwortet, tippt er seinem Kumpel am anderen Ende Hotelnamen und Zielort per SMS durch.

Der andere hat sich an der Medina schon postiert und erwartet mich.

Ich kann nur noch laut und heftig loslachen. Scheinbar zielstrebig und noch etwas benommen von meinem vorherigen Ärger lasse ich ihn zurück. Im Vorbeigehen sagt er noch zu mir: Ja, lachen ist gesund. Ich laufe einfach nur noch geradeaus und blicke nicht mehr zurück. Nach etwa fünfzig Metern verlangsame ich mein Tempo und sehe mich vorsichtig und langsam nach hinten um, eher mit einem langsamen Rückfeldblick, ob noch ein Schatten zu erkennen ist. Vorsichtig, und – nichts, niemand ist mehr da. Wie eine kleine Fata Morgana. Verschwunden. Plötzlich. Jetzt kann ich mich endlich völlig umdrehen und zurückblicken. Nichts. Kein Taxi, kein Kellner, der mich angeblich kennt, nichts. Puh. Ruhe. Gott sei Dank, für wie lange, denke ich.

Ich drehe mich um und setzte etwas langsamer meinen Weg in Richtung Medina fort. Etwas sicherer fühle ich mich jetzt. Ich suche nach dem Eingang, gehe auf eine riesige Holztüre zu, verschlossen. Da habe ich heute wohl etwas Pech gehabt. Zu die Tür, geschlossen. Heute nicht. Eigentlich sind mir offene Türen lieber.

Da fällt mir auf, hinter dem Mauervorsprung befindet sich eine braune, alte, schwere Holztüre

Jetzt ärgere ich mich schon ein wenig. Gerade will ich mich umdrehen und schon den Rückweg wieder antreten, da fällt mir auf, dass sich etwas weiter rechts, eher unmerklich, um einen Mauervorsprung herum, noch eine braune, alte, schwere Holztüre befindet. Als ich auf sie zugehe, scheint auch sie verschlossen zu sein. Aber je näher ich ihr komme, steigt meine Hoffnung wieder, dass ich doch noch hineinkomme in das gewaltige Bauwerk aus früheren Zeiten. Jetzt stehe ich dicht vor der Tür, sie ist einen kleinen Spalt geöffnet. Es sieht nicht gerade so aus, als sei sie für große Besucherströme geöffnet. Eher vorsichtig drücke ich die Türe langsam auf und gehe vorsichtig hinein. Es machen sich ein paar Arbeiter mit Zement an der Innenseite der Festungswand zu schaffen, um sie dort zu restaurieren.

Jetzt könnte der erste Befehl kommen, hey hau ab hier auf Arabisch. Eigentlich erwarte ich das jetzt. Denn es sieht alles so leer aus hier. Es sind überhaupt keine Besucher zu sehen. Ich scheine hier ganz alleine zu sein bis auf die Arbeiter. Mir ist bei dieser Exkursion im Moment nicht ganz wohl.

Sonst kann ich auf den ersten Blick nicht viel mehr erkennen als einen sauberen, ordentlichen Innenhof mit sauber aufgereihten Säulen aus der alten Zeit auf der einen Seite. Ah, da drüben, da wird es amtlich, da sind

Postkarten und Schriftstücke zu sehen, Klebeschilder an Glasscheiben. Es sitzt ein Mann hinter einer Glasscheibe in einem Gewölbegang. Da gehe ich erst mal drauf zu, um herauszufinden, ob man etwas bezahlen muss, ob vielleicht geschlossen ist. Oder was hier überhaupt los ist. Auf Französisch erkundige ich mich danach, dabei entdecke ich in dem kleinen Gewölbeglasbüro noch einen zweiten Herrn. Der sieht so aus, als sei er der Chef des zweiten Mannes, viel wichtiger und sauberer und krawattierter. Er würdigt mich keines einzigen Blickes, während ich mit dem zweiten Herrn hier in Verhandlungen stehe. Ich bezahle und bekomme eine richtige, deutliche Eintrittskarte ausgehändigt, groß und deutlich ist sie. So, jetzt ist es von Amts wegen geklärt, ich darf herein und mir alles anschauen. Ich bin allein, bis auf die drei Arbeiter, und sehe erst mal die riesigen, hohen Steinmauern, der Innenhof ist nicht sehr groß, vielleicht gerade mal fünfzehn Meter lang und breit. An einer Seite führt eine riesige, immense Steintreppe nach oben. Die Stufen sind schon ein wenig abgeschlagen und etwas holprig, etwas abgerundet.

So, jetzt erst mal den Überblick von oben. Langsam, behutsam und dieser alten, übergroßen Treppe würdig, steige ich sie hinauf. Aufgehalten werde ich, weil sich etwa auf der Hälfte der Treppe ein Gewölbegang ins Dunkle abwinkelt. Aber man kommt da nicht wirklich weiter, ein paar Meter weit drin hört dieser Gang einfach auf und ein wirklicher Sinn lässt sich nicht erschließen. Zugemauert? Nachdenklich stehe ich da, versuche einen

Sinn zu finden oder zu erkennen, jedoch ohne Erfolg. Auf dem Rückweg, wieder ins Licht, wieder in die Helligkeit hinein, weiter nach oben, mischen sich doch noch mehrere Stimmen als die drei Arbeiter da in die Kulisse. Aber ich kann noch nicht ausmachen wo. Oben angekommen, sehe ich mich erst mal in aller Ruhe um. Niemand in der Nähe, der mich wieder anfallen könnte. Ganz schön mächtig das alles hier. Ja, eben wie es sich für eine frühere Festung gehört. Aha, man kann oben entlang einmal im Viereck laufen und in alle vier Himmelsrichtungen sehen. Ich entscheide mich für eine Richtung. Ah, dort drüben ist ein kleines Türmchen, das will ich mir jetzt erst mal näher ansehen.

Als ich näher hinkomme, ergibt es keinen rechten Sinn. Es ist gerade mal so groß, dass ein Kind drinstehen könnte. An jeder Ecke ein Pfeiler und oben drauf ein kleines Dach. Aber die Seite, nach der es ausgerichtet ist, ist ganz eindeutig und zweifelsfrei dem Meer hin zugewandt. Es könnte also durchaus einen Sinn machen, aber ich bewege mich im absoluten Bereich der Philosophie, vielleicht ein Leuchtfeuer-Türmchen, das den fremden Schiffen oder Händlern den Weg hin zur Halbinsel zeigte. Es galt immerhin als eine Festung, ehe es dann später unter den französischen Besatzern zum Gefängnis umgewandelt wurde.
Der Blick über das glatte, weite Meer in die Krümmung bis zum Horizont. Es ist einfach wunder-, wunderschön. Die Architekten dieses Baues haben schon sehr genau

gewusst, wo sie da hinbauten. Der Blick nach unten, so sieht man die kleinen aneinandergeklebten Fischer- und Sonst-was-Häuser. Enge Gassen und immer wieder wird ein Stückchen drangeklebt und drangebaut. Immer noch ein Stückchen Wand hochgezogen, aber alles mit der Langsamkeit von mindestens 500 Jahren. Man kann deutlich sehen, dass die Jahrhunderte über dieses Dorf einfach hinweggefegt sind, als ob nichts geschehen wäre, all diese Jahre. Nichts, aber auch rein gar nichts Wesentliches hat sich da verändert. Die Zeit ist gewissermaßen stehengeblieben und mit einer unermesslichen Geschwindigkeit sind die Jahrhunderte über diesen Punkt hinweggefegt.

All diese kleinen Häuschen, Zimmerchen und nochmal drangeklebte Zimmer und Häuschen und oben aufgesetzte, offene obere Stockwerke, als eine Art Balkon ausgebaut. Das Dach wird ganz selbstverständlich auch als Wohnfläche genutzt und ausgebaut. Da ein gemauerter Tisch, dort eine gekachelte Wand, dort eine Ebene mit einem Plastiktisch und Plastikstühlen drum herum. Da steht ein Kaktus, dort eine Irgendwas-Blume. Da liegt ein Hund. Ein barockes Geländer mit lauter Säulen, eine Treppe führt hinab, die andere halb hinauf auf noch eine andere Ebene. Eine richtige Ebenen-Landschaft ist hier entstanden. Da ist eine Glaswand, an einer Mauer vorgebaut, eine Glaswand, etwa einen Meter von der Rückwand weg. Das macht keinen Sinn. Ein einfaches, kleines, rechteckiges Zimmer einfach drauf gestellt auf das Dach mit einem Fenster und einer schmalen Türe. Fertig. Und, ojemine, überall diese kleinen, mittleren und größeren und großen und ganz großen Parabolantennen. Die alle Köpfe in eine ganz bestimmte Richtung ausrichten. Die Gleichrichterantennen, die über ein ganzes Volk drüber gestülpt werden. Das will nicht so richtig zum Eindruck der Bilder passen, die man bekommt. Es wirkt wie ein Fremdkörper in dieser Landschaft. Lauter kleine Schalen von lauter Störenfrieden für das Bild. Es wirkt auf eine gewisse Weise beunruhigend.

In der Nähe ein weiträumiger Friedhof. Der Friedhof in seiner Bescheidenheit und Schlichtheit, seiner schmucklosen Schönheit, scheint schon 500 Jahre so einfach dazuliegen. Keine richtigen Gräber, wie wir sie kennen. Nur schlichte, rechteckige oder quadratische Steine, die auf dem Boden liegen, mit kleinen Inschriften.

Umrandet mit einem kleinen, rechteckigen Stein-rahmen. Zwischen Stein und Rahmen einfach nur weißer Kies. Es gibt auch keine befestigten Wege zwischen den Gräbern, man läuft direkt auf der Grasnabe, manchmal hat sich auch ein kleiner Pfad daraus entwickelt. Getrampelt auch von den vielen Ziegen, die zwischen den Gräbern sich hier ihre dürftige Nahrung suchen. Das scheint hier ganz normal und auch nichts Besonderes zu sein, niemand scheint sich hier daran zu stören oder es für etwas Besonderes zu halten. Weit verstreut, über den ganzen Hügel hinweg verteilt, ziehen sich die Gräber, sie wirken wie scheinbar lose hingeworfen. Ist es schräg an dieser Stelle, dann liegt der Stein eben auch schräg auf dem

Boden. Nicht ordentlich ausgerichtet, mit der Wasserwaage in eine Ebene gebracht, nein, eben so wie es der Hügel von dem Boden verlangt. Mal schräg nach da, mal schräg nach da hin abfallend. Dort steigt es wieder ein bisschen auf, dann ist der liegende Stein eben gegen den Hügel hinaufgerichtet. Da macht der Boden eine Wellenbewegung und es geht ein Stück hinab. Dann liegt der Stein eben mit dem Kopf nach hinten unten gerichtet. Dicht ran an die Straße, das eine Grab hört auf und schon beginnt der Asphalt der Straße, kein Zwischenraum, übergangslos geht es hier vom Tod ins Leben. Wahrscheinlicher ist es, dass die Straße einfach durch den Friedhof geführt wurde, damit man um die ganze Halbinsel einmal im Kreis herumfahren kann.

Der kleine Fischerhafen scheint sich in den letzten 500 Jahren auch nicht verändert zu haben. Die Bewohner, oder besser die Fischer, haben sich einfach an die gegebene Situation angepasst. Auch die Architekten des kleinen Fischerhafens haben genau gewusst, was sie da taten. Deutlich ist zu sehen, dass es vor 500 Jahren genau so ausgesehen hat, nur waren es halt andere Schiffe oder andere Transportkörper, die das Bild prägten. Aber im Wesentlichen hat sich in Größe und Form nichts verändert. Ein Hafen ist ein Hafen ist ein Hafen. Aus. Und das war auch vor 500 Jahren schon so. Denn der Hafen ist unter Wasser in den Fels geschlagen worden. Denn es ist kein sandiger Grund, sondern es ist der nackte Fels, aus dem die Hafenbecken bestehen. Lauter rechteckige und viereckige Becken sind in den Fels geschlagen worden. Die so angelegten Hafenbecken wirken sogar ästhetisch und majestätisch. Selbst die Hafenmauer ist aus natürlichem Fels, es gibt also nichts Gebautes oder Hingestelltes. Und so ist es auch noch heute.

Gerade mal so viel, dass es für die Festungsbesitzer und die Fischer ausreicht. Denn insgesamt ist das Dorf nicht groß. Eher klein und bescheiden. Die damaligen Regenten haben wohl eher einen kleinen, aber strategischen Punkt erbauen lassen, als eine Metropole schaffen zu wollen. Der Punkt ist gut gewählt, weil er sich an einer vorgezogenen Nase auf der Halbinsel befindet. Man sieht sehr weit nach rechts und nach links und kann schon von weither beobachten, wenn sich ein Schiff diesem Punkt nähert.

Es ist immerhin fast der höchste Punkt der Festung, nur der langgestreckte Gebäudekomplex oder besser Zimmerkomplex überragt das Türmchen ein wenig. Das macht schon Sinn. Oben entlang, an den Scharten vorbei, befinden sich rechteckige große Versenkungen, eine Art rechteckiger Badewannen im Fußboden, die mit Gras zugewachsen sind, vielleicht acht oder zehn Stück. Es wirkt merkwürdig, aber auch hier lässt sich der Sinn nicht vollends erschließen. Leider ist auch niemand in der Nähe, den man fragen könnte.

In der Nähe des langgestreckten Zimmerkomplexes sind die Stimmen jetzt deutlicher zu vernehmen. Offensichtlich wird im Augenblick jeder Raum Stück für

Stück restauriert und wieder in Ordnung gebracht. Im ersten Raum, er ist vielleicht vier Meter lang mal drei Meter breit, kann ich deutlich erkennen, dass er richtig saubergemacht und leergeräumt wurde. An der hinteren Wand ist allerdings ein Loch in der Wand und ich kann auf die ebenen Dächer sehen. Im nächsten Raum geht es ähnlich zu. Auch er ist recht ordentlich aufgeräumt und mit mehreren leeren Regalen voll gestellt. Die nächste Türe scheint nicht für die Öffentlichkeit bestimmt zu sein, denn es ist ein Schloss zu erkennen, und offensichtlich wird diese Tür auch abgeschlossen, denn es steckt ein Schlüssel im Schloss. Hinter ihr höre ich die Stimmen, die ich vorhin beim Hinaufgehen eher ungenau wahrgenommen habe. Die Türe steht einen Spalt offen und ich kann einen kleinen Blick erhaschen in diese verbotene Zone. Ich sehe einen Tisch und mehrere Stühle, Kaffeetassen und Kaffeegläser, Löffel und eine Zuckerdose, auch ein paar Gabeln liegen da herum und auch ein kleiner Ofen steht da. Aha, das ist der Pausenraum für die hier arbeitenden Männer, denke ich. Um nicht in der prallen Sonne sitzen zu müssen, können sie hier Schutz vor Hitze und Sonne finden. Auch kann man schon mal in dem Raum für eine Weile verschwinden und sich unsichtbar machen. Die Arbeitsmoral ist hier nicht so groß, es geht hier eher gemächlich und langsam, bedächtig zu. Hektik und Eile findet man hier kaum. Andererseits ist das aber auch verständlich bei 45° C bis 50° C, da ist jede Bewegung und jedwede Tätigkeit eine Anstrengung, wenn die Luft zu heiß ist zum Atmen und bei der kleinsten Bewegung einem die Schweißperlen über die Stirne laufen und das Hemd nach entsprechender Zeit anfängt zu kleben. Da kommt schon etwas Verständnis auf. Die Stimmen werden lauter und aufgeregter im Inneren den Raumes. Ich bin ganz in ihrer Nähe und würde schon ganz gern noch ein kleines Blicklein in das Innere des Raumes wagen.

Plötzlich, ich bin ganz dicht neben der Türe

Plötzlich, ich bin ganz dicht neben der Türe, geht sie auf und mir kommen junge Männer mit gefüllten Plastiktüten entgegen. Na, das ist aber ein bisschen dicht, ich wende mich jetzt ein wenig ab und ändere meine Richtung, wieder weg von dieser Tür. Nach etwas gewonnenem Abstand drehe ich mich wieder um und sehe ihnen zu. Der eine trägt einen Säulenstumpf in den Raum mit den Regalen, der andere trägt weiße Plastiktüten mit irgendetwas drin, ich kann es nicht erkennen, und der dritte trägt auch weiße Plastiktüten mit irgendetwas. Der vierte Bursche ist der Anweiser oder der Chef, der trägt nichts. Jetzt ist ganz schön Bewegung hier in den Laden gekommen. Jetzt ist hier ganz schön was los. Das ist ja richtige Action. Die Stimmen sind laut und durcheinander. Ja, es hat sich ein richtiges Treiben her und hin, hin und her entwickelt. Eine Schubkarre mit Tonscherben kommt da zum Vorschein, noch ein zerbrochener Säulenstumpf, der ist so schwer, dass die jungen Burschen ihn zu zweit bewältigen müssen. Und noch ein Säulenstumpf. Die ganze Hektik hier, die sich da plötzlich entwickelt hat, ist vielleicht mit meiner Anwesenheit hier zu begründen. Vielleicht wollen sie einen guten Eindruck machen, denn es ist elf Uhr, und allem Anschein nach hatten sie sich schon ein wenig verkrochen in diesem Raum. Deshalb auch diese Action. Ach herrje, jetzt kommt auch noch der erste Herr aus dem Gewölbeglasbüro, ich erkenne ihn wieder. Er kommt nicht langsam, aber bestimmt die Treppe da herauf. Ich schaue diesem Treiben da gelassen zu. Nanu, der erste krawattierte Herr aus dem Gewölbeglasbüro hat seine Richtung geändert, der kommt ja direkt auf mich zu, na um Gottes Willen, der wird doch nicht, aber was ist denn das? Ja, herrje, der will was von mir, jetzt wird's mir aber eng, im selben Moment ist die Tür des sogenannten Drückeberger-Raumes sperrangelweit offen und mir bleibt schier das Herz stehen. Alle Burschen befinden sich gerade in dem anderen Raum und quasseln laut daher. Sehe ich am Ende des Tisches einen menschlichen Totenschädel liegen? Ich glaub es einfach nicht, das gibt's doch nicht. Den habe ich vorher nicht sehen können, weil die Tür immer etwas angelehnt war. Jetzt ist der erste krawattierte Herr aus dem Gewölbeglasbüro schon ganz in meiner Nähe und es gibt keinen Zweifel, der will jetzt etwas von mir. Ich will ihm ausweichen, weil ich ihn ja nicht kenne, aber er spricht mich direkt an, ich habe keine Chance zur Flucht. La carnet, s'il vous plaît, sagt er freundlich. Wie, was, ich verstehe nicht recht? Carnet? Bin ich jetzt komplett daneben? Nein. Ich bin der einzige Tourist hier in dem ganzen Fort. Was hat denn das jetzt wieder zu bedeuten?

Da liegt ein Totenschädel auf dem Frühstückstisch

Da liegt ein Totenschädel auf dem Tisch, jagt es durch meinen Kopf, mein Blick fährt herum in Richtung Tür, mein Herz pocht, tatsächlich, da hinten im Hintergrund des Raumes, ein Regal und da liegen auch noch Oberschenkel-Knochen drauf. Nein, das ist jetzt nicht wahr, da hast du dich getäuscht, du träumst. Noch mal ein Blick, nein, ja, ja, doch, es sind Oberschenkel-Knochen von Menschen, und der Totenschädel ist von einem Menschen. Der erste krawattierte Herr aus dem Gewölbeglasbüro steht nun deutlich neben mir und will meine Eintrittskarte sehen.

Ich krame in den Taschen, wo habe ich denn jetzt, wo ist denn jetzt, aber, Moment bitte, sag mal, eben hast du doch die Eintrittskarte noch in der Tasche gehabt. Im Geldbeutel, nein, den hast du ja nicht dabei. Ah, ich glaube, ich habe sie. Etwas Papier, ich ziehe es aus der Tasche und will es gerade dem ersten krawattierten Herrn aus dem Gewölbeglasbüro herüberreichen, oh, ah, das ist ein Tempotaschentuch, ach nein, auf der anderen Seite, nichts, ach, jetzt wird's aber gleich peinlich. Ich fasse mir an die Brust, an die Brusttasche, ah Gott sei Dank. Ich fühle etwas, fasse hinein und, ah, gerettet, es ist die sauber zusammengefaltete Eintrittskarte.

Aber immer noch befinde ich mich in einem außergewöhnlichen Zustand. Während das Treiben im Hintergrund weiter turbulent abläuft, prüft der mit deutlichen Schritten auf mich zugekommene erste krawattierte Herr aus dem Gewölbeglasbüro sorgfältig und gründlich die Eintrittskarte – ich bin der einzige Tourist hier, weit und breit ist hier kein anderer zu sehen als diese Arbeiter hier und ich. Das ist ja unglaublich – menschliche Totenschädel, menschliche Oberschenkel-Knochen –, was passiert denn da jetzt? Wieder kommt einer der Burschen aus dem einen Raum und läuft in den Drückeberger-Raum, gleich darauf kommt er mit zwei weißen Tüten in den Händen aus dem Raum, nein, das ist jetzt nicht, oder, nein, ah, na, doch, das sind eindeutig Knochen, die da aus der Tüte herausstaken. Warte mal, gleich krieg ich es. Ich hab' es gleich zusammen. Die transportieren da menschliche Knochen in weißen Plastiktüten von einem Raum in den anderen mit den Regalen, neben mir immer noch der erste krawattierte Herr aus dem Gewölbeglasbüro, er gibt mir mit einem winzigen, winzigsten aller winzigsten Nicker die Eintrittskarte zurück. Wendet sich um und geht mit den gleichen langsamen, aber bestimmten Schritten wieder Richtung Treppe. Das war alles? Äh, nun ja, ach, eh, em so, jetzt. Mein Blick fährt wieder herum Richtung Drückeberger-Raum, wieder einer der Burschen. Na das ist ja ein dolles Ding da. Verschwindet er wieder im Drückeberger-Raum.

Aus der Plastiktüte staken deutlich Knochen heraus

Der Bursche kommt mit zwei weißen Plastiktüten heraus, wieder staken da ganz deutlich die Knochen heraus, ich komme nicht umhin, nein, es sind menschliche Knochen, ah, die eine Tüte reißt, der Henkel ist gerissen und der ganze Inhalt hat sich auf dem Boden verteilt. Oh, das ist jetzt aber, äm. Wie jetzt? Was? Ja, lauter Knochen und Knochenteile. Jetzt kann ich mich nicht mehr halten, ich gehe einfach drauf zu. Der Bursche packt mit bloßen Händen die Knochen in die Tüte, da ist auch noch lauter, ich würde sagen, würde es mal Staub, Sand, Brösel, etwas nennen, aber auch größere Teile, jetzt bin ich fast auf Höhe des jungen Burschen, einen Blick wage ich aber noch auf den mit nicht langsamen, aber deutlichen Schritten die Treppe hinuntergehenden ersten krawattierten Herrn aus dem Gewölbeglasbüro, dann wieder zu dem jungen Burschen.

Moment mal, da habe ich doch eben im Schatten der Treppe zwei andere Menschen gesehen, mit den Arbeitern hat das nichts zu tun, oder? Es müssen Einheimische sein dem Aussehen nach zu urteilen. Die beiden sind gerade auf der Höhe des ersten krawattierten Herrn aus dem Gewölbeglasbüro, da spricht er sie an. Sie reden etwas miteinander und schließlich geht der erste krawattierte Mann wieder mit seinen nicht langsamen, aber bestimmten Schritten weiter die Treppe hinab, ohne jedoch die Eintrittskarten der beiden kontrolliert zu haben.

Äh, wie, was, einfach nicht kontrolliert die beiden? Offensichtlich scheint man hier große Unterschiede zwischen Fremden und Einheimischen zu machen, denke ich.

Ich wende meinen Blick wieder zu dem jungen Burschen und spreche ihn einfach an, dem da eben die Tüte gerissen ist. Es ist ihm aber etwas unangenehm, dass ich ihn bei einer solchen Aktion hier sehe. Aber ich entkräfte seine peinliche Situation mit einem herzlichen Lachen.

Der Bursche hält mir einen Unterkiefer mit Zähnen vor die Nase

Was ist denn das, frage ich ihn auf Französisch, er antwortet mir sichtlich erleichtert, aber auf Arabisch, in dem er mir einen Unterkiefer mit Zähnen vor die Nase hält. Er lächelt dabei. Warte, sage ich und mache ihm ein Zeichen, er versteht und ich kann mir den menschlichen Unterkiefer etwas genauer ansehen. Sind das Gefangene oder sind das Tote aus Gräbern gewesen? Ach, verflucht, er versteht mich nicht. Aber er sagt etwas, aber ich verstehe den jungen Burschen nicht. So was Blödes aber auch. Was gäbe ich jetzt, das alles hier richtig zu verstehen und in die richtige Situation zu kriegen. Ich versuche es noch einmal, wieder frage ich ihn: Sind das Gefangene oder Tote aus Gräbern? Wieder bekomme ich eine arabische Antwort. Och, Mensch, herrje, ich kann es nicht verstehen. Schade, denke ich, na, das wäre ja zu schön gewesen, könntest du dich jetzt mit einem Ausgrabungs-Spezialisten oder einem Restaurator unterhalten, der dir alles ganz genau erklärt. Was da so alles los ist und wie es da zuging. Ich kann es nicht ändern, so ist es eben, so beschließe ich, nachdem ich hier oben alles ganz genau inspiziert habe, mich unten auch noch etwas genauer umzusehen. Ich verabschiede mich von den jungen Burschen, die mittlerweile alle bei der verunfallten Tüte angekommen sind, mit einem melancholischen Gefühl. Na, wenigstens etwas. Die

Handbewegung versteht jeder. Mit freundlichem Lächeln und von beiden Seiten mit ein paar brabbelnden Worten verabschieden wir uns.

Angekommen an der großen massiven Steintreppe sehe ich noch einmal hinüber zum Drückeberger-Raum, winke ihnen noch einmal zu und steige die Treppe hinab. Unten angekommen denke ich, na ja, da gibt es vielleicht noch allerhand zu sehen, mal schauen. Wenn nicht, dann halt nicht. Unten ist es in einigen Bereichen schon wie in einem professionellen Museum eingerichtet. Mit Beleuchtung, Scheinwerfern, Lesetafeln in Englisch, Französisch und Deutsch. Es wird genau beschrieben, was man hier alles zu sehen kriegt, und die geschichtliche Entwicklung. Leider gibt es keinen Handzettel auf Deutsch, den man hätte mitnehmen können. Da sind Treppen und Nischen, Kammern und Zimmer, wieder eine Nische, die scheint noch nicht restauriert zu sein, denn in ihr liegen noch lauter altes Gerümpel und Stofffetzen aus der Zwischenzeit, es ist zu erkennen, dass dies Sachen und Gegenstände aus der Zwischenzeit sind. Dort sind auch noch keine Beleuchtung und keine Tafeln installiert. Aha, an dieser Stelle war früher noch ein weiterer Boden eingezogen, also noch ein weiteres Zimmer, die alten Fragmente sind noch deutlich zu erkennen. Hier ein Gang entlang. Da wieder eine Treppe, sie führt ins Nichts, endet. Ich verstehe den Sinn nicht. Zugemauert. Warum? Der bereits fertiggestellte Teil ist ziemlich überschaubar und einigermaßen schnell durchwandert. Es ist im

Augenblick eine vielleicht etwas privilegierte Situation, während der Restaurationsphase hier herum schnuppern zu können. Also an der Nichtzeit entlang. Denn ansonsten wären hier manche Räume einfach verschlossen und fertig. Mutig und entschlossen will ich jetzt die Räume sehen, die für die Öffentlichkeit nicht vorgesehen sind. Aha, da geht es ja noch weiter in einen nicht beleuchteten Teil, auch keine Tafeln und Absperrungen sind hier zu finden. Also da geht's lang, in das Dunkel. Auf geht's los. Wenn es auch nur für einen kurzen Moment ist, bis der erste krawattierte Herr aus dem Gewölbeglasbüro mit seinem bestimmten, nicht langsamen Gang auf mich zukommt und mich bitten wird, die Räume hier nicht zu betreten und sie unverzüglich zu verlassen. Mit einem etwas mulmigen Gefühl im Magen setzte ich einigermaßen langsam, aber bestimmt meinen Gang fort in die Verbotszone, in die Tabuzone. Einen langen Gang entlang, huch, es wird jetzt immer dunkler, jetzt wirst du bestimmt gleich zurückgepfiffen. Ich gehe also langsam und fast lautlos, so dass mich ja niemand hören kann, auf meinen verbotenen Pfaden.

Auch aus dem Grunde laufe ich fast lautlos, damit ich etwaige Stimmen in der Verbotszone rechtzeitig erkennen kann, um Vorkehrungen für ein etwaiges Ausweichmanöver oder Umkehrmanöver treffen zu können.

Oh, Entschuldigung, jetzt habe ich mich doch tatsächlich verlaufen.

Es könnte ja schon längst der erste krawattierte Herr mit dem nicht langsamen, aber bestimmten Gang aus dem

Gewölbeglasbüro hinter mir sein. Ich drehe mich absichtlich nicht um, sonst könnte man diesen Blick für eine verräterische Aktion halten, die mich aufhalten könnte. Ich könnte von dem krawattierten Mann aus dem Gewölbeglasbüro mit so strafenden Blicken angesehen werden, dass ich mein Vorhaben vielleicht abbrechen müsste, oder er könnte seine Hand heben und mir so unmissverständlich zu verstehen geben, da darfst du nicht rein. Und ich bin ja schließlich fest entschlossen, mich in die Tabuzone zu bewegen. Also blicke ich geradeaus nach vorne und verhalte mich ganz still. Langsam, lautlos und höchst aufmerksam bewege ich mich in Richtung Unbekanntes. Auch bin ich ganz glücklich darüber, dass ich alleine bin. Sonst könnte ein Gespräch die ganze Aufmerksamkeit auf uns lenken und wir wären viel schneller ertappt auf dem Weg in die Verbotszone. Denn eben im offiziellen Teil haben sich zwei Besucher lauthals und deutlich unterhalten und richteten so auch die Aufmerksamkeit auf sich, so sah auch der erste krawattierte Herr aus dem Gewölbeglasbüro herüber und beobachtet das Treiben der Besucher.

Bis jetzt geht alles gut, aber gleich ist es vorbei, denke ich, ah, da vorne, es wirkt so, als würde es da heller werden. Ich bleibe einen Moment stehen, halte inne und horche, hörst du was da vorne, wo es scheinbar heller wird? Es ist ein absolutes Schweigen, Stille, nichts. Okay, dann weiter, aber vorsichtig, damit ich auf alle Eventualitäten gut vorbereitet bin. Langsam und vorsichtig nehme ich den Gang wieder auf bis zu der

Stelle, an der es heller scheint. Der dunkle Gang scheint sich endlos in die Länge zu ziehen, endlos scheint mir auch die Zeit, die ich brauche, um vorwärtszukommen.

Durch eine schwere Holztüre fällt ein helles Licht, Lichtstrahlen entstehen durch aufgewirbelten Staub

Schließlich werde ich von einer Holztüre gestoppt, sie ist alt und schwer, durch die Ritzen in der Türfläche fällt helles Licht auf den Boden, die Lichtstrahlen geraten in Bewegung durch den feinen aufgewirbelten Staub. Es wirkt so, als seien es ganz starke Lichtstäbe oder Leuchtstangen, sie werden richtig gegenständlich, ganz so, als sei eine starke Lampe eingeschaltet. Das Licht ist hell, aber dennoch mild. Ach, könnt ich doch jetzt hinter diese Türe blicken.

Was mag sich dahinter verbergen? Warum ist sie zu? Was ist dahinter passiert? Was ist hier eigentlich los? Wo kommt denn hier eigentlich der Tod her? Und wie alt ist denn der Tod? Sind hier Meuchlings-Morde geschehen in aktueller Zeit? Sind Zeugen beseitigt worden? Zeugen von was? Um was für einen Preis – den Tod?

Oder sind die Insignien noch aus dem Krieg? Unter französischer Besatzung? Sind da noch ein paar Gefangene, Franzosen oder Tunesier irgendwann übriggeblieben in wirren, chaotischen Zeiten?

Sind sie vielleicht verhungert oder verdurstet, erschlagen oder erhängt worden? Wie sind denn diese Menschen hier zu Tode gekommen? Fragen über Fragen und keine Antworten.

Hier ist gemordet worden

Hier ist gemordet worden. Sind hier Berge von Totenschädeln und Knochen aus irgendwelchen intriganten politischen Zeiten zu finden?

Schwerlich kann ich mir vorstellen, dass es in einem Fort auch noch einen Friedhof gegeben hat. Dass das hier also ganz normale Tote sind. Denn ein Friedhof ist ja direkt vor der Tür, sozusagen.

Ist hier gar eine Folterkammer eingerichtet, in der die Menschen gequält und gepeinigt wurden? Sind noch die Ketten und der Strecktisch zu sehen? Die Fleischerhaken an der Decke oder Pfählungsinstrumente, Zangen, Speere, und Widerhaken und all das? Das wäre ja jetzt zu schön, könnte ich einfach durchgehen. Die Tür ist zu. Schade, denke ich, gefreut hätte es mich schon, aber so ist das eben, eine Tür ist zu, wenn sie zu ist. So ist das. Aus die Maus und keine Gräueltaten.

Was hätte ich hier noch alles entdecken können, male ich mir aus.

Jetzt schmiede ich schon Umkehrpläne und überlege mir, was ich mir noch ansehen könnte. Ich bleibe aber noch einen Moment stehen. Blicke gedankenversunken auf den massiven Eisentürgriff. Warum soll die Türe eigentlich verschlossen sein, wer sagt denn das, schießt es mir durch den Kopf. Immer ist alles noch ganz still um mich herum. Also! Soll ich oder soll ich nicht? Ich hebe langsam meine Hand in Richtung Türgriff, ich zögere.

Langsam schließt sich meine Hand um den massiven Knauf. Er überträgt eine angenehme Kälte auf meine Hand, schwer lässt er sich nur mit Widerstand und mit einigen Quitsch und Ziep und Quärzlauten zäh herunterdrücken

Langsam schließt sich meine Hand um den massiven Knauf. Er überträgt eine angenehme Kälte auf meine Hand, schwer lässt er sich nur mit Widerstand und mit einigen Quitsch- und Ziep- und Quärzlauten zäh herunterdrücken. Aber es geht. Bis zum Anschlag drücke ich die Klinke, ich drücke etwas gegen die Tür – es gibt keinen Widerstand. Sie lässt sich einfach öffnen. Sie ist so weit offen, dass ich bequem durchgehen kann. Vor mir ein heller Raum mit hohen Fenstern. Der Sinn leuchtet mir zunächst nicht ein, weil ich erst die Situation erfassen muss. Ich blicke mich um. Registriere, dass die Fenster, durch die das helle Licht hereinscheint, vergittert sind, und für Menschen sind sie in einer aberwitzigen Höhe, man kann ja gar nicht hinaussehen.

Es ist also tatsächlich ein großes Gefängniszimmer. Bestimmt zehn Meter breit und fünf Meter tief. Oben sind die vergitterten Fenster, da kommt kein Mensch rauf in diese Höhe. Ein Verlies also.

Wenn ich mich so umblicke, wird es im Augenblick als Materialplatz für die Renovierung genutzt. Es sieht alles ganz ordentlich aus. Da ein Haufen grober Sand, daneben einer mit feinem Sand. Hier eine Schubkarre mit Knochen und Schädeln. Hier ein sauber aufgeschichteter Haufen mit Scherben. Da ein Fahrrad, hier ein paar Holzbretter, hier scheint der Raum etwas abgeteilt zu sein. Ansonsten scheint alles sehr übersichtlich zu sein und sauber. Nachdenklich und etwas traurig verlasse ich das Fort.

Zypern, das geteilte Land, geh dahin und mach dir selbst ein Bild davon, damit du darüber berichten und sprechen kannst, sprich mit den Menschen

Vor meinem Abflug habe ich noch das Hotel gebucht. Es sollte ganz dicht an der Trennungslinie zwischen Zyperngriechen und Zyperntürken liegen. Nach einer intensiven Recherche über die Geschichte von Zypern und seinen Konflikten habe ich mich dazu entschlossen, dorthin zu reisen. Ich wollte mir selbst ein Bild von der Situation und der Geschichte machen. Ich habe mich für Aja Napa entschieden, denn diese Stadt liegt ziemlich dicht am Grenzgebiet.

Das Hotel Alion Beach liegt direkt am Wasser auf einer kleinen Anhöhe. Als Erstes habe ich mir ein Fahrrad gemietet, um etwas schneller voranzukommen, aber das war dann doch etwas zu mühselig, für was ich alles entdecken wollte. Nach einen paar Tagen Abstrampeln habe ich mich dann umentschieden, um etwas komfortabler voranzukommen. Ich miete mir ein Motorrad, so kann ich die Entfernungen etwas leichter überbrücken. Aber bis nach Famagusta oder Salamis ist es dann doch etwas weit.

Im Hotel suche ich nach Interessierten, die auch noch mehr entdecken wollen, als nur am Strand herumzuliegen. Schnell findet sich eine Truppe zusammen, die auch mal den Grenzgang genauer erkunden wollen. So ist es leichter, eine Wagen zu mieten. Er ist klein, aber fünf

Leute passen da schon hinein. So zuckeln wir los in einem vollgestopften Kleinwagen. Um auch mal über die UN-Grenzlinien in den Norden zu gelangen. Am nächsten liegt Famagusta, ungehindert können wir den Grenzstreifen passieren. Er ist breit, sehr breit. Etwa drei Kilometer geht es immer wieder im Zickzack zwischen Zäunen und Hindernissen durch. Zäune, Stacheldraht, in den Boden gestampfte Hindernisse, Panzersperren. Es ist ziemlich still im Auto, es ist einfach nur bedrückend.

Sollen wir mal anhalten, frage ich, einige zögern. „Nein lieber nicht" sagt eine Mitfahrerin. Ich fahre etwas langsamer, es macht sich etwas Unruhe breit. Aber ich kann nicht anders und halte an. Als Erster steige ich aus, langsam kommen die anderen auch nach draußen und sehen sich um. „Oh, das ist aber schon sehr bedrückend" sagt ein Mitfahrer. „Mein Gott warum ist das nur hier passiert?." Ein anderer Mitfahrer - „Oh Mann, wie kann man nur so etwas machen?" Ein anderer: „Wer oder wie kann man so etwas entscheiden?." Die Antwort liegt Jahrzehnte zurück.

So weit das Auge reicht, nur Hindernisse, Zäune, Panzersperren, Sandsäcke, Stacheldraht

So weit das Auge reicht, nur Hindernisse, Zäune, Stacheldraht, Panzersperren. Bedrückend ist das schon. Aber die Luft ist hier draußen etwas angenehmer als im Wagen, es ist nicht so heiß. Nach einer Weile steigen alle wieder ein und wir fahren Richtung Famagusta. Immer wieder hohe Zäune. Dahinter verlassene Häuser, viele, sehr viele, eins neben dem anderen. Die Orangenbäume sind voll mit Orangen, die keiner erntet. Die Häuser verfallen, wir sehen nur noch Ruine neben Ruine. Teilweise halb zerschossene Häuser oder ganz zerschossene Häuser, aber das Grün zwischen den Häusern hört nicht auf zu wachsen.

Ein Mitfahrer: Wo machen wir hier eigentlich Urlaub?. Die Pflanzen überwachsen die Gemäuer und helfen beim Vernichten der Häuser. Immer wieder und wieder große Orangenbäume mit vielen großen Früchten. Aber fast alle Grundstücke haben einen deutlichen Zaun um ihr Gut.

Es geht bergauf und bergab. Die Menschen sind nicht ganz verschwunden. Überall sind kleine, zusammen-geschusterte Häuschen zu sehen, kleine Garagen. Da wuselt es nur von Aktivitäten. Da ein Dach, da eine ausgebaute Garage mit viel Zeugs drin.

Eine Mitfahrerin: „Wie kann man denn hier nur leben, wie geht denn das?.‟

Dort ein kleines Häuschen, alles ist bewohnt. Die Straßen sind in einem fürchterlichen Zustand, es gibt keine Gehwege, keine Ampeln oder was Ähnliches, keine Verkehrszeichen, aber Menschen, die dort hausen. Und Müll gibt es auch viel, viel Müll, an jeder Ecke sind Haufen von Müll. Kühlschränke, Waschmaschinen, alte Holzbänke, Leitungen von etwas, Dachrinnen, alte Holzfenster und Türen, Dachziegel, Holzbalken, Stofffetzen, Matratzen. Eine Mitfahrerin: „Können wir jetzt nicht zurückfahren?." Ich antworte nicht.

Und immer wieder etwas Grünes dazwischen, ein paar einsame Blumen in einem Wassereimer. Etwas Grünes in einer Konservendose. Ein Zuber mit einem Pflänzchen drin. Eine Badewanne mit Pflanzen drin, mitten vor der Haustüre. Angekettete Hunde. Hühner laufen zwischen all dem herum, ein Hasenstall, ein Schaf und eine Ziege mit etwas Heu vor dem Haus.

Leere Häuser und Ruinen immer wieder. Am Strand stehen riesige Hotels, bestimmt vierzig Stockwerke hoch. Alle verlassen mit großen Aufschriften „Fotografieren verboten".

Überall sind die Einschusslöcher zu sehen, ganze Mauerteile fehlen einfach, aber diese riesigen Hotels stehen noch, unbewohnbar und leer

Keine Fenster sind mehr drin, die Balkone hängen an dünnen Stahleisen einfach so herunter. Überall sind die Einschusslöcher zu sehen, ganze Mauerteile fehlen einfach, aber diese riesigen Hotels stehen noch, unbewohnbar und leer.

Es lässt sich der ehemalige Reichtum noch erkennen. Straßencafés, von denen nur noch Reste übrig sind, umgekippte Geländer, Fensterläden, die aus der Verankerung gekippt sind. Auch Privatvillen sind dazwischen. Fensterscheiben sind nur noch bruchstückhaft vorhanden. Der Putz blättert von den Wänden. Auf dem Strand stehen noch die Reste von Booten, von denen nur noch die Holzgerippe vorhanden sind. Die anderen Mitfahrer wollten nicht mehr aussteigen – so ging ich alleine meinen Weg um noch mehr sehen zu können.
Ich frage eine Frau auf englisch die gerade dabei ist frisch gewaschene Wäsche aufzuhängen. „Wie kommen Sie mit der Situation zurecht, in all dem.?" Sie antwortet spontan: „Wo sollen wir den sonst hin, mit Mutter und Vater und drei Kindern und ohne Arbeit und ohne Geld? - glauben Sie denn es macht uns Spas hier zu wohnen?." Die anderen Mitfahrer drängeln und wollen nur zurück. Ins Hotel.

Zwischen den Hotels stehen auch die Ruinen von halbfertigen Gebäuden, deren Stahlträger hoch in die Luft ragen - Umringt von zerknitterten Zäunen

Am Strand, mitten im Niemandsland zieht sich ein endlos langer, zerknitterter Zaun entlang, der mitten in das Wasser führt, die Grenzlinie.

Hinter Doppelzäunen stehen wunderschöne kleine Einfamilienhäuser. Fenster gibt es keine mehr. Eine verrostete Wendeltreppe führt auf das Dach. Die Teerstraße vor den Häusern ist fast nicht mehr zu erkennen. Es sieht aus wie ein zerschlissener Grünstreifen. Dazwischen immer wieder riesige Orangenbäume mit vielen Orangen in Hülle und Fülle.

Die Häuser sehen ziemlich intakt aus, ohne Fenster und Türen, aber scheinbar gut in Schuss.

In den engen Gassen von Varosha sieht es schon ganz anders aus. Der Gehsteig ist noch zu erkennen, der Straßenbelag ist schon ganz spröde und aufgerissen, rechts und links übernimmt das Grün immer mehr die Führung. Rollläden vor den Läden sind heruntergelassen. Die gläsernen Werbeschilder sind zerbrochen und hängen ganz schief. Unter den ehemals pittoresken Balkonen wächst das Moos. Auf den Balkonen wachsen Grasbüschel und hängen herunter. Die zierlichen, aber dennoch massiven Betonsäulen auf den Balkonen sind teilweise herausgebrochen. Wieder halb verfallene Tür-

und Fensterläden. Ein ausgedörrter Baum schlängelt sich da zwischendurch. Etwas weiter im Hintergrund steht nur noch der unterste Teil des Hauses und oben drauf noch ein Bruchstück einer ehemaligen Wand. Weiter hinten stehen rostige Fässer mit Beton gefüllt doppelt aufeinander und versperren den Durchgang.

Dahinter ein rostiger Metallplattenzaun. Das Ende der Straße.

Alle Wände sehen nur noch meliert aus, der Putz und das dahinter ist abgebröckelt, ausgemergelt und verfallen

Alle Wände sehen nur noch meliert aus, der Putz und das dahinter ist abgebröckelt, ausgemergelt und verfallen. Die Holzbalken, der Übergang in den nächsten Stock, sind morsch und sind ins Innere des Hauses gestürzt. In den Innenräumen sieht man keinen Fußboden mehr. Er ist völlig zugewachsen. Da hängt noch eine Stromleitung von oben herab, dort hängt noch ein Straßenschild an der Wand, die Schrift ist nicht mehr zu erkennen, sie lässt sich nur erahnen. Auf der anderen Seite der kleinen Straße hängen viele Stromleitungen an der Hauswand. Dahinter im nächsten Raum ist eine Kiefer gewachsen, die kuckt schon über das Erdgeschoss hinaus. Dazwischen immer wieder Schilder: Durchgang verboten, Fotografieren verboten. Hinter dem Metallplattenzaun sind Fahnen-masten zu sehen, an ihnen hängen Fahnen, ich kann aber nicht erkennen, was auf ihnen steht.

In der Mitte der Straße prangt noch ein großes Schild „UN". Auf einem Schild über einem anderen Laden kann ich die Schrift noch erkennen: „Harrison Worsteds". Überall wächst etwas aus den Wänden und den Dächern. Kurz vor der dicken Grenze ist eine kleine Aussichts-plattform für die Touristen hingestellt worden. Von dort aus kann ich auf die verbotene Zone sehen. Ein breites

Schild ist dort angebracht. Der Text ist nicht ganz vollständig zu lesen: „Nothing is gained sacri..ces and freedom without blood". Bewacht wird die Aussichtsplattform durch UN-Soldaten.

Der Türke ist stark – Zypern

19.08.1974

Der von Athens Obristen angezettelte Putsch auf Zypern brachte die türkische Invasions-Armee auf die Insel, und die Schwäche des über den Zypern-Putsch demokratisch gewordenen Griechenlands zwang Athen zum Ersatzkrieg: gegen die Nato und die USA. Die Supermächte waren unfähig, den Konflikt zu beherrschen.

Ein Schnellgericht verurteilte die sechs Minister zum Tod. Sie sollten noch am selben Abend auf dem Deck des Zerstörers Limnos erschossen werden – nur der britische und der französische Botschafter verhinderten die Exekution.

Fünf von ihnen und dazu ein Feldmarschall starben zwei Monate später doch noch unter den Kugeln eines Hinrichtungskommandos im Hof der Kaserne von Goudi, heute Panzerschule der griechischen Armee am Rand von Athen.

Die sechs waren einer Todsünde wider den hellenischen Nationalismus für schuldig befunden worden: Sie hatten im Kampf mit dem Erbfeind Türkei den Kürzeren gezogen – 1922.

Der Versuch der Griechen, ihre „megali idea", die „Große Idee", von einem Hellenen-Reich durchzusetzen, das bis weit nach Anatolien reichen sollte, war von Kemal Atatürks Reiterscharen am Ufer des Sakarya-Flusses zerschlagen worden. Die „kleinasiatische Katastrophe" (einer ihrer Überlebenden war Aristoteles Onassis) kostete in einer Nacht muselmanischen Blutrausches 100.000 Einwohnern der blühenden Griechen-Siedlung Smyrna das Leben. Zwei Millionen Menschen, rund anderthalb Millionen Griechen, fast 400.000 Türken, verließen in einer von den Regierungen verordneten Umsiedlungs-aktion Heimat und Gut.

Es war eine der bittersten Episoden in acht Jahrhunderten türkisch-griechischer Geschichte, die von Krieg geprägt ist, der aber auch beide Nationen ihre nationale Wiederauferstehung verdanken: 1830 erstand das neue Griechenland aus dem Freiheitskampf gegen die 400-jährige Osmanen-Herrschaft. 1922 entstand im Abwehrkampf gegen die griechischen Invasoren aus den Trümmern des Sultan-Reichs die neue, die kemalistische Türkei.

Der Hass, aus dem solche Taten wuchsen, ist beiderseits der Ägäis seit alters her erblich. Schon im 12. Jahrhundert waren die Osmanen in griechisches Siedlungsgebiet auf kleinasiatischem Raum eingedrungen. An einem Dienstag im Mai des Jahres 1453 erschütterte ein Ereignis die hellenische Welt, „wie es sich schrecklicher nie zugetragen hat und nie mehr zutragen wird", so ein Kloster-Chronist: die Eroberung Konstantinopels durch die Türken.

Vier Jahrhunderte lang litten die Hellenen unter türkischen Paschas und Agas. Aufständische, darunter viele Priester, wurden von den Besatzern geköpft und gepfählt, gehäutet und gevierteilt.

Die Türken nahmen den Beherrschten nationale Identität und Kultur

Die Türken nahmen den Beherrschten nationale Identität und Kultur. Noch heute erzählt jeder griechische Fremdenführer unter Schaudern, dass die türkischen Barbaren den Parthenon-Tempel auf der Akropolis als Pulvermagazin nutzten, das unter dem Einschlag einer venezianischen Kanonenkugel explodierte und eines der größten Kulturdenkmäler der Antike ruinierte.

Im Freiheitskampf der Griechen flossen Ströme von Blut, auf dem Balkan und dem Peloponnes und in Istanbul hängten rachedurstige Janitscharen den Patriarchen der griechisch-orthodoxen Kirche vor seinem Palast auf.

Einige Jahrzehnte später entrissen die Griechen den Türken Thessalien, 1895 schürten sie einen Aufstand auf Kreta, verloren in dem folgenden Krieg Thessalien wieder an den Erbfeind. 1908 gewannen sie Kreta endgültig, eroberten in den Balkankriegen Saloniki und die Ägäisinseln, den Epirus und schließlich auch die Eilande vor der türkischen Küste. Weltkrieg I brachte ihnen Thrazien ein, doch das Fiasko des Groß-Griechenland-Abenteuers hätte alles wieder gefährdet, wären nicht die Großmächte in ihrem Sinn eingeschritten.

Fast vier Jahrzehnte lang, schier eine friedliche Ewigkeit in den Beziehungen der Erbfeinde, kamen Griechen und Türken ohne Krieg aus, bis auf einem alten

Schlachtfeld erneut aufeinander geschossen wurde: auf Zypern.

Die Insel der östlichen Ecke des Mittelmeeres wurde, neben Watergate-Washington, das Welttheater dieses Sommers, Brennpunkt für eine mögliche Kräfteverschiebung im Allianzen-System der Nachkriegszeit, eine Art Ersatz für die mühsam gebändigte Dauer-Krise in Nahost. Im Zeitalter der Konflikt-Beherrschung erwiesen sich weder die USA noch die Sowjetunion noch die Nato als fähig, die auf Abrechnung eingestellten Feinde auf beiden Seiten des Ägäischen Meeres unter Kontrolle zu halten.

Als Mitte Juli die auf Zypern an Land gegangene türkische Invasionsarmee erneut zum Angriff antrat und binnen weniger Tage den gesamten Nordostteil der Insel eroberte, flüchtete sich Athen, zum Gegenschlag zu schwach, in eine Protest-Pose à la de Gaulle. Offizielle Mitteilung des griechischen Kabinetts am Mittwoch: „Da sich die atlantische Allianz als unfähig erwiesen hat, die Türkei von der Provozierung einer Konfliktsituation abzuhalten, hat Ministerpräsident Karamanlis den griechischen Streitkräften befohlen, sich aus der Nato-Allianz zurückzuziehen. Griechenland wird nur noch im politischen Bereich Mitglied der Allianz bleiben."

Athens Außenminister Mavros sagte es drastischer: „Die Nato existiert nicht mehr."

Die Nato existiert nicht mehr

Das war gewiss übertrieben. Dennoch – in der leidensreichen Geschichte der vielfach angegrauten atlantischen Allianz hat es etwas so Absurdes wie einen Krieg unter Bündnispartnern noch nicht gegeben und auch einen Austritt plus Hinauswurf der Weltmacht USA erst einmal: 1966 durch den Hagestolz de Gaulle. Bestürzt und ratlos nahm die Brüsseler Nato-Zentrale die Desertion Athens zur Kenntnis. Generalsekretär Luns, der im Schwarzwald urlaubte, eilte nach Brüssel – doch in Athen galt er als unerwünscht und tun konnte er sowieso nichts –, obschon die griechische Kündigung im Vergleich zur französischen brisanter erscheint. Denn erstmals verlässt nun ein Nato-Staat, der direkt an ein Land des Warschauer Pakts, an Bulgarien, grenzt, die militärische Integration. Und dies, warnt ein hoher Offizier in Bonn, ist wirklich besorgniserregend.

Der griechische Exodus reißt eine Lücke in die strategische Flanke der Nato, er verändert die Lage auf dem Westbalkan wie im östlichen Mittelmeer zum Nachteil der Allianz – in welchem Ausmaß, hängt davon ab, ob die Griechen tatsächlich alle Nato-Einrichtungen auf ihrem Boden stilllegen und alle Nato-Aktivitäten stoppen.

Sechs Stationen des Nato-Warnsystems liegen in Griechenland. Sie sind Teil jenes Abwehrschirms, der sichelförmig vom Nordkap über Dänemark, die Bundesrepublik und Italien bis in den Südosten der Türkei reicht. Eine dieser Stationen, die gewaltige Radaranlage in Saloniki, arbeitet seit vergangener Woche angeblich nicht mehr. Die Frühwarnkette, mit deren Hilfe die Nato feindliche Flugzeuge unverzüglich erkennen und die Abwehr (durch Jagdflieger oder Abwehrraketen) elektronisch lenken kann, wäre somit an einer wichtigen Stelle unterbrochen.

Athens Regierungschef Karamanlis hofft, die Nachtteile, die der Nato-Austritt für die Verteidigung Griechenlands hat, durch ein neues Konzept aufzufangen: Nichtangriffspakt mit Jugoslawien und Bulgarien sowie ein neuer Balkanpakt ohne die Türkei, aber unter Einbeziehung Rumäniens. Mit westlichen Ländern, die Athen in der Zypern-Krise nicht verraten haben, sollen zweiseitige Verträge abgeschlossen werden, namentlich mit England und Frankreich, das letzte Woche bereits schwere Waffen lieferte.

Speziell die Nato-Vormacht USA muss fürchten, von der griechischen Mini-Macht des Landes verwiesen zu werden – das für Washington beinahe unverzichtbar ist: Nach dem griechisch-amerikanischen Regierungsvertrag von 1973 erhielt die 6. US-Flotte Heimathäfen im Mittelmeer. Sechs Zerstörer dürfen den Hafen Piräus als logistischen Stützpunkt benutzen; die Suda Bai auf Kreta, der beste Naturhafen des Mittelmeers, ist Ankerplatz der Amerikaner.

Es befinden sich auf Kreta Radaranlagen und der große Raketenschießplatz der Nato, Namfi

Überdies befinden sich auf Kreta Radaranlagen und der große Raketenschießplatz der Nato, Namfi. Der Schießbetrieb in Namfi wurde inzwischen bereits eingestellt, am 18. sollten die Deutschen abziehen.

Um so größer ist die strategische Bedeutung Zyperns. Die Briten betreiben von der Insel aus mit überstarken, von US-Technikern verfeinerten Radargeräten Fernaufklärung. Hauptzweck: Soforterkennung in der Sowjetunion abgeschossener Interkontinentalraketen. Das US-Verteidigungsministerium, berichtete die Zeitschrift Aviation Week, erwog sogar, Soldaten zu ihrem Schutz nach Zypern zu entsenden.

Vielleicht wäre dann der letzte Akt des absurden Nato-Theaters verhindert, die Versuchung der Türken, ein militärisches Fait accompli zu schaffen, gebremst worden. So aber bot die Allianz politische Abartigkeiten erster Güte: Nato-Partner Griechenland, in sieben Jahren Militärdiktatur politisch eine Belastung der Allianz, schert, 1974 demokratisch geworden, sogleich aus dem Bündnis aus. Nato-Partner Türkei, nach Jahren der Militärdiktatur 1973 demokratisch geworden, führt einen die Allianz gefährdenden Eroberungskrieg gegen den Nachbarn – und das unter einem Premier, der kein Sultan und vielleicht nicht mal ein Nationalist ist, sondern ein Sozialdemokrat.

EG-Standard erst im Jahre 2359.

Dass die Türken ihren Bülent Ecevit, 49, nur sieben Monate nach dessen Amtsantritt als neuen Atatürk feiern würden, hätten selbst dessen glühendste Verehrer niemals zu hoffen gewagt. Auch, dass dieser sanfte, zierliche Mann – Dichter, Journalist, Harvard-Absolvent, Übersetzer von Heine, T. S. Eliot, Tagore – mit kriegerischen Taten Ruhm erlangen sollte, schien abwegig.

Ecevit fand bei seinem Wahlantritt zwei Millionen Arbeitslose vor sowie über elf Millionen Unterbeschäftigte. Mit 495 Dollar war das Pro-Kopf-Einkommen der fast 40 Millionen Türken das niedrigste Europas, bei gleichbleibendem Entwicklungstempo und konstantem Bevölkerungszuwachs würde die Türkei erst im Jahre 2359 den gegenwärtigen EG-Standard erreichen.

Schon der Streit mit den Griechen um Ölfunde in der Ägäis kam Ankara gelegen, das Interesse der Nation von der innenpolitischen Malaise auf die Außenpolitik zu verlagern.

Anfang Januar waren Forscher der amerikanischen Oceanic Exploration Co. in der Nordägäis zwischen den Inseln Thassos und Limnos auf Öl- und Gasvorkommen gestoßen, aus denen Griechenland seinen Bedarf für 37 Jahre decken könnte. Die Türken machten ihrerseits Ansprüche geltend auf Bohrgebiete von 10.000 Quadratkilometern, die ihrer Küste vorgelagert sind, jedoch griechische Inseln einschließen. Der Zank ums schwarze Gold drohte Athen und Ankara an den Rand eines Krieges zu führen.

Zum Teil führten die Türken den Krieg mit deutschem Gerät

Zum Teil führten die Türken den Krieg mit deutschem Gerät: Seit 1964 lieferte die Bundesrepublik Waffen im Wert von 500 Millionen Mark, darunter 16 Transall-Flugzeuge; zwei U-Boote sind bei den Howaldtswerken/Deutsche Werft für die Türkei im Bau.

Die dann von den Athener Obristen leichtfertig angezettelte Zypern Krise kam der Ecevit-Regierung erst recht wie gerufen, ihr Volk auf äußere Großtaten abzulenken.

Denn der Putsch der griechischen Nationalgardisten gegen Erzbischof Makarios und die Ausrufung des Türkenkillers Sampson zum Präsidenten Zyperns waren für die Türken eine unerhörte Provokation: Schlagt die Griechen, bis die Fetzen fliegen, hieß es in Ankara.

Anders als in Griechenland, wo der Coup der Demokratie eine unverhoffte Chance verschaffte, war in der Türkei die Demokratie in Gefahr. Hätte Ecevit sich unentschlossen gezeigt, wären die türkischen Militärs, die schon den Streit um das Ägäis-Öl lieber per Flottenaufmarsch geregelt hätten, gemeinsam mit Ecevits rechtsreligiösem Koalitionspartner, der Partei des nationalen Heils und der Opposition über ihn hergefallen. Eine starke Haltung aber sicherte ihm Prestigegewinn. Und starke Haltung konnte zu diesem Zeitpunkt nur lauten: Invasion gegen Zypern, die erste seit 1571, als die Türken die venezianische Besitzung einnahmen.

Nach tagelangem Verhandeln in London und Ankara, nach frustrierendem Warten auf Kissinger, der nur seinen Staatssekretär Joseph Sisco schickte, stand Ecevits Entschluss fest. Am Samstag, dem 20. Juli, kreuzten türkische Kriegsschiffe vor Kyrenia, landeten türkische Fallschirmjäger auf zypriotischen Äckern, fielen türkische Bomben auf Nikosia.

Westliche Militärattachés in Ankara hielten die Landung keinesfalls für ein militärisches Glanzstück – sie war von den Griechen exakt bei Kyrenia erwartet worden, überdies waren die ersten Landungswellen nicht mit schwerem Gerät ausgerüstet. Aber nicht einmal die Versenkung des türkischen Zerstörers Kocatepe durch türkische Bomber konnte die Kriegseuphorie der Türken bremsen.

Vom Tag der Invasion auf Zypern an flatterten allenthalben in der Türkei, sogar auf Zeitungskiosken und Wellblechbuden die roten Fahnen mit weißem Halbmond und Stern. Keine Zeitung verzichtete auf Heldenfotos in Schwarz-Weiß und Farbe, die Tageszeitung Cumhuriyet ließ sogar den Uralt-Offizier Salahettin Utber über den letzten türkisch-griechischen Krieg schwadronieren – und der liegt immerhin 52 Jahre zurück.

Die Zahnpastamarke Binaca schenkte zu jeder Tube als Beigabe einen türkischen Plastiksoldaten

Die Zahnpasta Marke Binaca schenkte zu jeder Tube als Beigabe einen türkischen Plastiksoldaten, und das Volk spendete Geld: für Armee, Marine, Luftwaffe. Verständnisvoll wurde hingenommen, dass die staatliche Fluggesellschaft Türk Hava Yollari ihre Preise für innertürkische Strecken um 54 Prozent heraufsetzte.

Ecevit hatte mit einem Schlag die ganze Nation hinter sich. Als dem militärischen Sieg noch der politische – der für die Türkei günstige Abschluss der ersten Genfer Gesprächsrunde – folgte, kannte der nationale Überschwang keine Grenzen mehr. Nachdem die Politiker schon den Militärs gratuliert hatten, sprach jetzt auch der Chef des Generalstabs, General Sancar, dem Ministerpräsidenten Ecevit seine Glückwünsche aus. Außenminister Günes frohlockte: Man hat jetzt begriffen, dass der Türke stark ist.

Zu diesem Bild des starken Türken hätte kein Rückzug aus einmal besetzten Gebieten gepasst, ebenso wenig wie politische Konzessionen, die die Welt zum Schutz der jungen griechischen Demokratie von den Türken forderte.

Unsere Generale, meinte ein türkischer Journalist, sind genau so dumm wie alle anderen Generale der Welt. Sie sehen nicht – im Gegensatz zu Ecevit –, dass aufgrund der Re-Demokratisierung Griechenlands die Sympathien der westlichen Welt rasch umschlagen können gegen die Türkei.

Als Ecevit seinen Generalen am vergangenen Dienstag erlaubte, den türkischen Maximalforderungen in Genf auf Zypern mit Waffengewalt Nachdruck zu verleihen, hatte er vielleicht richtig kalkuliert, aber er hatte auch einen das griechisch-türkische Verhältnis für Jahrzehnte belastenden Schritt getan – auf jener Mittelmeer-Insel, auf der Griechen und Türken sich stets besser vertrugen als auf dem Festland oder der Nachbarinsel Kreta.

Auf Zypern nämlich duldete der Sultan nach der türkischen Eroberung im 16. Jahrhundert die Zypern-Griechen als nationale Einheit unter Führung des jeweiligen orthodoxen Erzbischofs. Der war Rang und Titel nach zweiter politischer Führer auf der Insel nach dem Statthalter der Pforte und trug als Einziger unter den Würdenträgern der Ostkirche den Titel Ethnarch, Führer des Volkes.

So blieb das reiche und fruchtbare Zypern eine Perle der Pforte, bis der Sultan nach dem russisch-türkischen Krieg von 1877/78 Geld für seine Söldner brauchte. Er verpfändete die Insel den Briten, die Zypern sogleich zum dritten wichtigen Stützpunkt auf dem Weg nach Indien (neben Gibraltar und Malta) ausbauten. Den jährlichen Tribut an den Sultan in Höhe von 87 608 Pfund (plus 113 Pfund für das Leuchtturm-Recht) pressten die Briten aus den Zyprioten.

Zu Beginn des Ersten Weltkrieges annektierten die Engländer die Insel, 1925 machte London Zypern zur Kronkolonie. Widerstand der Inselgriechen wurde brutal unterdrückt. Nach einem Aufstand im Jahr 1931 verboten die britischen Besatzer sogar den Unterricht in griechischer Sprache und verbannten oder internierten die geistigen Führer des Hellenentums auf der Insel – vor allem die Bischöfe.

Auch nach dem Zweiten Weltkrieg, als es seine anderen Kolonien nach und nach freigab, wies London jede Forderung der Zyprioten nach Selbstbestimmung schroff ab: Für England gibt es keine Zypernfrage und wird es nie eine geben, wies Londons konservativer Außenminister Eden die Griechen ab.

Als 1955 griechische Partisanen den bewaffneten Freiheitskampf gegen die Briten begannen, pflanzte England die Wurzeln des heutigen Zypern-Dramas: Obwohl die Untergrundarmee der griechisch-zypriotischen Eoka nie mehr als 600 aktive Kämpfer zählte, wurden die Briten, die schließlich 30.000 Soldaten samt ihrem Empire-Generalstabschef Sir John Harding gegen die Guerillas ins Feld schickten, mit der Herausforderung nicht fertig. Sie suchten Hilfstruppen – und fanden sie bei den Zyperntürken, die bis dahin auch unter Briten-Herrschaft friedlich mit ihren griechischen Nachbarn zusammengelebt hatten.

Damals gab es zwischen Griechen und Türken die ersten blutigen Nasen (so Zyperns kurzlebiger Putschpräsident Nikos Sampson zum SPIEGEL) auf der Insel – in Wahrheit Blutbäder, vor allem, nachdem die Insel (1960) unabhängig geworden war.

Den 18 Prozent Türken waren in der Inselverfassung überdimensionale Rechte eingeräumt worden – Drittel-parität in Ämtern und Exekutive, Vetorecht gegen Regierungsbeschlüsse. Präsident Makarios suchte nach drei Jahren, das seiner Meinung nach nicht praktikable Grundgesetz zu revidieren. Ankara antwortete, zum ersten Mal, mit einer Interventionsdrohung.

Genfer Zypern-Konferenz nur als Zeitgewinn?

Am 21. Dezember 1963 fielen die ersten Schüsse, binnen Tagen arteten die Feindseligkeiten zwischen den beiden Volksgruppen zu Massakern aus, denen vor allem die schwächeren Türken zum Opfer fielen. Griechische Freischärler schlachteten Frauen und Kinder, in mehreren Fällen wurden Türken lebend mit Bulldozern begraben.

Der Hass schwelte weiter. 1964 bombardierten Türkenbomber griechische Dörfer in Nordzypern, 1967 kam es zu neuen Massakern, die Amerikaner verhinderten eine türkische Intervention. Eine Uno-Truppe sollte den Nationalitäten-Konflikt unter Kontrolle halten. Sie schaffte es schlecht und recht – bis im vergangenen Juli die Athener Militärjunta einen Bürgerkrieg der Zypern-Griechen untereinander auslöste. Sie wollte Makarios loswerden, der nicht nur ihre Enosis-Pläne sabotierte, sondern sie selbst offen herausgefordert hatte (SPIEGEL 29/1974).

Die Junta stürzte über ihr Zypern-Abenteuer – aber sie hinterließ der nachfolgenden Zivilregierung ein bitteres Erbe: Griechenland stand vor der Weltöffentlichkeit als Schuldiger am neuen Zypernkonflikt da, die Regierung Karamanlis war nur eine Übergangslösung auf dem Weg zurück zur Demokratie.

Sie hatte der türkischen Übermacht, die beim Erbfeind zudem bald in Übermut ausuferte, nur Worte entgegenzusetzen. Doch wie ausdauernd Außenminister Mayros, ein leidenschaftlicher und geschickter Diplomat, in Genf auch argumentierte – hinter ihm stand nicht eine starke, auf Siege drängende, sondern eine demoralisierte, abgewirtschaftete Armee. Und die Türken waren offenbar fest entschlossen, die Landkarte Zyperns auf Dauer zu ihren Gunsten zu ändern.

Die Genfer Gespräche waren für sie, so erscheint es jedenfalls aus griechischer Sicht, nur notwendiger Zeitgewinn, um ihr zyprisches Invasionskorps auf die für die Eroberung und Besetzung eines Inseldrittels notwendige Stärke zu bringen – zwei Divisionen samt 300 Panzern, Geschützen und Spezialeinheiten wie Fallschirmjägern und Marine-Infanteristen unter dem General Suat Aktulga.

Als sie soweit waren – am Dienstag letzter Woche – ließen sie die Genfer Zypern-Konferenz platzen und schlugen, unprovoziert, mit aller Macht los. Sie bombardierten die Hauptstadt und beschossen die Hafenstädte mit Schiffsgeschützen. Binnen 36 Stunden drangen sie von Nikosia bis zur Ostküste der Insel vor und konnten am

Donnerstagabend die Befreiung des türkischen Famagusta feiern – in Wahrheit war türkisch nur die innerhalb der alten venezianischen Bastionen gelegene Altstadt gewesen. Allerdings: Die Griechenzyprer hatten Zyperns zweitgrößte Stadt in panischer Flucht verlassen.

Bis zum Wochenende waren die Türken auch an der Westküste am Ziel. Sie besetzten die Hafenstadt Lefka und schnitten damit den Norden Zyperns, das bessere und ihrem Festland gegenüberliegende Drittel der Insel ab. Krieg an allen Fronten?

Dann verkündeten sie eine Feuereinstellung, denn der Rest war nur noch Säuberung des eroberten Gebiets von verbliebenen Widerstandsnestern der Zyperngriechen.

Ungefragte Griechen-Größen lamentierten. Ex-König Konstantin: ein Völkermord. Ex-Präsident Makarios: eine barbarische Aggression. Aber Griechenland musste die Demütigung über sich ergehen lassen.

Die Griechen hatten, noch unter Junta-Befehl, mobilisiert. Sie hatten in den letzten Wochen 200.000 Mann mit ihrer besten Ausrüstung in Thrazien für eine Gegenoffensive auf Istanbul bereitgestellt und in allen verfügbaren Fährschiffen Truppen und Panzer auf die Ägäis-Inseln geschickt. Am Mittwoch, als die türkische Offensive auf Zypern begann, erschien die Athener Zeitung Apogevmatini bereits mit dem Aufmacher: Krieg an allen Fronten.

Doch das Blatt wurde an den Kiosken von Polizisten wegen Falschmeldung eingezogen. Nach zwei quälenden

Tagen trat Premier Karamanlis vor die Mikrophone und begründete, warum die türkische Offensive von Griechenland geduldet wurde: Ein Gegenschlag sei angesichts der bekannten, vollendeten Tatsachen und weil Zypern so weit weg von Griechenland, aber so nahe bei der Türkei liege, nicht möglich. Es widerstrebe Griechenland, nach dem Gesetz des Dschungels Gewalt gegen Gewalt zu setzen. Für die Situation sei das am 24. Juli abgetretene Militärregime verantwortlich – erstes Indiz dafür, dass diesmal die Militärs büßen werden, falls, wie stets nach Schlappen gegen die Türken, in Griechenland Köpfe rollen.

Für die Türken, die sie nicht schlagen konnten, trafen die Griechen einen Ersatzfeind – die Amerikaner. Neun Millionen Griechen sind seit heute neun Millionen Anti-Amerikaner, schwor ein Minister. Und in der Tat spielten die Amerikaner die Rolle des Sündenbocks so perfekt, als ob sie sie lange geübt hätten.

Über sieben Jahre lang hatten sie die verfemte Junta unterstützt, die ihnen willfährig See-, Luft- und Radarstützpunkte einräumte. Der frühere Minister Zigdis beschuldigte Washington, es habe die Junta sogar zu dem Putsch gegen Makarios ermuntert, um den russenfreundlichen Erzbischof loszuwerden – eine unbewiesene, aber nicht ganz unlogische Behauptung.

Nachträglich hieß das State Department auch noch die Türken-Invasion auf Zypern gut, drängte die Griechen nach Genf und empfahl ihnen dort, die türkischen Teilungsvorschläge anzunehmen. In der Handhabung der

Zypern Krise war Henry Kissinger weit von seiner Bestform entfernt, urteilte die Washington Post.

Weshalb, blieb vorerst verborgen. Möglich ist, dass der Zypern-Konflikt von Kissinger nicht ernst genug genommen wurde – da er ja sogar den Vietnamkrieg nur als Fußnote zur Weltgeschichte eingestuft hat. Im Vollgefühl der mit ungeheurer Energie erzwungenen Nahost-Regelung mag er verschnauft haben – und war in der letzten Phase überdies durch den Machtwechsel in den USA beschäftigt.

Führende Athener Politiker glauben jedoch, dass die jetzt von den Türken mit Panzern vollzogene Teilung Zyperns längst vorher in Washington ausgeheckt wurde. Außerdem stecke noch Israel dahinter. Schon vor zwei Jahren kursierte ein US-Plan im griechischen Generalstab, angesichts der Spannungen in Nahost und der damaligen Unsicherheit in der Türkei ein strategisches Dreieck bestehend aus Griechenland, Zypern und Israel einzurichten.

Dem Projekt stand der neutralistische Makarios im Weg. Die Israelis drängten Kissinger nach diesen griechischen Quellen seit Langem, ihnen den pro-arabischen Makarios vom Hals zu schaffen. Indizien dafür sind nicht nur der Jubel der israelischen Presse nach dem Sturz des Erzbischofs, sondern auch strikt geheime Kontakte, die der frühere Athener Junta-Chef General Ioannidis zu den Israelis unterhielt. Bekam Sampson Geld von Israel?

Mittelsmann bei diesen Kontakten war der Grieche jüdischer Abstammung Jaques Alazarakis, Schwager von Ioannidis. Angeblich trafen sich der Junta-General sowie israelische und amerikanische Abgesandte in den Monaten vor dem Putsch gegen Makarios regelmäßig in der Klinik des Arzt-Schwagers Kyanous Stavros (Blaues Kreuz) an der Straße Leoforos Vassilissis Sophias, direkt gegenüber der amerikanischen Botschaft in Athen.

Ioannidis ging, scheint es, blind in die Falle. Mit seinem Putsch, der die Türken-Invasion auslöste, brachte der Grieche die Insel der von Griechenland nicht gewünschten Teilung nahe, die nicht nur eine alte Forderung Ankaras, sondern auch Washingtons und womöglich sogar die einzig beständige Lösung ist.

Eine Teilung nach einem sogenannten Acheson-Plan suchte schon US-Präsident Johnson 1964 den Griechen aufzuzwingen - vergeblich

Eine Teilung nach einem sogenannten Acheson-Plan suchte schon US-Präsident Johnson 1964 den Griechen aufzuzwingen – vergeblich.

Nikos Sampson, Handlanger von Ioannidis auf Zypern und Präsident für eine Woche, pflegte gleichfalls Verbindungen zu Israel. Nach einem Besuch in Jerusalem soll er regelmäßig Geldzuwendungen erhalten und deshalb auf der Abschussliste arabischer Guerilla-Organisationen gestanden haben. Die Amerikaner hatten Sampson bereits zugesagt, ihn anzuerkennen, und hätten es beinahe auch getan – da setzten ihn seine eigenen Landsleute wegen der Türken-Invasion ab.

Der sozialdemokratische Politiker Zigdis forderte Donnerstag in Athen Schritte, die über den Austritt Griechenlands aus der Nato hinausreichen müssten. Griechenland soll auch die schändlichen Verträge mit den USA über die Stationierung der 6. Flotte sowie das Abkommen über die US-Militärmission in Athen aufkündigen: die bloß Agenten produziert.

Die Haltung des mächtigen Verbündeten, der so treu zu den Obristen gestanden hatte und Griechenland den Weg zurück zur Demokratie derart erschwerte, brachte die Griechen in Rage, US-Personal wurde in Piräus verprügelt, Demonstranten schimpften Kissinger einen Mörder und forderten den Hinauswurf der Amerikaner aus ihren Stützpunkten in Griechenland. Ein Regierungssprecher dementierte die Absicht, dies zu tun, nur lax: Er wisse nichts davon, zumindest seien solche Berichte verfrüht. Undementiert blieben Berichte, wonach die Griechen der 6. Flotte die Ölzufuhr sperrten.

Kissingers Einladung abgelehnt.

Die USA kündigten mitten in der Krise die Abberufung ihres langjährigen Botschafters (und früheren Junta-Intimus) Tasca aus Athen an, doch sein Nachfolger Kubisch ist ein Lateinamerika-Experte, der noch nie mit mediterranen Fragen befasst war.

Die Griechen fühlen sich von den Amerikanern nicht nur diplomatisch verlassen, sondern auch militärisch geprellt

Die Griechen lehnten eine Einladung Kissingers sowohl an Außenminister Mavros wie später auch eine des Präsidenten Ford an Karamanlis schroff ab: Beide seien derzeit nicht verfügbar.

Denn die Griechen fühlen sich von den Amerikanern nicht nur diplomatisch verlassen, sondern auch militärisch geprellt: Die USA hatten zwar moderne Phantoms an Athen geliefert – 16 Stück bis Mai, jedoch ohne Abschussvorrichtungen für Raketen und Halter für Bomben, die Jets sind so nicht einsatzfähig. Außerdem soll Amerikas 6. Flotte, die ihr Heimatrecht in griechischen Häfen hat, die Landung eines griechischen Schiffes, des Passagierdampfers Arkadidi mit Soldaten und kampfwilligen zypriotischen Studenten an Bord, in Zypern verhindert haben.

Sicherlich hat die Aggressivität der Griechen gegen die USA ihr Vorbild: Auch arabische Regierungen erklären Niederlagen vor dem Feind gern damit, dass man leider zu schwach sei, gegen die Weltmacht USA zu kämpfen. Dennoch ist die neue Amerikaphobie eine Belastung für die US-Politik im östlichen Mittelmeer wie für die Nato.

Die Griechen fühlen sich einsam, verraten, verkauft, kommentierte Eleftheros Kosmos, bis vor Kurzem Organ der Junta. Und die kommunistische Avgi schrieb über die

Nato: Diese heilige Allianz, auf die Griechenland sich solange stützte, erwies sich nun als Verbündeter unseres Erbfeindes. Freilich – die andere heilige Allianz, die des Ostens, stand den Verwicklungen der Zypern-Krise ähnlich hilflos gegenüber.

Noch im Frühjahr hatte Moskau dem bereits angeschlagenen Zypern-Präsidenten Makarios demonstrativ zugesichert, die starke Sowjet-Macht werde ihn schützen – notfalls mit Gewalt. Auf Zypern unterhält die UdSSR eine ihrer stärksten Botschaften: 100 Diplomaten.

Doch als vier Monate später in Nikosia die Putschisten wirklich losschlugen und der von Moskau gestützte Makarios nur durch glückhafte Umstände seiner Ermordung entging, blieb der Kreml passiv.

Zu einer koordinierten diplomatischen und publizistischen Aktion konnte Moskau sich erst sechs Tage nach dem Sturz von Makarios aufraffen – da waren die Türken schon auf Zypern gelandet, und die UDSSR stand auf Seiten der Türkei: Seit Mitte der sechziger Jahre wirbt sie intensiv um die Türken, denen sie eine eigene Stahl- und Erdölindustrie mit rund 1,2 Milliarden Mark finanzierte.

Vertraulich boten die Russen sogar die Entsendung von Truppen an

Durch ihr Zugreifen auf Zypern verhinderten die Türken einen Anschluss Zyperns an Griechenland und damit stärkeren US-Einfluss auf der Insel. Moskau konnte zufrieden sein. Doch der plötzliche Sturz der Athener Junta durchkreuzte die sowjetischen Erwartungen. Von Karamanlis ist im Gegensatz zur Junta nichts zu befürchten, dass er Zypern zu einer direkten Nato-Basis macht. Moskau hatte wieder einmal aufs falsche Pferd gesetzt.

Zwei Tage vor dem in Genf ausgehandelten Waffenstillstand, in der Nacht zum 28. Juli, beantragte der sowjetische Uno-Vertreter Safrontschuk eine Sondersitzung des Sicherheitsrates und forderte, die Uno solle sofort eine Sonderkommission nach Zypern in Marsch setzen. Er ließ vertraulich wissen, die Sowjetunion sei bereit, sich an dieser Sondermission zu beteiligen. Vertraulich boten die Russen sogar die Entsendung von Truppen an. Der Antrag fand keine Zustimmung.

Nun wechselte Moskau offen ins griechische Lager. Am 7. August, einen Tag vor dem Beginn der zweiten Zypern-Runde in Genf, versprach der sowjetische Botschafter in Athen, Igor Jeschow, Premier Karamanlis eine diplomatische, notfalls militärische Unterstützung im Falle eines türkischen Angriffs. Bei zwei weiteren Treffen in drei Tagen konkretisierte der Russe: Im Konfliktfall werde sich der Warschauer Pakt passiv verhalten, das gelte auch für die Bulgaren (die im alten Streit um Mazedonien gegenüber Griechenland noch unbeglichene Rechnungen haben). Die erwartete Gegenleistung: Griechenlands Neutralität.

Trotz Athens Austritt aus der Nato erfolgte der von Karamanlis als Beweis der Aufrichtigkeit geforderte positive, konkrete Schritt Moskaus aber bis zum Wochenende nicht: Konflikt-Bewältigung durch Partnertausch über die Grenzen der Militärbündnisse hinweg, ein solcher Akt unfreiwilliger Abrüstung bleibt wohl künftigen Kriegen auf dem Schlachtfeld Zypern vorbehalten.

Silvesterball, Safaga Bay, Ägypten

All diese lustigen Stimmchen da im Club Barakuda in Safaga Bay – diese schlechten Imitationen der ach so internationalen Gesänge. Was für Stars da auftreten – besonders der Sänger – na der, der da, ist ja der Allerbeste von allen und Wichtigste, mein Gott, ist der gut, was für einen genialen körperlichen Ausdruck – so spontan in seinen Gesten, wie ein ganz, ganz großer Star, ein richtiger. Nur gerade so eben ein winziges bisschen angedeutete Bewegungen, das ist groß und wahrhaftig. Alles nur angedeutet, was man denn so alles könnte – in der Jugend oder wenn man doch nur wollte.

Der hybridisierte Griff an die Nasenspitze, ein bisschen halten, dann leicht, elegant, oh so elegant, mit einer kleinen Drehung, so aus dem Handgelenk, so dass das ganz arg prangende Handkettchen auch gut zu sehen ist. Dabei ist der Mann eigentlich ein ganz junger Typ, er hat so was wie nun überhaupt keine Ausstrahlung. Die Stimme ist flach, dünn, kein Volumen und in den Tönen oft so dermaßen daneben, dass einem schon ganz schön graut. Die Kette am Handgelenk – fett mit einem Blub nicht zu übersehen! – da nach vorne auf das Handgelenk rutscht. Mannomann, das tut Not, oh oh oh!

Da, der alte Mann starrt der Bauchtänzerin dermaßen auf alles, was sich da bewegt in üppiger Größe

Da, der alte Mann starrt der Bauchtänzerin dermaßen auf alles, was sich da so bewegt in üppiger Größe, dass ich es nicht glauben kann, was ich da sehe. Drum herum springen und hopsen, tanzen und hüpfeln lauter junge, noch kleine Mädchen, puppig und adrett herausgeputzt. Sie versuchen, sich so zu bewegen wie die Schöne da, die Gute. Sie bewegen alles genauso wie die alte Frau, was sie da so haben oder nicht haben oder nur ein ganz kleines bisschen von dem haben, was die Alte da so üppig bewegt. Ganz ungestört lacht die Alte dem Alten da entgegen, während sie auf ihn zukommt. Und die jungen, kleinen Mädchen tun das auch, ohne sich an irgendetwas zu stören, was sie da machen, nachmachen. Nur die alten Araber starren und glotzen und glotzen und starren, als würden sie im nächsten Moment das Augenlicht verlieren und müssten ganz ungeniert noch eben alles mitnehmen, dass sie etwas für die kommende Dunkelheit haben, in der Entbehrung.

Die haben ganz schön glänzende Stielaugen und verweilen in tiefer Versunkenheit dort, wo man gewöhnlicherweise nur den Bruchteil des Zumutbaren verweilt, dass man erfassen kann, was da ist oder was da nicht ist, was da vielleicht sein könnte oder was da nicht sein sollte – gerade so lang.

In diesem Moment kommen noch zwei Bauchtänze-rinnen hinzu, so etwas im Hintergrund – ganz so, als wäre es eine ganz große, große TV-Show. Das war der große Startschuss für das Finale der Alten. Die schiebt sich langsam, aber ungeheuer zielsicher mit diesen wollüstigen, befreienden Roll- und Zitterbewegungen auf den von ihr ausgesuchten Araber zu. Dass jetzt plötzlich selbst den alten Arabern, die zusehen, der Atem stockt, plötzlich, langsam, so dicht, so nah, so direkt, so viel von allem, als wollen sie die Araber jetzt dafür bestrafen für die vorhin zu stieligen Augenpaare, die da so glotzten. Also dichter geht's nun wirklich nicht mehr. Spätestens jetzt, in dieser Entfernung, würden die Stielaugen zurückgedrückt werden in die Augenhöhlen, wo sie eigentlich hingehören, aber jetzt ist wohl wirklich nichts mehr zu sehen in dieser Nähe, wohl eher nur noch zu riechen, denn die Nasenspitze des Arabers ist nun noch etwa einen Fingerbreit von der wabernden, wallenden Masse entfernt. Was tun, fragt sich der Araber, aber da sind so arg viele Leute, Lustige, Trinkende, Essende, Schlemmende, Johlende, Plappernde und Plappernde – Sinnlos-vor-sich-hin-Plappernde, viele, arg viele. Geplapper. Plipper, plapper, plipper, plapper – immer recht lustig drauf los. Ach wie lustig sie sind.

Soll ich jetzt? Oder nicht? Lieber nicht. Oder doch?

Das Liebespaar am Nebentisch, das sich mit glänzenden Aussichten anschaut

Und das Liebespaar am Nebentisch, das sich mit glänzenden Aussichten anschaut. Auweia. An einem kleinen Zweiertischlein sitzend – nichts sagend, sich die Hand über den Tisch haltend, als seien sie ganz allein auf dem großen Fest. Zwei Hände liegen auf dem Tisch, stumm, als liegen sie dort Jahre schon so vor sich hin und halten sich, die eine und die andere – liegen sie da, auf dem kleinen Zweiertischlein und das Paar schweigt. Sie schweigen einfach nur, die Hände haltend. Sie zucken auseinander, als der Kellner mit einem gar dollem Tablett geschwind daherkommt und eine der Vorspeisen serviert, Suppe mit Hühnerfleisch und Gemandeltes drin, da flüchten die kleinen Küken am Nachbartisch so zu ihren Müttern hin und drücken sich arg an diese, damit sie nichts übersehen können, was da so ankommt. Genauso gekonnt, geschwind wie er gekommen war, verschwindet er gekonnt auch wieder.

Als er das nächste Mal kommt, serviert er sehr große, sehr zarte Gläser. Die Größe der zarten Gläser ist enorm. Gefruchtetes, Aufgestecktes, Geschlitztes, Gezuckertes, Gepudertes und bunt mit Fähnchen und Schirmen, mit blitzenden Büscheln und Halmen kommt da an. Wenn jetzt eines dieser zarten Gläser umfallen würde, würde es bestimmt nicht zerbrechen, denn das Fruchtige von so vielen verschiedenen Früchten ringsum würde sorgsam aufgefangen, ich glaube fast, es würde kaum etwas von dem saftigen, süßen Blau und Rot und Gelb auslaufen, so dicht und dick und fett sind die geschlitzten und aufgesteckten, gezuckerten und gepuderten Früchte aufgereiht.

Die wallende Bauchtänzerin hat sich dermaßen nahe an den Mann herangewagt

Die wallende Bauchtänzerin hat sich dermaßen nahe an den Mann herangewagt, das sich ihm nun das rote Innere in die Wangen und den Hals und die Stirn treibt, warm wird es ihm, heiß und nass – alle anderen können es deutlich sehen – sie sehen es – wie sie jetzt lachen und johlen. Johlen, lachen und pfeifen und kreischen, sich gegenseitig anstoßen, prusten und husten. Guck nur, guck, hahahaha, hahahah, hooooo, hohohoho, hihihihihihi. Sieh nur hin da, da, da, hohohoho. Wie das doch lustig ist, so lustig.

Die beiden anderen Bauchtänzerinnen haben sich nun der Situation lustig hinzugesellt, sie plappern, witzeln, plappern nebenher andauernd miteinander. Dem Araber ist gar nicht gut. Ojemine, so dicht an den großen, schrecklichen Dingern da, und dann sind da ganz vorne an den schrecklichen, großen, viel zu nahen Dingern da auch noch unter dem durchsichtigen Rot so kleine goldschimmernde Plättchen, die an kleinen Kettchen hängen, gar lustig baumeln und bommeln, zittern und hüpfen, zucken und boppeln und hoppeln und wippen, auweia. Dem Araber ist jetzt gar nicht gut.

Die Stielaugen hat er jetzt auch nicht mehr. Jetzt guckt er eher etwas bedrückt und auch ein wenig sich schämend, dass er wohl vorhin bei dem anmutenden Tänzchen doch wohl ein Stückchen zu weit gegangen ist mit seinem Glotzen, dem stieligen.

Der Herr neben mir stochert in einer der vielen Vorspeisen so vor sich hin – stochert und pikst eine Meeresfrucht auf, legt sie seiner molligen Araberin auf den leeren Teller und sagt: iss. Mehr nicht. Sie isst es ohne eine besondere Regung und ohne Kommentar.

Er nimmt sein großes Glas mit den geschlitzten Früchten in die Hand. Er weiß nicht, wie er die Früchte essen soll, mit dem Messer und der Gabel will er sie nicht essen, mit den Fingern will er sie auch nicht essen, ratlos, wie er ist, streift er eine nach der anderen Frucht vom Glasrand und legt sie in den bereits benutzten Aschenbecher. Seine Nachbarin, die auch eine Araberin ist, kostet von der ihr angetragenen Frucht, sie isst sie mit Messer und Gabel, nichtssagend, stumm.

Er hat auch wenig zu sagen. Er hält noch einen Moment inne, den Blick streng auf das Glas gerichtet. Nachdem er sich den geschickt geschlitzten Früchten entledigt hat, setzt er das Glas mit dem bunten Saft an den Mund und trinkt, trinkt das Glas mit dem Fruchtsaft in einem deutlichen Zug aus. Das Glas ist leer. Er stellt das Glas zurück auf den Tisch und schweigt.

Die Frau mit dem makellosen Gesicht und den gekräuselten, schwarzen Haaren und den sauber gefeilten Fingernägeln

Ich spreche den Tischnachbarn an und frage, was diese weiße, zähflüssige, mehlige, fast wie Pudding aussehende Masse denn sei? Da sagt er bedeutungslos, dass diese mit zwei Pulvern gekreuzigte, braun-schwarze, zähe, klebrige Masse die Salatsoße darstelle. Die so serviert auf einem kleinen Kuchenteller, gekreuzigt, etwas viel Heiligeres darstellt als eine schnöde Salatsoße, zumal der Salat noch gar nicht in Sichtweite geraten ist, dann hätte ich vielleicht einen Zusammenhang herstellen können. Da aber kommt der Salat gerade noch rechtzeitig an, damit die Soße nicht so allein, hilflos auf dem flachen Kuchenteller herumliegen muss, hilflos, so heilig.

Da ich nun doch etwas hilflos auf den Teller sehe, mein Tischnachbar hat es bemerkt, macht er mit einer kleinen Geste zu mir vor, wie ich denn mit dem knackigen Salat und der Soße umgehen müsste. Die Salatblätter krachend, stechend und piksend in die Salatsoße tauchend und munden lassen. So einfach ist das. Ich bedanke mich mit einem höflichen Nicken, er lächelt ein bisschen freundlich zurück.

Die in der Nähe sitzende französische Frauenliga von „try the arabs" stimmt immer im Viertelstunden-Rhythmus mit einem gemeinsamen anschwellenden OHOHOHOHH an, mit einem gleichzeitigen Anheben des

Glases und letztlich einem herzlichen Anstoßen, ein so arg nüchterner Araber schaut dem Treiben eher etwas skeptisch zu.

Er sitzt in der Nähe. Die Frauen bewegen sich langsam, aber sicher auf ihn zu. Ein zaghaftes Bussi hier und ein Bussi da, ein Foto gemacht. HAHAHA HOHOHO. So langsam straucheln sie eher über den Marmorfußboden zwischen den Tischen herum bei den umjubelnden Tönen im Hintergrund. Sie geben sich weiter der trügerischen Hoffnung des Weines hin, denn Männer sind ja genug da, hohohohoho, hahahahahaha, jipppi. Die Ahnung auf das Kommende macht sie immer wilder, diese französische Frauenliga. So acht bis zehn Flaschen roter Wein führt dann doch zu etwas ungewollten, gewollten Auswirkungen. Immer noch singend und tanzend, völlig aufgedreht und mittlerweile schon manchmal unkontrolliert tumbeln sie da durch die Männerwelt zwischen all den Tischen in all dem ganzen Getöse, im Dreh- und Wendejahr, wirr und doch wahr. Zwischen Elükäse und Rotweinflaschen. Es ist kein Ende in Sicht, noch immer schwillt die Stimmung. Ständiges Anstoßen der Gläser, wobei schon manchmal das eine oder andere auf den Boden fliegt. Bussi hier und dort, ist doch egal, wer es ist. Hauptsache locker und ungezwungen. Die Männer sind jetzt langsam auch nicht mehr so zurückhaltend, sie tanzen einfach mit in dem Getumbel.

Gelassen, eher ausgelassen geben sie sich der Stimmung hin, werfen schon mal das Jackett hinter sich und reißen einfach die Krawatte vom Hals

Gelassen, eher ausgelassen geben sie sich der Stimmung hin, werfen schon mal das Jackett hinter sich und reißen einfach die Krawatte vom Hals, eine fliegt durch die Luft und landet im Salatteller. Eine andere Jacke landet mitten auf einem der Tische und versteckt die Vorspeisen.

Immer noch anstoßende „Santé". Mittlerweile ist es ziemlich unüberschaubar geworden, das ganze Gequirle und Durcheinander, das Aneinander, Bussi, Bussi. Die ansonsten prüden Männer sind auch ganz schön aufgedreht und lockerer geworden. Da greifen sie schon mal hin, in das Weiche. Es kriegt ja keiner mit, inmitten dieser aufgeheizten Stimmung. Der Lärmpegel wird immer lauter und undurchdringlicher. Plötzlich fliegen von irgendwoher Salatblätter und mischen sich unter die Masse. Die arabische Liga lässt sich das nicht länger gefallen und wirft zurück. Es entwickelt sich eine richtige Salatschlacht, ja eine Salatschlacht hat sich entwickelt. Jetzt gibt's kein Halten mehr. Da fliegen Feigen durch die Luft mit unbestimmtem Ziel, manche landen auf dem Fußboden oder anderswo, hubs, da ist eine direkt im tiefen Ausschnitt der Grande Dame gelandet, sie kümmert sich nicht weiter drum.

Fleischbällchen fliegen durch die Luft und landen im Nirgendwo

Eine Banane kommt durch die Luft geflogen und landet im Blumendekor, das ob der Kraft der Banane umkippt, und das ganze Wasser verteilt sich so richtig schön über den ganzen Tisch. Niemand kümmert sich drum. Fleischbällchen fliegen durch die Luft und landen im Nirgendwo. Mittlerweile haben sich die verschiedenen Ligen untereinander vermischt und zeigen deutlich, dass sie nicht Feind, sondern Freund seien und sind. Sie werfen Feigen, Bananen und Blumen auf die eigene Mannschaft. Auf der anderen Seite hält eine Frau ein Sitzkissen in die Höhe, um die fliegenden Teile abzuwehren, man kann es einfach nicht mehr ausmachen, was da so alles durch die Luft fliegt.

Plötzlich hört die Band auf zu spielen. Ein Sprecher fordert alle Gäste auf, doch bitte an ihren Tischen Platz zu nehmen, denn der Hauptgang ist angekündigt und verspricht etwas Ruhe im großen Saal. Es dauert schon noch eine Weile, bis sich das Ganze hier wieder etwas beruhigt hat. Stühle werden wieder hingestellt, Tischdecken zurechtgezupft, umgekippte Vasen wieder hingestellt und es wird so ein wenig versucht, wieder alles in Ordnung erscheinen zu lassen.

Ahh, es ist es soweit. Salopp und elegant, gar flott kommt die Kellnerflotte an die Tische geflottet und serviert Truthahnflügel und Hähnchen mit Mandelreis.

Freude kommt auf, sie ist aber nicht von langer Dauer. Als ich anfange zu probieren, wird mir ganz anders. Alles ist eiskalt, so als ob es geradewegs aus dem kalten Kühlschrank kommt. Eigentlich hätte ich jetzt eine warme Mahlzeit erwartet. Ich muss mich dann doch ein wenig überwinden, aber es ist der Hunger, der es leichter macht.

Ich überlege nicht lange, nachdem ich einen halben Liter des wässrigen Bieres ägyptischer Herkunft getrunken habe. Ich winke freundlich einen dieser flotten Kellner herbei und bestelle nun doch eine Flasche Wein. Prompt ist sie auch auf dem Tisch, schnell ist auch alles in einen kleinen Block notiert. Not all inclusive, meine Narbe an der Stirn und auch mein kleiner Zopf am Hinterkopf, alles schnell in diesen kleinen Block notiert, ah die Tischnummer noch. Als ich ihn mit Bedacht in Augenschein nehme, antwortet er in gebrochenem Englisch: Verzeihung, mein Herr, aber das dient lediglich dazu, ob sie noch einen Nachschlag wünschen, nicht dass Sie es missverstehen. Im selben Moment sieht er in die andere Richtung, um schon den nächsten Besteller ausmachen zu können. Eingeschenkt hat er auch noch sehr schnell. Das Glas ist so richtig schön voll. Ein dolles volles Glas eben. Aber halt doch etwas zu voll.

Schnell bin ich auch mit der Hand am Glas und probiere – oh Mann, das ist ja nicht zu fassen, dermaßen süß, dass es mich richtig schüttelt. Na toll. Trotz allem ist das Glas bald leer.

Jetzt wird es mir gleich bessergehen, nach all dieser Aufregung. Gleich schenke ich mir wieder ein.

Die französische Liga und die andere Liga haben sich nun auch mit den grünen Tischdecken neben rosa Sitzkissen bewaffnet, um Klebriges neben Silvestrigem abzufangen und gegebenenfalls zurückzustoßen. Hei, wie das fliegt und wie das klebt, wie das pitscht und patscht.

Die Musik hat sich von der vorigen gewandelt, sie ist jetzt irgendwie viel wichtiger geworden, auch verheißender, ja, ein weniger theatralisch. Fast so, als kommt nun die Nummer eines großartigen Artisten, der mit Bedacht dem entgegenstrebt, welches man als einen Höhepunkt bezeichnen könnte.

Die Mütter rufen ihre Kinder zu sich, die Paare ziehen sich sorgsam, etwas heilig an ihre anvertrauten Plätze zurück. Nur der eine da steht etwas versunken, etwas verloren herum, blickt um sich und setzt sich schließlich an den halbleeren Tisch, an dem nur noch der dicke Araber mit seiner dicken und runden Österreicherin sitzt, die aber auch eine Araberin ist. Sein Blick gerichtet auf die Menge im Saal. Nur ein Riesenknall könnte ihn zurückholen, so verschwindet sein Blick, und er scheint ziemlich weit weg zu sein.

Plötzlich kommen die Livrierten mit lauter weißen Tüten daher. Zunächst scheint es so, als ob es lauter Spucktüten sind. Schnell und mit ganz arg vielen Tüten laufen die Livrierten durch den Saal, verteilen sie an jeden.

Doch, ach, dann wird ausgetütet, johlend und singend, ein behändes Durcheinander. Greifen die Hände, heben und halten.

Die Kinder quietschen dazwischen. Ein Zupfen und Zapfen, ein Sitzen und Ratzen. Ein Sitzen und Batzen und schnappende Gummis, bis alles so einigermaßen sitzt.

Der eine oder andere hadert noch – singt und rankt, soll er oder soll er nicht. Was soll er eigentlich, oder was soll er eigentlich nicht? Soll er überhaupt noch? Soll er überhaupt noch irgendetwas tun? Dann doch – die älteren machen es den jungen vor, sie sind längst über das Hadern und Zögern hinweg, soll ich oder soll ich nicht.

Sie sehen alle plötzlich wie ganz kleine Kinder aus – ein riesengroßes Kinder-Geburtstagsfest. Mit niedlichen Pfeifchen und Trällerchen. Mit Bällchen, losen und denen mit Gummi, mit denen man so richtig schön necken kann. So bis kurz vor der Nase des anderen. Oder die Rolltröten, so belüftet eben vor sich hinrollen und zu guter Letzt ein schräges böses Tönchen rollen, so kurz vor der Nase des anderen oder vor dem Auge des anderen oder etwas tiefer, dort wo man gewöhnlich nicht hinrollern oder hinträllern darf. Dort, ja dort trällern sie nun alle hin. Auf geht's, an die verbotenen Stellen, geträllert und getrillert, gepällert und gepillert. Oben drauf noch ein gar lustiges Mäsklein, das die Identität unidentitiert.

Die Stimmung ist jetzt heiß, das Essen ist längst vergessen, die Freundin auch, auch der Freund. Es wird nur getrietscht und getrascht, gejohlt und geholt, was so die Apfelbäume hergeben und was der Feigenbaum noch so alles hergibt. Der Wein, rot und weiß, ist viel flüssiger geworden, flüssiger denn je. Der Geldbeutel hat noch eiserne Reserven und die beginnen jetzt so richtig zu fließen, jetzt erst recht.

Laut ist es geworden, sitzen kann jetzt niemand mehr

Die Musik ist schneller und lauter geworden, ein riesengroßes Kinder-Geburtstagsfest, nur noch spielende, quiekende Kinder. Doch da ist die leise Stimme im Kopf: Los jetzt – Bussi hier und Bussi da, kneifen und tätscheln und tritschen, tanzen und tänzeln, hopsen und hüpfen, hoppeln und foppen, tummeln und fummeln. Ah, schon wieder einen Busen ergrabscht, der war aber groß, oh, ist der aber klein. Jetzt sieht es aus wie ein riesiges Gruselkabinett, lauter Fratzen, weiß der Grund, bunt die Augen, verzerrt komische Münder – da, der eine unter der Maske, dort, die andere unter der Maske – nach anfänglichem Hadern, in all den Turbolenzen – ach – ach ja – haben sich da zwei quetschend und drückend, durch massenhaftes Drücken und Schieben wieder verloren. Ganz hinten, dort wo keiner mehr tanzen kann, dort wo nur noch die Reste des Geflügelten auf den Tellern liegen, die weißen Reste der gekreuzigten, heiligen Soße, ist alles etwas langsamer geworden – da haben sich die beiden wiedergefunden, in all dem heißen und lauten Treiben.

Dort fühlen sie sich unbeobachtet. Dort hören sie nichts mehr, es gibt auch keine Stühle und keine Tische mehr. Dort sind auch keine Mäsklein mehr nötig, keine Papierbällchen, auch keine Bällchen mit Gummizug. Dort hören sie nichts mehr, es beobachtet sie auch keiner mehr, dort ist es still geworden – wenn da nicht der livrierte, behände Araber mit dem arg weißen Block und dem arg gespitzten Bleistift wäre, der kritzelt und kratzelt, spitzelt und spatzelt – er sieht nichts und notiert alles, die beiden Gesichter malt er deutlich hinein in geblocktes, dreifach durchschlagendes Gesicht, singend und sangend, limmend und lammend, in die Stille hinein. Er schreibt fleißig in seinen Block hinein, er hat nichts gesehen, aber er notiert alles. Er lässt die beiden in ihrer Stille allein – die beiden haben nichts zu fürchten – keine Schnelligkeit, nichts Verstecktes, nichts Lautes mehr.

Sie haben sich in der Ferne verstanden, ohne ihre Namen zu kennen. Jetzt sind die Grenzen gefallen, sie haben sich in einem tieferen Sinn verstanden. Nun steht der livrierte Kellner ganz still da und blickt, in sich versunken, ein kleines bisschen traurig auf die beiden, lange, lange steht er da – der livrierte Araber. Jetzt schreibt der livrierte Kellner nichts mehr in seinen dreifach durchschlagenden Block. Er wirft den Block in die Luft und lacht laut auf. Er lacht laut auf, malt mit seinem gespitzten Bleistift noch ein Mäsklein an und steckt seinen gespitzten Bleistift in ein geweintes Glas.

Draußen vor der Tür ist die Luft samtweich. Es ist menschenleer und still. Von der lauten Stimmung drinnen hört man hier nicht viel. Doch dann: Peng! Ein lauter Knall. Eine rote Kugel schießt in die Luft, aus der einen werden drei, aus drei werden neun, und aus neun werden siebenundzwanzig rote Kugeln – rot – rot – rot, ganz still. Lautlos schweben sie in großen Bögen und leuchten, langsam, ganz langsam und hell. Kein Hauch, der sie auf eine andere Bahn zwingen könnte. Es ist ruhig und still, endlos still, endlose Ruhe macht sich da breit.

Die beiden kommen auch auf die Terrasse. Sie sagen nichts. Eng umschlungen stehen sie da, sie sehen sich lange an. Ihre Köpfe nähern sich, ihre Lippen berühren sich, ganz behutsam, zärtlich.

Lange bleiben sie so stehen, dann setzen sie sich auf eine Mauer neben den kleinen, bunten Lampen. Aus seiner Jacke holt er eine Flasche Wein und zwei Gläser. Er füllt sie voll, bis oben hin. Sie sehen sich lange an. Beide trinken ihr Glas in einem großen Zug aus. Sie sehen sich an, schweigen. Zum zweiten mal füllt er die Gläser. Wieder trinken sie ihre Gläser in einem Zug aus.

Sie stellen ihre Gläser auf den Boden, die Flasche stellt er auch dazu. Schweigend stehen sie auf und gehen langsam auf das Meer zu. Der Sand weicht ein wenig aus unter ihren Schuhen, von denen sie sich jetzt befreien. Sie haben das Wasser erreicht, aber sie laufen trotzdem weiter, weiter in das Wasser, das ihnen jetzt bis zum Bauch reicht – immer weiter laufen sie hinaus – jetzt können sie schon schwimmen. Ihre Jacken hinter ihnen auf der Wasseroberfläche. Sie schwimmen und schwimmen immer weiter hinaus, geradewegs auf den riesen-, riesengroßen, goldenen Honigmond zu, der fast das Wasser berührt. Es wirkt fast so als brauche ich nur meine Hand auszustrecken und kann den Mond mit meiner Hand berühren, so wirkt es - es ist ein sonderbares und schönes Gefühl. So nah – so schön – er ist so riesengroß, das ich mich jetzt eigentlich ein bisschen fürchten müsste.

Plötzlich durchfließt meinen ganzen Körper ein merkwürdiges kibbeln, wie eine Dusche die von innen kommt – so schön ist das alles!

Auf dem Rückflug nach Stuttgart Triebwerkausfall

Es ist schon fast dunkel, die Abfertigung zum Flugzeug verläuft normal, mit all den Kontrollen und den Sicherheitsvorkehrungen. Der Flieger startet, der Service ist angenehm, versorgt mit Getränken und Essen beruhigt sich meine Flugangst und ich fühle mich richtig wohl. Auch Zeitungen bekomme ich reichlich zu lesen, von den schönen, zurechtgemachten jungen Damen, die gar doll aufgeputzt sind. So kann ich mich erst mal auf den neuesten Stand der Dinge bringen. In Anbetracht der relativ langen Flugzeit ist ein Schläfchen angesagt. So gut es eben geht mit diesem kleinen Kissen. Zum Schlafen komme ich nicht, weil es doch zu unbequem ist in den engen Sesseln. Obwohl ich mir den Sessel in unmittelbarer Nähe der Notausgangstür gebucht habe, der mir etwas mehr Platz erlaubt für meine langen Beine.

Der Pilot informiert uns alle über Lautsprecher: Höhe des Fluges, das Wetter, die Flugzeit und die etwaige Ankunft am Zielort, Stuttgart, und die dortigen Wetterbedingungen.

„Ich wünsche Ihnen einen angenehmen Flug."

So döse ich vor mich hin, träume von Erlebtem. Stunden sind vergangen, es dauert eine kleine Ewigkeit, so kommt es mir vor. Aber plötzlich bin ich hellwach, gestört durch ein merkwürdiges Rumpeln irgendwo. Ich kann nicht ausmachen, wo es herkommt. Plötzlich ist es ganz still im Flugzeug. Keiner spricht mehr ein Wort. Alle sind verdutzt und stutzig. Was war denn das, höre ich weiter vorne. Es macht sich eine deutliche Unruhe breit. Es wird getuschelt und die Menschen drehen sich um und schauen sich verwundert an. Das geht so noch eine ganze Weile. Doch dann tut sich doch noch was. Der Pilot kündigt eine Durchsage an. Großes Schweigen. Die Stewardessen sind plötzlich verschwunden. Es dauert noch eine ganze Weile, bis sich der Pilot wieder meldet.

Der Pilot meldet sich wieder zu Wort, wir haben festgestellt, dass das linke Triebwerk ausgefallen ist

Verehrte Damen und Herren: Wir möchten Sie auf etwas aufmerksam machen. Sicherlich haben Sie auch dieses Rumpeln bemerkt. Wir haben festgestellt, dass das linke Triebwerk ausgefallen ist, wir sind mit irgendetwas kollidiert. Es braucht Sie aber nicht zu beunruhigen. Das Flugzeug kann auch mit nur einem Triebwerk weiterfliegen.

Die ersten Reaktionen sind unüberhörbar. Stürzen wir jetzt ab? – Oh mein Gott, was sollen wir denn jetzt machen? – So ein Mist. Jetzt ist alles zu Ende. – Ja kann man da nichts machen. – Es gibt erste Ausraster unter den Passagieren. – So eine verdammte Scheiße. – Warum muss das gerade uns passieren? – Jetzt müssen wir notlanden. – Aber wo? Wie soll das denn gehen? Ein Stimmendurcheinander entsteht, es fällt schwer, noch irgendwelche Klarheiten auszumachen. Wildes Gebrabbel und Gemurmele mit einigen lauten Aufschreien einiger Passagiere. Jetzt meldet sich der Pilot wieder zu Wort.

Meine Damen und Herren, wir befinden uns gerade über Rumänien. Jetzt müssen wir rechnen, das dauert noch eine Weile, bis wir Ihnen etwas Konkretes mitteilen können. Aus Sicherheitsgründen haben wir beschlossen, dass wir den Flug abbrechen werden, um uns nicht irgendwelchen Gefahren auszusetzen, wir werden nicht bis Stuttgart durchfliegen. Wir rechnen noch.

Wieder dauert es eine gefühlte Ewigkeit. Die Passagiere haben sich ziemlich beruhigt. Was soll man denn auch machen. Auch meine Aufregung hat sich etwas gelegt. Ich sitze ziemlich still da. Aber ich habe angefangen zu beten, wie eine Endlosformel, immer wieder und wieder. Irgendwie muss ich doch meine innere Unruhe bekämpfen. Fast heimlich und etwas beschämt falte ich meine Hände dabei.

Der Pilot meldet sich erneut zu Wort

Meine Damen und Herren, wir haben einen Flughafen berechnet, der in der Nähe liegt, in Rumänien. Wir werden jetzt aus Sicherheitsgründen auf eine Höhe von 3000 Metern sinken, bis wir in der Nähe des Flughafens sind. Der Flughafen ist zwar noch geschlossen, aber das Personal ist informiert, weiß Bescheid und wir haben eine Landeerlaubnis bekommen. Wir werden den Flughafen in ungefähr 20 Minuten erreichen.

Immer wieder muss ich aus dem Fenster sehen. Mannohmann, das dauert aber lange. Man merkt dem Flugzeug nicht an, dass es mit nur einem Triebwerk fliegt. Es liegt auch ruhig in der Luft. Es fühlt sich eigentlich recht normal an.

Der Pilot meldet sich erneut zu Wort.

Meine Damen und Herren, wir haben den Flughafen im Blick und werden in Kürze in ca. zehn Minuten landen.

Es macht sich eine spürbare Erleichterung unter den Passagieren breit. Auch bei mir. Deutlich sind jetzt Lichter da unten zu sehen, das tut schon ganz gut. Nach wenigen Minuten setzt das Flugzeug auf der Landebahn auf, ein Raunen geht durch das ganze Flugzeug. – Geschafft, tönt es. – Gott sei Dank. Nix wie raus. – Ojemine. – Na, das war ja was. – Das hätte ich nicht geglaubt. – Jetzt wird geklatscht und zwar deutlich und laut.

Endlich kommt das Flugzeug zum Stehen, der Applaus will gar nicht mehr aufhören

Endlich kommt das Flugzeug zum Stehen, der Applaus will gar nicht mehr aufhören. Der Pilot meldet sich jetzt wieder, was er sagt, ich erinnere mich nicht mehr daran.

Nur raus jetzt, als fast alle ausgestiegen sind, kommt der Pilot um die Ecke und leuchtet mit einer kleinen Taschenlampe das Triebwerk ab. Aber es ist nichts zu erkennen, so viel kann ich auch sehen. Zu Fuß gehen wir erleichtert in Richtung Lobby. Man schickt uns jetzt in das Flughafenrestaurant. Mit uns allen ist es proppenvoll. Jetzt gibt es zu essen und zu trinken, viel zu essen, gutes Essen. Auch Alkohol ist dabei. Manche Passagiere schütten sich richtiggehend zu. Laut ist es auch, sehr laut. Wieder dauert es eine Ewigkeit, bis uns die nächste Nachricht erreicht. Von irgendwoher sagt eine Stimme: Das Ersatzflugzeug ist jetzt gelandet und wird in Kürze mit den Gepäck beladen. Wir sollen uns alle bereit machen. Das geht alles ziemlich zack, zack. Tür zu und schon bewegt sich das Flugzeug in Richtung Startbahn. Flugs hebt es auch ab und steigt in die Luft. Deutlich merke ich, dass da ein absoluter Vollprofi am Steuer sitzt. So wie der die Kiste hochzieht und wie der Gas gibt, das habe ich noch nie erlebt. Sonst fühlt es sich eher gemütlich und ruhig an. Aber dieser Pilot gibt Vollgas. Der fliegt so was von toll, wie wenn man in einem Porsche sitzt, mit absolutem Vollgas, überraschend, was man aus so einer Maschine herausholen kann. Beeindruckend.

Irgend jemand hat mir die Seele geklaut, in der Nacht oder zwischen der Nacht und dem Tag

Ach ja, ich hab fürchterliche Kopfschmerzen jeden Tag. Ich hab eine Loch im Kopf – irgendjemand hat mir, ich glaube, es war in der Nacht oder zwischen der Nacht und dem Tag, die Seele geklaut, dieser verdammte Schuft. Jetzt werde ich immer müder und energieloser, seit sie weg ist. Den sollte man ins Gefängnis stecken, lebenslänglich, diesen Dieb. Wegen seelischer Grausamkeit, damit er das bereut, damit er es deutlich spürt.

Ach, solltest du in Berlin, Leipzig, Heilbronn, Pittsburg, Chicago, Paris oder Bochum jemanden sehen, der mit meiner Seele unter dem Arm herumläuft, dann nimm sie ihm ab. Nimm sie mit nach Hause, verpacke und verschnüre sie ganz fest, damit sie nicht verloren geht, und schicke sie mir zurück, das Porto zahle ich dir dann, ich weiß nicht mehr genau, wie schwer sie ist.

Damit nur endlich die Kopfschmerzen aufhören, das tut so weh! Du sagst zu mir: „Wenn ich bei meinem Freund bin, bist du ganz vorne in meinem Kopf." Ich kann nichts machen und manchmal kullert es einfach so, kullert es über die Backe.

Ich inszeniere gerade Linie 1 von Volker Ludwig, du assistierst gerade bei Klaus Wagners Inszenierung, Zuckmeyers – Des Teufels Generals, mit Volker Lechtenbrink als Harras.

Wir treffen uns nach den Proben beim Pförtner.

Vor dem Theater in Heilbronn, es fängt gerade an zu regnen, frage ich: Wo sollen wir denn jetzt hingehen?

Ich gehe mit dir, wohin du willst.

Ich stuzte, zu mir nach Hause würde sie jetzt auch mitgehen? Ich antworte: Ja, dann gehen wir doch noch ins Uhlenspiegel. Nach den anstrengenden Proben bin ich noch immer ziemlich gepuscht und muss erst mal runterkommen, durstig und hungrig bin ich auch.

Die Schauspielerkneipe ist wie immer proppe voll. Im Hinterzimmer sind gerade noch zwei freie Plätze und wir sind froh, dass wir hier noch etwas Trinken und Essen können. Du hast viel über deine Arbeit bei Radio Regional erzählt und die dein Engagement über die Besetzung des Fahnenmastes. Die Institutionen arbeiten eng zusammen, in Bezug auf personelle Nachfragen. Chefdramaturg Strenz hat offentsichlich bei Feuilletonchef, Heilbronner Stimme, Ücker Einkünfte über Andra eingeholt, bevor sie am Theater engagiert wurde. Ücker erzählte wahrscheinlich von der Mastbesetzung, den die Dittfurt als Pressekampange ausschlachtete.

Du fragst mich nach nach meiner Assistentenzeit an der Staatsoper Stuttgart. Viel erzähle ich darüber; über Mauricio Kagel und die Inszenierung La Trahison Orale, Der mündliche Verrat, das Musikepos über den Teufel und den Regisseur Brian Michaels. Auch über Cafe Eros von Hubert Stuppner, Ernst Poettgen führt die Regie. Über Achim Freyers Inszenieung Patrizia Persevers oder

Sexolidat, Luc Ferrari. Auch über meine Assistenzen am Schauspiel bei Hansgünther Heyme. Über das Regietheater von Hansgünther Heyme, Die Perser von Ayschilos, „H" oder die Regenbogenspringer, Rockmusical von Ralf Günter Mohnau, Preparadise sorry now, Rainer Werner Fassbinder, Hansgünther Heyme.

Es ist wieder einmal sehr spät geworden, wir sind die letzten in der Kneipe und die Chefin will zumachen. Als wir draußen vor der Kneipe stehen gibt`s nur noch eine Möglichkeit. Meine Wohnung ist nicht weit weg, keine fünf Minuten zu laufen, mit dem Auto?, dass ist keine gute Idee. Ich sag`: „Komm doch mit zu mir."

Zwei Tage bis du bei mir in meiner Wohnung geblieben.

Aber der Dieb ist ja noch viel fieser. Nicht dass er mir nur meine Seele klaut, in der Nacht oder zwischen der Nacht und dem Tag, er hat mir in das offene Loch im Kopf noch etwas Zeit hineingeschüttet. Jeden Tag, unmerklich, fast heimlich schwappt die Zeit jetzt an meinen Hypophysenvorderlappen und lässt Bilder entstehen wie auf einer Breitbandkinoleinwand. Und ich krieg sie nicht mehr weg.

Nach den Proben sitzen wir mal wieder in meinem Wagen vor meiner Wohnung; noch lange quatschen wir. Du fragst mich: „Soll ich mich jetzt losschnallen?" Ich bin ziemlich verdutzt. Du fragst mich nochmal. „Soll ich mich jetzt losschnallen?" Ich sage: „Ja, schnall dich los."

Ich erinnere mich noch an die Nacht oder zwischen der Nacht und dem Tag, an dem mir die Seele geklaut worden ist. Tage danach fragst du mich: „Hast du Haare in deinem Bett gefunden?." „Ja, das habe ich, Relikte von schönen Stunden, es tut so gut."

Nach dreijährigen pausenlosen Kämpfen habe ich mich mal ein bisschen angelehnt. Ich Unwissender, und genau in dem Moment schnappt die böse Falle zu. Der Fallenmechanismus ist eigentlich ganz einfach und simpel. Er löst etwas aus, wie wenn man auf eine Tonbandgerät drück. Stimme, höhnisch und breit, anschließend gellendes Gelächter, das sich am Ende verzieht und verhallt. Auf- und abschwillt und dann die Stimmen verdoppelt. Triumph der Gedanken, Triumph der Gedanken, hahahahaha, hihihihihihi, hohohohohooh.

En el muelle de sans blas, maná

ella despidió a su amor
el partió en un barco
en el muelle de san blás
el juró que volvería
y empapada en llanto ella juró que esperaría
miles de lunas pasaron y siempre estaba en el muelle
esperando
muchas tardes se anidaron
se anidaron en su pelo y en sus labios

levaba el mismo vestido y por si él volviera
no se fuera a equivocar los cangrejos le mordían
su ropaje su tristeza y su ilusión

y el tiempo escurrió y sus ojos se le llenaron
de amaneceres
y del mar se enamoró
y su cuerpo se enraizó
en el muelle

sola, sola en el olvido
sola, sola con su espíritu
sola, con su amor el mar
sola, en el muelle de san blás

su cabello se blanqueó
pero ningún barco
a su amor le devolvía
y en el pueblo le decían

le decían la loca
del muelle de san blás
una tarde de abril
la intentaron trasladar al manicomio
nadie la pudo arrancar
y del mar nunca jamás
la separaron

sola, sola en el olvido
sola, sola con su espíritu
sola, con su amor el mar
sola, en el muelle de san blás

sola, sola en el olvido
sola, sola con su espíritu
sola, sola con el sol y el mar
oh sola

sola en el olvido
sola, sola con su espíritu
sola, con su amor el mar
sola, en el muelle de san blás

se quedó, se quedó sola, sola
se quedó, se quedó
con el sol y con el mar
se quedó ahí se quedó hasta el fin
se quedó ahí
se quedó

en el muelle de san blás

oh

sola, sola se quedó
oh

Songwriter: Alejandro Gonzalez Trujillo / Jose Fernando Emilio
Olvera Sierra

Songtext von En el Muelle de San Blas, mana

Im Hafen von San Blas

Sie verabschiedete sich von ihrem Liebsten,
er ging an Bord, am Hafen von San Blas.
Er schwor zurückzukommen.
Und nass vor Tränen schwor sie auf ihn zu warten.

Tausende Monde vergingen und Abend für Abend stand
sie am Hafen.
Wartend.
Und diese Abende setzten sich in ihrem Haar fest,
zeichneten sich um ihre Lippen ab.

Sie trug immer das gleiche Kleid,
damit er sie nicht verwechseln würde,
wenn er wiederkäme.
Die Krebse bissen sie,
ihre Kleidung, ihre Traurigkeit
und ihre Illusion.

Und die Zeit verging.
Ihre Augen füllten sich mit all den Sonnenaufgängen.
Und sie verliebte sich in das Meer.
Und ihr Körper verwurzelte sich an dem Hafen.

Allein, allein im Vergessen, allein, allein mit ihrer Seele,
allein, allein mit ihrer Liebe, das Meer, allein, allein im
Hafen von San Blas.

Ihre Haare waren schlohweiß geworden,
aber kein Schiff brachte ihr den Liebsten zurück.
Die Leute im Dorf nannten sie die Verrückte vom Hafen
von San Blas.

Und an einem Nachmittag im April versuchte man sie in
eine Heilanstalt zu bringen,
doch niemand konnte sie fortbewegen, und so trennte man
sie niemals vom Meer.

Allein, allein im Vergessen, allein, allein mit ihrer Seele,
allein, allein mit ihrer Liebe, dem Meer, allein, allein im
Hafen von San Blas.

Allein, allein im Vergessen, allein, allein mit ihrer Seele,
allein, allein mit der Sonne und dem Meer … allein …
Allein, allein im Vergessen, allein, allein mit ihrer Seele,
allein, allein mit ihrer Liebe, dem Meer, allein, allein im
Hafen von San Blas.

Sie blieb, sie blieb …
allein, allein,
sie blieb, sie blieb
mit der Sonne und mit dem Meer.
Sie blieb dort, sie blieb bis zum Ende.
Sie blieb dort, sie blieb im Hafen von San Blas,
allein, allein blieb sie …

Zitat: "Die Zerstörung des World Trade Centers"

Zitat: „Der Mythos"

Sprecher "Zitat"

Wir wissen, dass am 11. September 2001 vier Flugzeuge entführt und vom Kurs abgebracht wurden. Innerhalb einer Stunde krachten zwei Maschinen in die Stahltürme des WTC, die daraufhin einstürzten. Verstört von den Bildern glaubte die Öffentlichkeit schnell, dass die Brände so heiß waren, dass das Stahlgerüst der Türme nachgab. Genährt von offiziellen Quellen, mithilfe der Medien entstand ein Mythos, mit dem die fassungslose Öffentlichkeit gefüttert wurde. Durch den Einschlag der Maschinen verbrannte tonnenweise Kerosin, der Stahl schmolz und das Gebäude fiel in sich zusammen. Innerhalb von zehn Sekunden waren 110 Stockwerke pulverisiert. Diese offizielle Version wurde von Anfang an verbreitet.

Zitat: "Ein Beobachter des Geschehens"

Beobachter "Zitat"

Die Maschine kam aus dem Nichts und knallte genau in die eine Seite des Twin Towers. Auf der anderen Seite gab es eine Explosion, dann habe ich gesehen, wie die Türme zusammenfielen, weil das Feuer zu heiß war.

Sprecherin "Zitat"

Dieser Mythos floss in den Bericht des Katastrophen-schutzes ein und wurde anschließend von Experten übernommen. Der Einsturz war eine Folge der zerstöre-rischen Wirkung des Flugzeugeinschlages und des daraus folgenden Feuers.
Die Ingenieure Jones Killing und Les Roberts hatten das Stahlgerüst in den sechziger Jahren entwickelt, dabei hatten sie einen Flugzeugcrash eingeplant, weil erst 1945 ein verirrter Airforce-Bomber ins Empire State Building geflogen war.

Ingenieur "Zitat"

Wir hatten mit dem größten Flugzeug seinerzeit ge-rechnet, das langsam und tief fliegt im Nebel.
Wir haben die Türme so gebaut, dass sie den Einschlag einer Boeing 707 aushalten würden, egal, wo die

Maschine auftreffen würde.

Sprecherin "Zitat"

Aber in den Tower flog jeweils eine Boeing 767, sie ist schwerer als eine 707 und gebaut für schnelle Übersee-flüge. Die 707 ist mit der 767 vergleichbar. Eine vollge-tankte 707 wiegt höchstens 334.000 Pfund. Und da die Maschinen für ihren Flug allenfalls den Sprit laden, den sie unbedingt benötigen, war die kleinere 767 nicht einmal annähernd vollgetankt und deshalb auf keinen Fall so schwer wie möglich.

In Bezug auf die Hitze sind die Funksprüche der New Yorker Feuerwehr interessant.

Feuerwehrmann "Zitat"

Einheit 251, es gibt zwei isolierte Brände im 78 Stock, mit zwei Einheiten sollten wir sie in den Griff bekommen, um sie zu löschen.

Sprecherin "Zitat"

Im Bericht des Katastrophenschutzes steht, dass das meiste Kerosin während der ersten Minuten verbrannte. Es heißt weiter, das brennende Kerosin breitete sich zwischen den Stockwerken aus und entzündete die Büroeinrichtungen. Die neuen Brände und die größere Hitze reichten irgendwie aus, um 47 Stahlsäulen im Kern des Gebäudes 236 Stahlsäulen an den Außenseiten und tausende Stahlhalterungen gleichzeitig zu schmelzen.

Achten Sie auf den Rauch nach dem Einschlag. Jeder, der schon einmal ein Holzfeuer entzünden wollte, weiß, Rauch bedeutet, das Feuer brennt nicht, ihm fehlt Sauerstoff. Mehr als eine Stunde lang schwelte das Feuer in den Twin Towers, aber es brannte nicht, während dieser Zeit konnten tausende Menschen über die Treppenhäuser evakuiert werden. Andere, deren Fluchtweg abgeschnitten war, standen an den Fenstern der verqualmten Räume und riefen um Hilfe. In Wirklichkeit hielten die Türme stand.

Ingenieur "Zitat"

Das Gebäude war so konzipiert, dass es dem Aufprall einer vollgetankten 707, dem größten Flugzeug seinerzeit, standhalten würde. Es hätte wahrscheinlich mehrere Einschläge verkraftet, denn seine Struktur ist wie ein dichtes Moskitonetz. Ein Flugzeug ist wie ein Kugelschreiber, der durch einen Teil des Netzes sticht, aber dem gesamten Netz nichts anhaben kann.

Interview vom 26. Januar 2001

Einblendung im Hintergrund der Szene:
Der Ingenieur wird seit dem 11. September 2001 vermisst.

Sprecherin "Zitat"

Die Türme konnten schweren Orkanböen mit Windgeschwindigkeiten bis zu 225 Kilometer pro Stunde standhalten. An einem stürmischen Tag waren die Schwingungen spürbar, der einzelne Einschlag eines Flugzeugs entsprach lediglich einem lauen Lüftchen und keinem Orkan.

Mitarbeiter im WTC "Zitat"

Ich hatte gerade meine Unterlagen aufgeräumt, da hörten wir einen lauten Knall, und das Gebäude begann zu schwingen wie eine Welle.

Sprecherin "Zitat"

Die Menschen waren fassungslos, als eine Stunde später der erste Turm zusammenbrach.

Ingenieur "Zitat"

Soweit ich weiß, wurde über das Kerosin im Flugzeug nicht nachgedacht hinsichtlich einer Explosion oder eines starken Feuers. Dafür waren wir nicht verantwortlich.

Sprecherin "Zitat"

Bei einem auf Flugzeugeinschläge konzipierten Haus wurde nie über das Kerosin nachgedacht?

Zitat: "Stahlgebäude"

Sprecherin "Zitat"

Noch nie ist ein Stahlgebäude durch ein Feuer zusammengebrochen.

Mitarbeiter des Polytechnischen Instituts "Zitat"

Ich habe bis vor Kurzem noch keine Stahlkonstruktion gesehen, die durch ein Feuer zusammengebrochen wäre.

Sprecherin "Zitat"

Andere Stahlgebäude waren echten Infernos ausgesetzt, doch keines fiel in sich zusammen.

1975 brannte es im nördlichen Turm des WTC drei Stunden lang. Das Feuer fraß sich Stockwerk für Stockwerk hinauf, es brannte doppelt so lang wie am 11. September, doch es gab keinen Hinweis auf eine mögliche Einsturzgefahr.

Februar 2005, während Sanierungsarbeiten, brennt es im Windsor Tower in Madrid 20 Stunden lang, was vom Gebäude übrigblieb, konnte sogar noch einen Kran tragen. Was sind 90 Minuten Rauch gegen ein 20-Stunden-Inferno? Stahl ist stabil, leicht und flexibel. Stahl hat gegenüber Beton viele Vorteile, vor allem wenn man

Wolkenkratzer bauen will. Hohe Stahlgebäude sind relativ leicht und enorm belastbar. Kracht ein oberes Stockwerk herunter, halten die unteren stand, außerdem ist Stahl widerstandsfähiger gegen Wettereinflüsse und Feuer.

Zitat: "Die Konstruktion der Türme"

Ingenieur "Zitat"

Die meisten Wolkenkratzer haben einen Rahmen, der aus Säulen und Trägern besteht, auf dem das Gebäude aufgebaut ist. Das WTC war anders, es hatte eine sogenannte Röhrenstruktur, also ein sehr starkes Stahlnetz, das die Außenseite umgab.

Sprecherin "Zitat"

Der innere Kern bestand aus einem Rechteck aus 47 jeweils zehn Zentimeter dicken Stahlträgern, die nach oben dünner wurden, damit sie flexibel blieben. So konnten die Türme schwingen, die Stahlträger waren wirklich groß. Solide vorgefertigte Bodenplatten waren auf den vertikalen Stahlträgern montiert.

Das Folgende ist eine offizielle Stellungnahme

Sprecherin "Zitat"

Es hieß, der Stahlrahmen gab nach, weil sich durch das Feuer die Stahlträger verzogen hatten und die Haltebolzen abbrachen, und als die Träger absackten, stürzten die Stockwerke herab. Im Jahr 2002 veranschaulichte der TV-Sender pbs diese Annahme mit einem Trickfilm.

Sprecher "Zitat"

Als die Träger versagten, sackten die Etagen ab und rissen die nächsten unterliegenden mit. Das Ergebnis ist ein sogenannter progressiver Zusammenbruch, weil jede Etage die nächste mitreißt.

Sprecherin "Zitat"

In diesem Trickfilm bleibt der innere Kern stehen. Warum konnte man die komplette Zerstörung der Twin Towers nicht erklären? Wo ist der Kern an Ground Zero geblieben?

Die offizielle Erklärung geht davon aus, dass die Temperaturen im Gebäude so hoch waren, dass der Stahl geschmolzen ist, aber die Menschen, die sich aus den Türmen retten konnten, haben von einer solchen Hitze nichts bemerkt. Stahl, Glas und Beton brennen nicht, was hat also diese Hitze verursacht?

So beschreiben die Feuerwehrleute den Zusammenbruch des Nordturms.

Feuerwehrleute "Zitat"

Wir liefen von Etage zu Etage, dann knallte es, als gäbe es Explosionen, ja Explosionen, als hätte man ein Haus sprengen wollen.

Sprecherin "Zitat"

Andere beschreiben es ganz ähnlich.

Eine Frau auf der Straße "Zitat"

Um halb elf wollte ich das Gebäude verlassen. Als ich draußen war, hörte ich eine zweite Explosion und ein Rumpeln und es gab mehr Rauch. Ein Feuerwehrmann sagte, wir müssen sofort weg, denn nach einer dritten Explosion würde der Turm nicht standhalten.

Ein verletzter Mann auf einer Bahre "Zitat"

Es klang wie Schüsse und dann plötzlich gab es drei heftige Explosionen.

Ein Mitarbeiter vom WTC "Zitat"

Wir wollten gerade vom achten Stock runtergehen, eine große Explosion schleuderte uns zurück.

Reporter "Zitat"

Klang es nach einer Explosion oder dem Zusammenbruch des Hauses?

Passant "Zitat"

Nach einer Explosion.

Polizist "Zitat"

Es war eine Riesen-Explosion.

Sprecher "Zitat"

Feuerwehrchef Terry war nach den Einschlägen von heute Morgen hier, er wollte seine Männer so schnell wie möglich aus dem Gebäude holen. Er sagte, es gab eine Explosion in einem der Türme und eine Stunde später noch eine, er glaubt, es habe Sprengvorrichtungen im Gebäude gegeben.

Sprecherin "Zitat"

Von Explosionen berichtet auch eine Reporterin des Fernsehsenders cbs.

Reporterin "Zitat"

Ich kam zum World Trade Center und fragte einen Feuerwehrmann, ob er meine Kollegen gesehen hätte. Plötzlich gab es eine Explosion und ein meterhoher Feuerball rollte auf uns zu.

Sprecherin "Zitat"

Vor dem Zusammenbruch des Südturms ist eine laute Explosion zu hören. Schall ist langsamer als Licht, deshalb sieht man das Ereignis zuerst, dann hört man das Geräusch dazu. Wäre dieses Geräusch vom zusammenstürzenden Turm verursacht worden, hätte man den Knall nach dem Zusammenbruch hören müssen.

Zitat: "Eigenschaften von Stahl"

Sprecherin "Zitat"

Betrachten wir die Eigenschaften von Stahl. Stahl besteht aus einer Legierung aus Eisen und Kohlenstoff, das macht ihn flexibel und stabil zugleich. Früher mussten Schmiede das Eisen erhitzen, bis es rötlich glühte, und dann stundenlang bearbeiten.

Stahl wurde Mitte des 18. Jahrhunderts entwickelt und konnte man nach der Erfindung des Hochofens im industriellen Maßstab hergestellt werden. In einem Hochofen konnten durch die Zugabe von Sauerstoff extrem hohe Temperaturen erreicht werden. Stahl schmilzt ab einer Temperatur von 1500 Grad Celsius. Solche Temperaturen werden nur in Hochöfen oder von speziellen Schweißbrennern erreicht. Stahl wird niemals heißer als die Temperatur, die ihm zugeführt wird. Werden Treibstoffe wie Benzin oder Kerosin verbrannt, erreicht das Feuer eine Temperatur von etwa 650 Grad und man sieht eine rot-orange Flamme. Experten sprechen von einer schmutzigen oder unkontrollierten Verbrennung. Rot-orangefarbene Flammen gab es auch am 11. September zu sehen, der Feuerball nach dem Flugzeugeinschlag war rot-orange. Im Gegensatz zu einer schmutzigen Verbrennung, wie bei einem Lagerfeuer, braucht man für eine kontrollierte Verbrennung eine genaue Mischung aus Luft und Gas, wie z.B. bei einem Gasherd oder einem Automotor.

Man kann einen Gasherd einen ganzen Tag benutzen, er ist aus Stahl und wird deshalb nicht schmelzen, genauso wenig wie die Töpfe und Pfannen.

Dies ist (Bilder einer Kerosin-Heizung) eine handelsübliche Kerosin-Heizung, in der Kartusche ist Flugbenzin. Sie kann den ganzen Tag und die ganze Nacht brennen und trotzdem wird kein Teil des Brenners verformt, nichts schmilzt.

Aber wir sollen glauben, dass diese riesigen Stahlgebäude aufgrund vereinzelter Brände und in 90 Minuten während des Rauchs völlig zusammenbrachen.

In einem Gutachten aus dem Jahr 2001 hat Professor Thomas Eger vom renommierten Massachusetts Institute of Technology festgestellt, dass Stahl bei einer Temperatur von 650° C die Hälfte seiner Tragfähigkeit verliert. Das Feuer in den Türmen wurde nicht sehr viel heißer und Eger betont, dass das Feuer nicht gleichmäßig gebrannt hat.

Zitat: "Offizielle Darstellung"

Sprecherin "Zitat"

Die verschiedenen Temperaturen hätten den Stahl deformiert und einige Etagen zum Einsturz gebracht, wodurch wiederum das gesamte Gebäude zusammenbrach.

Professor Eger vom MIT "Zitat"

Das Kerosinreiche und weitverbreitete Feuer brannte zwar nicht heiß genug, um das Stahlgerüst zu schmelzen, aber durch die schnelle Entzündung und die intensive Hitze verlor der Stahl mindestens die Hälfte seiner Tragfähigkeit und wurde deformiert, einige Stockwerke fielen herab und durch dieses Gewicht wurden weitere Stockwerke aus ihren Verankerungen gerissen, es entstand ein Dominoeffekt.

Sprecherin "Zitat"

Soweit Professor Eger vom MIT.

Sprecherin "Zitat"

Aber Herr Professor, was passierte mit dem Kern des
Gebäudes?

Zitat: "Wie verhalten sich einstürzende Bauten?"

Sprecherin "Zitat"

Wie sieht eine Sprengung aus?

Bilder von Sprengung eines Gebäudes

Hier eine typische Sprengung, computergesteuert explodieren kurz hintereinander zahlreiche Ladungen und reißen den Sockel des Hauses auseinander. Das Gebäude gibt nach und fällt in sich zusammen. Metallteile schleudern durch die Gegend und man sieht Blitze und es entsteht eine riesige Staubwolke. Und nun betrachten wir den Zusammenbruch der Twin Towers. Es sieht mehr nach einer Explosion als nach einer Implusion aus und es wird Schutt durch die Gegend geschleudert. Und das ist noch nicht alles, auch am Nachbargebäude wurden die Fenster eingedrückt. Was hat das verursacht? Könnte ein Feuer Stahl und Beton durch die Gegend schleudern? Dieser 300.000 Kilo schwere Stahlklotz ist doppelt so schwer wie ein Flugzeug und wurde über über 100 Meter weit ins Gebäude des World Finance Center geschleudert. Die Fotografen des Katastrophenschutzes wunderten sich darüber, dass so viele Stahlbalken in anderen Gebäuden steckten. Was hat sie dorthin geschossen? Im April 2006 erregt eine Nachricht die Öffentlichkeit. Knochenreste

von den Opfern des 11. September wurden auf dem Dach
der nahe gelegenen Deutschen Bank gefunden.
Eine Passantin "Zitat"

Wie in Gottes Namen sind die Knochen dort hinge-
kommen?

Ein Sprecher "Zitat"

Es überrascht mich, dass man sie bisher noch nicht
gefunden hat.

Eine Sprecherin "Zitat"

Wie kommt es, dass man erst fünf Jahre später auf dem
Dach der Deutschen Bank nachsieht, das ist verrückt.

Sprecherin "Zitat"

Die Knochenreste sind teilweise kleiner als einen
Zentimeter, wie kann das sein? Warum fiel der Südturm
zuerst, wenn er doch als Zweites getroffen wurde? Das
obere Drittel des Turms ist kurz davor zu kippen und
plötzlich zerfällt es mitten in der Luft. Wodurch wurde all
der Stahl und Beton vor unseren Augen und Stahl zu
Staub zerschlagen? Beide Gebäude fallen auf ihren
jeweils stabilsten Teil. Die Türme des WTC stürzten
innerhalb von rund zehn Sekunden in sich zusammen.
Daten der Columbia University zufolge dauerte es beim

Nordturm acht Sekunden, beim südlichen zehn. Die Angestellte Prin Simson konnte sich aus dem 89 Stock retten, sie beschreibt, was sie sah.

Prin Simson "Zitat"

Ich sah die Türme regelrecht kollabieren, Stockwerk für Stockwerk, es dauerte nur ein paar Sekunden. Ein massives Gebäude und es sackte einfach in sich zusammen.

Sprecherin "Zitat"

Zehn Sekunden. 110 Etagen rasen ungebremst zur Erde. Doch hätten die darunterliegenden Stockwerke keinen Widerstand bieten müssen?

Kann ein Mensch genauso schnell durch eine geschlossene Tür gehen wie durch eine geöffnete? Die unteren nicht beschädigten Stockwerke haben den Fall offensichtlich nicht gebremst? Man beachte die nach unten rasende Welle der Zerstörung. Der südliche Turm ist schon halb zerbrochen, aber der Schutt aus den oberen Stockwerken ist hier noch gar nicht angekommen. Die Welle der Zerstörung bewegt sich schneller als die Schwerkraft, das Gebäude zerbricht.

Nun gibt der Kern des Nordturms nach, ein mehr als 200 Meter hohes Stahlgerüst aus den stabilsten Stahlträgern, die jemals errichtet wurden. Durch welche Kraft verschwinden die Stahlträger einfach?

Professor Ray Griffin ist Autor des Buchs „Der 11. September entlarvt", dazu hat er die Ereignisse dieses Tages genau untersucht. Zuvor hat er Bücher über die Ethik der Wissenschaft geschrieben.

Professor Ray Griffin "Zitat"

Trotz aller Theorie angesichts ihrer Bauweise muss erklärt werden, warum die Türme auf diese Art zusammenbrachen. Jedes Gebäude wurde von 278 Stahlsäulen getragen. Sie reichten vom Erdgeschoss bis zum Dach und dennoch endeten sie als Schutthaufen. Dies ist nur möglich, wenn sie von einer sehr großen Kraft zerschnitten werden. Die Türme stützten gerade nach unten. Dazu hätten aber die Halterungen jedes Stockwerks gleichzeitig zerschnitten werden müssen, außerdem stürzten die Gebäude praktisch im freien Fall zusammen. Das wäre nur durch den Einsatz bewusst angeordneter Sprengstoffe möglich. Weil der Stahl zerschnitten und der Beton pulverisiert wurde und weil die Türme so schnell einstürzten, müssen weit stärkere Kräfte am Werk gewesen sein als bloß ein Feuer und die Schwerkraft.

Sprecherin "Zitat"

Es bricht wie ein Stapel zusammen. Warum sieht man an Ground Zero keine aufeinandergestapelten Etagen? In der ganzen Gegend wirbelte Papier durch die Luft, wäre das Haus ineinander gefallen, hätten die Papiere nicht im Gebäude eingeschlossen werden müssen? Wie wurden die Unterlagen über ganz New York geblasen? Ließe man eine Billardkugel vom Dach der Twin Towers fallen, dann würde sie länger als neun Sekunden bis zum Boden brauchen und auf ihrem Weg nach unten immer schneller werden. Bricht ein 110 Stockwerke hohes Gebäude in sich zusammen und fallen die oberen Etagen auf die jeweils darunterliegenden, dann würde das Berechnungen zufolge 96 Sekunden dauern, vor allem würde der Zusammenbruch durch den Widerstand der Etagen langsamer, keinesfalls schneller.

Zitat: "Explosionen im Untergeschoss"

Sprecherin "Zitat"

Die Flugzeuge schlugen relativ weit oben in den Gebäuden ein, doch in der Lobby des Nordturms brachen Marmorplatten von den Wänden und sämtliche Fensterscheiben zerbrachen.

Ein Feuerwehrmann "Zitat"

Ein Mitarbeiter der Hafenbehörde hat gerade gesagt, dass das Flugzeug irgendwo oberhalb des 78. Stocks eingeschlagen ist, aber irgendwas muss auch hier unten in der Lobby passiert sein. Es sah aus, als sei dort ein Flugzeug eingeschlagen.

Sprecherin "Zitat"

Als wäre dort ein Flugzeug eingeschlagen? Was hat so viel Schaden in der Lobby angerichtet? Der Hausmeister William Rodriguez war der letzte, der das WTC lebend verlassen hat. Er spricht von einer enormen Explosion unter dem Gebäude.

Hausmeister William Rodriguez "Zitat"

Plötzlich hörten wir eine Explosion, eine riesige Explosion unter mir. Das kam aus den Untergeschossen, etwa B2 oder B3, und es gab eine riesige Explosion an der Spitze des Hauses. Man konnte den Unterschied hören, der Knall oben einige Sekunden später klang weit weg, der im Keller war ziemlich laut und man konnte ihn spüren, alles bebte und die Decke stürzte runter. Dann rannte ein gewisser Phillipe David in unser Büro und schrie „Explosion", er hatte keine Haut mehr unter den Armen und schwere Verletzungen im Gesicht.

Sprecherin "Zitat"

Eine Explosion im Keller des Turms vor dem Flugzeugeinschlag. Auch andere berichten von schweren Explosionen im Keller der Türme. Der Bauarbeiter Phillip Morelli hielt sich während der Einschläge im vierten Untergeschoss des nördlichen Turms auf.

Phillip Morelli "Zitat"

Ich ging runter, weil ich die Container wegschaffen sollte, als ich am Lastenaufzug vorbeikam. Im Korridor wurde ich weggeblasen. Da ist eine Bombe ein-geschlagen oder so was. Ich wurde zu Boden geworfen und dann ging alles los. Ich rannte Richtung Waschraum, als ich die Tür öffnete, gab es wieder einen Schlag, alle

Deckenplatten und die Armaturen fielen runter. Ich rannte zur Tür raus und die ganzen Wände waren gebrochen. Dann lief ich zu den Parkplätzen, dort gab es eine Menge Rauch. Da waren viele Leute, die schrien und wir liefen alle die Rampe rauf. Es gab einen unterirdischen Verbindungsgang zwischen den Türmen, dort mussten wir entlanglaufen und plötzlich dasselbe nochmal. Ich weiß, dass Menschen im Keller getötet wurden. Ich weiß, dass sich Leute da unten ihre Beine gebrochen haben. Manche wurden von Trümmern so schwer im Gesicht getroffen, dass sie plastische Operationen brauchten.

Sprecherin "Zitat"

Ingenieur Mike Pecoraro fand im 6. Untergeschoß die Parkplätze und den Maschinenraum in Trümmern vor.

(Dokumentarische Bilder sind zu sehen.)

Zitat: "Detonationen im Gebäudeinneren"

Sprecherin "Zitat"

Feuerwehrleute und Büroangestellte wollen im ganzen Gebäude Explosionen gehört haben. Feuerwehrmann Luka Jolly sagt in einem Zeitungsinterview, nachdem er Arbeiter evakuiert hatte, seien Bomben hochgegangen. Durch die Explosionen seien die Fahrstühle ausgefallen und ganze Etagen voller Rauch und Trümmer gewesen.

Ein Feuerwehrmann "Zitat"

Ein Augenzeuge sagte, es gab eine Explosion im 78. Stock. Viele Leute sind voller Staub gewesen.

Funkgespräche überlagern sich jetzt.

Feuerwehrmänner "Zitat"

Eine Explosion im Turm …
Es gibt eine größere Explosion …
… Wir kommen zusammen in der ganzen Gegend auf …

Text kaum noch verständlich … von den verschiedenen Funksprüchen
… es hat mit einer kleineren Explosion zu tun …

Sprecherin "Zitat"

Hausmeister William Rodriguez berichtet von Explosionen im Nordturm, kurz bevor dieser zusammenbrach.

William Rodriguez "Zitat"

Als ich nach oben ging, habe ich kleinere Explosionen gehört, und die kamen nicht von da, wo das Flugzeug eingeschlagen ist, sondern von weiter unten.

Sprecherin "Zitat"

Und als die zweite Maschine den südlichen Turm traf?

Hausmeister "Zitat"

Wir hörten einen großen Knall im Inneren des Hauses, dann viele kleinere und über Funk hieß es, wir haben den 65. verloren, das heißt, der 65. Stock war abgesackt, und als wir die Treppen heruntergingen, hörten wir die eigentlichen Geräusche des Zusammenbruchs, ein Rumpeln. Man hörte, wie die Wände zerbrachen, neben uns schlugen die Trümmer ein.

Zitat: "Explosionen im Erdgeschoss"

Sprecherin "Zitat"

Was passierte im Erdgeschoss der Türme, kurz bevor sie zusammenbrachen?

Dieses Video wurde von New Jersey aus gedreht. Man hört eine Explosion und weißer Rauch ist zu sehen. Die Kamera steht auf einem Stativ, doch sie wackelt aufgrund der schweren Erschütterungen, neun Sekunden später bricht der nördliche Turm zusammen.

Passant "Zitat"

Ich hörte eine Explosion und dann so etwas wie ein Krachen, es klang wie ein rumpelnder Güterzug, ich sah nach oben und das Haus stürzte ein.

William Rodriguez "Zitat"

Als ich aus dem Nordturm kam, zitterte der Boden unter meinen Füßen wie bei einem Erdbeben. Ich habe nur einen Feuerwehrwagen gesehen, ich rannte auf ihn zu, und als der Turm einstürzte, brachte ich mich unter ihm in Sicherheit.

Sprecherin "Zitat"

Am gegenüberliegenden Ufer des Hudson River filmte gerade Richards Igel. Seine Kamera hat etwas sehr Erstaunliches festgehalten. Trotz der Entfernung hört man mehrere Explosionen in den Türmen.

Zitat: "Sichtbare Explosionen – nehmen wir den Einsturz genauer unter die Lupe"

Sprecherin "Zitat"

Man sieht, wie noch vor dem Zusammenbruch Betonteile seitlich aus dem Gebäude schießen. Sprengmeister sprechen dabei von sogenannten Knallfröschen, dabei handelt es sich um Sprengladungen, die sichtbar durch die Außenwand fliegen. Das Gebäude wurde an seiner Spitze zerschlagen. Dies war kein gewöhnlicher Zusammenbruch. Die Twin Towers bestanden aus jeweils drei mehrgeschossigen Gebäuden, die aufeinander gesetzt waren. Damit die Konstruktion das Gewicht tragen kann, mussten die obersten Stockwerke besonders verstärkt werden. Man sieht einen großen Knallfrosch in den oberen Etagen.

Zitat: "Schockwelle"

Sprecherin "Zitat"

Eine starke Detonation erzeugt sogenannte Schock-wellen. Explosionen können extrem starke Druckwellen erzeugen, die in der Umgebung enorm schweren Schaden anrichten können.

Passant "Zitat"

Als die Trümmer herunterfielen, stand ich gerade im Schatten des Südtums, keine hundert Meter entfernt. Jeder hat immer wieder das Video gesehen, wie die Menschen von der Wolke davonliefen. Es war wie bei einem Tornado, als würden sie von einer Sturmböe erfasst, aber die Welle war heiß und sie war laut, es war, als würde man von hinten von lauter Kieselsteinen getroffen, als hätte jemand Steine nach einem geworfen. Der Lärm kam immer näher, zuerst lief ich, dann war es, als würde ich fliegen. Ich hatte keine Kontrolle mehr über meine Füße und keine Möglichkeit, meine Laufrichtung selbst zu wählen. Ich schwebte, dieser dunkle Tornado war scheinbar hinter mir her.

Sprecherin "Zitat"

Der Südturm fiel zuerst und diese Schockwelle traf den gegenüberliegenden Turm.

Zitat: "Pyroklastischer Strom"

Sprecherin "Zitat"

Als die Gebäude einstürzten, entstand eine riesige Staub- und Aschewolke, die Manhattan verdunkelte. Wie entsteht eine solche Blumenkohl artige Wolke, gibt es etwas Vergleichbares? Einen Vulkan! Nach einem Vulkanausbruch entsteht eine dichte Gas- und Staubwolke, die über Erde und Wasser fegen kann, genauso die Wolke zwischen den Gebäuden und dem Hudson. Ein solcher pyroklastischer Strom hatte seinerzeit Pompeji zerstört. Die Wolke hüllte die Straßen von Manhattan in Staub, feine Staubpartikel hingen in der Luft. Die Türme waren buchstäblich pulverisiert worden, zu Asche zerfallen. Welche Kraft kann ein massives Gebäude aus Stahl und Beton derart zerstören? Fielen die Türme von allein oder wurden sie gesprengt, hätte ein Kerosin-Feuer zu diesem Ergebnis führen können? Aus dem Weltraum sieht man einen blau-weißen Pilz aufsteigen, im Militärjargon steht Pilz für eine nukleare Detonation.

Zitat: "Die Schutzmauern"

Sprecherin "Zitat"

Das WTC stand in einer sogenannten Badewanne, die Fundamente waren durch riesige Wände geschützt, die Wasser aus dem Meer oder dem Hudson abhalten sollten. In diesem künstlichen Becken gab es unter anderem sieben unterirdische Parkdecks und eine U-Bahn-Station. Nach der Katastrophe am 11. September waren die fast einen Meter dicken Wände um einen halben Meter nach innen gedrückt worden.

Arbeiter "Zitat"

Diese Wände brachen zusammen. Diese Wände hatten den Fluss zurückgehalten und als sie nachgaben, wurde das ganze Gelände überschwemmt.

Sprecherin "Zitat"

Wenn ein Haus in sich zusammenfällt, dann sollten sich die Fundamente weiterhin an derselben Stelle befinden und immerhin hatten sie das Gewicht von 110 Stockwerken getragen, aber irgendetwas muss sie zerstört haben.

Georg J. Tamuro "Zitat"

Der Zusammenbruch hat die Etagen zerstört, auf einer Höhe von zwanzig bis fünfundzwanzig Metern waren die Wände ungeschützt.

Sprecherin "Zitat"

Welche Energie könnte so viele Stockwerke im Untergrund zerstört haben?

Zitat: "Geschmolzenes Metall"

Sprecherin "Zitat"

Der Untergrund brannte noch immer.

Polizeioffizier "Zitat"

Weiter unten sah man geschmolzenes Metall durch die Hohlräume fließen wie in einer Gießerei.

Sprecherin "Zitat"

Die Feuerwehrleute arbeiteten weiter, doch unter ihren Füßen floss geschmolzenes Metall und die Feuer brannten.

Feuerwehrmann "Zitat"

Sehen Sie den Rauch, noch acht Wochen später brennt es hier.

Feuerwehrfrau "Zitat"

Wir haben sehr gute Stahlkappen-Stiefel, aber auf dem Geröll ist es bestimmt noch 600 Grad heiß. Die Stiefel der Jungs schmelzen nach ein paar Stunden.

Sprecherin "Zitat"

Im November 2005 veröffentlichte der Physiker Stephen Jones eine 25-seitige wissenschaftliche Arbeit, in der er die offizielle Version der Ereignisse mit den Gesetzen der Physik verglich.

Stephen Jones "Zitat"

Im Bericht des Katastrophenschutzes heißt es, die wahrscheinlichste Hypothese, ein Feuer, ist tatsächlich jedoch relativ unwahrscheinlich und es bedarf weiterer Analysen, um diese Frage zu beantworten, dem stimme ich zu.

Reporter "Zitat"

Die Zeit ist um und ich bin mir nicht sicher...

Stephen Jones "Zitat"

Eines will ich noch sagen.

Moderator "Zitat"

Okay, aber bitte schnell.

Stephen Jones "Zitat"

Geschmolzenes Metall im Keller aller Gebäude. Alle Wissenschaftler sind sich darüber einig, dass das Feuer nicht heiß genug war, um den Stahl zu schmelzen. Dieser geschmolzene Stahl ist ein Hinweis auf Explosionen durch Thermit-Bomben zum Beispiel, dadurch schmilzt Stahl.

TV-Moderator "Zitat"

Vielen Dank fürs Kommen, auch wenn ich Ihre Theorie nicht verstanden habe, aber danke, dass Sie versucht haben, es uns zu erklären.

Sprecherin "Zitat"

Ganz nebenbei hat Professor Jones das Wort Thermit erwähnt. Ein Sprengstoff, der vom Militär benutzt wird. Thermit ist eine Mischung aus Eisenoxid ($Fe2O3+2Ai$) und Aluminium, die bei einer Sprengung große Hitze erzeugt und Eisen schmelzen kann, in nur zwei Sekunden kann Thermit eine Temperatur von 2.500 Grad erreichen, genug, um Stahl zu verflüssigen. (Bildsequenz, wie ein Auto verbrennt und schmilzt.) Hier zerstört Thermit ein Auto.
Normale Brände werden nicht heiß genug, um Stahl zu schmelzen, aber im Keller der Türme wurde Stahl geschmolzen. Wird Thermit als Sprengstoff eingesetzt,

entsteht Aluminiumoxid, sichtbar als weißer Rauch (im TV-Bild deutlich sichtbar).

Wurde am 11. September also Thermit als Sprengstoff eingesetzt? Im 81. Stock des Südturms ist eine helle Substanz zu sehen und weißer Rauch quoll aus dem Keller. Bestand er aus Aluminiumoxid, dem Nebenprodukt eines Thermit-Einsatzes?
In Anhang C des Katastrophenschutzberichtes ist von Schwefelresten auf den Stahlträgern die Rede. Für die New York Times war das das größte Rätsel. Schwefel reduziert den Schmelzpunkt von Stahl etwas, Eisenoxid und Eisensulfat war auf den Stahlträgern gefunden worden. Eine Verbindung aus Schwefel und Thermit heißt Thermat und das brennt noch heißer.

Zitat: "Sprengungen"

Sprecherin "Zitat"

Wie werden Häuser gesprengt?

Sprengmeister "Zitat"

Dazu bedarf es langer Vorbereitungen. Durch den Einsatz schweren Geräts und einiger Vorsprengungen werden das Fundament und die unteren Etagen geschwächt. Den Rest erledigen weitere Sprengungen und die Schwerkraft.

Sprengmeister "Zitat"

Zuerst sprengen wir alle tragenden Elemente im Keller. Wir brechen die Strukturen von den oberen Etagen bis nach unten. Jede Sprengkapsel hat einen eigenen Zünder, deshalb ist es eine kontrollierte Sprengung. Geben die tragenden Teile nach, fallen die Stockwerke hinab und reißen die jeweils unteren Etagen mit sich.

Sprecherin "Zitat"

Sprengmeister benutzen mit Stahl ummantelte Ladungen.

Sprengmeister "Zitat"

Dies ist eine V-förmige Ladung, mit der man sehr genau arbeiten kann, sie ist absolut tödlich. Sie erzeugt einen Druck von 15.000 Tonnen pro Viertelquadratmeter bei einer Geschwindigkeit von mehr als 8.000 Metern pro Sekunde.

Sprecherin "Zitat"

Daneben haben Sprengmeister aber noch einige Tricks auf Lager.

Mark Loizeaux, Sprengmeister "Zitat"

Es gibt mehr als 1000 verschiedene Sprengstoffe, die mit verschiedenen Geschwindigkeiten explodieren.

Assistentin des Sprengmeisters "Zitat"

Das ist die Zündschnur, sie brennt mit einer Geschwindigkeit von mehr als 650 Metern pro Sekunde. Mark Loizeaux "Zitat"

Mit Verzögerungszündern können wir recht genau vorhersagen, wo die Trümmer landen werden. Wir können die Erschütterung und den Lärm kontrollieren. Das Timing der Zünder ist das A und O in unserem Job.

Sprecherin "Zitat"

Mit welchem Ergebnis?

Jack Loizeau "Zitat"

Am meisten gefällt mir das Zerlegen und Kontrollieren. Wenn man ein Gebäude in Millionen Einzelteile zerlegt und so kunstvoll wie möglich zusammenfallen lässt, das funktioniert wie bei einem Uhrwerk. Es ist eine Wissenschaft für sich. Ich bekomme jedes mal eine Gänsehaut.

Zitat: "Die Sprengung des WTC"

Sprecherin "Zitat"

(Man sieht auf einem Oszillographen die Ausschläge.) Im Inneren der Twin Towers wurden Explosionen gehört, sollten damit die Fundamente der Türme geschwächt und die Stahlträger zerstört werden? Normalerweise wird ein Gebäude durch Sprengungen geschwächt, bevor die Hauptexplosion das Haus niederreißt, aber beim WTC hätte es für die Vorbereitungen nur wenig Zeit gegeben. Die kurze Zeit nach dem Flugzeugeinschlag.

Diese Stahlträger wurden nach dem Zusammenbruch der Türme entdeckt. Sie sehen so aus, als seien sie gezielt gesprengt worden, um ihre Fallrichtung zu kontrollieren. Wurden dafür Thermit-Ladungen benutzt?

Sprengmeister "Zitat"

Sie werden in einem bestimmten Winkel angebracht. Macht man das bei einer ganzen Reihe von Trägern, rutscht das Gebäude zur Seite und fällt. (Man sieht in den Trümmern genau das Bild der zerstören Träger, die genauso aussehen wie in der Demonstration.)

Sprecherin "Zitat"

Betrachten wir den Schutt eines 110-stöckigen Gebäudes. In einem sieben Stockwerke tiefen Krater liegen etwa zwei Millionen Tonnen Geröll. Wäre der Keller nicht gesprengt worden, dann hätte sich der ganze Schutt aufhäufen müssen. Die Kunst einer kontrollierten Sprengung besteht darin …

Jack Loiseau "Zitat"

… ein Gebäude in Millionen Einzelteile zu zerlegen und zusammenfallen zu lassen.

Sprecherin "Zitat"

Bridget Siegel hatte von New Jersey aus Explosionen während des Einsturzes gefilmt.

Waren diese Explosionen, die den Kern des Gebäudes und die Tiefgeschosse zerstörten, das unglaubliche Ergebnis computergesteuerter Zündungen, die das Gerippe der Türme sprengten und den Beton pulverisierten? War es das, was an diesem Tag geschah?

Zitat: "Wer wusste davon?"

Sprecherin "Zitat"

Einige scheinen die Katastrophe geahnt zu haben. Eine Einheit des Katastrophenschutzes traf am Tag vor den Anschlägen in New York ein zu einer Übung.

Leiter des Katastrophenschutzes "Zitat"

Um ehrlich zu sein, wir kamen Montag Nacht an und begannen Dienstag früh. Aber erst heute kamen wir voll zum Einsatz.

Sprecherin "Zitat"

Dem New Yorker Bürgermeister Rudy Giuliani war offenbar klar, dass die Türme einstürzen würden.

Bürgermeister Rudy Giuliani "Zitat"

Hier läuft gerade eine riesige Rettungsaktion.

Reporter "Zitat"

Sind es hunderte oder tausende Opfer?

Rudy Giuliani "Zitat"

Dazu will ich jetzt nichts sagen, aber die Zahl der Opfer wird furchtbar. Ich habe Menschen aus dem WTC springen gesehen. Ich sah Feuerwehrleute, die ich persönlich kenne. Wir waren selbst zehn, fünfzehn Minuten lang in einem Gebäude eingeschlossen. Wir haben einen Krisenstab gebildet mit dem Polizeichef und dem Feuerwehrchef und dem Leiter der Unfallhilfe, als wir erfahren haben, dass die Türme zusammenbrechen würden.

Sprecherin "Zitat"

Larry Silverstein, der Vermieter des WTC, stellte mit Bedauern fest, dass Gebäude 7 am Abend abgerissen werden müsse.

So drückte sich Silverstein in einem Dokumentarfilm ein Jahr später aus.

Larry Silverstein "Zitat"

Der Feuerwehrchef rief mich an und sagte er sei nicht sicher, ob seine Leute die Brände in den Griff bekämen. Ich sagte, es gab schon so viele Tote, vielleicht wäre es das Beste, das Haus abzureißen, dann sahen wir, wie die Türme zusammenbrechen.

Sprecherin "Zitat"

Die Begriffe blast, juge und blow werden auch von Sprengmeistern benutzt und beziehen sich alle auf das Gleiche: Häuser oder Brücken zum Einsturz bringen.

Sprengmeister "Zitat"

Ich habe sogar das Krankenhaus gesprengt, in dem ich geboren wurde. Wir wollten es zerschießen und zusammenfallen lassen, so erzeugen die Kräfte eine riesige Explosion.

Sprecherin "Zitat"

Dieselbe Sprache auch bei den Arbeitern an Ground Zero.

Sprecher "Zitat"

Mitte Dezember hatte die Baubehörde die Gebäude 4 und 5 abreißen lassen.

Telefonklingeln.

Sprecher "Zitat"

Hallo, wir sprengen Gebäude 6, Bilder des zusammenstürzenden Gebäudes.

Sprecherin "Zitat"

Silverstein, ein Immobilien-Tycoon mit politischen Verbindungen, hat das WTC im Frühjahr 2001 für 99 Jahre gemietet. Während des Sommers wurden auch die Gebäude gegen Terroranschläge versichert. Silverstein erwirkte auch das Recht, den Gebäudekomplex wiederaufzubauen, sollte er zerstört werden.

Nach dem 11. September verklagte Silverstein seine Versicherung, weil er die doppelte Versicherungssumme haben wollte. Schließlich habe es sich auch um zwei Terrorakte gehandelt. Er gewann den Rechtsstreit und bekam acht Milliarden Dollar zugesprochen. Seine Investition betrug zuvor 14 Millionen Dollar.

Larry Silverstein "Zitat"

Ich dachte zuerst an die Familien der Opfer. Was für eine Tragödie. Ich glaube fest daran, dass wir etwas Neues bauen sollten.

TV-Sprecher "Zitat"

Vor wenigen Sekunden ist noch ein weiteres Gebäude eingestürzt. Gebäude 7.

Man sieht zwischen West Street, Liberty Street und Church Street in einem Quadrat: links Gebäude 4 WTC, daneben Tower 1, rechts daneben Tower 2, in der rechten Ecke Gebäude 6 WTC, etwas rechts daneben Gebäude 7 WTC und in der unteren Ecke des Quadrats rechts das Gebäude 5 WTC.

Sprecherin "Zitat"

Gebäude 7 war so etwas wie das Kommandozentrum der Twin Towers. Von hier aus wurde die Energie und Luftversorgung gesteuert. Für den Bürgermeister gab es einen gesicherten Bunker. Außerdem waren Büros der CIA, des Secret Service, des Verteidigungsministeriums und der Börsenaufsicht dort untergebracht. Eingemietet hatten sich auch Versicherungen, Börsenmakler und Banken. Gebäude 7 wurde von keinem Flugzeug getroffen. Doch um 17.20 Uhr war nur noch ein Schutthaufen übrig. Es soll von Trümmern des ersten Turms beschädigt worden sein.

In einem Artikel der New York Times hieß es, Gebäude 7 habe gebrannt wie eine Kerze. Zu sehen sind aber nur etwas Rauch und ein paar kleine Brände. Kein Vergleich mit den Schäden an den anderen Gebäuden. Es stand genau neben den Türmen, doch die Schäden an den anderen Gebäuden waren viel größer, trotzdem wussten einige Rettungskräfte, dass das Gebäude 7 zusammenbrechen würde.

Ein Feuerwehrmann "Zitat"

Hast du das gehört? Behalte das Haus im Auge, es fällt gleich.

TV-Sprecher "Zitat"

Sie sagten:
Bleiben Sie hinter der Absperrung, Sie wollen das Haus abreißen. Sie sperrten ab, weil Sie wussten, dass etwas passieren würde?

Sprecherin "Zitat"

In diesem Live-Bericht der BBC kündigt die Reporterin Jane Stanley den Zusammenbruch von Gebäude 7 an, obwohl es hinter ihr noch steht. Woher konnte die BBC von dem Ereignis wissen, noch bevor es stattfand?

Ein Moderator fragt eine Reporterin "Zitat"

Jane, was können Sie uns noch über den Zusammenbruch des Salomon-Brother-Gebäudes sagen?

Reporterin "Zitat"

Eigentlich nur, was Sie schon wissen, Einzelheiten gibt es nur wenige, die ganze Gegend rund um die Türme des WTC ist vollständig gesperrt, damit die Rettungskräfte ihre Arbeit machen können. Es ist nicht das erste Gebäude, das vom Zusammenbruch der Türme in Mitleidenschaft gezogen wurde, auch das Marriott-Hotel, das neben den Türmen stand, ist eingestürzt, weil es vom Schutt der 110 Stockwerke zu stark beschädigt wurde. Wie Sie hinter mir erkennen können, sieht es so aus, als würde das WTC noch immer brennen. Wir sehen eine große Rauchwolke, dort standen die Twin Tower. Sie ragten aus der New Yorker Skyline heraus und galten als Symbol für den Reichtum der Stadt, doch nun sind sie verschwunden und New York hat noch nicht begriffen, was heute geschehen ist.

Sprecherin "Zitat"

Das 47-stöckige Gebäude 7 brach nach nur sechseinhalb Sekunden lehrbuchmäßig zusammen. Silverstein sagt heute, er sei damals falsch verstanden worden. Es sei nicht um den Abriss von Gebäude 7 gegangen, sondern darum die Feuerwehrleute im Inneren des Gebäudes in Sicherheit zu bringen. Laut Katastrophenschutz und Feuerwehrchef Frank Wollny waren aber keine Feuerwehrleute in Gebäude 7. Sie wurden um 11.30 Uhr abberufen, erst sechs Stunden später stürzte das Gebäude ein.

Feuerwehrmann "Zitat"

Wir hörten dieses Geräusch, es klang wie ein Donnerschlag, es sah aus, als würde eine Druckwelle durch das Gebäude jagen, alle Fenster flogen raus, ich war geschockt. Etwa eine Sekunde später brach das oberste Stockwerk ein und dann das ganze Haus.

Sprecherin "Zitat"

Radiomoderator Alex Jones sieht Hinweise auf eine klassische Inklusion.

Alex Jones "Zitat"

Dieses Foto entstand eine Sekunde, bevor Gebäude 7 zusammenbrach. Sehen Sie die Art Falte, betrachtet man andere kontrollierte Sprengungen, dann werden zuerst die tragenden Säulen gesprengt, damit das Haus in sich zusammenfällt. Ansonsten würde es zusammenfallen und Schäden in der Umgebung anrichten. Bei Gebäude 7 wurden zuerst offenbar die tragenden Säulen gesprengt, damit es keine Nachbargebäude beschädigt.

Sprecherin "Zitat"

Zurück zum Bunker des Bürgermeisters, er lag versteckt in einem der Türme, ausgestattet mit Panzerglas und einer eigenen Wasser- und Energieversorgung. Am 11. September brachte sich Bürgermeister Giuliani aber woanders in Sicherheit.

Noch einmal die Frage. Warum Gebäude 7? War es das eigentliche Ziel der Anschläge?

Innerhalb von sechseinhalb Sekunden gingen tausende Akten der Börsenaufsicht für immer verloren. Darunter auch die Dokumente über die immensen Betrügereien bei Worldcom und Enron. Und was wurde aus der Anklageschrift gegen California Electricity bezüglich eines 70-Milliarden-Dollar-Betrugs, sie verschwand.

Zitat: "Evakuierungen"

Sprecherin "Zitat"

Beim Zusammenbruch des Gebäudes Nummer 7 kam niemand ums Leben. Es wurde vor seinem Einsturz evakuiert, nicht jedoch die Twin Towers. Warum wurde Polizisten, Feuerwehrmännern und Büroangestellten nicht gesagt, was auf sie zukommen würde? Tragischerweise wurden die Angestellten in ihre Büros zurückgeschickt.

TV-Reporterin "Zitat"

Es kam die Meldung, dass alles in Ordnung sei.

Zeugin "Zitat"

Turm 1 wurde evakuiert, aber Turm 2 sei in Ordnung, wir sollten in unsere Büros zurückgehen.

Angestellter "Zitat"

Wir wollten gerade rausgehen, da sagte ein Wachmann, wo wollen Sie hin? Ich sagte, ich gehe nach Hause, denn ich habe Feuerbälle herabfallen sehen, aber er meinte nein, Ihr Gebäude ist sicher, es ist besser, wenn Sie in Ihren Büros bleiben, bitte gehen Sie wieder zurück.

Sprecherin "Zitat"

Stanley Praimnad ging in den 81. Stock zurück.

Angestellter "Zitat"

Ich schaute nach oben zur Freiheitsstatue und plötzlich sah ich das riesige Flugzeug auf mich zufliegen.

Sprecherin "Zitat"

Der Südturm wurde zwischen dem 78. und dem 81. Stock getroffen. Trümmer hatten den Weg für Praimnad abgeschnitten. Er wurde von Brian Klark gerettet, gemeinsam kämpften sie sich durch das Treppenhaus. Draußen hatte Praimnad eine unheimliche Vorahnung.

Brian Klark "Zitat"

Wir schauten durch ein Geländer auf den anderen Turm und Stanley sagte: Ich denke, er wird einstürzen, ich weiß nicht, warum ich das gesagt habe, aber ich wusste, es ist noch nicht vorbei.

Praimnad "Zitat"

Ich sagte Quatsch, das ist eine Stahlkonstruktion, da brennen nur Vorhänge, Teppiche und Möbel. Das gibt's nicht. Ich hatte meinen Satz noch nicht beendet, da begann der Turm nachzugeben. Und ich erinnere mich, dass ich zuerst Explosionen hörte.

Sprecherin "Zitat"

Nicht alle hatten die Vorahnung. Josef Millanovitz telefonierte mit seinem Sohn. Er hörte an Gregs Tonfall, dass er Angst hatte. Er sagte, Dad, sag jemandem, dass an der nordöstlichen Ecke des 93. Stocks 20 Menschen warten.

Reporter "Zitat"

Nach dem Angriff auf den Nordturm wollte Greg den Südturm verlassen, doch er sollte wieder an seinen Schreibtisch gehen. Er sagte ein paarmal, warum habe ich gehorcht?

Sprecherin "Zitat"

Wer war für die Sicherheit des WTC und am Dallas Airport in Washington, wo die Maschinen gestartet waren, verantwortlich? Niemand Geringeres als ein Bruder des Präsidenten, Marvin P. Bush. Direktor der Securacom von 1993 bis 2000, er bekam 8,3 Millionen Dollar.
Von 1996 bis 2000 installierte die Firma Securacom ein neues Sicherheitssystem im WTC. Chef der Firma war von 1998 bis 2002 Wirt D. Walker der 3., ein Cousin der Bush-Brüder. Interessanterweise wurde diese Tatsache nie

veröffentlicht. Wurde damals nur ein Sicherheitssystem installiert oder wurden auch die Kabel für ein langfristiges Projekt verlegt? Der Computerspezialist Scott Roberts arbeitete seit dessen Errichtung im Südturm, er sagt, dass am Wochenende vor den Anschlägen der Strom abgeschaltet wurde.

Scott Roberts "Zitat"

Die Hafenbehörde hatte uns drei Wochen vorher Bescheid gesagt, dass der Strom abgestellt wird. Wir hatten sehr wenig Zeit, um alle unsere Bank-Systeme herunterzufahren. Das war eine große Sache und völlig beispiellos. Unser Rechenzentrum war im 97. Stockwerk. Der Stromausfall bedeutete, dass es keine Sicherheitsüberwachung gab. Alle Türen waren geöffnet und die Kameras abgeschaltet. Und das ganze Wochenende liefen dort Männer in Arbeitsanzügen herum mit riesigen Werkzeugkästen und Kabeltrommeln.

Sprecherin "Zitat"

Den Mitarbeitern wurde gesagt, dass neue Internetkabel verlegt würden. Aber wer waren die merkwürdigen Arbeiter und was taten sie wirklich?

Angestellter "Zitat"

Der ganze Strom war weg. Es gab keine Sicherheitsüberwachung, keine Eingangskontrollen, jeder konnte ein-
und ausgehen und machen, was er wollte.

Sprecherin "Zitat"

Wegen seiner Überstunden, die er am Wochenende
geleistet hatte, nahm Scott am 11. September frei. Als er
von New Jersey aus die Türme einstürzen sah, war er sich
sicher, dass dies das Ergebnis der mysteriösen Wochen-
endarbeiten war. Scott meldete den langen Stromausfall
verschiedenen Behörden, auch der parlamentarischen
Untersuchungskommission. Doch er wurde ignoriert.
Der Feuerwehrmann Ben Fountain, 42, berichtet von
ungewöhnlichen Evakuierungsübungen in den Wochen
vor dem 11. September. Andere weisen darauf hin, dass
fünf Tage vor den Anschlägen der Sicherheitsalarm
aufgehoben wurde und die Bombensuchhunde außer
Dienst gestellt wurden. Was hätten die Hunde entdecken
können?

Zitat: "Stadterneuerung"

Sprecherin "Zitat"

Kurz nach den Anschlägen sah man in Manhattan Plakate wie diese: „Stadterneuerung".

Zitat: "The rebuilding continues"

Sprecherin"Zitat"

Die Twin Towers galten als Symbol von Macht und Reichtum, doch sie verschlangen eine Unmenge von Geld. Elektrizität, Wasserversorgung, Heizung und Belüftung kosteten die New Yorker Hafenbehörde Millionen. Außerdem gingen die Mieteinnahmen zurück. Und es gab noch ein Problem: Die Stahlträger waren mit Asbest beschichtet worden, ein krebserregender Stoff, der seit Mitte der achtziger Jahre nicht mehr verwendet werden darf. Den Asbest von den Stahlträgern zu entfernen war so gut wie unmöglich und hätte Schätzungen zufolge Milliarden gekostet. Niemand wollte diese Kosten übernehmen. Es wäre ein Fass ohne Boden gewesen. Angesichts der Probleme des WTC war der 11. September ein unerwarteter Glücksfall. Die Türme waren in den sechziger Jahren gebaut worden, um eine heruntergekommene Gegend von New York zu beleben und 40 Jahre später konnte man das Stadtbild wieder erneuern. Zwei Kostenfresser wurden entfernt und ein neuer Komplex wird gerade gebaut. Die Höhe des sogenannten Freedom Towers soll 541 Meter betragen oder 1776 Fuß, nach dem Jahr der Amerikanischen Unabhängigkeit. Der atemberaubende Staub war mehr als bloß Staub. Er enthielt pulverisierten Beton, Glas, Blei, Quecksilber, Dioxine und natürlich Asbest, nichts davon ist besonders gesundheitsfördernd. Tausende Rettungs-kräfte leiden heute unter Lungenkrebs oder haben andere ernste gesundheitliche Probleme. Und auch die Rettungshunde sterben einer nach dem anderen.

TV-Reporter "Zitat"

Es war eine offene Müllverbrennungsanlage, die über Wochen vor sich hin brannte. Sie verbrannte das schwerste Gebäude der Welt. Den Patienten floss eine schwarze Flüssigkeit aus allen Poren. Sie berichteten von blauem oder grünem Stuhlgang, der nach Rauch roch, obwohl sie seit Monaten nicht mehr in der Nähe eines Brandes waren.

Sprecherin "Zitat"

Nur drei Tage nach dem 11. September wurde die Umweltschutzbehörde von der Regierung in Washington angewiesen, Manhattan als sicher zu erklären, obwohl die Luft in der Gegend immer noch verseucht war.

TV-Reporterin "Zitat"

Ein Bundesrichter kritisierte die frühere Leiterin der Umweltbehörde. Sie hatte gesagt, man könne wieder in die Wohnungen und Büros nahe Ground Zero zurückkehren. Der Richter nannte Christin Goodmans

Aktion, Zitat: „erschütternd" und er verweigerte ihr die Immunität.

TV-Reporter "Zitat"

Es steht fest, dass das Weiße Haus die Umweltbehörde angewiesen hatte, diese Lügen zu verbreiten, um das Ausmaß der Katastrophe herunterzuspielen.

Sprecherin "Zitat"

Darüber hinaus wurden die ersten erkrankten Rettungskräfte abgewiesen.

Zitat: "Feuerschutz"

Sprecherin "Zitat"

Bei dem Mythos über die Ursache des Zusammenbruchs spielt Asbest eine wesentliche Rolle.

TV-Reporter "Zitat"

Der Stahl war mit leichtem, feuerfestem Schaum besprüht, der, weil er billig und minderwertig war, schlechter haftete. Nach einem Bericht der New York Times fiel der Schaum leicht ab.

Reporter "Zitat"

Die Hafenbehörde hatte in den Monaten vor dem 11. September Reparaturen vorgenommen und fehlende Stücke ersetzt. Doch selbst wenn der Feuerschutz perfekt gewesen wäre, der Flugzeugeinschlag in den Nordturm war so gewaltig, dass der Schutzschaum einfach davon geblasen wurde und das Feuer den Stahl ungeschützt angreifen konnte.

Als die Flugzeuge einschlugen, spielte es keine Rolle, in welchem Zustand der Feuerschutz war. Danach war alles weg und das Feuer hatte einen vernichtenden Effekt auf den Stahl.

Sprecherin "Zitat"

Ein kleiner Schlag von einem Flugzeug und der gesamte Asbest löste sich vom Stahl. Hätten ein paar hundert zugeworfene Türen dasselbe angerichtet? Der History Journal erklärt, wie sich trotz des Feuerschutzes die Flammen durch die Etagen fressen konnten.

Zitat: "Offizielle Darstellung"

Reporter "Zitat"

Da ein großer Teil des Feuerschutzes durch den Einschlag entfernt wurde, griffen die Flammen den ungeschützten Stahl an.

W. Gene Corley, Struktur-Ingenieur "Zitat"

Die Tragfähigkeit von ungeschütztem Stahl reduziert sich schnell. Bei etwa 650 Grad trägt er nur noch die Hälfte des Gewichts.

Reporter "Zitat"

Durch das Feuer wurde es im Inneren der Türme fast 1.400 Grad heiß. Die New York Times beschreibt, was dann mit dem Stahl passierte.

New York Times, James Glanz "Zitat"

Der Stahl erhitzte sich und wurde immer weicher, fast flüssig, letztlich war der Stahl butterweich.

Sprecherin "Zitat"

Vierzig Jahre zuvor war der Stahl für das WTC von der Firma Underwriters Laboratories geprüft worden. Ein Mitarbeiter der weltweit tätigen Firma meldete sich nach den Anschlägen zu Wort.

Kevin Ryan "Zitat"

Ich bin Kevin Ryan und ich war Manager bei Anton Reiter Laboratories. Fünf Tage nachdem ich einen Brief an die staatliche technische Prüfanstalt geschrieben hatte, wurde ich gefeuert. Ich hatte den Bericht an die Anstalt aus dem Jahr 2004 angezweifelt, weil ich ernsthafte Fragen zum Inhalt hatte. Im September 2001 bekam unsere Niederlassung Besuch vom Chef der Firma. Er sagte der gesamten Belegschaft der Firma, der Stahl für das WTC sei geprüft worden und wir sollten froh sein, dass die Türme so lange gestanden hätten. „Century of the Standards 1903 - 2003 - UL".
In den folgenden zwei Jahren fand ich einige erstaunliche Tatsachen heraus, darunter auch, dass der Stahl in beispielloser Weise verkauft worden ist.
Ich schrieb dem Chef der Firma und fragte ihn, was er tun wolle, um das Ansehen der Firma zu schützen. Er antwortete, die Firma habe den Stahl getestet. Er sprach von der Qualität der Muster und wie gut sie die Tests bestanden hätten. Er bat mich, auf den Bericht der Prüfanstalt zu warten, und sagte, dass die Firma eng mit

ihr zusammenarbeite. Ich habe diesen Bericht im Oktober 2004 gelesen. Im November schrieb ich an die Prüfanstalt.

Ich sah es als meine Pflicht an, die Fragen zu stellen, für die sich niemand sonst interessierte. Nach dem Bomben-Attentat von 1993 waren die Feuerschutz-Einrichtungen erneuert worden und in dem Bericht gab es keinen Hinweis darauf, dass eine Boeing 767 den Feuerschutz großflächig zerstören würde, außer an der Stelle des Einschlages. Wir wurden mit einer Theorie abgespeist, die tatsächlich nur eine Ansammlung von vagen Aussagen war. Der Bericht stand wahrlich nicht auf wissenschaftlichen Füßen. Er begann mit Vermutungen und endete mit Hypothesen. Die Tests hatten gezeigt, dass die Temperatur nicht hoch genug war, um den Stahl zu schwächen. Die Etagen hätten deshalb nicht absacken können und auch der Feuerschutz hätte noch funktionieren müssen. Die Prüfanstalt ignorierte all diese Ergebnisse. Man konstruierte eine unangreifbare Theorie, die in jedem Fall die richtigen Antworten liefern würde. Wer die politischen Ereignisse kennt, weiß, dass sie von dieser falschen Geschichte ausgingen. Die Täter hatten sich selbst gerichtet. Das Parlament sieht dieses als zweites Pearl Harbour.

Sprecherin "Zitat"

Der verdrehte Stahl spricht für sich selbst, verbogen, deformiert, ohne Risse.

Gutachter "Zitat"

Schwer zu glauben, dass Stahl ohne einen Riss verbogen wurde, dazu braucht es tausende Grad Hitze. An der Seite, die normalerweise unter Spannung steht, entstehen normalerweise Knicke, aber es gab keine.

Sprecherin "Zitat"

Bilder: So sehen geschmolzener Stahl und Beton aus.

Bart Voorsanger "Zitat"

Die Architekten und alle anderen Arbeiter hatten eine Zerstörung und Deformation noch nie gesehen.

Sprecherin "Zitat"

Es stimmt. Stahl dehnt sich durch Hitze aus, in einem Feuer passiert dieses jedoch langsam.
Bilder: Aber hier, wie konnte dieses Durcheinander entstehen?
Der Stahl unter den Trümmern war geschmolzen bei etwa 1000 Grad. Metall leitet Hitze. Haben diese

Überreste des Stahls die Hitze weitergeleitet? Stahl wird auch durch eine Sprengung deformiert. Durch die Zündung entsteht eine enorme Energie und die kann einen großen Stahlträger ebenfalls verbiegen.

Es gibt zwei Arten von Schutt: große Brocken und kleinste Staubteilchen.

Feuerwehrmann "Zitat"

Ich habe keine Tür gesehen, kein Telefon, keinen Computer, nicht mal einen Türknauf. Man fand keinen Schreibtisch, keinen Stuhl, kein Telefon.

Anderer Feuerwehrmann "Zitat"

Das größte, was ich fand, war eine halbe Tastatur, etwa so groß.

Sprecherin "Zitat"

Im Jahr 1886 sterben vier Goldsucher bei einer Explosion in einem Bergwerk. Ihre Überreste passten in ein Fass.

Das größte gefundene Körperteil war der Teil eines Fußes.

Sprecherin "Zitat"

Am 11. September konnten die Leichen von 1100 Menschen nicht gefunden werden. Doch am Ground Zero wurde dieses entdeckt.

Ingenieur "Zitat"

Wenn das Stahlgerüst fertig ist, dann stecken die Arbeiter alles Mögliche in seine Träger. Bauschutt, Bierdosen oder eben diese Zeitung, die wir in so einem Ausschnitt gefunden haben.

Zitat: "Offene Fragen"

Sprecherin "Zitat"

Geheimnisse bleiben nicht für immer geheim, die Zeitung aus dem Jahr 1969, Jahrzehnte später wieder aufgetaucht, so werden die wahren Hintergründe des 11. September irgendwann gelüftet werden. Die Gründe für eine solche mögliche Inszenierung liegen weit in der Vergangenheit. Fast alles, was am oder im WTC zerstört wurde, war versichert. Doch vielleicht konnte einiges im letzten Augenblick gerettet werden. Gold- und Silber-Reserven der Börse und von den Banken waren unter Ground Zero gelagert.
Der Tresor der Bank von Neu Schottland wurde ausgegraben. Aber gab es da unten noch mehr?

Als der letzte Überlebende William Rodriguez durchs Treppenhaus lief, fiel ihm etwas Merkwürdiges auf.

William Rodriguez "Zitat"

Ich hörte komische Geräusche aus dem 34. Stock, der stand leer und es gab keine Wände, eigentlich war es eine Baustelle, völlig ausgehöhlt. Aber ich hörte, wie schweres Gerät bewegt wurde. Es klang, als würde ein Müllcontainer mit Metallrädern herum geschoben. Ich bekam Angst, denn dort sollte niemand sein. Nicht einmal der

Aufzug hielt auf dieser Etage. Man brauchte einen besonderen Schlüssel, um überhaupt reinzukommen. Als ich diese komischen Geräusche hörte, bin ich am Stockwerk vorbeigelaufen, denn ich wagte es nicht, die Tür zu öffnen.

Sprecherin "Zitat"

Aus irgendeinem Grund hatte William Rodriguez Angst die Tür zu öffnen. Dabei war er an diesem Tage alles andere als feige. Er blieb entgegen der Anweisung der Feuerwehr in einem brennenden Gebäude und setzte sein Leben aufs Spiel, um andere zu retten. Was geschah im 34. Stock? Wochenlang hörte Scott Forbes ähnliche Geräusche in der 98. Etage

Scott Forbes "Zitat"

Es ging etwa vier bis sechs Wochen vor dem 11. September los. Das hörte sich an wie Bauarbeiten. Die Mieter, die Leute von eon, wurden umquartiert, die Büros standen leer und trotzdem wurde mit schwerem Gerät gearbeitet. Es hörte sich an wie Presslufthämmer. Bei uns haben die Wände gezittert, irgendetwas Schweres muss bewegt worden sein. Dann wurden die Räder abmontiert und es tat einen Schlag. Unsere Etage wurde regelrecht durchgeschüttelt. Man konnte das Gewicht da oben spüren, so schwer war es. Als ich die Gelegenheit hatte, öffnete ich die Tür, aber der gesamte Büroraum war leer.

Da gab es überhaupt nichts. Das war komisch, es war leer, völlig leer, nichts, null. Nicht mal Kabel hingen von der Decke. Aber da gab es diese Geräusche und Erschütterungen, und das war alles sehr merkwürdig.

Sprecherin "Zitat"

Genauso wie der Staub Wochen zuvor?

Scott Forbes "Zitat"

Das war wahrscheinlich in der Woche vor dem 11. September. Ich kam jeden Morgen um sieben, der Staub war unglaublich. Es war alles verdreckt, als sei nicht geputzt worden. An der Fensterbank waren die Heizkörper angebracht und ich war todkrank wegen des Staubs auf der Fensterbank. Er war schmutzig-grau und während dieser Woche überall, aber wo kam der Staub her?

Sprecherin "Zitat"

Den grauen Staub musste Scott selbst wegwischen, war es Zementstaub? Die Stahlträger der Twin Towers bildeten ein skelettartiges Gerippe. Wurde an den Ecken der Gebäude irgendetwas angebracht? Wurden Löcher gebohrt, um was auch immer da zu verstecken? War dieser Staub der entscheidende Hinweis?
Die Gebäude brachten kein Geld. Zahlreiche Büros standen leer. Mieter wie eon bekamen vorübergehend

bessere Büros, ein perfekter Plan. Gab es diese hörbaren, aber nicht sichtbaren Bauarbeiten im gesamten Gebäude?

Larry Silverstein übernahm die Türme sechs Wochen vor dem 11. September. Zu dieser Zeit begannen auch die Bauarbeiten. Wurden die merkwürdigen Geräusche, die William Rodriguez verschreckten, von den letzten Ratten verursacht, die das sinkende Schiff verließen?

Mit einem arbeitsfreien Tag rettete Scott Forbes sein Leben.

Diese Frau hatte nicht so viel Glück. Sie ist eine Iphigenie des 11. September, die lautlos um Hilfe ruft. Man sieht eine Frau, die an einem offenen Spalt des Hauses steht und mit einem Tuch um Hilfe wedelt.

Christopher Hanley war mit 100 weiteren Menschen im 106. Stock im ersten Turm gefangen.

Christopher Hanley "Zitat"

Feuerwache 408, wo ist das Feuer? Ich bin im 106. Stock des WTC, es gab eine Explosion.

Feuerwehrmann "Zitat"

In welchem Gebäude? Eins oder zwei?

Christopher Hanley "Zitat"

Eins.

Feuerwehrmann "Zitat"

In Ordnung.

Christopher Hanley "Zitat"

Es gibt Rauch und hier sind etwa hundert Leute.

Feuerwehrmann "Zitat"

Bleiben Sie zusammen, es gibt einen Brand oder eine Explosion in Ihrem Gebäude, bleiben Sie, wo Sie sind.

Christopher Hanley "Zitat"

Ja.

Sprecherin "Zitat"

Kevin Kuske war im 105. Stock des Südturms eingeschlossen

Feuerwehrmann "Zitat"

Starker Rauch, 105. Stock, Turm zwei.

Mitarbeiter des WTC "Zitat"

Es ist schlimm, es ist schwarz und trocken. Ich habe meine Frau angerufen und ihr gesagt, dass ich das Gebäude verlassen werde, mir geht's gut.

Mitarbeiter des WTC "Zitat"

Hey, was ist das, drei von unseren Fenstern, drei kaputte Fenster? Oh Gott. (man sieht Bilder wie im selben Moment das Gebäude zusammenbricht – die Stimme schweigt)

Sprecherin"Zitat"

Gedenken wir den Menschen, deren Schicksal an diesem Tag besiegelt wurde, und vergessen wir nicht; Geheimnisse bleiben nicht ewig Geheimnisse.

© Buch und Regie: Sofia Shafquat
SMALLSTORM

IN THE WAKE PRODUCTION VATAR; LLC

DEUTSCHE BEARBEITUNG
BLUE EYES FILM & TELEVISION

Tom Hanks

Du fehlst mir so. Aber ich bin immer in deiner Nähe.

Aus: Forrest Gump